John McMahon
Evil Men

PIPER

John McMahon

EVIL MEN

Thriller

Aus dem amerikanischen Englisch
von Sven-Eric Wehmeyer

PIPER

Mehr über unsere Autorinnen, Autoren und Bücher:
www.piper.de

Wenn Ihnen dieser Thriller gefallen hat, schreiben Sie uns unter Nennung des Titels »Evil Men« an *empfehlungen@piper.de*, und wir empfehlen Ihnen gerne vergleichbare Bücher.

Von John McMahon liegen im Piper Verlag vor:
Cold Detective
Evil Men

Unser Versprechen für mehr Nachhaltigkeit
• Klimaneutrales Produkt
• FSC®-zertifiziertes Papier
• Hergestellt in Europa

FSC www.fsc.org
MIX
Papier | Fördert gute Waldnutzung
FSC® C083411

Deutsche Erstausgabe
ISBN 978-3-492-31712-2
November 2022

Titel der amerikanischen Originalausgabe:
»Evil Men Do«, G.P. Putnam's Sons, New York 2020

Published by arrangement with G.P.'s Putnam's Sons,
an imprint of Penguin Publishing Group,
a division of Penguin Random House LLC.
Lektorat: Peter Hammans
Satz: psb, Berlin
Gesetzt aus der Freight Text
Druck und Bindung: CPI books GmbH, Leck
Printed in the EU

Für Zoey und Noah, meinen Wildfang und mein Herz.
Wer könnte es besser haben als wir?

1 Dem kleinen Mädchen blieb kaum etwas verborgen. Seine Mutter sagte, es läge daran, dass es so gut zuhören könne. Nicht nur auf von Erwachsenen gesprochene Worte achte, sondern auch Ungesagtem Aufmerksamkeit schenke, dem, was »zwischen den Zeilen« liege.

Das Mädchen bemerkte winzige Veränderungen in den Mienen, die signalisierten, dass ein Erwachsener log. Es las Spuren von Veränderungen in Tonfall und Takt einer Stimme, wenn etwa jemand den Raum verließ und die Verbliebenen entschieden, dass genügend Zeit vergangen und es nun sicher wäre, über diese Person zu reden.

Doch was wirklich entscheidend war – es hatte schon seit jeher mehr gewusst als andere Mädchen seines Alters.

An seiner alten Schule hatten die Lehrer es einen Jahrgang überspringen lassen. Dann noch einen.

Die Schule empfahl einen dritten Sprung, aber seine Mutter meinte, es wäre unnatürlich, wenn eine Achtjährige die Mittelstufe besuchte, vor allem, wenn man so zierlich gebaut wäre wie ihre Tochter.

Und daher war dem Mädchen der Wagen, der es verfolgt hatte, ohne Umschweife aufgefallen.

Ein Toyota-Truck.

Weiß, ein Frontscheinwerfer erloschen.

Der Vater des Mädchens hatte während der letzten zehn Minuten zweimal die Spur gewechselt, und der weiße Truck war dennoch hinter ihnen geblieben. Ließ sich zehn oder zwölf Autolängen zurückhängen.

Das Mädchen saß im Heck des Familien-Hyundai und spielte auf seinem iPad Minecraft.

Es hatte berechnet, dass eintausend Holzbohlen nötig wären, um das Haus zu bauen, das es sich für das Spiel vorstellte. Und da das Mädchen wusste, dass jeder Eichenstamm vier Bohlen erbrachte, zog es los, um zweihundertfünfzig Eichen zu fällen. Eine kinderleichte Aufgabe, die man an fünf Fingern abzählen konnte.

Das war der Augenblick, in dem der Truck beschleunigte.

Acht Fahrzeuglängen Abstand.

Sechs Längen.

Vier.

Dann vollführte der Fahrer ein seltsames Manöver, gab Gas, fuhr jedoch von der Fahrbahn auf den Seitenstreifen. Was dem Mädchen ein Rätsel war. Bis die linke Vorderflanke des Toyota ausscherte und die hintere rechte Ecke ihrer Familienkutsche touchierte.

Die Welt geriet ins Schleudern.

Das Mädchen sah die dunklen Kiefern des Waldes in Georgia am Rand der Straße. Erhaschte einen flüchtigen Blick auf den Tullumy River, weit unten am Fuß des Abhangs. Und auf das metallische Schimmern einer sich rasant nähernden Leitplanke.

Seine Mutter schrie. Das Mädchen wurde gegen die Fensterscheibe geschleudert. Und dann war da ein allerletztes Bild.

Das Gesicht des Mannes im Toyota.

Ruhig und konzentriert. Vollkommen frei von Panik. Den Blick starr direkt auf das Mädchen gerichtet.

Und dann kam das Familienauto schlingernd von der Straße ab.

2

Mein Finger schloss sich um den Abzug meiner Glock 42, und vier Kugeln Kaliber .380 schossen durch die Luft.

Plop, plop, plop, plop. Bevor ich meinen angehaltenen Atem wieder ausstoßen konnte.

Es war ein Dienstagmorgen im Mai, und meine Partnerin Remy Morgan und ich befanden uns im Georgia Safe, einer Schießanlage drei Meilen östlich von Mason Falls.

Ich zog mein braunes Sakko aus, hängte es über die Trennwand zwischen mir und Remy und legte meine Knarre auf dem schmalen Sims ab, das für Waffen gedacht war, mit der Mündung in Schussrichtung.

Der Geruch von Rühreiern und paniertem Beefsteak wehte vom Büro des Schießstandes herüber. Der Besitzer, ein pensionierter Polizist namens Cooz, hatte noch nie in seinem Leben einen Teller mit fettem Fraß verschmäht. Dafür lieferte seine Statur den schlagenden Beweis.

»Also, Rem«, sagte ich. »Du hast mir noch gar nichts von deinem Date erzählt.«

Remy trug eine ihrer typischen Aufmachungen: hellbraune Hose und eine akkurat gebügelte weiße Bluse, die sich deutlich von ihrer dunkelbraunen Haut abhob. Auf ihrer Nase saß eine dieser Brillen, wie sie Bücherwürmer tragen, was ich schon immer für einen Trick gehalten habe, mit dem sie ihr gutes Aussehen herunterzuspielen versuchte.

»Samstag?« Sie zuckte die Schultern. »Wir sind nach Forest Oaks rausgefahren.«

Ich warf meiner Partnerin einen Seitenblick zu, ließ ein neues Zielobjekt in meiner Schussbahn aufsteigen und drückte den Knopf, der es wegschickte. »Er hat dich zum Friedhof ausgeführt?«

Remy ließ ihre Zielscheibe durch die Nachbarbahn schweben. »Wir haben uns *Blade Runner* angeschaut, P.T. Die zeigen dort alte Filme. Heißer Scheiß.«

Es gab inzwischen eine Menge Scheiß, der als *heißer Scheiß* gehandelt wurde, aber ich wusste einen Scheiß davon. Vielleicht lag's bloß an mir, daran, dass ich mich nicht an das gewöhnen konnte, was als mein neues Leben durchgehen sollte. Mein Leben nach dem Tod meiner Frau und meines Sohnes.

Ich lud ein Magazin in meine Glock. »Betreten wir das Leichenschauhaus nicht oft genug im Jahr? Musst du bei einem abendlichen Rendezvous unbedingt Gräber bestaunen?«

Remy verdrehte die Augen. Meine Kollegin war sechsundzwanzig, über zehn Jahre jünger als ich. »Spiel nicht den alten Mann, P.T.«

Sie zog sich ihren Kapselgehörschutz über die Ohren und rammte das Magazin mit seinen sechs Kugeln in die Knarre.

»Außerdem sind alte Menschen für gewöhnlich keine guten Schützen«, rief sie laut. »Die Sehschärfe lässt nach.«

Ich grinste. »Wird das hier 'ne Wette? Weil dein Partner, soweit ich mich erinnere, immer noch der beste Schütze vom ganzen Dezernat ist.«

Mein Handy brummte in der Hosentasche. Ich zog es heraus, tippte schnell eine Antwort auf die Textnachricht und steckte das Ding wieder weg.

»Der Verlierer zahlt das Essen«, deklamierte Remy. »Die besten Treffer bei zwanzig Schuss? Vier Fünfer-Runden?«

Ich ging in Schusshaltung und nahm mit der Glock 42 das Ziel ins Visier. Meine Partnerin kann gelegentlich ziemlich eingebildet sein. Die Sorte Mensch, die in einem leeren Haus einen Streit vom Zaun bricht. Andererseits ist es genau das, was ich am meisten an ihr mag.

Ich drückte ab – eins, zwei, drei, vier, fünf –, dann auf den Rückholknopf und sah Remy an, ohne die wieder auftauchende Zielscheibe eines Blickes zu würdigen.

»Ich stehe auf Steak-Läden«, sagte ich. »Teure Steak-Läden.«

Die Zielscheibe kam zum Halten, und ich hob die Pappsilhouette an einer Ecke in die Höhe. »Fünf von fünf Volltreffern, Frischling.«

Remy *war* keine Anfängerin mehr. Genau darum nannte ich sie so.

Sie setzte ihren rechten Fuß auf der Schießbahn nach hinten und streckte den rechten Arm gerade nach vorne, gestützt vom angewinkelten Ellbogen des linken Arms. Eine andere Schießhaltung als meine. Sie hieß Weaver-Stand (nach dem Erfinder, Deputy Sheriff Jack Weaver) und wurde den Polizeikadetten seit einem guten Jahrzehnt beigebracht.

Remy strich sich die Haare aus dem Gesicht, sodass sie ihr über die linke Schulter fielen. Meine Partnerin besaß die wohlgeformten Wangenknochen, die dunkle Haut und die Locken eines Topmodels. Sie atmete aus, zielte und gab aus ihrer Kanone schnell hintereinander fünf Schüsse ab. *Bamm, bamm, bamm, bamm, bamm.*

Sie schlug mit der flachen Hand auf den Rückholschalter, und die Zielscheibe flatterte uns entgegen. »Tofu-Truthahn«, sagte sie.

In der Bahn flatterten die Ecken des Pappkameraden im Wind der Klimaanlage.

»Tofu-Truthahn?«, brabbelte ich verständnislos.

Fünf von fünf Schüssen hatten die Mitte von Remys Schießscheibe getroffen, zwei davon den innersten Ring, also ins sogenannte »Schwarze«. Die Mitte der Mitte.

Remy inspizierte ihr Ergebnis. Erste Runde verbucht, und es stand unentschieden.

»Abseits der 85. gibt's ein echt gutes veganes Restaurant«, brüllte sie mir zu. »Falls ich dir in den Arsch trete, fahren wir hin. Toller Tofu-Truthahn.«

Mein Telefon summte schon wieder, und ich sah aufs Display. Überflog die zwei Textnachrichten, die in den letzten paar Minuten bei mir eingegangen waren. Meine Partnerin ernährte sich nicht vegan, sie wollte mir bloß auf die Eier gehen.

»Wir müssen die Sache verschieben.« Ich hielt mein Handy in die Höhe und zeigte Remy eine SMS vom Chef.

Wir packten zusammen und eilten nach draußen, wo ich meinen Eins-neunzig-Körper in Remys roten Alfa Romeo Spider Baujahr 77 quetschte.

Mein Name ist P.T. Marsh, und Mason Falls, Georgia, ist meine Stadt. Noch nicht allzu lange bringen wir's hier auf knapp 130.000 Seelen. Eine hochinteressante Größe – klein genug, um Familien das Gefühl zu geben, der ausufernden urbanen Hektik etwa von Atlanta entkommen zu sein, aber eben doch groß genug, um ein mit vier Detectives besetztes Morddezernat ständig auf Trab zu halten, inklusive Überarbeitung und Unterbezahlung.

»Wie lauten die Anweisungen?« Remy deutete auf mein Handy.

»Die Anfängerin abzusetzen. Sich dann einen erfahreneren Detective schnappen, auch wenn die Kleine das Schießen draufhat.«

Remy streckte mir den Mittelfinger ihrer freien Hand entgegen, und ich sah kurz auf mein Smartphone.

»Chief Pernacek hat einen Freund«, sagte ich.

Remy lächelte. »Schön, dass er Freunde findet.«

Jeff Pernacek war Polizeichef geworden, als ich noch meine Ausbildung durchlief, vor ungefähr einem Jahrzehnt jedoch in den Ruhestand gegangen. Da unser Boss jüngst aus dem Amt geschieden war, hatte Bürgermeister Stems Pernacek als Interimshäuptling zurückgeholt.

»Ist sein Freund tot?«, fragte meine Partnerin.

Während Remy auf die Tatsache abzielte, dass wir uns mit Tötungsdelikten befassten, entsprach es ebenso der Wahrheit, dass Pernacek mit einer ganz speziellen Meinung wieder ins

Dezernat eingetreten war: nämlich der, wir seien während seiner Abwesenheit schlampig geworden. Wir brauchten daher Befehle und Anordnungen, und zwar reichlich.

Nach der Lektüre von Pernaceks erster Textnachricht, in der er die Bitte aussprach, einem ehrenwerten Bürger der Stadt einen Besuch abzustatten und nachzusehen, wie es ihm ginge, hatte ich eine kurze Antwort zurückgeschickt.

»Hast du ihm mitgeteilt, dass unsere Waffenscheine gerade verlängert werden?«

»Habe ich«, sagte ich und starrte auf den SMS-Austausch mit meinem Boss.

»Was hat er geantwortet?«

Ich präsentierte Remy die Rückmeldung vom Chief. Sie bestand aus drei Wörtern:

Befehl ist Befehl.

Was hieß: Mach verdammt noch mal, was ich dir sage – auch wenn du glaubst, ich lasse dich deine Zeit mit einem Botendienst auf Staatskosten verplempern.

Remy trat aufs Gas, und draußen vor dem Fenster flog ein dichter Wald aus Weihrauchkiefern vorbei. Im Vordergrund rankten Kopoubohnen wie Unkraut aus dem Bodennebel von Georgia empor, klebten an den Kiefern wie nasse alte Socken.

Sie fuhr, und ich rief den Chef an, der mir erklärte, ein enger Freund sei beim allmonatlichen Bridgeabend nicht aufgetaucht.

»Bevor dir jetzt irgendein Klugscheißer-Kommentar rausrutscht, P. T.«, sagte Pernacek. »Es ist nicht von Bedeutung, dass der Bürgermeister und ich seit zehn Jahren mit Ennis Fultz Bridge gespielt haben. Immer dasselbe Restaurant. Jeweils am zweiten Dienstag im Monat.«

»Und er hat keinen einzigen Abend verpasst?«

»Nicht ohne sich vorher telefonisch abzumelden«, sagte Pernacek. »Aber Ennis kann manchmal ein bisschen exzentrisch sein, weshalb ich nicht irgendeinen Blaumann schicken will, denn ich nicht kenne.«

»Verstehe«, gab ich zurück.

Unser Interimschef war ein politischer Strippenzieher der ganz besonderen Art. Wenn der Bürgermeister »Frosch« sagte, sprang er eben. Doch es war gut, wenn der Boss einem vertraute. Schnell nachsehen, ob mit seinem Freund alles in Ordnung war, und schon konnten wir wieder auf dem Schießstand stehen.

Zehn Minuten später fuhren wir von der SR-906 ab, und meine Partnerin beschleunigte auf einer Schotterpiste, die definitiv nicht für ein italienisches Sportcoupé aus den späten Siebzigern gemacht war.

»Na ja, am Arsch der Welt sind wir nicht unbedingt«, sagte ich.

»Aber sehen können wir ihn von hier aus schon«, vollendete Remy meinen Gedanken.

Sie drosselte das Tempo, und der Staub legte sich von hinten über uns wie eine lohfarbene Abdeckhaube. Durch den braunen Schleier kam ein Gebäude in Sicht.

Das Haus war zweistöckig und individuell maßgefertigt aus Roteichenholz im Blockhüttenstil. Merkwürdig war nur, wohin man das Ding gesetzt hatte. Wenn ich mich bezüglich der Lage nicht irrte, stand es nur sechzig Meter von der Condesale-Gorge entfernt. Die Schlucht bot eine ebenso spektakuläre wie teure Aussicht.

Doch wer auch immer diese Hütte erbaut haben mochte – er hatte sich für den Blick Richtung Straße entschieden.

Wir parkten auf einem bekiesten Areal vor dem Haus und stiegen aus. Klopften an einer großen Holztür.

»Wie heißt er doch gleich?«, fragte Remy.

»Ennis Fultz«, antwortete ich.

Mein Blick wanderte über die gepflegte Fassade. Keine Alarmanlage. Keine Türklingel mit integrierter Kamera. Und auch kein Tor oder Gatter, das Fultz' gigantisches Grundstück ordentlich vom Highway trennte.

Ich ging zum Kiesplatz zurück, wo der Alfa stand, während sich Remy einen Weg ums Haus herum nach hinten suchte. Östlich und westlich der Bude stand jeweils eine Reihe von Zitronenbäumen mit grünen Zweigen und wachsweißen Blüten. Jenseits davon, über einen Kilometer in sämtliche Richtungen, dichter Wald, dem natürlichen, gekrümmten Verlauf der Schlucht folgend.

»P. T.«, rief Remy.

Ich umkurvte die Hausecke und blickte hoch. Eine Treppenstiege führte zu einem schmalen Balkon im ersten Stock hinauf, wo meine Partnerin zu kauern schien.

»Komm mal her, und sieh dir das an.«

Ich ging die Stufen hoch und sah Remy vor einem Nebeneingang stehen, durch den man direkt in die obere Etage gelangte. Ihre Finger fuhren über das Holz am Türgriff. Dessen Abdeckungsrahmen war verzogen, die Versiegelung abgesplittert, sodass ein Spalt zwischen zwei Holzbohlen getrieben worden war. Es handelte sich um eine bewährte Einbruchstechnik, unter Nutzung eines einfachen Hilfsmittels wie etwa des Multifunktionswerkzeuges eines Malers oder Tischlers.

Ich lehnte mich gegen die Hintertür. »Mr Fultz?«

Keine Antwort.

Ein paar hundert Meter hinter uns fiel das Land zunächst in einem stumpfen Winkel ab, um dann jäh in den Canyon zu stürzen.

»Sieht nicht unbedingt nach Gefahr im Verzug aus«, meinte Remy.

Mag sein, dachte ich. Aber immerhin hatte der Boss schon den ganzen Morgen über versucht, seinen Kumpel telefonisch zu erreichen.

Ich griff nach dem Türknauf und drehte ihn. Die Tür war nicht verschlossen.

»Mr Fultz?«, rief ich laut.

Keine Antwort.

Vorsichtig machte ich ein paar Schritte in einen Raum, der offenbar das Arbeitszimmer war. Komplett holzfurniert, schnitzverzierte Eiche, espressofarben gebeizt. Holzbalkendecke. Einbautisch und -schrank.

Ich durchquerte das Büro und erreichte dahinter einen Treppenabsatz, unter dem sich ein großzügig geschnittenes, offenes Erdgeschoss auftat. Eine imposante Wohnküche, für die man weder Kosten noch Mühen gescheut hatte. Sub-Zero-Gastro-Stahlkühlschrank. Klimaanlage und Kochgerätschaften von Wolf.

Als ich mich zu Remy umwandte, sah ich, dass die Tür zu dem anderen Raum im Obergeschoss einen guten Spaltbreit offen stand.

Dort lag ein Mann, dessen Äußeres auf ein Alter von Ende fünfzig schließen ließ, splitternackt und mit dem Gesicht nach oben auf einem breiten Doppelbett. Seine sommersprossige Haut hatte die Farbe einer schimmernden Perle.

»Verflucht noch mal«, flüsterte ich. Ohne große Vorfreude auf einen Anruf beim Chief.

Ich trat aus dem Zimmer und schüttelte den Kopf.

»Du verarschst mich«, lautete Remys Reaktion. Der Tag hatte ziemlich heiter angefangen, aber damit war es nun vorbei. Es gab einen Toten.

Ich wählte die Nummer des Reviers. »Verbinden Sie mich mit dem Boss.«

Während ich in der Warteschleife hing, gingen wir die Treppe hinunter zurück zum Vordereingang. In der Ferne wurde Staub aufgewirbelt. Ein Wagen näherte sich.

»Erwartest du jemanden?«, erkundigte sich Remy.

Ich schüttelte, das Handy ans Ohr gepresst, den Kopf.

Der Wagen wurde langsamer, je näher er kam. Es war eine alte Klapperkiste aus den späten Neunzigern. Ein verblichener gelber Mazda Protegé.

Chief Pernacek ging ran. »Was gibt's?«, wollte er kurz angebunden wissen, als wäre ihm entfallen, warum er uns hergeschickt hatte.

»Jeff«, hob ich an, »ich sage dir das wirklich nicht gerne. Aber wir sind draußen bei der Schlucht. Dein Freund ist tot.«

3 Den Unterlagen der Zulassungsstelle zufolge war Ennis Fultz achtundsechzig und damit ein gutes Jahrzehnt älter, als ich ihn nach dem flüchtigen Blick im Obergeschoss geschätzt hatte.

Noch vor zehn Uhr morgens hatte ein Streifenwagen auf dem freien Schottergelände neben Remys Alfa und dem blassgelben Mazda geparkt. Ebenso ein weißer Kleintransporter, an dessen Seite *Gerichtsmedizin* stand.

Wie sich herausstellte, gehörte der eingetrudelte Mazda Fultz' Putzfrau, einer Rothaarigen in den späten Fünfzigern namens Louise Randall. Ihr Rufname lautete Ipsy.

Sarah Raines, die örtliche Gerichtsmedizinerin, eilte mit ihrer Ausrüstung die Stufen hinauf, und Remy öffnete ihr die Tür. Sarah steckte in einem unförmigen, einteiligen Wegwerfoverall, der farblich gut zu ihren blauen Augen passte, ihrer schlanken Figur allerdings nicht gerade zum Vorteil gereichte.

»Morgen«, begrüßte sie Remy und mich, wobei ihr Blick mich fixierte. Sarah und ich hatten uns ungefähr fünf Monate lang regelmäßig getroffen.

Wir gingen hinein und steuerten oben das Schlafzimmer an, wo ich Ennis Fultz zum zweiten Mal in Augenschein nehmen konnte. Er war eins fünfundsiebzig groß und hatte kurz geschnittenes weißes Haar sowie einen Zweitagebart. Seine Leiche wurde zur Hälfte von einem Laken bedeckt, aber der Oberkörper war muskulös, Bizeps und Brust austrainiert.

Wir schossen Fotos von dem Leichnam, indem wir das Bett umkreisten, um das Opfer aus sämtlichen Blickwinkeln inspizieren zu können.

»Sieht der für dich wie achtundsechzig aus?«, wollte Sarah wissen.

»Eher nach achtundfünfzig«, erwiderte ich.

Zwischen Bett und Wand stand eine Sauerstoffflasche, aus der sich ein Schlauch bis in eine transparente Plastikmaske von der Sorte schlängelte, die man sich mit einem Riemen um den Kopf schnallt.

»Es ist auffällig, wo das Schlauchstück liegt.« Remy zeigte darauf.

Die Maske lag um die acht Zentimeter von Fultz' ausgestreckter rechter Hand entfernt.

Ich klaubte einen Inhalator vom Nachttisch auf.

»Budesonid-Formoterol«, las ich von der Seite ab.

»Wird unter dem Markennamen Symbicort gehandelt«, erklärte Sarah. »Es lindert Schwellungen und Reizungen der Atemwege. Könnte auf alles Mögliche hindeuten, von Asthma bis hin zu einer ernsten Atemwegserkrankung.«

Remy und ich ließen Sarah ein bisschen Zeit mit der Leiche und teilten uns auf, um das obere Stockwerk unter die Lupe zu nehmen.

Meine Partnerin überprüfte Fultz' nebenan gelegenes häusliches Arbeitszimmer, während ich das anliegende Bad aufsuchte. Im Mülleimer fand ich eine Packung Trojan-Kondome sowie ein gebrauchtes Präservativ.

Ich tütete sie als Beweismaterial ein und heftete den Blick auf Fultz' restliche Rezepte. Vor drei Monaten Promethazin gegen eine Bronchitis. Lipitor fürs Cholesterin. Ein Fläschchen Viagra, auf dessen Boden zwei übrig gebliebene Pillen lagen. Nichts, was einem irgendwie verdächtig vorgekommen wäre.

»Geschätzter Todeszeitpunkt Montag, sechster Mai«, diktierte Sarah in ein handliches Aufnahmegerät und datierte alles damit auf den gestrigen Tag. »Zwischen zehn Uhr morgens und zwei Uhr nachmittags.«

»Hast du die Todesursache?«, fragte ich.

Sarah zögerte und band sich ihr schulterlanges blondes Haar mit einem Zopfgummi zurück. Sie war eine Augenweide, das stand fest, aber darüber hinaus hatte ich auch selbst sehen können, dass sie ein guter Mensch war. Genau die Sorte, die ich in meiner Nähe wissen wollte.

Ich folgte Sarahs Blick bis zur rechten Hand des Mannes. An den Spitzen von Fultz' Zeigefinger und Daumen hatte die Haut sich dunkelblau verfärbt.

»Warten wir auf die Toxikologie«, sagte sie.

Sarah legte das Diktiergerät beiseite und schnappte sich eine Kamera. Ihr Handwerkszeug war in einem zweckentfremdeten Angelkasten verstaut, und einen flüchtigen Moment lang schaute mir aus dem Spiegel an der Innenseite des Deckels mein eigenes Gesicht entgegen.

Meine gewellten braunen Haare waren so ungekämmt wie meine blauen Augen blutunterlaufen. Schon zweimal in dieser Woche hatte mich Sarah mitten in der Nacht wachgerüttelt. Ich hatte schon wieder im Schlaf geschrien.

Ich musste ihr versprechen, dass meine Probleme vom letzten Jahr nicht wiederkommen würden.

Ich durchquerte den Korridor Richtung Remy. Meine Partnerin hatte den Hintereingang geöffnet. Ebenjene Tür, durch die wir anfangs hereingekommen waren. Unmittelbar neben dem Türpfosten fanden sich fünfzehn bis zwanzig Holzsplitter auf dem Boden, genau an der Stelle, wo der Spalt zwischen die Bohlen getrieben worden war.

»Die Putzhilfe kam zweimal pro Woche?«, fragte ich.

»Dienstags und freitags«, antwortete Remy.

»Der Zeitpunkt für einen möglichen Einbruch lässt sich also ein wenig präziser bestimmen, wenn sie am Freitag hier sauber gemacht hat.«

Ich zog die Tür auf und spähte die Hintertreppe hinunter, an deren Fuß sich ein halbes Dutzend Tüten mit Marathon-Grassamen stapelte.

Ich ging wieder ins Haus zurück.

Die Bürowände waren mit gerahmten Titelseiten von Immobilienmagazinen zugepflastert, auf denen Fultz' Visage prangte. Eine Überschrift nannte ihn KÖNIG DER MAKLER. Für eine andere war er DER MEISTGEHASSTE MANN GEORGIAS.

»Wir müssen mehr über diesen Vogel herausfinden«, sagte ich.

Remy und ich gingen an der Leiche vorbei runter ins Erdgeschoss, um mit der Haushälterin zu sprechen.

Ipsy Randall war spindeldürr, ihr rotes Haar an den Wurzeln schwarz. Sie roch wie eine Mischung aus Lysol und Marlboro Reds.

»Wie lange haben Sie für Mr Fultz gearbeitet?«, fragte Remy.

»Sechzehn Jahre«, sagte Ipsy. Sie erzählte, wie sie der Familie Fultz von einem Haus zum anderen gefolgt war. Sie hatte Trennung und Scheidung miterlebt, und wie schließlich der Sohn auszog, um aufs College zu gehen.

»Wir haben ein Kondom im Müll gefunden«, erklärte ich. »Lebte Mr Fultz in weiblicher Gesellschaft?«

»Oder männlicher?«, schob Remy hinterher.

»Haha, um Gottes willen. Darüber hätte er herzlich gelacht«, sagte Ipsy zu Remy. »Ennis war definitiv ein Charmeur, aber ich bin an meinen zwei Arbeitstagen nie einer Frau über den Weg gelaufen.«

»Und das Kondom?« Remy deutete nach oben.

»So gut wie jeden Dienstag lag eins im Mülleimer«, sagte Ipsy.

Remy und ich wechselten einen Blick. *Hatte der alte Zausel eine feste Freundin gehabt?*

Ich lehnte mich an die Wand. Auf der gegenüberliegenden Seite des Zimmers stand ein gut vier Meter breites, maßgefertigtes Aquarium, flankiert von Naturstein-Findlingen.

»Wie gut wissen Sie über Mr Fultz' Gesundheitszustand Bescheid?«, wollte ich wissen.

Ipsy beschrieb die Atemübungen, die Fultz morgens mit der Sauerstoffflasche praktizierte, ergänzte jedoch, er habe dies schon seit etlichen Jahren so gehandhabt und sei fit und dynamisch gewesen. »In letzter Zeit ist er regelmäßig spazieren gegangen – jeweils die Hälfte der Zeit, die ich da war.«

»Also haben Sie einen Schlüssel?«

Ipsy nickte und zeigte ihn uns. Ich musste an die blauen Finger denken. Der Fachterminus lautet »Zyanose«. Die Verfärbung konnte eine Menge Dinge bedeuten. Sogar für einen natürlichen Tod sprechen, so denn die Leiche lange genug herumlag.

Wir fragten Ipsy nach der Familie des Verstorbenen, und sie gab uns die Adresse von Ennis Fultz' Sohn Cameron, eines jungen Mannes irgendwo in den Dreißigern. Fultz' Ex-Frau Connie war in Ipsys Alter.

»Seine Frau ist also ungefähr zehn Jahre jünger als er?«, hakte Remy nach.

»Mehr oder weniger.« Die Haushälterin deutete auf die Eingangstür. »Ich hab's dem Streifenpolizist schon gesagt – wenn Sie aufbrechen, sollten Sie das Haus gut abschließen. Mr Fultz hatte die Angewohnheit, an ungefähr jedem möglichen und unmöglichen Ort Bargeld zu verstecken.«

»Was meinen Sie mit ›verstecken‹?«, erkundigte sich Remy.

»Vor einigen Monaten fand ich zehntausend Dollar im Tischbackofen«, erklärte Ipsy. »Ich hab ihn dann und wann mit einer Papiertüte und einer Schaufel rausgehen sehen.«

Zehntausend Mäuse waren Grund genug für einen Einbruch. Wir führten Ipsy nach oben ins Büro, zeigten ihr die Holzsplitter am Hintereingang und fragten, ob sie bei ihrem letzten Besuch in diesem Bereich gewischt hatte.

»Als ich am Freitag um drei Uhr abzog, konnte man von diesem Boden essen.«

Mit Remy und mir im Schlepptau nahm sich Ipsy ein paar weitere potenzielle Verstecke vor, an denen Fultz Kohle gebunkert haben könnte. Sie überprüfte jedes einzelne – einen Safe im Wandschrank, ein Regal voller leerer Schuhkartons –, und in keinem fand sich auch nur einen Cent. Die Tresortür war lediglich angelehnt.

»Fällt Ihnen jemand ein, der Mr Fultz vielleicht schaden wollte?«, fragte Remy.

Ipsy zögerte.

Ihr Blick wanderte durch die großen gläsernen Balkontüren nach draußen. »Stört es Sie, wenn ich rauche?«, erkundigte sie sich. »Es war ein höllisch anstrengender Morgen.«

Wir folgten ihr nach draußen auf den Balkon. Dort stand ein lachsfarbener Motel-Aschenbecher, neben dem eine Packung Virginia Slims lag. Ich vermutete, dass dies *ihre* kleine Erholungsoase war, Fultz hatte ja schließlich an der Sauerstoffflasche gehangen.

Sie zündete sich ihre Zigarette an. Inhalierte tief und stieß den Rauch aus. Auf ihren Zähnen prangten gelbe Nikotinflecken, die älter als meine Partnerin waren. »Glauben Sie, dass Leute sich ändern können, Detective?«

Mit dieser Sorte Frage hatte ich nicht gerechnet.

»Na sicher, wenn sie es denn wollen«, gab ich zurück.

»Tja, Mr Fultz musste letztes Jahr ins Krankenhaus. Und er verließ es als ein anderer Mensch.«

»In welcher Hinsicht?«, fragte Remy.

Ipsy zog abermals an ihrer Zigarette, formte mit den Lippen ein schmales O und blies den Qualm aus.

»Da war dieses Ehepaar«, sagte sie. »Als Ennis begann, das Haus hier zu bauen – sie wohnten auf diesem Grund und Boden. In einer bescheidenen Hütte am Rand des Grundstückes. Die Frau war eine Indianerin. Möglich, dass ihre

Familie seit Ewigkeiten hier lebte. Der Mann war ebenso weiß wie Sie.«

»Okay.« Ich nickte. »Hat man sie weggejagt? Waren sie sauer?«

»Nein, nichts von alledem«, sagte Ipsy und fummelte an einer hellen Warze an ihrem sonnenverbrannten, runzligen Arm herum. »Ennis hat sie in Ruhe gelassen. Der Mann kümmerte sich um die Wartung der Trampelpfade entlang der Schlucht. Und das hat er auch in der Folgezeit gemacht.«

»Verstehe«, sagte ich.

»Nachdem Ennis aus dem Krankenhaus entlassen worden war, half er dem Ehepaar sogar dabei, ein Kind zu adoptieren. Ließ seine Beziehungen in der Stadt spielen. Hat er bei mir auch gemacht. Kam eines Tages mit einem fetten Bündel Scheine um die Ecke. Lohnnachzahlung, so nannte er es.«

»Welche Summe hat er Ihnen zukommen lassen?«, fragte Remy.

»Sechstausend Dollar.« Ipsy drückte ihre Kippe aus. »Man wird Ihnen ein paar üble Geschichten über Mr Fultz erzählen«, sagte sie. »Dass er ein richtiger Dreckskerl war.«

»Und, war er das?«

»Für die Leute, mit denen er Geschäfte machte, wohl schon, schätze ich«, sagte sie. »Aber einer, der da oben einbricht und ihm was antut?« Ipsy deutete auf das Obergeschoss. »Wenn's nach mir ginge, sollte der Kerl auf dem elektrischen Stuhl schmoren.«

Die Haushälterin schnappte sich ihre Handtasche, ein klobiges Ledermonster, das mindestens fünfundzwanzig Jahre alt war. »Ich muss mich jetzt ausruhen.«

Remy überreichte Ipsy ihre Visitenkarte. »Vergessen Sie Ihre Zigaretten nicht«, meinte meine Kollegin.

Ipsy schüttelte den Kopf. »Oh, das sind gar nicht meine. Ich war bloß ziemlich fertig mit den Nerven und hatte ein paar ordentliche Züge nötig.«

Meine Partnerin tütete die Zigaretten ein. Auch wenn überall Ipsys Fingerabdrücke waren, konnten sie sich vielleicht auf irgendeine Art als nützlich erweisen.

Sarah hatte, bevor die Obduktion Genaueres ergeben würde, die gestrige Spanne zwischen zehn Uhr morgens und zwei Uhr nachmittags schon einmal als vorläufigen Todeszeitpunkt festgesetzt, und ich dachte an die Vielzahl von Ereignissen, die sich hier draußen mitten im Nirgendwo zugetragen hatten.

Sechs Säcke mit Gras waren an der Hintertreppe abgeladen worden. Möglicherweise war jemand durch den Nebeneingang eingebrochen. Und eine geheimnisvolle Frau hatte mit Fultz geschlafen. Wir hatten keinen Schimmer, wann genau auch nur die Hälfte dieser Dinge geschehen waren, aber für einen Typen im Ruhestand schienen die letzten zweiundsiebzig Stunden doch einigermaßen hektisch abgelaufen zu sein.

Chief Pernacek traf ein und gesellte sich auf dem Balkon zu uns.

In manchen Countys wurde generell bei allen Todesfällen, ob es nun ein natürlicher Tod oder Mord war, die Polizei hinzugezogen. Mason Falls gehörte nicht dazu. War man jedoch reich, berühmt oder schlagartig tot, konnte man sich allerdings dennoch einen Hausbesuch von zwei Polizisten samt Boss einbrocken.

»Ich vermute, du gehst von einem natürlichen Tod aus«, sagte Pernacek, mehr zu mir als zu Remy.

»Weiß nicht«, erwiderte ich und dachte an die blaue Farbe an Fultz' Fingerspitzen. Und an den Schaden an der Hintertür. Andererseits hatte der alte Knabe Sauerstoff gebraucht, um überhaupt atmen zu können.

»Sie kannten das Opfer ja persönlich«, begann Remy ihre Frage. »Wollen Sie es vielleicht der Familie mitteilen?«

Pernacek war groß gewachsen und außergewöhnlich schlank, was ihm die Anmutung eines Ichabod Crane verlieh. Er lächelte meine Partnerin an. »Ich finde es ja großartig, dass inzwischen Mädchen im Dezernat rumlaufen, Morgan«, sagte er. »Verschafft ganz neue Perspektiven. Allerdings habe ich schon seit den späten Neunzigern solche Mitteilungen nicht mehr überbracht.«

Remy hielt dem Blick ihres Chefs stand.

Das war ein klassischer Pernacek. Am Telefon lautes Gebell. Und leibhaftig dann zweifelhafte Komplimente im Altherren-Stil. Ich konnte mich beim besten Willen nicht daran erinnern, den Kerl während seiner früheren Dienstphase auch nur ein einziges Mal an einem verdammten Tatort gesehen zu haben.

Mir kamen die Schlagzeilen der Magazincover in den Sinn, die Fultz gerahmt in seinem Büro aufgehängt hatte. »Gibt es irgendetwas, das wir über Ennis wissen sollten?«

»Er war ein guter Mann«, sagte Pernacek. »Seine schwache Lunge hat ihn dann wohl im Stich gelassen. Ich gehe davon aus, dass Sie die Sache mit dem gebotenen Respekt angehen. Am besten Kontakt mit seiner Ex-Frau aufnehmen und den Fall zügig abschließen.«

»Natürlich, geht klar«, sagte ich. Obwohl ich mir gar nicht so sicher war, ob ich das gut fand. Sowohl was Ennis' Status als Stütze der Gesellschaft dieser Stadt betraf, als auch was seinen natürlichen Tod betraf.

Pernacek wandte sich um und verschwand, während ich der Staubwolke nachsah, die Ipsy bei der Abfahrt mit ihrem alten Mazda aufwirbelte.

Beim Bau des Anwesens hatte man mit voller Absicht auf die gute Aussicht gepfiffen. Es war eine Garnison, eine Festung, allzeit bereit, einem von der Straße aus geführten Angriff standzuhalten.

»Woran denkst du?«, fragte Remy und folgte meinem Blick.

Und die Sache ist die – wann immer ich mich am Tatort eines Mordes aufhalte, denke ich meistens darüber nach, warum *ich* eigentlich hier bin. Und damit meine ich kein esoterisches Deppenzeug, so à la »Warum sind wir alle hier, wo kommen wir her, wo gehen wir hin?«. Ich meine *mich*.

Ich habe das Begräbnis meiner Frau und meines Sohnes hinter mich gebracht. Man hat mich mitten auf einem Highway für tot gehalten und liegen gelassen. Und doch habe ich mich wieder hochgerappelt. Und weitergeatmet.

Dieser Typ aber nicht.

Ennis Fultz war alt, aber viril genug, um sich flachlegen zu lassen. Auch wenn er Immobilienmagnat war, hatte er sich seine höchst individuell gestaltete Luxusbude jedoch so gebaut, dass er von einer Aussicht, die Millionen Dollar wert war, nichts hatte. Und falls ihm der Einbruch aufgefallen war, hatte er dennoch darauf verzichtet, sich an seine Kumpane im Stadtrat zu wenden.

Der Job eines Detectives läuft unkompliziert. Füge der Reihe nach alle Einzelheiten so zusammen, dass sich eine Geschichte daraus ergibt. Aber achte auf die Details, die nicht reinpassen.

Wenn Fultz keines natürlichen Todes gestorben war und es hier *tatsächlich* um Mord ging, bedeutete dies, dass sich unter dem halben Dutzend Besucher in seinem Haus ein Mörder befunden haben musste. Und sich irgendwie wieder rausgeschlichen hatte. Mehr oder weniger vor aller Augen. Ein unauffälliger Mensch auf großer, offener Bühne.

»Glaubst du, der Chief liegt richtig?«, wollte Remy wissen. »Ein natürlicher Tod?«

Ich zögerte. »Weißt du, was ich glaube, Partner?«, sagte ich zu Remy. »Es gibt Leute, die haben Eier in der Hose.«

»Das ist eine unbestreitbare Tatsache, Boss«, erwiderte sie.

»Wenn es sich hier aber um Mord handelt ...« Ich starrte auf die Straße, die vor uns lag. »Und es nur einen Weg gibt, der hin- und wieder wegführt? Dann braucht unser Killer schon 'ne Schubkarre, um seine Eier durch die Gegend zu schaukeln.«

4

Das Mädchen öffnete die Augen, und alles stand kopf. Da war ein eierndes Geräusch. Als würde sich etwas auf einer unrunden Achse drehen.

Sein Sicherheitsgurt war stramm um den Körper gespannt, das Material aus Polyester schnitt ihm in die Schulter. Sein Kopf, der verkehrt herum knapp unter dem Dach hing, fühlte sich wirr an.

Einen Moment lang machte das Mädchen die Augen nicht auf.

»Zu viel Fantasie kann gefährlich sein«, hatte seine Mutter ihm erst letzte Woche eingeschärft.

Das Mädchen öffnete die Augen. Träumte es?

Der Toyota, den der Mann gefahren hatte, stand parallel zur Brücke, seine Rücklichter orangefarbene Einschusslöcher in der Schwärze der Nacht.

Es hatte das Gesicht des Mannes gesehen. Einen Ausdruck von Seelenruhe.

Das eiernde Geräusch verklang, und ein Knarzen trat an seine Stelle.

Das Mädchen reckte den Hals und schaute zum Vordersitz.

Ein verbogenes Metallstück von der Leitplanke der Brücke hatte die Frontscheibe durchbohrt und hielt den Hyundai an Ort und Stelle, verhinderte, dass der Wagen den Abhang hinab in den Fluss rutschte.

Es blickte zu dem Toyota zurück. Die Scheinwerfer des Trucks leuchteten jetzt hellrot. Er fuhr rückwärts. Auf es zu.

Das Mädchen keuchte.

Der Mann hatte sie absichtlich gerammt.

Und jetzt versuchte er es noch einmal, um es zu Ende zu bringen.

Es versuchte zu schreien, doch seine Brust brannte, und kein Wort drang aus seinem Mund.

5

Während Remy unterwegs war, um Fultz' Familie zu benachrichtigen, fuhr ich ins Stadtzentrum und fand mich bald im ersten Stock des Lee-F.-Skirter-Strafgerichtsgebäudes wieder.

In dem Jahr nach dem Verlust meiner Familie versank ich in einem tiefen Morast.

Als ich aus dem Sumpf wieder auftauchte, stieß ich unerwartet auf den größten Fall meiner Laufbahn. Und in diesem Zusammenhang tötete ich einen Mann namens Donnie Meadows.

Heute war seine Schwester eingetroffen, um sich anzuhören, welche Summe die Stadt für meine Missetaten zu zahlen bereit wäre.

Ich saß in einem holzgetäfelten Sitzungssaal neben Liz Yugel, der Bezirksstaatsanwältin von Mason Falls. Yugel war Mitte dreißig, und ihre konservative blaue Kluft sah eher wie etwas aus, das man für ein Bewerbungsgespräch anziehen würde.

Zwei Frauen saßen uns gegenüber.

»Detective Marsh.« Die ältere Dame lächelte. »Es ist mir ein Vergnügen, abermals Ihre Gesellschaft zu genießen.«

Im Berufsleben war Catherine Flannery als Tiger-Cat bekannt. Der Spitzname war eine jener wissenswerten Kleinigkeiten, die Liz Yugel mir über die fünfundfünfzigjährige Anwältin erzählt hatte, ergänzt um einen Ratschlag, den sie am Vorabend gar nicht oft genug wiederholen konnte. *Dies ist ein Gütetermin, P. T. Sei höflich. Wirf dich angemessen in Schale. Sag kein Wort zu Cat.*

Die Anklage gegen das Police Department lautete auf unverhältnismäßige Gewaltanwendung.

Beim Mason Falls Police Department galt ein schriftlich fixiertes Regelwerk, wenn es um die Festnahme eines Verdächtigen ging. Diese Richtlinien blieben nur leider eher vage hinsichtlich des speziellen Falls, dass der Verdächtige zwei Meter zwanzig groß war, hundertfünfzig Kilo wog und einem Cop für eine geraume Weile den Kopf unter Wasser drückte.

Die Frau neben Cat Flannery war Tusila Meadows, die Schwester des Toten.

Mit annähernd eins neunzig und einem Gewicht von schätzungsweise hundertdreißig Kilo war Tusila das schmächtigste Mitglied der Familie Meadows, das mir bislang untergekommen war. Und ich hatte so einige von ihnen kennenlernen dürfen.

Staatsanwältin Yugel kam unverzüglich zur Sache.

»Richter Crocket hat uns hier zusammenkommen lassen, um unseren Vorschlag zur Güte zu unterbreiten.«

Sie schob eine Mappe voller Papierkram über den Tisch. »Ich habe hier ein verbindliches Angebot über 150.000 Dollar. Berücksichtigt hierbei ist polizeiliches Beweismaterial, das Donnie Meadows mit zwei Anklagen wegen Entführung, einer Anklage wegen Mordes und drei Anklagen wegen versuchten Mordes in Verbindung bringt.«

Tiger-Cat würdigte die Mappe keines Blickes.

»Wissen Sie, was ich an der Anwaltstätigkeit so liebe?«, sagte sie. »Wenn man als Anwalt *tätig* ist und gewinnt,

gewinnt man. Und wenn man tätig ist und verliert, verliert man.«

Cat nahm das Angebotsschreiben an sich, schob uns den Rest der Unterlagen jedoch zurück.

»Spielt aber ein Cop den Scharfrichter, kommen wir hier vor Gericht nicht zusammen, um zu untersuchen, ob Donnie tatsächlich schuldig war.«

Ich setzte mich gerader hin.

Donnie Meadows *war* schuldig. Wir hatten ihn bei mindestens drei der fünf Anklagepunkte auf frischer Tat ertappt, darunter ein Mord und zwei Mordversuche.

Tusila griff nach einem Kugelschreiber, der auf dem Tisch lag. Sie trug ein violettes Kleid mit einem Muster aus winzigen stilisierten Lilien. Als sie sich der zweiten Seite widmete, fischte Staatsanwältin Yugel einen Satz Papiere aus ihrer Aktenmappe.

»Wir erwarten darüber hinaus, dass Mrs Meadows die übliche Vertraulichkeitsvereinbarung unterschreibt«, fügte Yugel hinzu.

Tusila legte den Stift hin. Sie hatte ein vierschrötiges Gesicht und eine Kieferpartie wie ein Brauereipferd. »Was soll das heißen?«, fragte sie ihre Anwältin. »Ich darf nicht mit meinen Freundinnen darüber reden? Die wissen, was ich durchgemacht habe?«

»Die Stadt will verhindern, dass die Öffentlichkeit erfährt, welche Beträge für außergerichtliche Vergleiche gezahlt werden«, erklärte Cat.

Tusila zögerte, unsere Blicke trafen sich. »Dann verlange ich aber eine Entschuldigung.«

»Schriftlich?«, wollte die Staatsanwältin wissen. »Schriftlich können wir leider nichts fixieren, Mrs Meadows.«

»Ich rede nicht von einem Ihrer Schriftstücke.« Tusila starrte Yugel wütend an. »Ich will eine gottverfluchte Entschuldigung von ihm da.«

Ich spürte, wie ich im Gesicht rot anlief, und ballte unterm Tisch die Faust.

Eine Formalität.

So hatte die Staatsanwältin dieses Zusammentreffen genannt. Denn Cat Flannery hatte bereits eine E-Mail mit ebenjenem Vergleichsangebot erhalten und es an ihre Klientin weitergeleitet, die sich am Abend zuvor damit einverstanden erklärt hatte.

Staatsanwältin Yugel blinzelte. »Sie wollen das Dokument nicht unterzeichnen?«

»Ich weiß nicht«, antwortete Tusila. »Ich muss darüber nachdenken.«

Die Staatsanwältin bedachte mich mit einem kurzen Seitenblick.

Yugel war Strafrechtlerin. Es war nicht ihr Job, Bullen zu verteidigen. Bürgermeister Stems wusste jedoch, dass sie mit dem Fall vertraut war, weshalb er sie gebeten hatte, die Angelegenheit möglichst schnell ins Reine zu bringen. Sonst hätte man Fremdanwälte hinzuziehen müssen, für 350 Dollar pro Stunde und Nase.

Tiger-Cat lächelte. Sie genoss das Chaos. »Es muss ein Heidenspaß sein, mit Ihnen verheiratet zu sein, Detective«, sagte sie, »wenn Sie sich derart renitent weigern, hier unter uns vieren im ansonsten leeren Raum ›Es tut mir leid‹ zu sagen.«

Tusila rutschte auf ihrem Stuhl hin und her. Wie die anderen Mitglieder ihrer Familie war sie halb samoanischer, halb deutscher Herkunft. »Ich glaube, meine Cousins und Cousinen würden ebenfalls gerne eine Entschuldigung von Ihnen hören«, sagte sie.

Cats Blick blieb stur auf mich gerichtet.

»Gerade ist es mir wieder eingefallen«, sagte sie. »Sie *sind* gar nicht mehr verheiratet, Detective. Genau das versetzt Sie in diesen Zorn, stimmt's? Sie haben dieses junge schwarze Mädchen, mit dem Donnie zusammen war, als eine Art Ersatz für Ihre tote Frau betrachtet? Und Sie haben rotgesehen. Aufgehört, an Dinge wie faire Gerichtsverfahren zu denken. Oder Beweislast.«

Eine Schweißperle rollte mir den Nacken herunter.

Als Ermittler begegnet man Opfern an den schlimmsten Tagen ihres Lebens. Und man krallt sich Verdächtige, die zum untersten Bodensatz der Gesellschaft gehören. Und das tagtäglich, kapiert? Von morgens bis abends. Immer und immer wieder.

Doch dann und wann ist ein Fall mehr als das. Dann und wann steht man von Angesicht zu Angesicht dem Bösen in Reinkultur gegenüber.

»Mir ist durchaus bewusst, dass es wichtig ist, zu einer Einigung zu gelangen, Mrs Meadows«, sagte ich. »Und was Ihren Bruder betrifft – der hat sich mit ein paar echt finsteren Leuten eingelassen.«

»Das sage ich doch schon die ganze Zeit.« Tusila riss die Arme hoch.

Aus dem Augenwinkel sah ich Staatsanwältin Yugel nicken.

Sag es, schrie ihre Körpersprache. *Entschuldige dich.*

»Doch da gibt es ein Ehepaar ohne fünfzehnjährigen Sohn, weil Ihr Bruder ihn umgebracht hat«, fuhr ich fort. »Und das geschah, bevor er meiner Partnerin eine Kugel in den Arm jagte. Und versuchte, mich zu ertränken.«

Ich sah Tusila in die Augen. »Also besteht nicht mal der Hauch einer beschissenen Chance, dass Sie eine Entschuldigung von mir hören werden. Nicht hier. Nicht heute. Nicht vor Gericht. Niemals. Dieses Geld ist alles, was Sie kriegen können.«

Einen Augenblick wurde es totenstill im Raum, und Cat richtete sich an ihre Klientin. »Habe ich Ihnen nicht prophezeit, wie es ablaufen würde, wenn Sie eine schlichte Entschuldigung verlangen?«

Die Anwältin schob die Dokumente zurück. »Einmaliges Angebot, Liz. Machen Sie zweihundert Riesen draus, und ich werde Mrs Meadows nachdrücklich empfehlen, die Schriftstücke auf der Stelle zu unterschreiben.«

»Sie wissen, dass ich dazu nicht befugt bin«, gab Liz Yugel zurück.

»Wollen wir?«, fragte Cat ihre Klientin.

Tusila Meadows stand auf, ohne die Papiere zu unterzeichnen. Und ich erinnerte mich an etwas. Die Klage richtete sich gegen das Dezernat, aber die Staatsanwältin hatte mir erläutert, dass ich als Nächster an der Reihe wäre, falls der Fall nicht rasch erledigt würde. Eine gegen mich persönlich gerichtete Zivilklage.

Tusila glotzte mich an. Und einen kurzen Moment lang verspürte ich geringfügig das Bedürfnis, die Sache aus der

Welt zu schaffen. Ich könnte eine Handvoll Wörter stottern, und sie würde sich wieder setzen, den Kugelschreiber nehmen und unterzeichnen.

Doch am Ende des Tages ... Wir sind, wer wir sind.

»Dann gehen Sie halt«, sagte ich. »Wenn Sie nicht unterschreiben, haben Sie hier nichts mehr verloren.«

Tusila und Cat verließen den Saal.

6

Um zwei Uhr nachmittags war ich zurück im Dezernat und stieß in der Kantine auf Remy, die sich mit einem Salat und ihrem iPad auf einen Stuhl gepflanzt hatte.

»Gibt's was Neues?«, fragte ich.

»Der Drogenbefund ist reingekommen«, sagte sie. »Negativ. Keinerlei toxische Substanzen bei Fultz.«

»Und die Nachricht von seinem Tod?«

»Die habe ich Ennis Fultz' Sohn Cameron überbracht. Er kam gerade aus dem Urlaub zurück. Ich habe ihn abgepasst, als er vom Flughafen in seine Auffahrt einbog. Der Mann ist regelrecht zusammengeklappt. Komplett aufgelöst in Tränen.«

»Du lieber Himmel«, sagte ich. »Woher kam er?«

»Jacksonville«, sagte Remy. »Netter Typ. Anfang dreißig. Sportlich.« Sie nahm ihr iPad zur Hand. »Hat die letzten vier Tage zusammen mit seiner Freundin mit Golfen im Sawgrass Marriott verbracht.«

»Wann hat Cameron seinen Dad zum letzten Mal gesehen?«

»Freitag vor zwei Wochen. Hat gesagt, der alte Herr hätte an COPD gelitten, einer chronisch obstruktiven Lungenerkrankung.«

Das erklärte den Inhalator. Und die Sauerstoffflasche.

»Anscheinend hat der Alte den Sauerstoff ein paarmal die Woche zum Einschlafen gebraucht«, sagte Remy. »Und nach seinen täglichen Spaziergängen entlang der Schlucht.«

»Was hat der Sohn von seiner Mutter erzählt?«

»Fultz und seine Ex haben sich vor zwei Jahren getrennt.« Remy studierte ihre Notizen. »Von da an herrschte Funkstille zwischen ihnen. ›Verbittert‹ war das Wort, das er gebrauchte.«

Ich dachte an das Kondom im Mülleimer.

»Freundin?«

»Cameron hatte keine Ahnung, ob sein Vater sich mit irgendwem traf«, erklärte Remy. »Ach ja, und Sarah braucht bezüglich der Todesursache noch Zeit bis nach Feierabend.«

Ich nickte und ließ die Infos sacken.

Eine Möglichkeit wäre gewesen, unseren Ermittlungsansatz hinsichtlich der Familie auf die Sex-Geschichte zu konzentrieren. Rauszufinden, wer dort im Haus gewesen war. Andererseits mussten wir aufpassen, Fultz' guten Ruf nicht vor den Augen des Chiefs und seiner Kumpane im Stadtrat in den Schmutz zu ziehen, falls er eines natürlichen Todes gestorben war.

»Ich werde Fultz' Ex-Frau mal unauffällig unter die Lupe nehmen«, sagte ich. »Grundlagenforschung, die wir ohne Vorladung durchziehen können. Falls Sarah mit einem natürlichen Tod aufwartet, kommen wir hier wahrscheinlich nicht weiter, Kollegin.«

Remy stand auf und schmiss den Rest ihres Hühnersalates weg. »Und ich?«

»Überprüf das Alibi des Sohnes. Wo er sich seit Sonntag überall aufgehalten hat. Grobes Finanzprofil.«

Ich zog mich in mein Büro zurück und öffnete meinen Internetbrowser.

Connie Fultz war eine leicht zu recherchierende Frau und schien so gut wie immer im Abendkleid aufzutreten. Etwa bei Galas in Verbindung mit der Universität von Athens. Oder bei Wohltätigkeitsveranstaltungen in Anwesenheit des Bürgermeisters und des ehemaligen Polizeichefs Miles Dooger.

Sie war groß und trug ihr braunes Haar hochgesteckt, um auf diese Weise die Klunker um ihren Hals zu betonen – Juwelen, die einen locker um einen vier- bis fünfstelligen Betrag ärmer machten.

Und gut die Hälfte der Fotos zeigte Ennis Fultz an ihrer Seite. Die dazugehörigen Zitate von Ennis und Connie machten mir klar, dass Connies Mission auf Menschenliebe hinauslief und Ennis sich ihr auf dieser Mission anschloss – zumindest bei entsprechenden Anlässen.

Mir kam der Einbruch in den Sinn, wenn es einen solchen denn überhaupt gab, dazu Fultz' Angewohnheit, Bargeld zu bunkern. Die Gegend draußen bei der Schlucht war gottverlassen. *Wie zum Geier kam überhaupt jemand auf die Idee, dort rauszufahren?*

Ich klickte mich weiter zu einer Online-Landkarte und von da durch den Osten und Westen des Grundstückes.

Gute anderthalb Kilometer entfernt entdeckte ich eine

Valero-Tankstelle. Ich schlurfte zu Remys Schreibtisch hinüber und ließ sie dieselbe Karte öffnen.

»Wenn jemand bei Fultz eingebrochen ist«, sagte ich, »ist dieser Jemand höchstwahrscheinlich an der Tankstelle vorbeigefahren, oder?«

»Falls er aus Richtung Stadt kam, dann ja«, meinte Remy. »Denkst du, die Valero-Tanke hat Überwachungskameras?«

»Den ganzen Tag über war bestimmt viel los«, überlegte ich. »Sollte es Kameras geben, haben sie die Aufnahmen möglicherweise zeitnah gelöscht.«

Remy zog die Schreibtischschublade auf, in der sie ihre Knarre aufbewahrte. Sie schnappte sich ihre Glock, und wir eilten nach draußen zum Wagen.

»Der Sohn scheint also sauber zu sein?«, fragte ich.

Remy nickte und berichtete von ihren Anrufen, um Cameron Fultz' Alibi zu überprüfen.

»Er hat mit seiner Freundin Suzanne diverse Restaurants in Ponte Vedra besucht. Das Spa. Jeden Morgen hat er einen klassischen Vierer-Golf gespielt, auch am Montagmittag um halb zwölf, dem ungefähren Todeszeitpunkt.«

Remy gab ihrem Alfa die Sporen, und ich hörte dieses kehlige Knurren aus dem Auspuff knattern.

»Was macht er beruflich?«, fragte ich.

»Arbeitet für eine genossenschaftliche Holzfällerfirma. Als eine Art Gutachter. Lebt nördlich der Stadt in einem Haus älteren Baujahrs. Verdient gut und gibt das meiste davon aus. Hypothek von der Bauhandwerkerversicherung auf dem Haus. Nichts Besonderes.«

Eine halbe Stunde später saßen wir mit der Filialleiterin zusammen in dem winzigen Personalbüro der Tankstelle.

Tamara Bradley war groß, dunkelhäutig und hatte sich grüne und gelbe Perlen ins Haar flechten lassen. Sie spulte das Band zu den Aufnahmen von Montagmorgen zurück und ließ uns allein, um das Material zu sichten.

Nach ungefähr zehn Minuten bat ich Remy, die Pausentaste zu drücken. Es gab keinen Ton. Nur das nun eingefrorene Bild einer Brünetten, die an Zapfsäule Nummer vier einen weißen BMW der 7er-Serie betankte.

Connie Fultz.

Unseren Unterlagen zufolge war sie neunundfünfzig, aber top in Form. Sie wirkte deutlich jünger. Sogar in Schwarz-Weiß konnte man ihre Rolex funkeln sehen.

Die Zeitangabe stand bei *10:18*, der Beginn jener vierstündigen Spanne, die Sarah für den Sterbezeitpunkt angesetzt hatte.

»Tja, verrate es nicht dem Sohn«, sagte ich. »Aber ich glaube, wir haben soeben herausgefunden, um wen es sich bei Fultz' fester Freundin handelt.«

Remy fummelte an dem Programm herum, bis sie einen anderen Winkel eingestellt hatte.

Connie stieg in ihren Wagen und fuhr um 10:19 Uhr in die Richtung von Ennis Fultz' Haus davon. Montag. Der Tag, an dem Fultz starb.

Die Managerin kam ins Büro zurück. »Wenn Sie wollen, kann ich Ihnen eine DVD davon brennen«, bot sie an. »Für die Versicherung machen wir das dauernd. Wenn Leute mit dem Stutzen im Tank losfahren.«

»Danke«, sagte ich.

Wir bekamen unsere DVD, und Remy witzelte, dass wir jetzt nur noch einen antiken Computer mit DVD-Laufwerk auftreiben müssten, um das Ding anzuschauen.

Als wir ins Freie traten, wandte ich mich zu meiner Kollegin um und deutete in die Richtung, in die Connie Fultz gefahren war.

»Was liegt sonst noch auf diesem Weg, Remy?«

»Abgesehen vom Anwesen ihres Ex-Mannes?« Remy runzelte die Stirn. »Nichts, was sich nicht schneller über den Highway erreichen ließe. Das Problem ist nur – es genügt nicht, sich die Ex-Frau zu schnappen. Vor allem bei den Verbindungen, die diese Leute unterhalten.«

»Wer hat davon gesprochen, sie zu schnappen?«, sagte ich. »Ihr Ex-Gatte ist tot. Betrachte es einfach als Benachrichtigung Nummer zwei.«

7

Connie Fultz kreuzte um drei Uhr nachmittags im Revier auf, und Remy führte sie in Verhörraum B. Ich stand in dem kleinen Beobachtungsbereich, von dem aus man Einblick in die Räume A und B hatte.

Connie trug eine weiße Hose und einen dünnen Pullover über einer pinken Bluse mit U-Ausschnitt. Wie auf dem Tankstellenvideo sahen ihr Gesicht und ihr Körper eher nach fünfzig als nach neunundfünfzig aus. Diese Figur war mit an Sicherheit grenzender Wahrscheinlichkeit das Ergebnis von kostspieligen Fitnesstrainern und Pilates-Kursen.

Remy stand vor der Tür zum Verhörraum, und ich drehte mich zu ihr um.

»Lass uns nicht hier drin sprechen«, sagte ich. »Sie hat keinen Anwalt, und es gibt keine offizielle Vorladung.«

Ich trat hinter meine Partnerin und drückte die Tür zum Verhörraum auf. »Verzeihen Sie«, sagte ich zu Connie. »Wir bauen um und leiden unter einem temporären Mangel an Konferenzräumen. Ich bin Detective Marsh.«

Connie Fultz erhob sich und schüttelte mir die Hand.

»Wir wollten gerade zum Park spazieren und uns ein Eis holen«, sagte ich. »Haben Sie Lust, uns zu begleiten? Wir können uns dann draußen unterhalten.«

»Warum nicht?«, sagte Connie, und ich wies ihr den Weg Richtung Foyer.

Wir durchschritten den Haupteingang und traten auf den Bürgersteig.

»Das mit Ennis tut mir leid«, sagte Remy.

Connie schaute meine Kollegin an. »Sie sind die Beamten, die mit Cameron gesprochen haben?«

Remy nickte, und wir überquerten die Straße hin zu einem Park in unmittelbarer Nähe des Reviers.

»Ich bin in einer Zeit aufgewachsen, als der Ehemann noch das Zentrum des Universums war«, sagte Connie. »Und Ennis war neununddreißig Jahre lang meines.«

Es gibt eine bestimmte Gruppe von Frauen in den Südstaaten – gebildet, reich oder beides –, die gelernt haben, gewisse Wörter extrem zu dehnen, sie derart in die Länge zu ziehen, dass man den Eindruck bekommt, man werde von einer Debütantin aus einer längst vergangenen Zeit bezirzt. Zu diesem Typ Frau gehörte Connie Fultz.

»Was für ein Mensch war er?«, wollte Remy wissen.

»Ennis war bezaubernd und charmant.« Connie hielt inne. »Er war sehr attraktiv.« Sie setzte ein sanftes Südstaatenlächeln auf. »Und er war ein echter Mistkerl.«

Wir betraten eine Fläche, die von diesem schwammigen, aus recycelten Autoreifen gewonnenen Plastikzeug überzogen war – damit die Kids sich nicht wehtaten, wenn sie hinfielen.

»Wo haben Sie beide sich kennengelernt?«, erkundigte ich mich.

»An der Georgia«, gab sie zur Antwort und meinte damit die Universität. »Ich hatte mich für diesen Erstsemester-Brunch fertig gemacht. Wartete wie eine Idiotin eine volle Stunde lang draußen vor der Mensa, in meinem besten Sommerkleid.«

»Sie wurden versetzt?«, fragte Remy.

»Ja, wurde ich.« Connie nickte. »Dann tauchte plötzlich dieser hübsche Kerl von Ende zwanzig auf. Fragte mich, ob alles in Ordnung wäre.«

»Ennis war älter?«

»Ein siebenundzwanzigjähriger Studienanfänger.« Connie lächelte. »Er hatte nach der Highschool neun Jahre lang auf der Farm seines Vaters gearbeitet.«

Das erklärte ihren Altersunterschied.

»Was geschah dann?«, fragte Remy.

»Nach dem College haben wir geheiratet und sind nach Atlanta gezogen«, sagte sie. »Ennis war der Ansicht, man werde die Friedhöfe in die Vororte verlegen. Die Grundstücke in den Innenstädten seien zu wertvoll.«

»Er hatte recht.«

»Wir betrieben zu guter Letzt sowohl das Friedhofsgeschäft in den Außenbezirken als auch das kommerzielle Immobiliengeschäft in der Stadt. Als ich dreißig war, gehörten uns hundert Objekte. Ennis mochte eher die Friedhöfe. ›Tote Mieter beschweren sich selten‹, pflegte er zu sagen.«

Wir kamen bei dem Eiskarren an, und ich zog einen Zehner aus der Tasche. Der Verkäufer nahm drei dieser spitzen Papiertüten und füllte sie mit geschabtem Sirup-Eis.

Remy bekam Weintraube, ich Kirsche. Und Connie wählte Sauerapfel.

Harmonie und guter Draht waren eine feine und wichtige Sache, aber wir hatten lange genug um den heißen Brei herumgeredet.

»Wir müssen ein paar Details bezüglich Ennis' Tod klären«, sagte ich. »Wie Sie wissen, war er ein hoch angesehener Bürger. Sie beide haben als Stifter und Spender viel für das Allgemeinwohl geleistet.«

»Ich weiß Ihre Worte zu schätzen«, sagte sie.

»Wann haben Sie Ihren Ex-Mann das letzte Mal gesehen?«, wollte Remy wissen.

Connie nahm auf einer nahe gelegenen Bank Platz. »Vor ungefähr einem Monat.«

Da hatten wir's. Seit ich meine Polizeimarke in Empfang genommen habe, ist genau eine Sache von absoluter Beständigkeit. Jedermann lügt.

»Und was war der Anlass?«

»Irgendwelche Dokumente für eine Wohltätigkeitsorganisation, die Ennis unterschreiben musste.«

»Sie und Mr Fultz haben sich vor zwei Jahren scheiden lassen«, sagte Remy. »Dürfen wir fragen, woran die Beziehung zerbrochen ist?«

Connie schenkte uns ein halbes Lächeln. »Wir haben uns auseinandergelebt, wie so viele Paare.«

Ich schwieg und wog meine Möglichkeiten ab. Fultz' Ehefrau unterhielt gute Verbindungen in der Stadt, verscheißerte uns allerdings auch. »Ihr Ex-Gatte verstarb am Montag zwischen zehn Uhr morgens und zwei Uhr nachmittags.«

»Oh«, sagte sie.

Ich hielt Connie das Foto vom Video der Valero-Tankstelle vor die Nase. »Das hier wurde um 10:18 Uhr aufgenommen. Knappe zwei Kilometer von seinem Haus entfernt.«

Connie starrte das Bild an.

Als der Wind auffrischte, hüllte sie sich straffer in ihren Pullover. Hinter ihr stürzten sich zwei Rubinkehlkolibris auf eine Fingerhuthecke.

»Am besten fangen wir einfach noch mal von vorne an«, schlug ich vor. »Wann haben Sie Ihren Ex-Mann das letzte Mal gesehen?«

Connie erhob sich. »Augenblick.« Ihre Körperhaltung veränderte sich. »Als *ich* aufgebrochen bin, ging es ihm bestens.«

»Wann war das?«

»Ungefähr eine Stunde später.« Sie zeigte auf das Bild. »Vielleicht etwas früher.«

»Was hat Sie dorthin geführt?«, fragte Remy.

»Wir mussten uns unterhalten.«

»Worüber?«

»Wir hatten versprochen, Geld für die Kinderstation des Krankenhauses zu spenden. Zweihunderttausend Dollar über einen Zeitraum von vier Jahren.«

»Gab es ein Problem?«

»Ennis hatte nichts überwiesen«, sagte sie. »Das war das Problem.«

»Hatte er einen Grund dafür?«

»Er erklärte mir, seine Prioritäten hätten sich verschoben. Nur hatten sie bereits unseren Namen auf die Gebäudefassade gemeißelt. Der Fultz-Trakt für Kinder.«

»Demnach haben Sie sich gestritten?«, meinte Remy.

»Frauen meines Formats streiten nicht, junge Dame«, sagte sie. »Sicher, wir debattieren …«

»Sie sind Krankenschwester, richtig?« Remy fiel ihr ins Wort. Wir hatten in Fultz' Haus ein jahrzehntealtes Foto von Connie in weißer Tracht gesehen.

»Wie bitte?«, sagte sie, offenbar irritiert von der Frage. »Ja, als ich jung war.«

»Demnach kennen Sie sich mit Dosierungen aus?«, fragte Remy.

Ich schielte zu meiner Kollegin hinüber. Ein paar blaue Finger waren alles andere als ein Beweis dafür, dass man Fultz vergiftet hatte.

Connie kniff die Augen zusammen. Machte Anstalten, an uns vorbeizugehen. »Ich werde mich mit Ihrem Gerichtsmediziner unterhalten und herausfinden, was Sie mit alledem andeuten wollen.«

»Ma'am, haben Sie an jenem Morgen mit Ihrem Ex-Mann geschlafen?«, fragte Remy unvermittelt.

»Rem«, platzte es aus mir heraus.

Die Ex-Frau wandte sich um, das Gesicht totenbleich. »Wie können Sie ...?«

»Ich weiß, dass es sich um eine delikate Angelegenheit handelt«, sagte Remy. »Aber wir haben im Müll ein Kondom gefunden.«

Connie rümpfte die Nase. Sie war fuchsteufelswild und drückte die Waffel mit dem grünen Eis auf Remys weiße Bluse.

»Es gibt da etwas, das man Anstand nennt, junge Dame. Schauen Sie's im Lexikon nach.« Sie ließ die Eistüte fallen und stürmte davon.

Remy schien wie vor den Kopf geschlagen, und ich hastete hinter Connie Fultz her.

Ich dachte an das Ausmaß an Mitleid, auf das wir beim Chief möglicherweise stoßen würden. Falls Connie ihn genauso gut kannte wie ihr Mann.

»Mrs Fultz!«, rief ich.

Sie drehte sich um. Doch ihre Miene entsprach nicht meiner Erwartung. Es war das Gesicht einer betrogenen Frau.

»Ich habe, seit ich neunzehn war, bei meinem Mann keinen Schutz mehr verwendet«, sagte sie.

Connie Fultz drückte auf ihren Schlüsselanhänger, und ein weißes BMW-Cabrio am Straßenrand ganz in der Nähe zwitscherte.

In meinem Kopf feuerte eine Synapse.

Connie hatte nicht abgestritten, dass sie mit Ennis geschlafen hatte. Dennoch hatte das Kondom nichts mit ihr zu tun.

Eine andere Frau war im Haus gewesen. Nach ihr.

Sie stieg in ihren Wagen. »Jetzt haben Sie hoffentlich verstanden, warum wir uns getrennt haben. Ich hatte das Trinken satt, den ganzen Alkohol, der mir helfen sollte, über all die Frauen hinwegzukommen, mit denen er sich traf. Und er hatte es satt, mir meinen Weinnachschub zu kaufen.«

Sie startete den Motor, während die Tür noch halb offen stand.

»Aber wissen Sie, was das Traurigste ist, Detective? Ich habe gelogen, weil ich mich schämte. Ich liebe diesen Hurensohn noch immer. Doch gleich, sobald ich weg war ...« Sie schüttelte den Kopf. »Unfassbar.«

Connie knallte die Tür zu. »Er war ein beschissener Ehemann – und ein noch beschissenerer Vater.«

Ich versuchte Connie zu beruhigen. »Hören Sie ...«

»Sie wollen eine heiße Spur, Detective?«, unterbrach sie mich. »Suchen Sie nach einem süßen kleinen Mädchen, das auf Bondage abfährt. Wenn Sie Leder riechen, sind Sie auf der richtigen Spur.«

Connie riss das Lenkrad hart herum, und ihr BMW schoss in den Verkehrsfluss.

Remy holte mich ein, eine leuchtend grüne Schmierspur von dem Eis auf ihrer weißen Bluse.

»Himmelarsch noch mal«, sagte ich zu meiner Kollegin. Ich überquerte die Straße in Richtung Revier. Remy folgte mir. Sie wusste, dass ich angepisst war.

»Mir ist klar, dass ich sie zu sehr in die Ecke gedrängt

habe, P.T. Aber wir haben aufschlussreiche Informationen bekommen, oder?«

Wir betraten die Polizeiwache.

»Uns fehlt die Todesursache«, sagte ich. »Und Chief Pernacek füllt nur übergangsweise die Lücke, Rem. Eine Sache wie die hier wird auf ihn und den Bürgermeister zurückfallen. Sie wird auf uns zurückfallen.«

»Aber die DVD von der Tankstelle, P.T. Ich habe mir die Aufnahmen vom technischen Dienst auf meinen Laptop ziehen lassen. Wir haben eine zweite Kamera an der Straße, die zu Fultz' Haus führt. Wenn es eine andere Frau gibt, werden wir sie jetzt aufspüren können.«

Ich dachte über das nach, was Connie Fultz gesagt hatte. An Leder und Bondage.

Falls die Ex-Frau den Mord nicht begangen hatte, war der Zeitraum für Fultz' Tod soeben auf die zweieinhalb Stunden nach ihrem Abgang geschrumpft. Halb zwölf bis zwei.

Wir gingen in mein Büro, wo Sarah uns erwartete.

»Ich habe was gefunden«, sagte sie mit aufgeregtem Unterton in der Stimme. »Acidose. Hypoxie.«

»Auf Englisch, bitte«, sagte Remy.

»Fultz wurde vergiftet. Aber nicht auf gewöhnliche Art«, erklärte Sarah. »*Stickstoff*-Vergiftung.«

»Ist das was Besonderes?«, fragte Remy.

Sarah nickte. »Das einzige Problem ist – wie bringt man jemanden dazu, Stickstoff einzuatmen?«

Die Sauerstoffflasche in Fultz' Schlafzimmer.

Irgendwer hatte sich daran zu schaffen gemacht.

8 Zehn Minuten später hockten Remy und ich in meinem Pick-up und brachen zu Fultz' Haus auf.
Als Polizeibeamte stehen wir in der Pflicht, wichtiges Beweismaterial aufzubewahren und gut im Auge zu behalten. Ganz oben auf der Liste stehen alle Arten von Waffen, mit denen Morde begangen werden.

Falls man die Sauerstoffflasche manipuliert hatte – der Behälter also mit Stickstoff nachgefüllt worden war, in der Erwartung, dass Fultz erneut inhalierte –, mussten wir diese Flasche ins Labor schaffen.

Ich fuhr von der 906 ab und dieses Mal langsamer zu Fultz' Haus, um die Eindrücke des Landstriches zwischen Highway und der Valero-Filiale bewusster aufzunehmen. Ein Rodungsprojekt hatte die Gegend ihrer Bäume beraubt. Tief liegendes Pfennigkraut wucherte überall in die Breite und kroch durchs Unterholz wie eine Mokassinschlange.

Wir erreichten die Schotterpiste, die zum Haus führte, brachen die polizeiliche Versiegelung an der Eingangstür auf und begaben uns ins obere Stockwerk.

Die Metallflasche war größer, als ich gedacht hatte, und wir wickelten sie an beiden Enden in einen übergroßen, transparenten Asservatenbeutel, um keinerlei Fingerabdrücke darauf zu hinterlassen.

Während Remy sie hochhob, starrte ich durch ein Seitenfenster. Die Sonne ging schnell unter, und exakt östlich des Hauses parkte eines dieser dreirädrigen Geländefahrzeuge.

»Wer zur Hölle ist das?«, meinte Remy.

Auf dem Sitz des Trikes saß ein junges Mädchen in einem leichten Trägerkleid. Acht oder neun Jahre alt, mit schwarzem Haar, das ihr bis auf die Schultern fiel.

»Gehört vielleicht zu der Familie, die auf diesem Grundstück lebt«, sagte ich. Es war eine der Aufgaben, die noch vor uns lagen, ebenjenes Ehepaar unter die Lupe zu nehmen, von dem Ipsy uns erzählt hatte.

Wir gingen wieder runter, luden den Sauerstoffbehälter in die Fahrerkabine meines Trucks und gingen seitlich um das Haus herum.

Als wir uns näherten, schaute das Mädchen auf, und wir wiesen uns als Polizisten aus. Sie war eine auffallende Erscheinung, was wohl der ethnischen Mischung zuzuschreiben war. Zur Hälfte weiß, zur anderen vielleicht hispanoamerikanisch oder indianisch.

»Wie heißt du denn, Süße?«, fragte Remy.

»Alita.« Der Blick des Mädchens wanderte zu dem Schießeisen, das meine Partnerin an der Hüfte trug. »Ist das eine Pistole?«

»Genau«, antwortete Remy.

Ich sah mich unauffällig um. *Ist sie ganz alleine hier draußen?*

»Haben Sie schon mal jemanden erschossen?«, wollte Alita wissen.

Ich unterbrach die Fragestunde. »Sind deine Eltern hier irgendwo?«

»Dad!«, schrie sie in einer Lautstärke, die auf einen halben Kilometer zu hören war.

Ein Mann brach durch eine braungrüne Thujenhecke. Er hatte ein rot-weiß kariertes Holzfällerhemd an und einen kabellosen Heckenschneider mit Sägezähnen zum Konturieren von Buschwerk in der Hand.

Der Mann zog den Hörschutz herunter und stellte sich als Bill Lyman vor.

»Ipsy hat erwähnt, dass Sie auf diesem Grundstück wohnen«, sagte Remy. »Ist das hier Ihre Tochter?«

»Jawohl, Ma'am«, gab der Mann zurück. Er war weiß, zwischen dreißig und vierzig Jahre alt und trug einen ungepflegten braunen Bart. Sah aus wie einer dieser Typen, die ihren Ölwechsel selbst machen.

»Haben Sie das mit Ennis gehört?«, fragte Remy.

Der Mann nickte, sah zu seiner Tochter hinüber und dann wieder uns an. Ein unauffälliger elterlicher Warnblick, der uns verriet, dass seine Tochter über Fultz' Tod Bescheid wusste, uns aber gleichzeitig mahnte, in ihrer Anwesenheit darauf zu achten, was wir sagten.

»Wann haben Sie Ennis Fultz das letzte Mal gesehen?«, fragte ich.

»Vergangenen Donnerstag«, sagte Lyman.

»Und was war gestern?«, wollte Remy wissen. »Haben Sie sich in der Nähe des Anwesens aufgehalten?«

»Um sechs Uhr morgens fahre ich zur Arbeit. Um fünf bin ich wieder zu Hause.«

Lyman erklärte, dass er in einer Kiesgrube nördlich der Stadt einen Kran bediene. Ich fragte mich, ob er Zugang zu Stickstoff hatte.

»Und Ihre Frau?«, erkundigte sich Remy.

»Sie ist Veterinärtechnikerin. Arbeitet mit Tieren, zweimal in der Woche tagsüber und zweimal nachts. Montags ist sie auf Tagschicht.«

»*Ich* habe Mr Fultz am Samstag gesehen«, vermeldete das kleine Mädchen.

»Wie kam das?«, fragte Remy.

»Er ist mein Freund. Wir machen jedes Wochenende einen Spaziergang den Pfad entlang.«

Remy ging in die Hocke. »Und kam dir Mr Fultz vielleicht *krank* vor? Hat er schwer geatmet?«

»Nein, Ma'am«, sagte Alita. »Als wir damit angefangen haben, hatte er immer seine Flasche dabei. Manchmal ließ er sie den Wanderweg runterkullern.«

»Aber am Samstag nicht?«, hakte ich nach.

»Letzten Monat kein einziges Mal«, erwiderte sie. »Mr Fultz hat stark abgenommen. Er kann zaubern, müssen Sie wissen. Taschenspielertricks, mit Fingerfertigkeit.«

Bill Lyman sah zu seiner Tochter hinab. »Geh doch schon mal nach Hause, mein Schatz. Ich erledige das hier schon mit der Polizei.«

Das Mädchen zog mit einem zaghaften Lächeln die Augenbrauen hoch. »Kann ich das Quad nehmen?«

»Geh lieber zu Fuß«, ordnete ihr Vater an.

Alita machte sich davon wie eine Meute Schildkröten. Langsam schlenderte sie einen der labyrinthischen Pfade entlang, die durchs Gebüsch führten, und sah sich dabei zweimal zu uns um.

»Ist Ihnen in jüngster Zeit jemand Verdächtiges aufgefallen, der sich hier rumgetrieben hat?«, fragte ihn Remy.

Der Mann schüttelte den Kopf. »Ich dachte, Ennis wäre im Schlaf gestorben.«

»Wir müssen alle Möglichkeiten in Betracht ziehen«, entgegnete ich. »Seine Haushälterin hat erwähnt, Sie hätten schon vor ihm hier gelebt. Wie lautet die offizielle Abmachung? Haben Sie ihm Pacht gezahlt?«

»Nein«, antwortete er. »Es mag verrückt klingen, aber er hat uns zunächst einfach hier wohnen lassen, und ich habe mich weiterhin darum gekümmert, die Wege zu warten. Alles umsonst.«

»Zunächst?«

»Letzten Sommer bat er mich, ein Projekt für ihn zu starten.« Lyman deutete auf den mit Gestrüpp beladenen Quad-Anhänger. »Das mache ich fünfzehn Stunden die Woche.«

»Was genau?«, fragte Remy.

»Ich habe eine Reihe von Wegen neu angelegt. Ein bisschen wie ein englischer Garten, nur eben in den Bergen. Mit Wanderwegen und Sitzbänken.«

»Öffentlich zugänglich?«

»Das war der Plan.« Lyman zuckte die Achseln. »Auf längere Sicht.«

Mir fielen Fultz' verschobene Prioritäten ein. »Und was wird jetzt aus Ihrer Vereinbarung?«

»Weiß ich nicht«, meinte er. »Ich habe seinen Sohn angerufen, aber noch nicht wieder von ihm gehört.«

Er sah in die Richtung, in der seine Tochter verschwunden war. »Ich mache mich besser auch auf den Weg«, sagte er. »Um sicherzugehen, dass Alita auch wohlbehalten zu Hause ankommt.«

Remy zog eine Visitenkarte aus der Tasche und sagte ihm, wir würden dranbleiben.

Dann kehrten wir zu meinem Truck zurück und fuhren schweigend zum Revier.

Wenn Ennis Fultz vergiftet worden war, hatten wir es offiziell mit Mord zu tun.

Darüber hinaus bedeutete es, dass wir innerhalb des üblichen Achtundvierzig-Stunden-Zeitraums, innerhalb dessen Mordfälle statistisch gesehen – wenn überhaupt – meist aufgeklärt werden, erst nach einem vollen Tag auf diese Tatsache gestoßen waren.

Ich spürte, wie die Anspannung wuchs. So wie immer mit der ersten langen Nacht bei jeder Ermittlung.

Weil es in unserem Job kein Morgen gibt, sobald man sich in einen Fall stürzt. Man geht der jeweiligen Spur nach, für alles andere bleibt keine Zeit. Und wenn man seinen Job gut macht, ist es eine wahre Obsession.

Vor meinem geistigen Auge reihten sich verschiedene Möglichkeiten aneinander. Connie Fultz. Die Familie Lyman. Und eine bislang unbekannte Frau, mit der Fultz rumgemacht hatte, nachdem seine Ex-Frau abgedampft war.

Doch das Wichtigste war die Sauerstoffflasche.

Irgendwer hatte an Fultz' Atmungshilfe herumgefingert. Jemand, der Zugang dazu hatte. Jemand, der wusste, wie man die Schläuche aushakte, die zur Maske führten, und sie dann mit einem gänzlich anderen, sehr viel gefährlicheren Stoff verband. Jemand, der Fultz tot sehen wollte.

9

Draußen vor meinem Bürofenster sank die Sonne vom Himmel, und die Silhouetten von Bananenpalmen schwankten in der Dunkelheit.

Remy gelang es, eine Telefonnummer von Travis Thorpe aufzustöbern – dem Mann, der die sechs Säcke mit Marathon-Grassamen an Ennis Fultz' Hintertreppe abgeladen hatte. Thorpe erzählte uns, er hätte sonntags gegen halb fünf oder fünf leibhaftig mit Ennis gesprochen. Das war der Nachmittag *vor* Fultz' Tod, und wir markierten diesen Besuch als frühesten verlässlichen Moment auf unserem Zeitstrahl.

»Und mit ihm schien alles in Ordnung zu sein?« Remy hatte das Telefon auf laut gestellt.

»Es zwackte ihn beim Rumlaufen hier und da in den morschen Knochen, aber für einen Kerl in seinem Alter war das nichts Außergewöhnliches.«

Wir dankten Thorpe und beendeten das Gespräch.

Remy rollte das große transportable Whiteboard aus dem Konferenzraum in mein Büro. Die folgenden vier Stunden verbrachten wir damit, dass Remy die Pausentaste bei der Valero-Tankstellen-DVD bediente und ich mir schnell Marke, Modell und Nummernschild jedes Autos notierte, das an der Tanke vorbeikam.

Als wir zum Ende kamen, fixierte ich die Tafel. »Achtzehn Pkw und zwei Laster.« Keine lange Liste, die unmöglich zu bewältigen war.

Wir konzentrierten uns erst einmal auf die Fahrzeuge, die am Montag zwischen zehn Uhr und vierzehn Uhr die Valero passiert hatten, also in exakt jenem Zeitfenster, das Sarah für den Tod von Ennis Fultz angegeben hatte.

Wir sahen Connie Fultz' BMW nach Süden in Richtung Interstate fahren und markierten den Zeitpunkt mit 11:08, zu dem sie von Fultz' Haus aufgebrochen war.

»Wenn man ihrer Geschichte glaubt«, sagte Remy, »hat sie eine knappe Stunde mit Ennis verbracht.«

Remy verlangsamte die DVD ab *11:45*.

Eine dunkle Limousine donnerte in östlicher Richtung bei grüner Ampel an der Tankstelle vorbei, auf Fultz' Anwesen zu. Einer von drei Pkw, einmal abgesehen von einem Lkw, die wir unter »Sonstiges« aufgeführt hatten, da wir kein Kennzeichen ausmachen konnten.

»Mir scheint, *dieser hier*« – meine Kollegin zeigte auf die dunkle Limousine und drückte auf Schnellvorlauf – »ist derselbe wie *der*, der um 12:40 aus der entgegengesetzten Richtung zurückkommt.«

Remy drehte ihren Laptopbildschirm zu mir hin, und ich betrachtete die zu diesem späteren Zeitpunkt gehörenden Bilder.

Eine Frau bog zur Valero-Tankstelle ab, tankte jedoch nicht. Sie stieg aus und fing an, Zeug von ihrer Rückbank zu entfernen. Papiere. Fast-Food-Abfälle. Sie stopfte alles in einen von zwei Mülleimern zwischen den Zapfsäulen, ging dann zur anderen Seite des Wagens und setzte ihr Entrümpelungswerk fort, wobei sie die zwei Abfallbehälter an die Grenzen ihrer Kapazität brachte.

Geparkt hatte sie in einem Bereich, den die Kamera nur schwer einsehen konnte. Der Höhe des Autos nach zu urteilen, war die Frau eher zierlich. Sie trug ein bauchfreies Top und einen schwarzen Rock.

»Ist sie weiß?«, fragte ich, ohne meinen Blick von dem Schwarz-Weiß-Video abzuwenden.

»Asiatin, würde ich tippen«, meinte Remy.

Die Frau ging zur Zapfsäule hinüber und tippte irgendwas ein. Dann kehrte sie mit einem Zettel in der Hand zu ihrem Wagen zurück und kurvte langsam zum hinteren Bereich der Tankstelle.

»Was zum Teufel treibt sie da?«, sagte ich mehr zu mir als zu meiner Kollegin.

Remy machte einen Screenshot von einer bestimmten Kameraperspektive aus auf den Wagen. Sie öffnete das Bildschirmfoto mit Photoshop und zoomte eine Ecke des Nummernschildes der Frau heran.

»B-Z-T-acht«, sagte Remy. »Das sind die ersten vier Stellen. Sieht nach einem Honda aus.«

Remy flitzte nach unten, um die Jungs vom Erkennungsdienst, die Spätschicht hatten, das Kennzeichen ermitteln zu lassen.

Während sie weg war, rief ich bei der Valero-Tankstelle an. Ich bekam genau die Filialleiterin an die Strippe, die uns zuvor schon Beistand geleistet hatte.

»Tamara, was befindet sich hinter Ihrer Tankstelle?«

»Wie meinen Sie das?«

»Gibt es da einen Luftdruck-Kompressor für die Wagen? Eine Wasserpumpe?«

»Wir haben eine automatische Waschanlage.«

»Kann man an der Zapfsäule ein Ticket für die Wagenwäsche ziehen, ohne zu tanken?«

»Ja, durchaus«, sagte sie.

»Und Ihr Abfall vom Montag?«, fragte ich. »Haben Sie den noch?«

»Vom Winde verweht«, sagte Tamara. »Ist heute Morgen abgeholt worden.«

Ich bedankte mich bei ihr, beendete das Gespräch und starrte auf den Bildschirm mit dem pausierenden Video.

Remy kam wieder rein.

»Der Honda befindet sich im Besitz von Falls Automotive Imports«, erklärte meine Partnerin.

Der Name war mir bekannt. Ein Gebrauchtwagenhändler östlich des Stadtzentrums.

»Ein 2008er Civic«, erklärte Remy. »Und stell dir vor ...«

»Der Fahrzeugbrief ist erst einen Tag alt«, sagte ich.

Meine Partnerin schüttelte den Kopf. »Ich hasse es, wenn du das tust.«

Ich wies auf das Video-Standbild. »Sie hat ihren Wagen sauber gemacht, ihn waschen lassen und das Ding dann verkauft. Hast du abgecheckt, wem er am Vortag gehört hat?«

»Suzy Kang«, sagte Remy. »Zweiunddreißig Jahre alt. Einen Meter sechzig groß. Fünfzig Kilo leicht. Die Zulassungsstelle führt sie als asiatisch oder Pazifikinsulanerin.«

Ich betrachtete prüfend das Bild.

»Vielleicht ist Mrs Kang also raus zu Ennis«, überlegte Remy. »Vergiftete ihn nach dem Sex. Leerte ihm die Taschen.

Fuhr dann zur Valero-Tanke. Befreite ihr Auto von jedem noch so kleinen Fetzen Müll. Und verkaufte die alte Karre. Was macht das aus ihr? Eine Professionelle?«

Ich starrte auf die Frau im Minirock. Einschließlich der Fahrzeit hatte sie weniger als eine Stunde im Haus verbracht. Was ihr wenig Spielraum verschaffte, in seinem Garten nach Bargeld zu graben.

Mir kam in den Sinn, was Connie Fultz über ihren Ex-Mann und dessen lebhaftes Interesse an Frauen gesagt hatte. »Ist sie vorbestraft?«

»Eine längst verjährte Jugendsünde«, erklärte meine Kollegin. »Keine Einträge als Erwachsene.«

Jeden Dienstag ein Kondom im Mülleimer, hatte Ipsy gesagt.

»Möglicherweise war sie Fultz' feste Affäre«, sagte ich. »Vielleicht war seine Ex-Frau an jenem Morgen ein unerwarteter Gast.«

Ich stand auf und sah auf mein Handy. Datum und Uhrzeit leuchteten weiß: *8. Mai, 12:46*. Wir hatten nicht genügend Indizien, um einen Hausdurchsuchungsbefehl für Suzy Kang durchzukriegen. Zum gegenwärtigen Zeitpunkt war sie bestenfalls eine Verdächtige.

»Ich kann kaum noch die Augen aufhalten und muss morgen früh vor Gericht erscheinen«, sagte ich. »Wirf du doch erst noch mal einen Blick auf ihre Jugendstrafe.«

Remys Blick traf meinen. »Offiziell und amtlich?«

»Inoffiziell«, sagte ich. »Irgendwer im Archiv schuldet uns bestimmt einen Gefallen. Um zehn können wir uns hier wieder treffen.«

Ich brauchte fünfzehn Minuten bis nach Hause. Sarahs Acura parkte in meiner Einfahrt. Das Haus war dunkel. Sie schlief schon.

Als ich die Straße überquerte, hätte mich fast ein Lichtstrahl komplett mit Blindheit geschlagen. Was da aufblitzte, waren die rechteckigen Scheinwerfer eines Mustangs von Mitte der 2000er-Jahre.

»Herrgott noch mal, Kumpel«, sagte ich und hielt mir die Hand vor die Augen. Den Wagen konnte ich niemandem aus der Nachbarschaft zuordnen.

Der Fahrer machte kehrt und zog davon.

In meinem Haus war alles ruhig. Ich griff mir Purvis' Leine. Meine acht Jahre alte Bulldogge hörte das Geräusch und kam zum Eingang getrottet.

Statt Gassi führte ich ihn zu meinem Pick-up, wuchtete ihn hinein und fuhr die zehn Minuten bis zur Brücke bei der I-32 neben dem Tullumy River.

Für außenstehende Beobachter ist Purvis bloß eine braun-weiße Bulldogge mit bösem Unterbiss. Für mich jedoch ist er etwas anderes. Wenn mir, wie letztes Jahr, der Draht aus der Mütze springt, spricht Purvis zu mir – mit einer Stimme, die dem Englischen ähnelt. Eine Stimme, die wie meine eigene klingt, nur gesünder und vernünftiger – mit ausreichend zusätzlicher Zurechnungsfähigkeit, um mich schlechte Tage überstehen zu lassen.

Ich kletterte aus meinem Truck, setzte mich so aufs Brückengeländer, dass meine Beine herunterbaumelten, und zog Purvis auf meinen Schoß.

Die Nachtluft war kühl und trug den zitronigen Duft von

Sumpfmagnolien, die man vor einem Jahrhundert irgendwo am Ufer gepflanzt hatte, flussabwärts.

Ich war seit jeher und für immer mit diesem Wasser verbunden. Als ich sechs war und noch nicht schwimmen gelernt hatte, überredete mich ein Freund zu der Mutprobe, auf einen Felsen rauszulaufen. Ich rutschte auf einem Algenteppich aus und fiel ins Wasser, klammerte mich aber wie durch ein Wunder an ein Stück Sperrholz, das zufällig gerade vorbeitrieb.

Mehr Glück als Verstand, wie meine Mutter es nannte. Der Fluss spendete Leben.

Dreißig Jahre später stürzte der Jeep meiner Frau Lena in den Tullumy, und Jonas und sie atmeten nie wieder.

Ich klappte meine Brieftasche auf und betrachtete ein Foto meines Sohnes, wie er auf den Stufen vor unserem Haus bei meiner Frau auf dem Schoß saß. Jonas hatte wunderschöne, honigfarbene Haut und einen kurzen, rötlichen Afro, eine Mischung aus meinem struppig-welligen braunen Haar und den herrlichen schwarzen Locken seiner Mutter.

Ich steckte das Bild wieder weg.

»Herzlichen Glückwunsch, Lena«, sagte ich.

Ich stieg vom Geländer wieder herunter und in meinen Truck.

Auf dem Heimweg rief ich Marvin an, den Vater meiner verstorbenen Frau, der, wie ich wusste, abends lange aufblieb und versucht hatte, mich zu erreichen.

Ich erwischte seine Mailbox. Und hörte meine eigene Stimme mit mir sprechen, da ich ihm letztes Jahr sein iPhone eingerichtet hatte.

»Marvin«, sagte ich. »Ich habe deine Nachricht bekommen, aber nicht verstehen können, was du gesagt hast. Ruf mich zurück.«

Zu Hause parkte ich auf dem freien Platz, wo zuvor der Mustang gestanden hatte.

Drinnen spazierte ich in die Küche und sah aus dem Fenster. Am seitlichen Nachbargarten standen einige Elliott-Kiefern, doch in der Finsternis waren sie nur abstrakte vertikale Formen – so gut wie unsichtbar –, in die Schwärze der Nacht gepinselte braune Striche.

Eine Freundin von Sarah hatte eine Flasche Cane Rum im Schrank zurückgelassen, und ich goss mir ein einsames Gläschen ein, um meine Nerven zu beruhigen.

Während ich den Rum begaffte, zuckelte Purvis in den Raum. Aus seinem Maul hing ein Sabberfaden bis halb auf den Boden.

Ernsthaft?, schnaubte meine Bulldogge. *Fangen wir schon wieder damit an?*

Sehen Sie? Ich habe Ihnen ja gesagt, dass er mit mir spricht.

Ich kippte den Rum in den Abfluss, schnappte mir Purvis und ging in Jonas' Zimmer.

Ich zog mir die alte Tröster-Steppdecke meines Sohnes über den Kopf und dämmerte leise in den Schlaf.

10

Das Mädchen rührte sich keinen Millimeter.

Es hätte – in dieser auf dem Kopf stehenden Welt – nach oben langen und seinen Anschnallgurt lösen können. Aber sein Vater hatte ihm eingeschärft, das niemals zu tun.

Es erinnerte sich an diesen Augenblick – vor vielleicht einem Monat. Es hatte während der Fahrt sein iPad fallen lassen und das Gurtschloss aufgedrückt, um nach dem Tablet greifen zu können. Im Wagen ertönte ein piepsendes Geräusch, und Papa hatte es angeschrien. Er brüllte herum, wie schon andere Menschen herumgebrüllt hatten, an Orten, mit denen es vertraut war.

Es schaute zu dem Toyota hinüber. Ihr Wagen hing auf der Straßenböschung, und der Truck des bösen Mannes bewegte sich im Rückwärtsgang auf sie zu.

Plötzlich leuchtete in der Ferne ein Licht auf.

Es flackerte – »oszillieren« war ein Wort, das es kürzlich gelernt hatte –, wurde greller und dann wieder matter.

Es fühlte eine klebrige Flüssigkeit auf dem Gesicht, und seine Halsschlagader pochte. Irgendetwas war gegen seinen Hals gekommen, als der Toyota-Truck seinen Wagen gerammt hatte.

Die Helligkeit nahm zu, bis es erkennen konnte, dass es sich um die Scheinwerfer eines gewaltigen Lasters handelte. Die Abblendlichter eines Sattelschleppers, der hinter ihnen auf den Seitenstreifen bog.

»Es kommt jemand«, flüsterte es.

Doch vorne im Wagen war nichts zu hören.

Kein Ton von Papa. Nichts von Mama.

Nur Stille. Und Gefahr. Denn mit den Erwachsenen kam die Gefahr. So war es immer gewesen.

11

Am Mittwochmorgen um neun war ich auf dem Weg zum Strafgerichtsgebäude an der 5th Street. Der Meadows-Fall ging weiter, ohne dass ein Vergleich in Sicht war, und Staatsanwältin Yugel hatte mich gebeten, dem Amtsenthebungsverfahren von Detective Abe Kaplan beizusitzen.

Vor einigen Jahren war Abe mein Partner gewesen, arbeitete jetzt jedoch mit einem älteren Kerl namens Merle zusammen, mit dem ich gelegentlich aneinandergeriet. Bei dem Fall, der auch mit Donnie Meadows' Tod zusammenhing, hatten Remy und ich Abe als Dritten im Bunde hinzugezogen. Er sollte uns unterstützen.

Abe hatte Routine im Gerichtssaal, aber da Cat Flannery gewaltig Druck machte, war es der Staatsanwältin zufolge »gutes Training«, sich im Vorfeld ein paar Amtsenthebungsprozesse anzuschauen, damit mich vor Gericht nichts mehr aus der Fassung brachte.

Ich kam im Obergeschoss an und fand den Besprechungsraum, den Liz Yugel reserviert hatte.

Abe saß an einem Ende des Raumes, Yugel am anderen, ungefähr viereinhalb Meter entfernt. Eine Videokamera nahm das Gespräch auf, und ich huschte hinten in den Raum hinüber.

»Streifenpolizist O'Conner hat ausgesagt, dass Detective

Marsh und Sie in jener Nacht gegen ein Uhr fünfundvierzig eine Schlägerei miteinander anfingen«, sagte Yugel. »Entspricht das der Wahrheit?«

Abe trug ein lachsfarbenes Leinensakko und darunter ein mintgrünes Hemd. »Ich würde es nicht als Schlägerei bezeichnen«, gab er zur Antwort.

»Sie haben sich nicht geprügelt?«, hakte die Staatsanwältin nach und spielte die Rolle von Tiger-Cat. »Hat der Polizist gelogen?«

Es stimmte definitiv, dass Abe und ich während der letzten Stunden jener Ermittlung Zoff miteinander gehabt hatten.

»Wir haben uns ein bisschen gebalgt«, sagte er.

»Sie haben sich *gebalgt?*«

»Ein paar Sekunden lang haben wir uns im Dreck gewälzt«, erklärte Abe. »Es war kein Boxkampf.«

Yugel zog den blauen Button-down-Pullover aus, den sie über ihrem hellbraunen Kleid trug, und nahm Einblick in ihr Notizbuch. »Worum drehte sich die Auseinandersetzung?«

Abe fuhr sich mit der Hand durchs Haar. Er war zur Hälfte schwarz, zur anderen russisch-jüdischer Herkunft, mit breiter, muskulöser Brust und einem Afro, der an einigen Stellen auszudünnen begann.

»Es gab ein Missverständnis«, sagte er, womit er die entscheidenden Details ordentlich herunterspielte.

»Hat Detective Marsh Sie der Korruption bezichtigt?«, fragte Yugel und drückte exakt den Knopf, den Tiger-Cat drücken würde.

»Die Gemüter waren erhitzt«, sagte Abe.

»Wir sind heute wegen einer übermäßigen Gewaltanwendung seitens Detective Marsh hier zusammengekommen. Haben sich seine Handlungen Ihrer Ansicht nach jenseits der polizeilichen Vorschriften bewegt?«

»Das kann ich Ihnen nicht sagen.«

»Sie haben keine Meinung dazu?«

»Ich war nicht bei der Höhle, wo Donnie Meadows und er einander attackierten, sondern traf ihn erst eine halbe Stunde später.«

Mein Handy brummte, und ich senkte den Blick. Eine Textnachricht von Remy verriet mir, dass unser Boss von uns persönlich auf den neuesten Stand in Sachen Fultz gebracht werden wollte. Wir hatten ihm bezüglich Sarahs Vergiftungsbefund bereits einen Vermerk zukommen lassen.

Ich stand auf und wollte gehen, doch ein Blick von Yugel nagelte mich fest.

»Schien Detective Marsh die Beherrschung verloren zu haben?«

»Nein.«

»Und dennoch hat er Ihnen einen Kinnhaken verpasst?«, fragte Yugel. »So sieht es also aus, wenn Detective Marsh sich *unter Kontrolle* hat? Nur damit wir einen Maßstab für sein normales Verhalten setzen können.«

»Man hatte gerade auf seine Partnerin geschossen, Ma'am«, sagte Abe. »Manchmal kocht das Adrenalin hoch, und Jungs sind eben Jungs, wie Sie wissen. Wir schubsen uns ein bisschen rum. Raufen. Nichts Schlimmes. Keine große Sache.«

Yugel hielt die Kamera an und schrieb etwas in ihr gelbes Notizbuch.

»Das gefällt mir«, sagte sie zu Abe in einem anderen Tonfall. Jetzt sprach sie mit ihrer eigenen Stimme. »Ich denke, dieses Ding mit der bodenständigen Lebensweisheit – ›Jungs sind eben Jungs‹ –, das ist eine gute Richtung, Detective.«

Abe leckte sich mit der Zunge über die Lippen. Ich kannte meinen alten Partner gut; er mochte es nicht, wenn seine eigene aufrichtige Art als eine Art Bühnenperformance betrachtet wurde.

»Von mir aus war's das dann«, sagte Abe und erhob sich von seinem Stuhl. »Ich hab das schon hundertmal gemacht, Liz.«

»Klar«, sagte Yugel. »Sie sind bereit.«

Abe schnappte sich die zwanzig Jahre alte Aktentasche, die er ständig mit sich rumtrug, und kam zu mir herüber. »Remy meinte, dieser Fultz-Fall sei jetzt offiziell Mord.«

Ich nickte. »Falls Merle auch mal alleine ausreiten kann«, sagte ich mit Bezug auf Abes Partner, »könnten wir deine Hilfe brauchen.«

»Bei uns ist nicht viel los«, sagte er. »Betrachte mich als Teammitglied, Bruder.«

Wortlos nickte Abe der Staatsanwältin zu und verließ den Raum.

Yugel sah mich an. »Sie und ich werden für Ihre Vorbereitung einen *vollen* Tag benötigen.«

Ich hatte keinen Bock auf irgendwelche Vorbereitungen.

»Sagen Sie mir die Zeit und den Ort. Ich werde pünktlich und mit Vergnügen zur Stelle sein.«

Yugel griff sich ihre Aktenmappe und verpackte die Kamera in der dazugehörigen Tasche. »Wer ist eigentlich Vonte Delgado?«

»Warum?«, fragte ich.

»Cat Flannery hat seine Polizeiakte angefordert.«

Tiger-Cat wühlte sich durch meine alten Fälle.

»Er ist ein Drecksack, der seine eigene Tochter eingekerkert hat«, sagte ich, als mir klar wurde, dass Cats Strategie darauf hinauslief, mich als mordenden Wiederholungstäter darzustellen. »Vor Ihrer Zeit, Liz. Und nur damit Sie's wissen: Ich habe ihn erschossen, bevor der seinerzeitige Staatsanwalt der Welt demonstrieren konnte, wie schuldig er war.«

Die Staatsanwältin nickte. Sie begriff, was Cat vor Gericht plante.

»Ich verstehe, dass Sie ungern hier sind, Detective«, sagte sie. »Aber bürden Sie es nicht der Stadt auf, der Familie eines Mörders ein übergroßes Schmerzensgeld zahlen zu müssen.«

Sie ging vor mir auf und ab und zählte die typischen, von uns eingeübten Sätze auf, die ich vortragen sollte. Sätze, die belegten, dass mich kein Todeswunsch antrieb, als ich es auf Donnie Meadows abgesehen hatte. »Sie haben sich auf Ihren Urlaub gefreut«, sagte Liz.

»Ich habe mich auf meinen Urlaub gefreut«, wiederholte ich.

»Sie haben Weihnachtsgeschenke eingekauft«, sagte sie und ging zur Tür raus.

Ich starrte durch das Fenster auf ein paar Sagopalmen, die im Wind wedelten.

Dies war ein Text, den auszusprechen ich mich nicht überwinden konnte. Es gab nur zwei Menschen, für die ich jemals an Weihnachten mit Lust und Liebe einkaufen gegangen war. Und ich hatte sie beide verloren.

12

Remy und ich wiesen Abe in den Fall Fultz ein und versorgten ihn mit den Informationen, die wir bislang über Connie Fultz und Suzy Kang gesammelt hatten. Dann ließen wir ihn mit der Mordakte sowie der DVD von der Valero-Tankstelle alleine und machten uns auf den Weg zu Suzy Kang.

»Du fährst«, sagte ich zu Remy.

»Sicher, warte noch kurz«, meinte sie und holte ihr Telefon heraus.

Meine Partnerin ist einer der cleversten Menschen, die mir je begegnet sind, aber sie weiß nur selten, wo ihre verdammten Autoschlüssel sind. Neulich hat sie sich dieses GPS-Ortungszeugs gekauft und an alles rangetackert, was ihr gehört.

Tief in den Falten meiner Bürocouch ertönte ein Klingelgeräusch.

»Hab sie«, rief Remy und schloss die App auf ihrem Handy.

Dann steuerten wir jene Ecke an, die Bullen die durchnummerierten Straßen nennen, einen fünfzig Quadratkilometer großen Bezirk, in dem die Hälfte der Verbrechen von Mason Falls geplant, wenn nicht gar ausgeführt wird.

Remy hatte eine Adresse von Suzy Kangs Zulassung für den Honda Civic, und wir hofften, Mrs Kang würde uns erklären können, was sie zu Ennis Fultz geführt hatte. Wenn sie denn tatsächlich dort draußen gewesen war.

Meine Partnerin sah zu mir herüber, während sie fuhr. »Suzy Kangs Jugendstrafe war übrigens was mit Sperrgebiet.«

»Bei wem hast du's versucht?«

»Fescue«, sagte sie. Der war Sachbearbeiter in der Stadtverwaltung.

»Schreib Abe eine Nachricht«, sagte ich. »Er wird die Infos beschaffen.«

An der 23. bog Remy ab und drosselte das Tempo. Ein doppelstöckiges, grün-weißes Motel aus den 1960ern war in ein Apartmenthaus verwandelt worden. Die Adresse auf der Zulassung lautete auf #103.

Wir stiegen aus, und Remy strich sich mit ihren schlanken dunklen Händen die Falten ihrer Hose glatt. Sie deutete auf das Gebäude vor uns. »Für eine Frau, die mit einem Multimillionär verkehrt, wirkt es ein bisschen billig«, meinte sie.

Vor Nummer 103 saß eine Frau auf einem weißen Gartenstuhl aus Plastik. Neben ihr auf dem Boden lag eine Schachtel Parliament-Kippen. Die Gute sah reichlich verbraucht aus.

»Können wir Suzy Kang hier irgendwo finden?«, fragte Remy.

Die Frau war eine Weiße in den Dreißigern, mit windgegerbtem, schmutzigem Gesicht. Sie schaute an Remy vorbei, und ihr Blick landete auf mir.

»Was wollen Sie denn von ihr?«

Remy ließ ihre Dienstmarke aufblitzen. »Ihr 2008er Honda Civic wurde gestohlen«, log sie. »Wir glauben, ihn eventuell gefunden zu haben.«

In der Nähe trat ein Teenager falsch auf sein Skateboard.

Das Brett klatschte hart gegen die Bordsteinkante und flog ihm unter den Füßen weg.

»Das schrottige Teil hat einer geklaut?« Die Frau grinste und präsentierte eine prächtige Zahnlücke in der rechten Mundhälfte.

»Wohnt Suzy hier?«, fragte Remy.

Die Frau drückte ihre Zigarette auf dem Betonboden aus. »Nee, aber vielleicht hab ich irgendwo 'ne Adresse von ihr. Kommen Sie rein.«

Die Frau hielt die Tür auf, und Remy trat ein. Ich folgte ihr, erwischte die Fliegengittertür und sorgte dafür, dass sie nicht zufiel.

Im Inneren standen verschlissene Möbel. Nur wenige Lampen brannten. Die Frau zog ihren erbsengrünen Armeemantel aus, woraufhin ein strenger Körpergeruch auf uns zukroch.

»Wie heißen Sie, Schätzchen?«, fragte ich.

»Patty«, antwortete die Frau.

Ich entdeckte eine Mitteilung vom Bezirksgericht auf der Küchentheke. Der Umschlag war einen vollen Zentimeter dick, ungeöffnet und an eine Patty Snade adressiert.

»Wann haben Sie Suzy das letzte Mal gesehen?«

»Vor ungefähr zwei Monaten«, sagte sie.

»Demnach *hat* sie hier gewohnt?«, bemerkte Remy.

»Nee, ihr Bruder«, erwiderte die Frau. »Er und ich containern zusammen. Suzy benutzt die Adresse nur als Postanschrift. Sie kommt jeden Monat einmal vorbei und holt ihre Briefe ab. Wenn sie flüssig ist, steckt sie uns für unsere Mühe ein paar Hunderter zu.«

»Wo arbeitet sie derzeit?«, erkundigte sich Remy.

Die Frau gab keine Antwort, glotzte mich an, und ich musste an das denken, was Connie Fultz über Leder und Bondage gesagt hatte. Passend dazu jetzt Pattys Beschreibung von Suzy als »flüssig« mit »Hundertern«.

Ich versuchte mein Glück.

»Tanzt Suzy noch?«, fragte ich.

Patty lächelte. »Nee, das gefiel ihr nicht besonders. Sie ist nicht wie wir, verstehen Sie?«

Ich neigte den Kopf. »Nein, was meinen Sie?«

»Ich meine nicht uns.« Sie zeigte auf Remy und mich. »Sie war nicht wie ich und Wyatt, ihr Bruder. Sie hat Klasse, müssen Sie wissen. Sie hatte nix dafür übrig, sich für ein paar mickrige Scheine von irgendwelchen Typen betatschen zu lassen.«

»Alles klar.« Ich nickte. »Mir dämmert's.«

Draußen knallte das Skateboard abermals gegen den Bordstein, und wir warteten. Remy und ich pflegten dieses Schweigeding durchzuziehen, bei dem wir einfach nur unseren Blick schweifen ließen und ansonsten furchtbar still blieben. Wir nannten das die »Halt-die-verdammte-Fresse-Phase« – und im Allgemeinen fangen die Leute tatsächlich zu reden an, sobald wir unsere verdammten Fressen halten.

»Tja, schätze mal, sie wird wissen wollen, ob Sie ihren Wagen gefunden haben«, kam es schließlich aus Patty heraus.

»Deswegen sind wir ja hier«, sagte ich. »Sie haben bestimmt schon was von ›Freund und Helfer‹ gehört, oder? Jetzt spielen wir grad die Helfer-Rolle.«

Ich zog mein Telefon aus der Tasche. Suchte das Standbild aus dem Tankstellenvideo. Ich vergrößerte es so, dass Suzy Kang aus dem Bild verschwand und nur noch das Auto zu sehen war.

»Das ist der Wagen, auf den wir gestoßen sind.« Ich hielt Patty mein Handy hin. »Irgendein Penner hat den Honda bei einem Gebrauchtwagenhändler abgeladen. Und sobald dieser ihn weiterverkauft, ist er durch zu viele Hände gegangen, um ihn Suzy wiederbeschaffen zu können. Verstehen Sie das Problem?«

»Klar«, sagte Patty. »Klingt einleuchtend.«

»Also, haben Sie die Adresse?«

»Sie hat eine Bude mitten in Atlanta«, erklärte Patty. »Genaueres weiß ich nicht, aber ihr Bruder meint, es wäre leicht zu finden. Kennen Sie diese Bars, in denen man eine Skijacke tragen muss? Die absichtlich runtergekühlt werden?«

Ich warf Remy einen Blick zu.

»Ich hatte mal ein Date da«, erläuterte sie. »Der Laden heißt *Sub Zero Ice Bar*. In Little Five Points. Laut Wyatt wohnt sie direkt gegenüber.«

Ich wollte noch mehr Informationen von Patty und deutete auf den Brief vom Bezirksgericht. »Sonst alles in Ordnung?«

»Keine Ahnung«, sagte sie. »Glaub schon.«

Ich übergab ihr eine Visitenkarte. »Sollten Sie in der Klemme sitzen und Hilfe wegen der Staatsanwaltschaft brauchen, rufen Sie mich an, okay?«

Patty nahm die Karte entgegen, und ihr Grinsen entblößte eine zweite Zahnlücke.

»Suzys Auto«, sagte ich. »Merkwürdig. Sie lebt in Atlanta, und es taucht hier oben weit im Norden auf. Man fand es abseits der 906.«

Patty überlegte einen Augenblick. »Ach ja, es gibt da einen alten reichen Kerl, den sie seit einiger Zeit besucht. Einmal die Woche fährt sie zu seinem Haus an der Schlucht raus und treibt sich dort rum. Sie unterhalten sich.« Patty bedachte mich mit einem vielsagenden Blick. »Und machen noch andere Sachen, schätze ich.«

Langsam fügten die Teile sich zusammen – Suzy Kang und der Alte. Mir kam etwas in den Sinn, was meine Mom oft gesagt hatte. Alter schützt vor Torheit nicht.

»Ne etwas elegantere Art, Geld zu verdienen, was?«

»Auf jeden Fall«, gab Patty zurück.

Ich zog zwei Zwanziger hervor und drückte sie ihr in die Hand. »Passen Sie auf sich auf, okay?«

»Vergelt's Gott.«

Wir gingen zu dem Alfa zurück.

»War nett von dir«, sagte Remy. »Ihr deine Karte zu geben.«

»Das war Merles Karte«, brummte ich. »Ihrem Geruch nach ist sie genau sein Typ.«

Darüber musste Remy grinsen. Sie schmiss den Alfa an.

»Jetzt wissen wir jedenfalls, womit Suzy ihren Lebensunterhalt verdient«, sagte meine Partnerin.

Ich nickte. »Statten wir dem Autohändler mal einen Besuch ab. Unsere Patty hat Suzy seit einem Monat nicht gesehen, er hingegen hat erst gestern ein Geschäft mit ihr getätigt.«

13

Falls Automotive Imports befand sich ungefähr fünf Minuten entfernt auf einem Eckgrundstück an der 7th Avenue und 31st Street.

An der 31. deutete ich auf einen Parkplatz. Remy bog auf rissigen Asphalt ab. Am anderen Ende des Geländes stand ein flaches weißes Gebäude, davor vier Wagen mit geöffneten Motorhauben und weißen Pappschildern, auf denen jeweils ein einzelner roter Buchstabe prangte. Zusammen ergaben die Schilder das Wort SALE, locker auf dreißig Meter zu lesen.

Wir parkten und gingen auf das Gebäude zu, doch auf halbem Weg fing uns ein großer Kerl in schwarzem Polohemd und Khakihose ab.

»Wollen Sie diesen alten Alfa loswerden?« Mit einem Lächeln streckte er meiner Partnerin die Hand entgegen. »Isaac«, sagte er.

»Remy.«

Er sah gut aus. Mitte zwanzig, weiß, die dunklen Haare an Schläfen und Nacken ausrasiert und vorne mit Gel in Form gebracht. Seine Aufmachung entsprach eher der eines Golfurlaub-Caddies.

»Isaac«, sagte Remy, »in diesem Wagen wird man mich beerdigen. Niemals würde ich ihn verkaufen.«

Der Bursche wandte sich mir zu. »Also halten *Sie* nach etwas Ausschau. Lassen Sie mich raten. Der Pick-up-Typ, stimmt's? Silverado? F-150?«

»Sedan«, sagte ich. »Ein Honda Civic von 2008.«

Isaac blieb stehen und lächelte angesichts der Präzision von Marke und Modell.

»Grün«, fügte ich hinzu und ließ mein Polizeiblech aufblitzen.

»Amtliche Polizeiarbeit, was? Verstehe. Ich verkaufe eine *Menge* an Cops.«

Er führte uns quer über den Hof in eine andere Richtung, hinten um das weiße Gebäude herum. »Sie verraten mir, wie ich Ihnen helfen kann.« Er zog eine Augenbraue hoch. »Und wenn Sie das nächste Mal nach einem Truck Ausschau halten, kommen Sie vielleicht vorbei.«

»Klingt fair«, sagte ich.

Isaac verlangsamte seinen Schritt und zeigte auf Suzys Honda, direkt vor uns. »Also, das war ein freier und sauberer Ankauf, und ich habe den Fahrzeugbrief und ihren Ausweis zweimal überprüft. Und ihr außerdem ein gutes Angebot gemacht.«

»Hätten Sie was dagegen, wenn wir einen Blick hineinwerfen?«

»Nur zu.«

Remy warf mir ein Paar Latexhandschuhe zu, und wir streiften sie uns über.

»Wenn dieses Fahrzeug bei einer Straftat eingesetzt wurde, würden Sie mir das doch sagen, oder?«, meinte Isaac.

Wir gaben ihm keine Antwort. Schlugen bloß die Türen auf.

»Wir haben den Wagen frisch ausgesaugt«, sagte er. »Jedes Auto, das wir ins Sortiment aufnehmen, wird einer

Kontrolle unterzogen. Hundertneunzehn Punkte. Von den Bremsen über die Reifen bis zum Motor. Wir führen einen seriösen Laden.«

Die gute Nachricht war, dass das Fahrzeug dem Autohaus gehörte und Isaac uns soeben seine Zustimmung erteilt hatte, den Wagen zu untersuchen. Die schlechte Nachricht war, dass nichts, was wir eventuell finden würden, als Beweismaterial taugte. Es war durch zu viele Hände gegangen.

Der Wagen war leer, was unserer Erwartung entsprach, da nicht nur Suzy Kang, sondern jetzt auch noch Isaac ihn gründlich gereinigt hatte.

»Was können Sie uns über die Verkäuferin sagen?«, fragte ich.

»Koreanisches Mädchen«, antwortete er. »Wollte auf was Nobleres umsteigen.«

»Also war es eine Inzahlungnahme?«

»O ja, sie kriegte einen gebrauchten Mercedes E350. Baujahr 2010. Niedriger Kilometerstand für sein Alter. Zweiundvierzigtausend. Hören Sie, falls es Sie nach einem Pick-up gelüstet, der wenig auf dem Tacho hat, ich kann Ihnen garantieren …«

»Sie haben eine Finanzierung mit ihr vereinbart, Isaac?«, unterbrach ich ihn.

»Nö.« Er lächelte. »Das ist das Tollste. Dieser Wagen – plus neuntausend Dollar in bar.«

Remy, die gerade den Kofferraum in Augenschein nahm, sah uns an. »Bares Bargeld?«, wollte sie wissen.

»Ein dickes Bündel«, sagte Isaac. »Hatte das Geld in ihrer Handtasche. Hatte mich zunächst fast ausflippen lassen – so viele knisternde Hundertdollarnoten. Aber ihre Kluft und so ...« Er sah Remy an, die sich zu uns gesellt hatte.

»In meiner Gegenwart müssen Sie kein Blatt vor den Mund nehmen, Isaac«, sagte Remy gekonnt mit ihrer sexy Stimme. »Ich bin nicht schüchtern.«

»Tja, sagen wir mal, ihr Rock war so kurz, dass man beinahe bis zum gelobten Land schauen konnte«, erläuterte er. »Und Leder. Sie trug eins dieser weißen« – er deutete auf seine eigene Brust – »Strip-Dinger.«

»Ein Schlauch-Top?«, fragte Remy.

Isaac nickte.

»Also dachten Sie was?«, mischte ich mich ein. »Dass sie eine Stripperin war? Ein Callgirl?«

Er hob die Hände. »Hey, Mann, ich verkaufe nur Autos.«

»Ging das Bündel komplett drauf?«, fragte Remy. »Oder hatte sie noch mehr als die neun Riesen bei sich?«

»Oh, in ihrer Handtasche war noch mehr«, erwiderte er. »Vielleicht weitere sechs oder sieben. Alle gebündelt, in Kunststoff verpackt.«

»Wir müssen alles über den Mercedes wissen«, sagte ich. »Kennzeichen, Fahrgestellnummer.«

Isaac hastete zurück zu dem weißen Gebäude. Ich setzte mich auf den Beifahrersitz des Hondas. »Denkst du, was ich denke?«, sagte ich zu meiner Kollegin.

Remy hatte ihr Smartphone gezückt und suchte irgendwas.

»Dass sie den Tischbackofen in Ennis' Haus ausgeräumt hat?«, fragte Remy. »Sich die Schaufel geholt und Fultz' Bares ausgebuddelt hat?«

»Nicht nur das«, überlegte ich. »Sie muss Stammgast dort gewesen sein. Um all das zu schaffen. Und so schnell rein- und wieder rauszukommen.«

Ich machte das Handschuhfach auf. Darin lag die originale Civic-Gebrauchsanweisung.

Ich blätterte das Handbuch durch, bis ich zu einer Seite kam, an die drei oder vier Exemplare derselben Hochglanzbroschüre geklammert waren. Das Cover zeigte das Bild eines in Leder geschnürten Frauenbeines. Überschrieben war der Werbeprospekt mit *Decadance*, ergänzt um eine Adresse in einem Außenbezirk Atlantas.

»Sieht nicht glücklich aus, der Boss, P.T.«, sagte Remy.

Ich blickte auf. Isaac war mit einem älteren Kerl an seiner Seite zurückgekehrt.

Ich faltete eine der Broschüren auf. *Decadance* war kein Striplokal. Es war irgendeine Art Privatclub, ein Sex-Verlies.

»Ich bin auf der Website des Autohändlers«, sagte Remy. Sie hielt ihr Handy in die Höhe, auf dessen Display das Foto eines weißen Mercedes E350 zu sehen war. Ich vernahm das Screenshot-Geräusch von Remys Telefon.

»Der Wagen, den Suzy gekauft hat, P.T.«, fuhr meine Partnerin fort. »Sie haben ihn noch nicht von der Seite genommen. Ich habe Kennzeichen und Fahrgestellnummer.«

Ich wandte dem heranstampfenden Chef den Rücken zu und schob eines der Faltblätter in die Innentasche meines Sakkos. Die Gebrauchsanweisung und die anderen Broschüren wanderten dorthin zurück, wo sie hergekommen waren.

»Detectives«, sagte der ältere Mann. »Mein Name ist

Dave Kurtin. Ich bin der Verkaufsleiter hier. Haben Sie für dieses Auto einen Durchsuchungsbefehl?«

»Haben wir nicht«, sagte ich. »Ihr Kollege Isaac war jedoch so freundlich, uns seine Erlaubnis zu erteilen.«

Der ältere Kerl wandte sich Isaac zu. »Nun, das muss ich leider annullieren. Das hier ist Privateigentum. Wenn Sie sich hier aufhalten wollen, müssen Sie ein offizielles Gesuch einreichen. Ich gehe davon aus, dass Sie wissen, wie man das anstellt?«

Ich lächelte. Manche Menschen mögen einfach keine Bullen.

»Wir werden die richterliche Befugnis für das Bargeld bekommen, mit dem Suzy Kang Sie bezahlt hat«, sagte ich. »Wir müssen uns die Seriennummern anschauen.«

Der ältere Typ gestikulierte in Richtung des kleinen weißen Wohnwagens am hinteren Rand des Hofes. »Glauben Sie etwa, wir würden eine solche Menge Zaster in dieser Wohngegend über Nacht bei uns behalten? Eine Minute nachdem die Frau verschwunden war, ist das Geld an die Bank gegangen.«

Ich ließ meinen Blick umherschweifen. Ungefähr die Hälfte des Umsatzes bestand wahrscheinlich aus Barverkäufen. Falls Suzys Geld bereits bei der Bank war, hatte es sich mit anderen Einzahlungen vermischt und wäre unmöglich juristisch korrekt auf Fultz zurückzuführen.

Ich wandte mich ab, verspürte keinerlei Verlangen, diese zwei Vögel meinen Frust spüren zu lassen, behielt jedoch im Hinterkopf, dass Remy zumindest die Fahrgestellnummer des neuen Wagens hatte.

»Danke, dass Sie sich die Zeit genommen haben, meine Herren.«

»Kommen Sie gerne wieder vorbei, wegen des Trucks«, rief Isaac mir hinterher.

Wir setzten uns in den Alfa, fuhren vom Hof herunter und unterhielten uns darüber, was wir nun bezüglich Suzy Kang hatten und was nicht. Tatsache war: Sie kam einer Verdächtigen am nächsten. Zugleich war sie jedoch nur eine Person von besonderem Interesse. Und der Hauptgrund dafür war, dass alles, was wir uns bislang zusammengereimt hatten, auf Annahmen beruhte.

Wir nahmen an, dass Suzy eine Edelnutte war, doch sie hatte kein Vorstrafenregister. Wir nahmen an, dass sie Ennis Fultz beraubt hatte, besaßen aber keine Beweise dafür, dass das Geld, mit dem sie das Auto gekauft hatte, nicht ihr eigenes gewesen war. Und schließlich nahmen wir an, dass der Bargelddiebstahl ihr Motiv war, den alten Mann umzubringen.

»Also, mal angenommen, wir liegen richtig«, sagte Remy. »Dann hat sie nach wie vor ein fettes Bündel Hunderter bei sich, das ihr ein Loch in die Tasche zu brennen droht. Wenn wir davon ausgehen, dass Fultz das Geld en gros von seinem Bankkonto abgehoben hat, dann hätten sie doch frisches Bargeld bei der Zentralbank nachbestellt, oder?«

»Wenn es wirklich um hohe Beträge geht, dann ganz bestimmt.«

»Also hat entweder Fultz oder seine Bank vielleicht die Seriennummern der Scheine vermerkt.«

»Wäre möglich«, sagte ich.

Was bedeutete, dass wir diese Seriennummern zu dem von Ennis Fultz abgehobenen Geld zurückverfolgen konnten, sollten wir Suzy mit dem Baren in der Tasche in die Finger kriegen. Dann wäre sie unsere Diebstahl- und Mordverdächtige.

Außerdem bedeutete es, dass wir am Arsch waren, wenn wir sie *nicht* mit der Kohle erwischten.

»Was also würdest *du* an ihrer Stelle tun?«

»Um das Geld zu waschen?« Ich zuckte mit den Schultern. »Ich würde einen Ort aufsuchen, wo der Umtausch einer großen Menge Geld bei niemandem auf dem Radar erscheint.«

»Spielkasino?«

»Kein schlechter Gedanke«, sagte ich. »Das Geld gegen Chips tauschen. Ein paar Stunden herumflanieren und dann zurücktauschen. Das einzige Problem ist, dass sich die nächste Spielbank in North Carolina befindet. Fünf Stunden entfernt.«

Es gab andere Glücksspielstätten, aber falls man nicht gerade zum sittlich verwahrlosten Teil der Bürgerschaft gehörte und mit der Unterwelt vertraut war, hatte Georgia das Glücksspiel größtenteils rigoros außerhalb seiner Staatsgrenze gehalten.

»Suzy ist doch Koreanerin«, sagte Remy. »Korean Air fliegt vom Hartsfield-Jackson. Wenn sie in Little Five Points wohnt, ist der Flughafen nur zwanzig Minuten entfernt.«

Ich begriff, worauf Remy hinauswollte. »Vielleicht hat sie Familie in Übersee«, spekulierte ich. »Haut ab aus der Stadt? Wechselt das Geld irgendwo anders – wo es niemand kümmert und auch niemand sie kennt?«

»Wäre eine brauchbare These«, meinte Remy.

»Und warum dann neun Riesen für den Mercedes verjubeln?«

Meine Partnerin zuckte die Achseln, und ich rief Abe auf dem Revier an.

»Was läuft, Kumpel?« Das war seine Standard-Begrüßung von daheim in Louisiana.

»Kennst du irgendwelche Cops, die im Umkreis vom Hartsfield-Jackson arbeiten?«

»Scheißt der Bär in den Wald?«, entgegnete Abe. »Sag mir, was du willst, und ich schwing die Hufe.«

Ich gab ein Handzeichen Richtung Flughafen, und Remy wechselte auf die Mittelspur, um nach links auf die Interstate zuzusteuern.

Ich bat Abe darum, die Passagierlisten durchzugehen. Nachzuprüfen, ob Suzy am Vortag einen Flug gebucht hatte. In der Zwischenzeit würden wir weiter nach Süden fahren. Sowohl der Flughafen als auch Suzys Bleibe in Little Five Points lagen auf dem Weg.

Remy nahm die Autobahnauffahrt, und wir kamen an einem kleinen, am Straßenrand gelegenen See mit grünem, übel riechendem Wasser vorbei. An einem Ende war ein viereinhalb Meter langes Ruderboot vertäut, aus dessen Rumpf in der Mitte ein Baumstumpf ragte.

Ich checkte mein Handy, und Remy sah kurz zu mir herüber. »Hast du eine Verabredung?«

Ich grinste. Mit diesem Spruch war ich ihr des Öfteren gekommen, als wir unsere Zusammenarbeit starteten.

»Selber 'n heißes Rendezvous heute Abend?«, gab sie zurück.

Hatte ich immer als Nächstes gesagt.

Ich musste lachen. »Tut mir leid, aber das ist dein Fachbereich«, sagte ich. »Sarah und ich haben inzwischen eine Art Routine entwickelt.«

»Gute oder schlechte Routine?«

Sarah arbeitete alltäglich mit Remy und mir zusammen, weshalb ich unverzüglich bereute, das Thema überhaupt angeschnitten zu haben.

»Reden wir von was anderem«, sagte ich.

Aber Remy tickte wie ich. Und die meisten Bullterrier. Sie ließ nicht ab von einer Sache.

»Ihr zwei seid jetzt wie lange zusammen – fünf Monate?«, sagte Remy.

Als ich keine Antwort gab, warf sie mir einen Blick zu. »Wir Frauen haben da so unsere Anhaltspunkte.«

»Und das heißt?«, sagte ich.

»Sie wohnt nicht bei dir, oder?«

»Nein«, sagte ich. »Nicht offiziell.«

»Nicht offiziell?« Remy schüttelte den Kopf. »Typische Männer-Antwort.«

»Tja«, gluckste ich, »ich bin ja auch so 'ne Art Mann.«

»Was darf sie belegen?«, fragte Remy. »Eine Schublade?«

»Sie hat eine komplette Kommode.« Ich zuckte die Schultern. »Ich meine, ich habe genug Platz. Lenas Schwester hat all ihr Zeug im Januar abgeholt.«

Remy bedachte mich mit diesem speziellen Blick. »Du hast Spaß mit Sarah – bist horizontal gut beschäftigt?«

Bisweilen verhält meine Partnerin sich männlicher als ich.

»Sei nicht so«, sagte ich.

»*Dein* Problem besteht darin, dass dein Haus ein Museum ist, Boss. Sarah ist eine erwachsene Frau. Wenn du willst, dass es mit ihr klappt und sie sogar die Hälfte ihrer Zeit da ist, braucht ihr ein paar ›Du und ich‹-Sachen. Kein altes Zeug.«

Mein Telefon brummte, und ich wechselte erleichtert das Thema, indem ich Abe auf Lautsprecher drückte. »Hast du einen Flughafen-Bullen aufgespürt?«

»Noch besser«, sagte er. »Suzy Kang hat ein Einzelticket nach Fort Lauderdale gekauft. Spirit Airlines.«

Bis zu der von Abe angegebenen Abflugzeit waren es nur noch fünfundzwanzig Minuten, also rasten wir zum Flughafen, stellten den Kontakt mit einem Cop namens Brodovic her und rannten in Höchstgeschwindigkeit durch das Terminal.

Wir kamen beim Flugsteig D3 an, als das Flugzeug gerade abgehoben hatte.

»Kacke«, sagte ich außer Atem.

»Immerhin wissen wir, wo sie ist«, sagte Remy nicht im Geringsten außer Atem. »Wir könnten sie auf der anderen Seite von der Flughafenpolizei aufgabeln lassen.«

Brodovic kam zu uns rübergelaufen. Er hatte sich mit der Dame am Spirit-Gate unterhalten und trug eine zerknirschte Miene zur Schau.

»Sie sitzt nicht in diesem Flieger, Leute.«

Ich blinzelte Brodovic an. »Sind Sie sicher?«

»Sie haben ihren Namen etliche Male aufgerufen. Ist nicht aufgetaucht.«

Ich lehnte mich gegen eins der riesengroßen Fenster, durch die man auf die Landebahnen sehen konnte. Warum zur Hölle sollte jemand vor einer Stunde ein Flugticket kaufen und es dann nicht nutzen?

Ich dachte an die Wahl der Fluglinie und das Ziel.

Spirit war eine Billig-Airline und Fort Lauderdale wahrscheinlich das günstigste Ticket, das sie im Angebot hatten.

»Sie wollte nie wegfliegen«, sagte ich. »Sie wollte Zugang zum Terminal.«

»Wozu?«, fragte Remy.

»Gibt's im Flughafen eine Wechselstube?«, fragte ich Brodovic.

»Direkt um die Ecke«, sagte der stämmige Cop. Er geleitete uns zum Travel-Xchange, dessen Filiale ein in die Wand eingelassenes Büdchen war. Wir zeigten der Dame am Schalter ein Foto von Suzy.

»Ja, sie war vor einer Stunde hier. Hat ungefähr sechs Riesen in Hongkong-Dollar gewechselt.«

Ich versuchte mir vorzustellen, wie Suzy sich durch das Flughafengebäude bewegte.

»Ist sie danach zielsicher auf das Gate zugesteuert? Als müsse sie einen Flug kriegen?«

Die Frau zuckte die Achseln. »Darauf habe ich nicht geachtet.«

»Das Geld, das sie abgeliefert hat«, sagte ich. »Alles Hunderter?«

Die Angestellte nickte. Ebenjenes Geld, das Isaac beim Autohaus erspäht hatte.

»Wir brauchen die Seriennummern dieser Scheine«, erklärte Remy der Kassiererin. Sie zeigte auf eine Kamera, deren Auge auf uns herabblickte. »Und die Aufnahmen.«

»Natürlich«, gab die Frau zurück. »Ich brauche allerdings eine Genehmigung.«

Remy zog ihr Tablet hervor, um mit dem Papierkram anzufangen. Ich stand ein Stückchen abseits und schaute auf den langen Laufsteg runter, der von Halle D wegführte.

Hätte Suzy ein Ticket nach Hongkong gelöst, hätte Abe den entsprechenden Flug längst ausfindig gemacht.

Ich hatte meine Karriere vor Jahren beim Einbruchsdezernat begonnen. Was ein Geschenk des Himmels war, denn die beste Menschenkenntnis erlangt man, indem man das Verhalten von Dieben studiert.

Sie müssen wissen: Morde haben ihre Gründe. Missgunst, Eifersucht und so weiter. Diebstahl hingegen ist ein Gelegenheitsverbrechen. Der einzige Weg, es aufzuklären, besteht darin, gelegenheitsorientiert zu denken – wie ein Krimineller.

Ich wandte mich der Kassiererin am Schalter zu. »Gibt es noch eine *andere* Travel-Xchange-Filiale im Flughafen?«

»Klar.« Die Frau deutete die Richtung an. »Terminal E.«

Wir machten uns auf den Weg, und wie vermutet hatte Suzy die Hongkong-Dollars in amerikanische Banknoten zurückgetauscht. Sie hatte das Geld gewaschen, gegen einen Wechselkursverlust von fünf Punkten.

Brodovic kannte die Frau hinter diesem zweiten Wechselstubenschalter besser und flirtete mit ihr. »Beth ist ein wahres Prachtweib«, sagte er, während er die Blondine anlächelte. »Eine von den Guten.«

Ich entschied, seinen guten Draht zu der Kassiererin zu nutzen. »Was halten Sie davon, wenn Sie uns einen kurzen Blick auf das Kameramaterial werfen lassen?«

Beth sah Brodovic an und zuckte die Schultern. »*Ich* kann die Aufnahmen zurückspulen und sie mir anschauen. Wenn Sie dann zufällig danebenstehen und ebenfalls zuschauen, dann ist es eben einfach so.«

Sie spulte das Video zurück, und wir sahen Suzy Kang vor dem Schalter stehen. Sie stapelte die rot-grüne Währung auf dem Tresen und übergab dann Beth das Geld.

»Die beiden«, sagte Remy, während wir den Film verfolgten, »Suzy, die klaut, und Ennis, der am selben Tag mit ihr *und* seiner Ex-Frau schläft – die gehören *zusammen*.«

»Alle Eigenschaften eines guten Spürhundes«, bemerkte ich. »Von der Treue mal abgesehen.«

Wir eilten nach draußen, um Suzy in der Innenstadt nahe der Bar aufzutreiben.

Wir hatten genug für Abe in der Hand, um an eine Vollmacht für die erste Wechselstube und damit an die Seriennummern der Scheine zu kommen.

Mit Suzy auf dem Video und Isaacs Informationen vom Autohof mussten wir nichts weiter tun, als Suzy mit einem von Fultz' Hundertern oder dem frischgewaschenen Geld zu erwischen, und sie würde in Handschellen abgeführt.

Aus die Maus. Fall erledigt.

14

Das Mädchen rang nach Luft und riss die Augen auf. Es lag auf einer Art Brett. Mit einem bogenförmigen Loch entlang der Mitte.

Ein Gesicht erschien über ihm. Es war der nette Mann aus

dem Sattelschlepper. Der Mann, der sich hinter den Hyundai gestellt hatte, bevor der Toyota an sie herankommen konnte.

»Das Mädchen ist aufgewacht«, rief der Mann jemandem zu.

Der nette Mann beugte sich zu ihm herab. Blaues und rotes Licht flackerte über seine Brillengläser. »Sei tapfer und bleib ganz ruhig liegen, Schätzchen.«

»Da ist so ein Kerl, der uns gerammt hat«, murmelte das Mädchen.

Der nette Mann schaute zum Hyundai und dann wieder zu dem Mädchen. »Ich glaube, dein Daddy ist gerade gegen die Brücke geknallt«, sagte er. »Aber dir ist nichts Schlimmes passiert.«

»Ich habe ihn gesehen«, sagte das Mädchen. »Ich kenne sein Gesicht.«

Der nette Mann erhob sich, als hätte er seine Worte nicht gehört.

Sie wiederum hörte jemanden die Worte »Feldversuch« sagen und lautstark ein »neues Stützmieder« fordern.

Dann meldete sich eine weitere Stimme. Es hörte das Wort »Wagenkolonne«, und ein Feuerwehrmann ragte über ihm auf.

»Ruhig«, sagte der Feuerwehrmann, als man seinen Körper in die Höhe hob. »Ruhig. Ganz ruhig.«

Das kleine Mädchen versuchte, sich zu bewegen, aber sein Leib war mit orangefarbenen Riemen fixiert. Und um sein Gesicht und seinen Hals lag etwas Bauschiges.

Sie legten das Mädchen ab, und der nette Mann beugte sich abermals vor. »Mir scheint, du hast eine Gehirnerschütterung davongetragen, kleine Lady«, sagte er. »Versuch, die Augen zuzumachen und dich auszuruhen. Du hast Beulen und blaue Flecken, aber du wirst wieder gesund.«

Es schloss die Augen, wie der Mann es gesagt hatte.

Einen Augenblick später wurde es erneut hochgehoben. Es blinzelte und fand sich in einem Krankenwagen wieder.

Eine neue, schroffe Stimme erscholl von draußen. »Hey, ich komme grad vorbei. Braucht ihr Jungs Hilfe?«

»Na klar«, sagte der nette Mann. »Es sind keine Bullen in der Nähe.«

Das Mädchen versuchte, seinen Kopf zu bewegen. Zu sehen, wem diese schroffe Stimme gehörte. Doch es schaffte es nicht. Es war straff festgeschnallt.

Dann ging der nette Mann davon, und der schroffe Mann schob sich für einen Moment in den Krankenwagen. Er suchte Blickkontakt, und das Mädchen sah dasselbe Gesicht, das es in dem weißen Truck gesehen hatte.

Den Mann, der sie gerammt hatte.

Dann verschwand der schroffe Mann, und das Mädchen versuchte, sich aufzusetzen. Die Gurte loszuschnallen, die es festhielten. Aber es gewann keinen Spielraum, lag wie festgeleimt, und seine Kehle brannte, sobald es zu sprechen versuchte.

»Sagt mal, wohin bringt ihr Jungs diese Leutchen eigentlich?«, fragte die schroffe Stimme irgendjemanden. »Kommen sie ins Bezirkskrankenhaus?«

15

Wir hatten Suzy Kang auf frischer Tat ertappt. Jetzt mussten wir sie nur noch ausfindig machen. Während Abe sich um den Haftbefehl kümmerte, brausten Remy und ich über die 85 nach Atlanta, wo unser Zielobjekt die Ice Bar war, von der Patty zuvor im Motel gesprochen hatte.

Meine Partnerin saß am Steuer, und ich las auf ihrem iPad eine Akte über Ennis Fultz' Krankheitsverlauf, die Sarah uns gemailt hatte.

Die COPD, eine chronisch obstruktive Lungenerkrankung, konnte glimpflich bis schwerwiegend ausfallen, und deren Ausmaß ermittelte man hauptsächlich über die Ergebnisse einer Reihe von Lungenfunktionstests.

Im Wesentlichen sorgte die Krankheit dafür, dass die Atemluft verlangsamt durch den Körper strömte, was für die kleineren Blutgefäße und Bläschen in den Lungenflügeln äußerst unerfreulich war. Wenn all diese Adern und Lungenbläschen nicht mehr funktionsfähig waren, bekam der Sauerstoff Schwierigkeiten, sich im Blutkreislauf breitzumachen.

»Worauf läuft's hinaus?«, fragte Remy. »Zeigte Fultz irgendwelche terminalen Symptome?«

Ich sah zu Remy rüber. »Aufgeführt ist ein Unvermögen körperlicher Aktivitäten ...«

»Aber er ist doch tagtäglich fünf Kilometer zu Fuß gelaufen«, wandte meine Partnerin ein.

»Niedriger Körpermasseindex«, sagte ich. »Er war sehnig und kräftig, litt allerdings an heftiger Atemnot.«

»Derweil er Nutten vögelte«, bemerkte Remy.

Meine Partnerin nahm die Ausfahrt zur Central Avenue, und zu unserer Rechten sah ich die goldene Kuppel des Georgia State Capitol.

»Das heißt ... ja, was eigentlich?« Remy kniff die Augen zusammen. »Fultz war gar nicht krank? Diese Kang-Frau hat einen gesunden Mann ermordet?«

»Er *war* krank«, beharrte ich. »Nur hat er es offenbar

nicht zugelassen, sich von der Krankheit seine Pläne verbauen zu lassen.«

Der Bericht schloss mit folgendem Befund: Wäre die Flasche in voller Absicht, Fultz auf diese Weise zu töten, mit Stickstoff befüllt worden, hätte sich, sobald das Opfer lahmgelegt war, der Rest dieses Stickstoffs im Haus verflüchtigt. Für immer davon, in der Atmosphäre nicht mehr nachweisbar.

Mein Telefon summte, und ich legte Remys iPad beiseite.

»Nachricht von Abe«, erklärte ich. »Er hat Suzys unter Verschluss gehaltene Jugendstrafe geknackt.«

»Und?«

Ich öffnete den beigefügten Anhang. »Man hat sie mit siebzehn beim Verkauf von Lachgas erwischt.«

»Whippets?«, meinte Remy. »Damit wurde auf der Highschool gedealt. Ist nicht gerade ein Schwerverbrechen, P.T. Heutzutage bieten sie diese Minikartuschen auf eBay an. Für einen Dollar pro Stück.«

»In diesem Fall springt's allerdings ins Auge«, sagte ich.

»Dass sie sich mit Stickstoffbehältern auskennt?«

Ich dachte an die klassische Dreifaltigkeit, die zu einem Schuldspruch führte: Motiv, angewandte Mittel und günstige Gelegenheit.

»Sie war bei Fultz im Haus.« Ich hob einen Finger. »Sie weiß, wie man mit einer Stickstoffflasche umgeht.« Den zweiten Finger. »Und sie hat sein Geld gestohlen und gewaschen.« Damit fuhr der dritte Finger in die Höhe.

Die Navi-App auf Remys Handy informierte uns, dass wir bei der Ice Bar in Little Five Points angekommen waren.

Remy fuhr an den Straßenrand und warf einen Polizeiparkschein aufs Armaturenbrett.

Das Niveau der Wohngegend von Little Five Points hatte sich dramatisch verbessert, seit ich in meinen jungen Jahren das letzte Mal hier gewesen war. Die Cafés waren voller Hipster. Alte Baumwollspinnereien und Fabriken hatte man flächendeckend kernsaniert. Und die Lofts wurden für drei Riesen pro Monat vermietet.

Remy stieg aus dem Wagen, und wir gingen zum Eingang der *Sub Zero Ice Bar* rüber. Ich drückte mein Gesicht an die Fensterscheibe und sah, dass im Inneren alles aus Eis bestand.

»Friert man sich da drin nicht den Arsch ab?«

»Man bekommt einen warmen Anorak«, sagte Remy. »Du schlürfst Wodka und fühlst dich wie unter freiem Himmel in Sibirien.«

Ich verdrehte die Augen. »Klingt, als hätte ich den perfekten Zeitpunkt erwischt, um mit dem Trinken aufzuhören.«

Mein Blick schweifte zu dem Gebäude gegenüber. Zehn Stockwerke roter Backstein. An der Seite ein im Retro-Stil gehaltenes, senkrechtes Leuchtschild, das *Factory Lofts* verkündete.

Wir betraten das Foyer und näherten uns einem schmächtigen Mann in kariertem Hemd und Cargohose. Er hockte hinter einem weißen Empfangstresen und trug ein Namensetikett, auf dem *Xander* stand.

Ich hielt ihm meine Dienstmarke vor die Nase. »Wir müssen mit einer Ihrer Mieterinnen sprechen. Suzy Kang.«

»Selbstverständlich.« Er nickte und tippte irgendwas in seinen Rechner. Bevor er aufsah, kniff er die Augen zusammen.

»Moment – wir haben hier keine Suzy Kang.«

Remy zog ihr Handy hervor und zeigte Xander ein Foto.

»Ach, die«, sagte er. »Ja, die ist Dauergast bei Mr West. Keine Anwohnerin, aber ich sehe sie ständig.«

Abermals begann er, mit gesenktem Kopf ein paar Tasten zu drücken. »Sie treibt eine Menge Sport.« Sein Blick wanderte in die Lücke zwischen Remy und mir. »Für gewöhnlich um die Mittagszeit.«

Wir reckten die Hälse, um zu sehen, wohin Xander schaute. Eine gläserne Doppeltür führte in ein zur Euclid Street hin gelegenes Fitnessstudio, in entgegengesetzter Richtung zur Bar.

Drinnen liefen zwei Frauen auf Crosstrainern.

Eine dritte beugte sich vor, hatte ein Handtuch um den Kopf gewickelt.

»Die in Pink«, sagte Remy und deutete auf die dritte Frau.

Das Handtuch löste sich von ihrem Kopf, als sie aufsah. Sie war zierlich, hatte asiatische Züge, schien um die dreißig zu sein.

Wir gingen auf sie zu, und sie ließ das Handtuch fallen. Wandte sich um und schlug die Gegenrichtung ein.

Wir sprinteten los, rissen die Glastüren zum Fitnessstudio auf und vollführten einen Zickzackkurs um elliptische Maschinen und Laufbänder, durch einen Ozean von Schwarz und Gummi.

Ein Alarm erklang, und ich rannte der Lärmquelle entgegen. Am hinteren Ende des Studios befand sich ein Notausgang.

Ich schwang die Tür auf und fand mich in einem Treppenhaus wieder. Die Stufen führten eine Etage tiefer in eine Parkgarage. Ich warf den Kopf in den Nacken und sah über uns etwas Pinkes aufblitzen.

»Wir wollen nur reden«, rief ich und nahm den kompletten Weg bis zum fünften Stockwerk rauf immer zwei Stufen auf einmal, bevor ich angestrengt durchatmete.

Remy überholte mich dort, wo eine orangefarbene 6 an der Wand des Treppenschachts prangte.

»Ich sehe sie«, schrie Remy. Einen Augenblick später riss sie die Tür zum Dach auf.

Alle drei bis vier Meter waren Klimaanlagen angebracht, deren Ventilatoren kräftig arbeiteten. Ich hastete herum und schaute hinter jedem einzelnen Kastenmodul nach. Keine Spur von ihr.

»Verdammte Hacke«, sagte ich schnaufend. »Meinst du, sie ist über eine andere Etage entkommen?«

»Auf keinen Fall«, antwortete Remy.

Ich trat ganz an den Rand des Dachs. Suzy kletterte schnell und geschickt eine Feuerleiter hinab. Zu viel Vorsprung, um sie einzuholen.

Sie erreichte eine Dachterrasse mit Whirlpool und ein paar Gartenstühlen, ließ sich die letzten verbliebenen Zentimeter fallen und rannte ins Gebäude.

Meine Partnerin spähte über die Kante und verfolgte Suzys Abgang. »Verflucht, wie Catwoman.«

»Was soll's«, sagte ich. »Sie hat uns abgeledert, aber wir

lassen jetzt nach ihrem Mercedes fahnden. Wir wissen, wo sie sich aufhält. Lass uns den Papierkram erledigen, dann wird die Hälfte aller Bullen in Atlanta nach ihr suchen.«

Wir nahmen den Fahrstuhl nach unten und unterhielten uns am Pförtnertisch mit Xander. »Hank West«, gab er auf die Frage nach Suzys Gastgeber von sich. »Ihm gehört die Penthousewohnung im Achten. Umfasst das halbe Stockwerk.«

»Lassen Sie mich raten«, sagte ich. »Mrs Kang kommt einmal die Woche zu Besuch?«

»Nein, sie ist jeden Tag hier.«

Ich zwinkerte. Demnach war das kein Kunde, sondern Suzys fester Freund. Remy notierte sich fix Hank Wests Personalien, und wir gingen raus zu unserem Alfa.

Suzy hatte ihre Karre verklappt und das Geld geklaut, beides jedoch bewerkstelligt, bevor wir überhaupt ihren Namen kannten.

War sie eventuell gar nicht auf der Flucht, sondern schlicht und ergreifend in ihren Alltagstrott zurückgekehrt?

Ich kannte einen Detective namens Mandelle Clearson, der bei der Mordkommission von Atlanta arbeitete, und wir beschlossen, das nächstgelegene Polizeirevier aufzusuchen und um Unterstützung zu ersuchen. Im Vergleich zu Atlanta geht es in Mason Falls ziemlich dörflich zu, und ich hatte Mandelle geholfen, diesen Kackspecht zur Strecke zu bringen, der vor drei Jahren seine Frau umgelegt hatte und in unserer Gegend untergetaucht war.

»Marsh.« Mandelle begrüßte mich im Eingangsbereich des Reviers mit einem kräftigen Händedruck. Damit war auch besiegelt und amtlich bekanntgemacht, dass wir in jenem Bezirk, den das Atlanta Police Department Zone 5 nannte, einer Spur nachgingen.

Ich stellte Mandelle meine Partnerin vor. Er war ein großer Kerl von Ende vierzig mit gewelltem, grau meliertem Haar. Ich weihte ihn in die Details ein, und er bot an, Hank West für uns zu überprüfen.

»Also, keine kriminellen Delikte«, sagte Mandelle, als er mit einem Dokument der Zulassungsbehörde vom Drucker zurückgeschlendert kam. »Ein Strafzettel wegen Geschwindigkeitsüberschreitung vor einem Jahr«, erklärte er. »Fährt einen Porsche 911. Der Name kommt mir allerdings bekannt vor. Ich glaube, er ist hier in der Stadt als Anwalt tätig.«

Ich bat Mandelle, einen Fahndungsaufruf nach Suzy Kang rauszugeben, und er schlug vor, nach der Arbeit auf dem Heimweg bei Hank West vorbeizuschauen. Ein Pläuschchen mit dem Typen zu halten, falls er denn zu Hause war.

Ich bedankte mich bei ihm, und Remy und ich gingen nach draußen zum Auto.

Ich merkte, dass meine Partnerin frustriert war, aber das ist nun mal der Job. Lange Gänge, die in Sackgassen enden.

Ich zückte den Flyer, den ich aus Suzys Wagen gefischt hatte. »Tja, da wäre noch das hier«, sagte ich. »Stammt aus ihrem Handschuhfach.«

Remy schaute sich die Broschüre an. »Ist das ein Striplokal?«

»Eine Art Swingerclub.«

»Und was bringt uns das?«, wollte meine Kollegin wissen. »Die hiesigen Cops observieren Suzys Wohnung. Nach dem neuen Wagen wird gefahndet. Ist der Laden ein sicherer Ort, um neu anzusetzen?«

»Von dem Prospekt hatte sie mehrere Exemplare«, sagte ich. »Und weißt du noch, was Fultz' Ex über Leder und Bondage gesagt hat? Meiner Vermutung nach arbeitet Suzy hier.«

Ich rief Johnny Tobin von der Abteilung für Wirtschafts- und Finanzkriminalität an und erbettelte eine rasche Hintergrundprüfung von Suzy Kang.

Tobin war bei sämtlichen Kriminalfällen in Mason Falls für die wirtschaftlichen Aspekte zuständig. Als ehemaliger Wirtschaftsprüfer assistierte Detective Tobin flächendeckend bei Mord über Einbruch bis hin zu Sexualverbrechen.

»Als Suzys Arbeitgeber wird eine Firma namens Deca GmbH gelistet«, sagte Tobin. Wenn er sprach, lag immer etwas Nasales in seiner Stimme, als wäre sein Riechkolben permanent verstopft.

»Was noch?«

»Durchschnittliches Einkommen. Die Adresse vom Motel, die euch bereits bekannt ist. Diese Sache mit der Deca GmbH kommt wohl am ehesten einer Bestätigung dafür gleich, dass sie bei *Decadance* arbeitet.«

Ich dankte ihm und beendete das Telefonat. Remy studierte den Werbeprospekt.

»Boss«, sagte sie. »Dieser Laden öffnet erst um zehn Uhr abends.«

Remy und ich entschieden, eine zweistündige Abendbrotpause einzulegen und dem Club *Decadance* nach Sonnenuntergang einen Besuch abzustatten. Brot und Spiele nach Bullen-Art.

Während des Rückwegs nach Mason Falls erzählte Remy von ihren abendlichen, ehrenamtlichen Einsätzen in der K-9-Einheit, die sie kürzlich zusammen mit ein paar Kollegen bestritten hatte. Dort arbeitete ein kleiner Trupp von drei Streifenbeamten mit Polizeihunden. Sie hatten dem County letzten Monat tüchtig unter die Arme gegriffen.

»Geht's um den jüngsten Ärger mit Hundekämpfen?«, fragte ich.

»Exakt«, antwortete Remy.

Infolge dieses ziemlich frischen Skandals hatte das Mason Falls Police Department vom County die Aufgabe übernommen, die Einhaltung von Tierschutzbestimmungen zu überwachen. Es machten Gerüchte die Runde, dass ein paar gestandene Cops zu einer neuen, ganz dem Tierschutz gewidmeten Strafverfolgungsbehörde abkommandiert werden sollten.

»Womit genau beschäftigst du dich da?«, erkundigte ich mich.

Remy zuckte die Achseln. »Fälle von Tierquälerei ... Durchsuchungsbefehle für mutmaßliche Welpen-Fabriken und illegale Massenzuchtbetriebe ranschaffen.«

Meine Partnerin war in einem ländlichen Bezirk namens Harmony aufgewachsen und vermisste die Gesellschaft von Vierbeinern mit haarigen Gesichtern. Andererseits bekamen wir es bei der Mordkommission ständig mit Tieren zu tun. Schließlich teilten wir eine ganze Menge DNA.

Remy fuhr die Hannover Avenue herunter, auf meine Bude zu.

»Also, in zwei Stunden wieder an die Arbeit?«

Remy nickte und hielt am Straßenrand. »Ich habe über Suzy nachgedacht«, sagte sie. »In meiner ersten Dienstwoche hast du mir eine deiner Weisheiten zukommen lassen.«

»Und die wäre?«

»Die Schuldigen nehmen Reißaus.«

»Stimmt«, erwiderte ich. »Und wir Glücklichen werden dafür bezahlt, sie zu fangen.«

16

Ich stieg aus und ging zu meinem Haus hinüber. Als ich die Tür aufmachte, stieg mir der Duft von Knoblauch und Basilikum in die Nase. Purvis fetzte um die Ecke, und ich ging in die Hocke, damit er in meine Arme klettern konnte.

Sarah war in der Küche. In T-Shirt mit V-Ausschnitt, abgeschnittener Jeans und darübergebundener Schürze.

»Abendmahl«, sagte ich. »Wow, was für eine nette Überraschung.«

»Mir ist aufgefallen, dass wir uns seit zwei Tagen nicht mehr außerhalb von Tatorten gesehen haben. Da dachte ich mir, du hättest vielleicht Appetit auf einen Happen Huhn mit Parmesankruste.«

»Wenn ich rieche, wie dieser Junge hier aus dem Maul dünstet«, ich hielt Purvis in die Höhe, »kommt mir der Gedanke, dass ihm ein bisschen Parmesan-Huhn auch nicht schlecht schmecken dürfte.«

Sarah drückte mir einen flüchtigen Kuss auf die Wange. »Ich hätte ihm einen kleinen Bissen abgeben können.«

Ich ging ins Schlafzimmer und nahm dann eine heiße Dusche, um einen klaren Kopf zu bekommen. Als ich in Jeans und T-Shirt wieder auf der Bildfläche erschien, saß Sarah in der Essecke. Neben dem gebackenen Hühnchen stand eine dampfende Schüssel Spaghetti mit Tomatensoße.

Sie berichtete mir, dass sie den größten Teil des Tages freigehabt, sich am Morgen wegen des Falls Donnie Meadows mit Staatsanwältin Yugel getroffen und beschlossen hatte, es danach gut sein zu lassen.

»Ging's darum, die Aussage zu üben?«, fragte ich.

Sie schüttelte den Kopf. »Bei mir geht's ausschließlich um Fakten, Schatz. Höhe des Blutverlusts. Anzahl der Stiche. Es gilt als schlechter Stil, wenn man meint, uns darüber belehren zu müssen, dass es sich um fünfundzwanzig und nicht um sechsundzwanzig Eintrittswunden handelt.«

Purvis ließ sich zu Boden plumpsen, und ich kicherte. »Die Leiche von Donnie Meadows hatte keine sechsundzwanzig Stichwunden.«

Sarah unterbrach ihre Mahlzeit. »Es waren *haargenau* sechsundzwanzig Stichwunden, P.T. Versprich mir bitte, das vor Gericht keinesfalls zu bestreiten. Sonst steht eine von uns beiden wie eine Vollidiotin da.«

Ja, schwöre es uns, Schatz, schnaubte Purvis.

Ich schob mir einen Happen in den Mund. »Ich mach ja bloß Spaß«, sagte ich. Mir war schwummrig bei dem Gedanken, wie diese Nummer wohl in Sarahs Abteilung geklungen hatte. Welcher auch nur halbwegs zurechnungsfähige Bulle würde sechsundzwanzig Mal auf Donnie Meadows einstechen?

Sarah schnitt ihr Hühnchen einmal längs und dann noch mal quer, bis ein vierjähriges Kind es hätte herunterschlucken können. In dieser Hinsicht war sie eigen, wenn nicht gar zwanghaft. »Ich hatte vorher schon mit dieser Anwältin zu tun«, sagte sie. »Sie ist ein harter Hund. Jetzt ist sie allerdings mit einem Gefolge von Assistenz-Strafverteidigern aufgerauscht. Leute, die mit dem Fall nicht vertraut sind. Yugel wirkte ziemlich überrascht.«

»In welcher Hinsicht überrascht?«

»Diese Typen trugen teure Anzüge«, sagte Sarah. »Und dampften in Limousinen ab.«

Ich schaute Sarah mit zusammengekniffenen Augen an. Hatte Tiger-Cat zusätzliche schwere Geschütze aufgefahren? Eine andere Anwaltskanzlei?

»Abgesehen davon ging alles seinen gewohnten Gang«, erklärte Sarah. »Ganz normale Fragen zum Opfer.« Plötzlich sprang sie auf. »Mist, das Brot!«

Sie machte den Ofen auf, und eine Rauchwolke quoll ins Zimmer. »Verdammt noch mal«, fluchte sie.

Sarah trug das Blech mit einem Topflappen zur Seitentür hinaus und kippte das schwarz verbrannte Knoblauchbrot in den Müll.

»Tut mir leid.«

Sie kam wieder rein und zog ihren Stuhl näher an meinen. »Pass auf, ich muss da dringend eine Sache ins Reine bringen.«

Ich sah sie eine Sekunde lang an. »Okay«, sagte ich und zog das Wort ordentlich in die Länge.

»Unsere Sendung.«

Sarah und ich hatten angefangen, uns eine Polizeiserie auf Netflix anzuschauen – meistens bei ihr, manchmal auch hier bei mir.

»Magst du dich an die Theke setzen und beim Essen gucken?«, fragte ich und zeigte auf den winzigen Küchenfernseher.

Vor ungefähr einem Jahr hatte ich als Reaktion auf ein Reality-Format, in dem wahre Verbrechen nachgestellt wurden, meinen Fuß in mein Haupt-TV-Gerät gerammt, weil mich das Programm an meine Frau erinnerte. Von daher war mir nur noch einer dieser Neun-Zoll-Zwerge geblieben.

»Nein, darum geht's nicht«, sagte sie.

Sarah senkte den Blick und biss sich auf die Unterlippe.

»Das hast du nicht getan.«

»Es tut mir leid.« Sie grinste.

»Du bist nach dem Büro heimgefahren und hast ohne mich geglotzt?«

Sarah schlug beide Hände vors Gesicht.

Ich schüttelte den Kopf. »Extremer Verstoß gegen die Binge-Watch-Etikette. Wie viele Folgen?«

»Den gesamten Rest.« Sie spießte das letzte Stück Huhn auf die Gabel. »Kannst du mir verzeihen?«

»Wenn du mir das da gibst.« Ich deutete auf das Hühnchen.

Sarah wich zurück, und ich erhob mich.

Sie kreischte, und ich verfolgte sie von der Küche ins Schlafzimmer. Als wir dort ankamen, schob sie sich den Hühnerhappen in den Mund und schluckte.

Wir beide klappten lachend zusammen.

»Hey«, sagte sie, als sie wieder Atem schöpfen konnte.

»Ich habe nachgedacht. Nächsten Monat läuft mein Mietvertrag aus. Vielleicht rüste ich von einer Zwei- auf eine Einzimmerwohnung ab. Schaffe meinen Großbildfernseher hier rüber. Ich brauche kein so großes Apartment.«

Ich dachte an mich und Sarah. Ob ich auf der Stelle trat oder vorwärtskam. Am Abend zuvor, dem Geburtstag meiner toten Frau, war ich draußen an der Tullumy-Brücke gewesen.

»Vielleicht solltest du dich komplett von deiner Wohnung trennen«, sagte ich. »Und hier einziehen.«

Sarah lächelte mich an, jetzt wurde es wirklich ernst. Und für einen Augenblick sehr still im Raum.

»Ich weiß nicht, P.T.«, sagte sie. »Ich will das hier nicht versauen.«

»Du hast es gerade selbst gesagt – du bist eh andauernd bei mir.«

»Dies ist immer noch dein Haus – und Lenas«, sagte sie. »Ihr zwei habt alles eingerichtet. Es ist voll von euren … Sachen.«

Genau das, wovor Remy mich gewarnt hatte.

»Dann bring ein paar von deinen Sachen mit.«

Sarah setzte sich neben mich aufs Bett.

»Ernsthaft?«

Mir ging Tiger-Cat durch den Kopf, wie sie gestern nach dem Vergleich den Raum verlassen hatte. Und Staatsanwältin Yugel, die seitdem nicht mehr mit mir gesprochen hatte.

Als dieser ganze Kram angefangen hatte, war mein Freund Pup Lang mit einem Ratschlag auf mich zugetreten: *Such dir einen Anwalt, P.T. Die Stadt verfolgt ihre eigenen Interessen.*

Doch dafür hätte ich eine zweite Hypothek aufs Haus aufnehmen müssen. Vielleicht sollte ich es besser verkaufen, anstatt Sarah zu bitten, ihren Fernseher herzuschleppen.

»Jawohl«, sagte ich. »Zieh ein.«

Sarahs lockiges blondes Haar floss malerisch um ihre Schultern, und ihre Wangen glühten rötlich von sonnenverbrannten Sommersprossen. Als sie sich vorbeugte und mich küsste, roch ich den Fliederduft in ihren Haaren.

»Ich würde gerne so ein paar Sachen ändern, vielleicht ein bisschen neu streichen.«

»Streich los«, sagte ich.

Es klingelte an der Tür.

»Merk dir, wo wir stehen geblieben sind«, sagte ich.

Ich ging zum Eingang und zog die Tür auf.

Vor mir stand mein Schwiegervater Marvin, in blauem Flanellhemd und dunkelgrauer Hose mit Hosenträgern. Lenas Dad. Siebzehn Monate nach dem Tod meiner Frau war er für mich immer noch »Papa«.

»'n Abend«, begrüßte er mich. »Wie geht's dir, Paul?«

»Gut«, antwortete ich. Ich bat ihn herein, und er nahm seine weiße Kreissäge von seinen kurzen grauen Locken. Drückte den Hut an seine Flanke.

»Was ist los?«, fragte ich. Purvis kam aus dem Schlafzimmer getrottet, und ich nahm ihn in die Arme. »Wir haben uns Nachrichten geschickt.«

Marvin lehnte sich gegen die Innenseite der Eingangstür. Derzeit schien er keine fünfundsechzig Kilo auf die Waage zu bringen. »Ja, die von gestern Abend habe ich gekriegt«, sagte er.

»Ist alles in Ordnung?«

»O ja«, sagte er. »Ich wollte bloß mal vorbeischauen. Habe eine ganze Weile nichts von dir gehört. Du weißt schon, ich mache mir Sorgen.«

Sarahs Stimme ertönte, bevor sie auftauchte. »Also, es muss definitiv gestrichen werden«, verkündete sie. »Aber zuallererst sollte die Küchentapete entfernt ...«

Sie bog um die Ecke und erblickte Marvin. »Oh, hi.«

»'n Abend, Sarah«, sagte Marvin.

Meine Vergangenheit und meine Gegenwart prallten aufeinander, und die Luft wurde aus dem Raum gesogen.

Ich riss mich zusammen. »Kann ich dir ein Glas Wasser oder eine Cola anbieten, Marvin?«

»Ich bleibe nicht lange«, meinte er, den Blick auf Lenas alte blau-weiße Schürze gerichtet, die Sarah sich eng um die Hüfte geschlungen hatte. »Ich war nur in der Gegend und wollte kurz vorbeischauen.«

»Hast du schon was gegessen?«, fragte Sarah. »Ich kann dir was warm machen.«

»Ein andermal«, sagte er und stützte sich mit einer Hand auf meiner Schulter ab. Dann schlich er durch die Tür nach draußen auf die Veranda.

Ich trug Purvis mit hinaus.

»Sieht so aus, als würdest du endlich Fortschritte machen«, knurrte Marvin. »Schätze, das ist überfällig.«

Ich folgte Marvins Blick durchs Fenster auf Sarah, die die Küchenschürze abgelegt hatte. Sie war der großartigste Mensch, den ich seit Lenas Tod kennengelernt hatte, doch mir war natürlich sehr wohl bewusst, wie schwer es war, mit einer Erinnerung zu konkurrieren. Man kann nicht mit einem Fuß in zwei Schuhe steigen, wie mein Vater zu sagen pflegte.

»Was hast du auf dem Herzen, Papa?«, fragte ich.

»Ich könnte ein bisschen Hilfe im Haus gebrauchen«, sagte Marvin. »Hat keine Eile. Komm doch demnächst mal vorbei. Dann können wir unter vier Augen reden.«

»Morgen«, sagte ich. »Ich komme nach der Arbeit.«

»Bestens.«

Ich drückte Marvin zum Abschied und ging wieder rein.

Sarah war in der Küche und räumte auf, doch die Stimmung hatte sich verändert.

Ich griff nach meinem achtlos abgelegten Sakko. Als ich es an den Kleiderhaken hängte, entnahm ich der Innentasche die Broschüre aus Suzy Kangs Handschuhfach.

Ich sah auf die Uhr. Sarah hatte ich bereits informiert, dass ich nach dem Abendessen wieder losmusste, also ging ich in die Küche. »Die Pflicht ruft.«

Sarah nickte, und ich gab ihr einen Kuss. Ich schnappte mir eine Lederjacke aus dem Garderobenschrank. Das Gespräch über ihren Mietvertrag oder den Einzug war beendet. Zumindest vorläufig.

Ich warf einen Blick in den Spiegel. Ein neuer Look. Weniger P.T. der Cop. Mehr P.T. der Swinger. Als würde das einen gewichtigen Unterschied machen. »In ein paar Stunden bin ich zurück.«

17

Zwanzig Minuten später hatte ich Remy aufgegabelt, und wir fuhren in meinem Pick-up die 85 runter nach Atlanta.

Meine Partnerin klickte sich auf ihrem Smartphone durch die Website des Privatclubs. »Die haben echt schweres Gerät, P.T.«

Remy streckte mir das Bild eines Bondage-Möbels entgegen. Zu der seltsamen Vorrichtung gehörten vier Pfosten aus Metall, die aus dem Boden wuchsen und mit Ketten bestückt waren. An einen davon hatte man eine Frau gefesselt.

»Himmel, Remy, ich fahre gerade.«

Vorsichtig verließ ich den Freeway.

»Ich muss noch was loswerden. Das hat mich jetzt verwirrt«, sagte ich zu Remy. »Als wir Suzy Kang in diesem Fitnessstudio gesehen haben.«

»Warum?«

»Weil das bedeutete, dass sie nicht davongelaufen ist.«

»Und?«

»Und warum war sie nicht auf der Flucht?«, fragte ich. »Sie hat sich von ihrem Wagen getrennt. Das Geld gewaschen. Und dann ist sie nach Hause gegangen und hat Sport gemacht?«

Die Gegend um uns verwandelte sich allmählich von einem Gewerbe- in ein Industriegebiet. »Okay«, sagte Remy. »Ich kann dir folgen.«

»Es sei denn, es waren nicht *wir*, vor denen sie am Flughafen ihre Spuren verwischen wollte.«

»Und warum dann all der Aufwand und Ärger?«, gab Remy zurück. »Der gebuchte Flug. Die Wechselgebühren.«

»Keine Ahnung«, sagte ich. »Vielleicht neigt sie dazu, hinter sich aufzuräumen. Vielleicht hat sie das schon ihr ganzes Leben lang gemacht.«

»Und das heißt? Sie ist eine Soziopathin? Oder im Gegenteil. Dachte sie, sie hätte sich bei Fultz sauber aus dem Staub gemacht? Und ist dann einfach in ihr Alltagsleben zurückgekehrt?«, überlegte Remy.

»Ich weiß es nicht«, sagte ich. »Sie hat irgendwas an sich, da komme ich nicht mit.«

Am Vernon Boulevard bog ich rechts ab.

»Nun ja, jetzt weiß sie jedenfalls, dass wir hinter ihr her sind.«

»Klar«, sagte ich. »Daher könnte sie sich möglicherweise in Luft aufgelöst haben, falls wir sie heute Abend hier nicht schnappen.«

An der nächsten Ampel wendete ich und ließ meinen Truck ausrollen.

Der Club *Decadance* war in einem großen schwarzen Bau am Rand eines Industriegeländes untergebracht, ungefähr acht Kilometer vom Stadtzentrum entfernt. Die Randbezirke von Atlanta hatten sich zu einem einzigen großen Dickicht verschlungen, ein Viertel wuchs mit dem anderen zusammen. Dunwoody schmiegte sich ohne Einladung an Sandy Springs, Buckhead überquerte unangemeldet die Grenze von Brookhaven.

Ich ließ das Gebäude hinter mir und fand drei Blocks entfernt einen freien Parkplatz.

Wir gingen die dunkle Straße hinunter und hörten in der Ferne den Pulsschlag elektronischer Musik. Die Nachtluft roch nach Schmutz und Rauch. Für jemanden, der auf dem Land groß geworden war, müffelten alle Städte so. Der Smog hängt tief im Himmel, und an die Stelle des Wohlgeruchs von Sternjasmin und Bergkamelie tritt Asche, die einem die Nasenhaare schwarz färbt.

Am Eingang des Clubs standen drei oder vier rauchende Paare. Die Frauen entsprachen keineswegs meiner Vorstellung von einem Sex-Kerker, und ich hatte den Eindruck, dass es Remy bei den Männern genauso ging. Aber was soll's, es gibt nichts, was es nicht gibt.

Eine Dame, die sich Miss Sheila nannte, kam zu uns rüber. Sie war um die dreißig, schlank und trug ein hellgelbes Yoga-Top zu schwarzer Lederhose. Ich präsentierte ihr den Handzettel und erklärte, ein Freund habe ihn uns gegeben.

Sie zeigte auf das verblichene Flugblatt. »Und wie lange habt ihr zwei jetzt dieses Ding angegafft?«

»Ein paar Monate.« Remy lächelte schüchtern. »Wenn man sein erstes Rodeo reitet, sollte man ehrlich sein, stimmt's?«

»Stimmt, Cowgirl, stimmt«, quiekte Sheila und stellte dabei ein Zungenpiercing zur Schau.

Wir hatten genug gegen Suzy in der Hand, um die Frau mit unseren Dienstmarken einzuschüchtern oder unter Druck zu setzen. Einen Haftbefehl in der Tasche. Doch Remy und ich hatten uns entschieden, ein anderes Spiel zu spielen, zumindest an der Vordertür. Ich würde es nicht verdecktes Ermitteln nennen, aber wer mit den Hunden pinkeln will, muss schon das Bein heben können, oder?

»Tja, heute *ist* Pärchenabend«, verkündete Sheila. »Man kauft eine Mitgliedschaft und erhält die zweite umsonst dazu.«

Ich zückte ein paar Scheine und nannte Sheila unsere Namen, ohne den von Suzy zu erwähnen.

»Gibt's irgendwo eine ungestörte Ecke, wo wir uns unterhalten können?«, fragte Remy. »Über unsere Vorlieben und Wünsche?«

»Natürlich«, sagte Sheila. »Wir finden schon was. Erst mal gebe ich euch die Fünf-Dollar-Führung.«

Sheila griff nach meiner Hand, und ich fühlte mich wie ein kleiner Junge, der auf einer Hühnerfarm die Treppe raufgeführt wird. Wir verließen den Eingangsbereich und gelangten mit Remy im Schlepptau in einen äußerst großzügig bemessenen Raum. Auf einer Seite gab es ein viereckiges Tanzparkett, auf dem sich allerdings nur drei oder vier Paare tummelten. Am hinteren Ende befand sich eine L-förmige Bar. Es war dunkel, doch an der Decke drehte sich einer dieser Gobo-Lichtspots und warf stoßweise gelbe Sterne und Punkte auf den Boden und die Wände.

»Hier gilt ›Bring your own booze‹«, brüllte Sheila über die Techno-Musik hinweg. »Wir haben Mixer an der Bar, also bringt beim nächsten Mal eure Lieblingsspirituose mit, und wir markieren sie mit eurer Mitgliedsnummer und lagern euren Schnaps für euch.«

»Wie nett«, bemerkte ich.

Sie deutete auf einen Bereich zu unserer Linken, der Tanzfläche gegenüber. »Das ist unser zentrales Spiel- und Zuschau-Areal.«

Wir durchschritten einen schmalen Gang mit Torbogen und fanden uns im Anschluss in einem riesigen offenen Raum mit lauter metallischen Vorrichtungen wieder. Links von mir standen zwei Käfige, von denen einer einen ergrauenden Mann zwischen sechzig und siebzig beherbergte. Von außen schlug eine Frau in engem Leder-Tanktop mit einer Peitsche gegen die Gitterstäbe, während der Mann devot in der Käfigecke kauerte.

Hatten sich Ennis Fultz und Suzy Kang hier kennengelernt? Und wenn ja, welche Rolle hatte das bei seinem Ableben gespielt?

»Hier können wir reden«, sagte Miss Sheila und führte uns in einen weiteren, abgetrennten Raum mit einer Art erhöhtem Podest. Der Fußboden war mit etwas ausgelegt, das nach roten Ringkampfmatten aussah. In einem Regal lagerten zwei Stapel weißer Handtücher.

Wenn der Laden halb Bondage- und halb Swingerclub war, diente dieser Bumsplatz der letzteren Fraktion.

Sheila schloss die Tür, und die Musik von der Tanzfläche wurde als dumpfes Brummen ausgesperrt. »Also, worüber möchtet ihr euch mit mir unterhalten?« Sie hob eine Augenbraue.

Remy und ich zückten unsere Marken, und ihre Gesichtszüge entgleisten.

»Dieser Club ist nur für Mitglieder«, sagte Miss Sheila. »Alles, was hier passiert, geschieht einvernehmlich. Wir sind konzessioniert, und Sie haben gerade eben unsere Vertraulichkeitsvereinbarung unterschrieben.«

»Wir haben einen Haftbefehl für eine Ihrer Angestellten«, erklärte ich. »Demnach haben wir Ihnen da draußen einen Gefallen getan – indem wir unser Blech nicht blankgezogen und die Hälfte Ihrer Kunden in die Flucht geschlagen haben.«

Miss Sheila ließ diese Info sacken. »Na schön. Wer?«

»Suzy Kang«, sagte Remy und hielt ein Foto in die Höhe.

»Ist sie heute Abend aufgelaufen?«

»Sie ist eine unserer Universal-Herrinnen. Durchstreift den gesamten Club.«

»Sagen Sie ihr, sie hätte einen besonderen Gast. Der hier drin auf sie wartet.«

»Sie wird misstrauisch werden. Sie *kennt* ihre Stammgäste.«

»Überlegen Sie sich einfach eine überzeugende Ansage«, schaltete Remy sich ein. »Sie wollen doch nicht, dass wir auf ewig hier rumgeistern, oder? Jeden Abend wiederkommen und draußen Posten beziehen? Vielleicht noch mit einem Streifenwagen am Bordstein?«

Miss Sheila notierte sich meine Nummer, bat uns, im Zimmer zu warten, und versprach, sich per Textnachricht bei mir zu melden, wenn Suzy eintraf.

»Ich bringe dann auch Ihr Geld mit.« Sie runzelte die Stirn. »Vermutlich möchten Sie ja doch auf eine Mitgliedschaft verzichten«

Nach kaum einer halben Stunde herrschte emsiges Treiben im Laden. Die Hütte brannte. Ein korpulenter Kerl in roter Lederhose mit freiem Oberkörper stampfte zu uns rein. Wir sagten ihm, er solle verduften.

»Ich möchte zuschauen«, sagte er, doch Remy schob ihn energisch zur Tür raus.

Dann rief sie einen Streifenwagen und gab den Beamten Bescheid, einige Blocks weiter zu parken.

Ungefähr zehn Minuten später betrat Suzy den Raum. Sie trug ein weißes Seidenoberteil, das sich lässig an ihr Dekolleté schmiegte, sowie einen Lederrock, der noch kürzer war als der, den sie an der Tankstelle angehabt hatte. Der Sekundenmoment im Fitnessstudio war zu kurz ausgefallen, als dass sie uns erkannt hätte.

»Man hat mir gesagt, Sie würden nach mir suchen.«

Bevor Suzy überhaupt realisierte, was geschah, hatte ihr Remy den Arm auf den Rücken gedreht und ihr Handschellen angelegt.

»Verdammt«, schrie sie. »Sheila, dieses Miststück.«

»Sie sind verhaftet«, sagte ich. »Wegen Diebstahls. Nach Paragraf sechzehn, Querstrich acht, Querstrich zwei, Strafgesetzbuch von Georgia«

»Was soll der Scheiß?«, protestierte sie. »Diebstahl von was?«

»Und wegen des Mordes an Ennis Fultz, Paragraf sechzehn, Querstrich fünf, Querstrich eins.«

»Augenblick mal«, sagte sie, und ihre Stimme klang plötzlich sehr ernst.

Ich belehrte sie ausführlich über ihre Rechte, während Remy sie abtastete.

»Er war tot, als ich dort eintraf.«

Sheila hatte verlangt, dass wir Suzy diskret hinausschafften, und mir einen Trenchcoat geliehen.

Remy führte sie ab, und ich folgte.

In der Nähe des Ausgangs legte mir Sheila die Hand auf die Schulter. »Vielleicht können Sie irgendwann mal wiederkommen? Eine Menge Kunden würden gerne von jemandem in Handschellen gelegt werden, der was davon versteht. Und auch ein paar Leute vom Personal.«

»Ich werde es im Kopf behalten«, gab ich zurück.

Wir brachten Suzy zu einem Polizeiwagen, der einen Block weiter unten wartete, und verfrachteten sie auf die Rückbank.

»Ennis war tot, als ich bei ihm angekommen bin«, schrie Suzy aus dem Heck. »Hören Sie mir überhaupt zu?«

Ich bedeutete dem Blaumann am Steuer, die hintere Scheibe herunterzulassen. »Haben Sie mit ihm geschlafen?«, fragte ich.

»Nein.«

»Und welchem Zweck diente dann das Kondom?«

»Na schön, wir hatten Sex«, gestand sie. »Ich habe nichts Falsches oder Schlimmes getan. Ich bin hingefahren. Und er war bereit, wenn Sie verstehen, was ich meine.«

Mein Blick traf den ihren. Das Viagra.

»Wie ein Zweiundzwanzigjähriger«, sagte sie. »Ich zog ihm ein Kondom über und bestieg ihn. Eine Minute später bewegte er sich nicht mehr.«

»Also *hat* er sich eine Minute früher noch bewegt?«, vergewisserte sich Remy.

»Keine Ahnung«, sagte Suzy und wurde stiller. »Ich

schwöre, dass ich ihn reden gehört hab, als ich unten reinkam.«

Wir fuchtelten mit den Händen herum, um die Funkstreife zum Durchstarten zu bewegen, und wanderten zu meinem Pick-up-Truck zurück.

Bis Remy und ich in Mason Falls ankamen, hatten wir Suzys Personalien aufgenommen. Nun saß sie in Verhörraum A. Bislang hatte sie keinen Anwalt verlangt.

Abe war nach Hause verschwunden, doch an Remys Laptop klebte eine Notiz. Eine der Seriennummern der am Flughafen gewechselten Scheine deckte sich mit einer großen Bargeldsumme, die Fultz sechs Monate zuvor abgehoben hatte. Auf Fultz' Wunsch waren die jeweils obersten Banknoten der Geldbündel von den Schalterleuten kopiert worden, und der Filialleiter hatte die Belege immer noch parat.

»Ein Schein reicht«, sagte ich. Suzy war eine Diebin. Ihr Geld war Fultz' Geld.

Wir kehrten um und betraten den Vernehmungsraum.

»Wir *brauchen* uns gar nicht mit Ihnen zu unterhalten, Mrs Kang«, sagte ich. »Wir haben bereits das Geld, das Sie am Flughafen getauscht haben, mit einer von Ennis Fultz getätigten Abhebung abgeglichen. Volltreffer.«

Suzy zuckte die Achseln. »Ennis schuldete mir acht Riesen. Wie hätte ich sonst an das Geld kommen sollen?«

»Und wofür waren die anderen sieben Riesen?«, fragte ich.

Suzy zögerte.

»Sie sind von der Überwachungskamera der Tankstelle gefilmt worden«, ergänzte Remy. »Wir sind beim Autohändler gewesen.«

Man konnte erkennen, wie die Zahnräder in ihrem Kopf sich drehten. »Toll, ich habe einen Wagen gekauft«, sagte sie. »Na und? Irgendwann saß ich mit Ennis auf dem Balkon und rauchte eine. Und er meinte: ›Warum fährst du diese Schrottmühle? Lass mich mal, ich kauf dir ein anständiges Auto.‹«

»Einfach so aus heiterem Himmel will er Ihnen ein Auto schenken?«

»Es ist kompliziert«, erklärte sie mir. »Das mit mir und Ennis.«

Ich lehnte mich an die gegenüberliegende Wand. »Woher wussten Sie, wo sein Geld war?«

»Er hat's mir erzählt.« Abermals zuckte Suzy mit den Schultern. »Praktisch jede Woche. ›Hol das Geld aus der Schachtel in meinem Schrank. Trenn dich endlich von diesem vergammelten Blechhaufen.‹«

Rasch warf ich meiner Partnerin einen Seitenblick zu. Manche Leute denken, wir seien dümmer als Spülwasser.

»Und warum sind Sie dann zum Flughafen gefahren?«, fragte Remy. »Wenn alles ehrlich und einwandfrei abgelaufen ist, warum haben Sie dann die Scheine in Hongkong-Dollars und dann wieder zurück in amerikanische Währung getauscht?«

Suzy gab keine Antwort.

»Sie verschwenden hier unsere wertvolle Zeit«, sagte ich.

Es war spät geworden. Falls sie einen Rechtsbeistand verlangte, würde sie bis zum nächsten Morgen warten müssen.

Ich stand auf, Remy ebenfalls. »Wissen Sie, was ich nicht kapiere?«, sinnierte ich. »Sie haben den Wagen gesäubert.

Auf dem Behälter finden sich keine Fingerabdrücke von Ihnen. Aber Sie haben das Kondom dort zurückgelassen. Mitsamt Ihrer DNA.«

»Warum hätte ich den Behälter anfassen sollen?«, wollte sie wissen. »Er liebte dieses Ding.«

»Er liebte seinen Behälter?«, fragte Remy.

»Er hat den ganzen Tag lang mit diesem dämlichen Drückerfisch geredet«, meinte sie.

Dann imitierte Suzy Ennis Fultz, wie er mit seinem Fisch sprach. »›Mal sehen, ob die alte Sally einverstanden ist‹, sagte er. ›Wenn niemand in der Nähe ist, erzähle ich Sally alles. Sie weiß, wo die Leichen begraben liegen. Sie bewacht meinen Schatz.‹«

»Wir reden von seinem *Sauerstoff*behälter«, sagte ich. »Nicht vom Aquarium.«

»Was soll damit sein?«

»Sie haben die Füllung ausgetauscht und ihn vergiftet«, erklärte Remy. »Mit Stickstoff.«

Suzy wirkte verwirrt.

»Wir wissen über Ihre Jugendstrafe Bescheid«, sagte Remy. »Stickstoff-Deals.«

Suzy erbleichte. »Ein Telefon bitte«, sagte sie. »Anwalt. Sofort.«

Ein Blaumann beförderte Suzy aus dem Zimmer. Um diese Zeit waren sämtliche Gerichte dicht, weshalb sie die Nacht nach ihrem Anruf in Untersuchungshaft verbringen würde.

Wir saßen eine Minute lang alleine in Verhörraum A und sprachen über die Gründe, die Menschen veranlassen zu töten. Die Dummheit und Einfalt daran. Am Morgen würde Suzys Anwalt wahrscheinlich einen Deal aushandeln wollen. Mit irgendeiner faulen Ausrede daherkommen, warum sie Ennis Fultz das Leben genommen hatte.

Aber es gab etwas Positives. Wegen der anhängigen Klage brauchte ich unbedingt einen Erfolg. Innerhalb der Abteilung und vor den Augen der Öffentlichkeit. Und nichts war in dieser Hinsicht besser als ein in zweiundsiebzig Stunden abgeschlossener prominenter Mordfall.

»Warum gehst du nicht nach Hause?«, meinte ich zu Remy. »Suzy geht heute nirgendwo mehr hin. Ich fange mit dem Papierkram an und mache mich in einer Stunde ebenfalls vom Acker. Morgen erledigen wir den Rest.«

»In Ordnung«, sagte Remy. Sie schnappte sich ihre Handtasche und die Knarre und zog von dannen. Ich ging hoch in mein Büro, stellte mich ans Fenster und beobachtete meine Partnerin, wie sie in ihren Alfa stieg und losfuhr.

Doch ich kümmerte mich um keinerlei Papierkram, nachdem Remy verschwunden war.

Stattdessen ging ich die Treppe hoch zum vierten Stock, wo Staatsanwältin Yugel arbeitete.

Ich musste was überprüfen.

18

Das Mädchen blinzelte, schlug die Augen auf und sah sich um.

Es lag in einem Krankenhauszimmer.

Als es zuvor schon einmal hier aufgewacht war, hatte es he-

rauszufinden versucht, wo es sich befand, aber irgendetwas hatte es nicht klar denken lassen. Ihm den Verstand vernebelt und die Welt um es herum auf seltsame Art in Bewegung versetzt.

Jetzt war es draußen dunkler und sein Verstand klar.

Als es sich aufsetzte, zuckten Schmerzen seinen Ellbogen hinab. Rechts von ihm befand sich ein großes Fenster, am anderen Ende des Zimmers das Bad. Ein weiteres Bett stand neben seinem eigenen, zur Hälfte durch einen Vorhang verdeckt. Darin schlief ein kleiner Junge.

Das Mädchen senkte den Blick.

Unterarm und Ellbogen waren mit weißem Mull umwickelt.

Neben dem Bett hing ein Beutel mit Flüssigkeit an einem Metallständer. Das Mädchen folgte dem Verlauf des Schlauchs bis zu der Stelle, wo der Verband endete, in unmittelbarer Nähe seines Handgelenks.

Der Infusionsständer stand auf Rollen, und das Mädchen kletterte aus dem Bett. Der Boden unter den Füßen war kalt, und es zog den Rollständer neben sich her. Fand den Weg ins Badezimmer.

Es starrte in den Spiegel.

Sein Hals war lädiert. Ein bläulicher Fleck verlief quer unter seinem Kinn. Blaue Flecken auch um das Auge herum. Schwarz und blau, wie Theaterschminke.

Es berührte seinen Hals und zuckte zusammen. Die Scheibe im Hyundai. Es hatte sich am Glas gestoßen, als der Wagen getroffen wurde.

Das Mädchen wankte zum Fenster.

Draußen parkte eine Ambulanz unter einem hell erleuchteten Vordach, auf dem NOTAUFNAHME stand.

Sein Blick flog über den Rest des Parkplatzes, bis ihm ein wei-

ßer Toyota-Truck ins Auge sprang, der in zweiter Reihe geparkt war.

Nicht jeder Toyota ist der böse Mann, *redete es sich ein.*

Doch die linke vordere Ecke des Trucks war eingedrückt und zerbeult, die Stoßstange mit dem blauen Lack eines fremden Autos verschmiert. Blau wie der Hyundai seiner Familie.

19

Es gibt eine kleine Bibliothek, die von Liz Yugel und den anderen Bezirksanwälten konsultiert wird, um Rechtsfragen zu recherchieren. Irgendwann in der Vergangenheit mochte der Raum als große Besenkammer gedient haben, doch im Laufe der letzten zwei Jahre hatten Yugel und ihre Kollegen die Regale mit juristischer Fachliteratur gefüllt, Diplome und Urkunden an die Wand getackert. Dem Laden darüber hinaus einen sandfarbenen Anstrich verpasst, was für eine wahrhaft bibliotheksgemäße Aura sorgte.

Sarah hatte während des Essens irgendwas von einem neuen Rechtsbeistand im Fall Donnie Meadows erwähnt. Ich hätte die Staatsanwältin direkt darauf ansprechen können, aber mein Bauchgefühl riet mir, es nicht zu tun.

Yugel hatte mir vor ein paar Monaten gestattet, den Computer in der Bücherei für juristische Recherchen zu benutzen. Es handelte sich eindeutig um eine Leihfrist-Vereinbarung, im Gegensatz zur unbegrenzten Erlaubnis, meinen Ermittlungen nachzugehen, wann immer ich wollte. Doch die gegenwärtige Situation stellte gewisse Ansprüche.

Ich griff nach der Türklinke.

Abgeschlossen. Mist.

Ich durchquerte das verlassene Büro bis zum Schreibtisch von Julie, die für Yugel und die anderen beiden Staatsanwälte als Verwaltungskraft arbeitete.

Ich nahm an Julies Tisch Platz und sah mich um. Zog Schubladen auf, in der Hoffnung, irgendwelche Dokumente aufzustöbern, die einen Anwaltswechsel in dem Verfahren vermeldeten.

Sarahs Worte über die Anwälte hallten in meinem Kopf nach. *Diese Typen trugen teure Anzüge*, hatte sie gesagt. *Und dampften in Limousinen ab.*

Ich stieß auf einen blauen Schnellhefter, auf dessen Etikett mit rotem Filzstift *MEADOWS* geschrieben stand.

Darin befand sich ein Formular. Gestern hatte der Verteidigerverband die Bekanntmachung eingereicht. Tusila Meadows' Anwaltsteam würde um die Kanzlei von Johnson Hartley ergänzt.

Ich zog mein Handy aus der Tasche, gab den Namen in die Suchmaschine ein und sah, dass Johnson Hartley eine Firma mit Geschäftsstellen in Atlanta und Athens war.

Ich klickte mich durch ihre Website und las eher allgemein gehaltene Profilbeschreibungen, die wahrscheinlich so vage formuliert waren, um das Netz für eine möglichst große Bandbreite an Fällen weit auszuwerfen.

Für einen Anwalt war es nichts Ungewöhnliches, sich Kosten und Expertise mit einem anderen zu teilen. Vielleicht waren Cat Flannerys Taschen nicht so tief, wie sie uns vormachte. Die neue Kanzlei war darauf spezialisiert, Prozesse gegen Städte und Gemeinden anzustrengen.

Ich durchforstete die Fälle von Johnson Hartley; die meisten drehten sich um Kautionen oder Zivilrecht. Es gab nichts, was darauf hindeutete, dass sie jemals eine Polizeibehörde oder eine Stadt verklagt hatten.

Ich sah mir die Seite mit den Lebensläufen an und scrollte die Fotos runter. Keines stach heraus.

Dann kam ich zu einem der Partner.

Ich betrachtete Lauten Hartleys Foto und wusste, dass ich den Mann schon mal gesehen hatte, war mir aber nicht sicher, wo. Auf dem Foto trug er eine breite schwarze Krawatte zu einem grauen Nadelstreifenanzug und eine dünn gerahmte Brille. Das Haar des Endvierzigers war braun und gewellt, seine gesamte Erscheinung auf robuste Art attraktiv.

Irgendwo auf der Etage jaulte ein Staubsauger auf, und ich sprang vom Stuhl.

Nachdem ich die Treppe hinunter zurück in mein Büro gehastet war, gab ich Hartleys Namen in die erkennungsdienstliche Datenbank ein und entdeckte ein anderes Bild von ihm, weniger rausgeputzt, aber nach wie vor vertraut. Andererseits nahm ich im Rahmen irgendwelcher Fälle zweimal pro Monat an Gerichtsverhandlungen teil. Es könnte alles Mögliche sein.

Seine Privatadresse befand sich in Milton, eine halbe Stunde entfernt. Das Adrenalin von meiner Geheimexpedition ins obere Stockwerk kurvte durch meine Adern. Dennoch musste ich äußerst vorsichtig sein, in einem Fall herumzustochern, bei dem ich mich jede Sekunde als Angeklagter in einem Zivilprozess vor dem Kadi wiederfinden konnte.

Ich drückte auf mein iPhone, um sicherzugehen, dass der Akku voll aufgeladen war. Dann ließ ich das Handy in voller Absicht auf meinem Schreibtisch liegen und lief raus zu meinem Truck.

Ich nahm die 903 nach Milton.

Eine zweite Anwaltskanzlei im Fall Tusila Meadows ergab keinen Sinn.

Tusila hatte noch immer ein Angebot über 150.000 Dollar vorliegen. Gestern hätte sie sich fast auf einen Vergleich ein- und die Klage fallen gelassen, und nun zog die Stadt in Betracht, ihr die höhere Geldsumme von 200.000 Piepen zu zahlen, die Cat Flannery uns angedroht hatte.

Warum zum Teufel sollte die Anwältin eine weitere Sozietät ins Spiel bringen? Falls es morgen zu einem Vergleich käme, müsste Cat Flannery ihr Salär mit denen teilen.

Zwanzig Minuten später verließ ich den Highway.

Über drei Stockwerke hoch aufragenden Sumpfkiefern verliefen gigantische Starkstromkabel – Teil eines kürzlich gestarteten Infrastrukturprojekts im nördlichen Teil des Bundesstaats. Ich drang tiefer ins ländliche Herz der Gegend vor und fand Hartleys Wohnsitz. Das Haus war ein zweistöckiger Bau im viktorianischen Stil, mit grau getünchter Fassade, weißen Säulen, dreieckigen schwarzen Türmchen und einer vor die Front geklatschten Veranda.

Ich war nie zuvor hier an diesem Ort gewesen und kam einfach nicht drauf, von welchem Fall ich Hartley kannte.

Manchmal drehte sich mein Verstand im Kreis, und manchmal blieb er an Ort und Stelle. Es ist krank, jeden um sich herum für verdächtig zu halten.

Ich kehrte auf den Highway zurück und fühlte mich plötzlich hundemüde.

Es war schon nach zwei Uhr nachts, als ich bei mir zu Hause hielt. Sarah saß mit Purvis auf der Veranda, und ich wurde nervös. Irgendwas stimmte nicht.

Zügig eilte ich über den Rasen.

»P.T., endlich«, sagte sie. Sarah trug eine schwarze Lululemon-Hose und ein blaues Michigan-Sweatshirt. »Ich rufe und texte dich seit einer Stunde an.«

Ich schaute auf meine Bulldogge, die jedoch niedergeschlagen auf den Beton blickte.

Zwei mitternächtliche Ausflüge in zwei Tagen, brummte Purvis. *Muss ich mir Sorgen machen?*

»Ich habe mein Telefon im Büro gelassen«, erklärte ich Sarah. Ich verschwieg, dass ich es absichtlich getan hatte.

»Es geht um Marvin«, sagte sie. »Es hat einen Unfall gegeben. Eine Explosion draußen in Centa.«

»Mein Gott, ist alles in Ordnung mit ihm?«

Sarahs Augenbrauen zogen sich zusammen, und auf ihrem Nasenrücken bildete sich eine Falte. »Ich habe ein paar Anrufe gemacht. Er liegt auf der Intensivstation.«

Mit einem Mal schwamm mir das Hirn im Schädel. Meine Brust brannte. Wir hatten Marvin gerade erst vor wenigen Stunden gesehen.

»In irgendeinem kleinen Einkaufszentrum oben im Norden gab's ein Gasleck«, sagte Sarah. »Marvin war mit einem Kumpel vom Militär unterwegs. Genauere Einzelheiten kenne ich nicht.«

Ich starrte Sarah bestürzt an.

»P. T.« Sie ergriff meine Hand. »Sie haben ihn hier in der Stadt ins Mercy Trauma eingeliefert. Möchtest du, dass ich dich begleite?«

»Nein«, sagte ich. »Ich gehe alleine.«

20

Von der Fahrt zum Mercy Hospital weiß ich nichts mehr. Abgesehen von einer undeutlichen Erinnerung daran, meinen Pick-up auf einem für Ärzte reservierten Parkplatz abgestellt zu haben. Ein Typ von der Security blökte irgendwas, als ich an ihm vorbeilief, aber ich ignorierte ihn, hetzte ins Foyer und hielt nach Schildern Ausschau, die mir den Weg zur Intensivstation wiesen.

Als meine Frau noch lebte, schwänzte ich gelegentlich die sonntäglichen Essen bei Marvin zu Hause. Es lag nicht etwa daran, dass die Mahlzeiten von Krisen und Streitigkeiten überschattet worden wären. Die Familie war weder besonders politisch noch religiös engagiert, wenn es darum ging, das Brot zu brechen. Es war bloß etwas, das ich aus meiner Kindheit und Jugend nicht kannte. Eine große Familie. Das Essen herumreichen. Einander Geschichten erzählen.

Mein Dad verließ uns, als ich vierzehn war, und seitdem hatte ich ihn nicht zu Gesicht gekriegt. Meine Mutter war toll, eine Feministin, die an der Universität von Georgia Gesundheitswissenschaften lehrte. Sie hatte nie das Bedürfnis, Dad durch einen anderen Mann zu ersetzen. Daher war ich es in meinen jungen Jahren gewohnt, still und leise zu essen, das Sportprogramm im Fernsehen auf stumm geschaltet, meine

Mutter mir gegenüber, schweigend in die Lektüre eines Texts über Epidemiologie oder Katastrophenschutz vertieft.

Doch in den letzten drei Monaten waren Marvin und ich uns nähergekommen. Er hatte damit angefangen, in seiner Nachbarschaft Hunde Gassi zu führen – weniger des Geldes wegen, sondern um die Zeit totzuschlagen –, und hin und wieder begleitete ich ihn, wenn ich Mittagspause hatte.

Ich hatte von Marvin mehr über seine Jugendjahre in Savannah erfahren, eine Stadt, die ich mir immer als Perle der Südstaaten vorgestellt hatte, was sie für in den Fünfzigern aufgewachsene Menschen mit Marvins Hautfarbe natürlich nicht unbedingt war.

Und schließlich sprachen wir auf diesen Spaziergängen zum ersten Mal seit ihrem Tod über Lena und Jonas. Nach dem Unfall war einiges durcheinandergeraten, weil Lena ihren Vater vom Straßenrand aus angerufen und um Hilfe gebeten hatte. Ich hingegen hatte ihm die Schuld für Dinge gegeben, an denen er keine Schuld trug. Ihm vorgehalten, er wäre irgendwie mitverantwortlich dafür, dass ihr Wagen von der Straße abgekommen war. Und ich hatte eine Menge Sachen gesagt, für die ich mich immer noch entschuldigen musste.

Der Krankenschwester am Empfang zeigte ich meine Marke. Für Erklärungen hinsichtlich unserer familiären Beziehungen war keine Zeit. »Ich muss wissen, wie es um Marvin Freeman steht.«

Die Frau schlug seine Daten nach und teilte mir mit, er befände sich soeben im OP.

Neunzig Minuten später trat ein rothaariger Mann

mit Woody-Allen-Brille im Flur auf mich zu. Auf seinem Namensschild stand *Dr. Burke.*

»Wie geht es Mr Freeman?«, wollte ich wissen und wies mich als Detective aus.

Der Doktor trug einen dünnen blauen Operationskittel mit einer rötlichen Schmierspur auf Brusthöhe.

»Nicht besonders gut«, sagte er. »Wir haben ihn mit Barbituraten ruhig gestellt und in ein künstliches Koma versetzt, um den Druck in seinem Kopf zu lindern.«

Ich schluckte. Marvin war mein Freund geworden, darüber hinaus jedoch meine Verbindung zu Lena und Jonas. Welcher Teil meiner Frau und meines Sohnes ginge mit ihm, wenn ich ihn verlieren würde?

»Wir haben Flüssigkeit in seinem Bauchraum entdeckt«, fuhr der Arzt fort.

»Also hat er innere Blutungen?«

»Wir bringen ihn zur Computertomografie, um es zu überprüfen.«

»Eine Schwester meinte, er hätte sich Verbrennungen zugezogen.«

»Ein paar kleinere Stellen«, erläuterte Dr. Burke. »Am rechten Arm und Bein. Die sind alles in allem aber meine geringste Sorge. Der andere Mann hat die Hauptwucht der Explosion abbekommen. Ich nehme an, Sie wissen, dass er bereits tot war, als er hier eintraf.«

Ich dachte an das, was Sarah gesagt hatte. Dass Marvin mit einem Kumpel vom Militär in Centa gewesen war.

»Detective«, sagte der Doktor, »falls Sie darauf warten, diesen Freeman befragen zu dürfen, empfehle ich Ihnen, nach Hause zu fahren und sich ein bisschen auszuruhen. Er wird sehr wahrscheinlich eine ganze Weile im Koma liegen.«

Ich erklärte dem Doktor, zunächst den CT-Befund abwarten zu wollen. Und dass Marvin mein Schwiegervater war.

»Oje, das tut mir leid«, sagte er, offenkundig beschämt über seine unverblümte Ansprache.

Ich winkte beschwichtigend ab. Als meine Frau und mein Sohn noch lebten, passierte das ständig – den Leuten kam nicht in den Sinn, dass ich mit Jonas oder Lena verwandt war.

Ich kehrte in den Wartebereich zurück.

Der L-förmige Raum war groß und mit vier strategisch montierten Fernsehern ausgestattet, die man von fast jedem Platz aus sehen konnte. Über zwei Bildschirme flackerte eine Dauerwerbesendung, in der ein Küchengerät namens »Chef's Thumb« angepriesen wurde, welches verhinderte, dass man sich beim Tomatenschneiden den Daumen absäbelte. Auf den anderen beiden liefen Wiederholungen von alten Folgen der Serie *Familien-Duell* mit Steve Harvey.

Ich ging nach draußen, um frische Luft zu schnappen, und verspürte das dringende Verlangen, zu dem Einkaufszentrum rauszufahren, wo sich die Explosion ereignet hatte. Centa lag jedoch nicht in meinem Zuständigkeitsbereich, und Marvin war hier in diesem Krankenhaus, mit mir als einziger Bezugsperson.

Gegen halb sechs am Morgen teilte mir Dr. Burke die CT-Ergebnisse mit. Marvins innere Blutungen waren unter Kontrolle, aber er lag nach wie vor im Koma.

Mein Geist war benebelt, als hätte man mir einen Gazebausch vor die Augen geklebt, durch dessen netzartiges

Gewebe hindurch ich die Dinge nur bruchstückhaft wahrnehmen konnte.

Ich kann mich nicht daran erinnern, aufgebrochen zu sein, doch irgendwann rollte mein Truck mit bescheidenen Tempo von acht Stundenkilometern durch meine Straße. Ich parkte ein paar Häuser weiter und stolperte ins frühe Morgenlicht.

Ich wankte an einem blauen Mustang vorbei und dann über meine Einfahrt zum Garten, wo ich durch eine Nebentür den hinteren Teil des Hauses betrat. Im Jahr unserer Hochzeit hatte Marvin unsere Garage zu einem Hobbyraum umgebaut, mit einem großen Arbeitstisch in der Mitte und etlichen Stühlen drumherum.

Ich langte unter den Tisch und zog eine Pulle Jim Beam hervor, die mir irgendwer geschenkt hatte. Jemand, der nicht wusste, dass ich mich bemühte, trocken zu werden.

Ich drehte den Verschluss der noch nicht angebrochenen Flasche und hörte ihn knacken. Der rauchige Duft von Kentucky-Bourbon erfüllte die Luft.

Etwas hinter meinen Augen glühte zornesrot auf, und ich packte die Flasche am Hals. Schleuderte sie gegen die Wand.

Das Glas zersprang an der Werkzeugtafel, und Hämmer und Schraubenzieher knallten zu Boden.

Ich griff nach einem überdimensionierten Schraubenschlüssel und fing an, den Tisch zu bearbeiten, wie ein Irrer auf ihn einzuschlagen. Dann waren die Stühle an der Reihe. Holzstücke flogen mir ins Gesicht, doch ich schwang unermüdlich den Schraubenschlüssel und fing mir bei jedem Treffer scharfe Splitter ein.

Nach ungefähr zwanzig Schlägen brach ich erschöpft auf dem Fußboden zusammen. Die Lampe über dem Tisch schaukelte von links nach rechts und tauchte mich abwechselnd in Licht und Schatten.

Ich hörte, wie eine Tür geöffnet wurde, und zog den Kopf ein.

Ich wusste, dass es Sarah war, aber ich schämte mich zu sehr, konnte mich nicht umdrehen und sie anschauen.

»Es wird sich nie ändern«, sagte ich.

»Na schön«, meinte sie. »Dann verpassen wir dir jetzt erst mal eine heiße Dusche.«

»Nicht, bevor ich weiß, was passiert ist«, fuhr ich fort. »Nicht, bevor ich hundertprozentig sicher bin.«

Sarah starrte mich an. Verstand nicht, wovon ich redete. »Komm«, sagte sie. »Marvin wird schon wieder gesund.«

Ich raffte mich auf, nahm eine Dusche und schlief wie ein Toter.

21

Um zehn Uhr vormittags war ich wieder beim Mercy Hospital.

Marvins Tochter Exie war über Nacht hergefahren und schlief nun, in eine gelbe Krankenhausdecke gewickelt, in einem Besuchersessel neben seinem Bett.

Exie war Lenas Zwillingsschwester, und während sie schlief, bewunderte ich die hinreißend schöne braune Haut, die sie mit meiner Frau gemeinsam hatte.

Sonne fiel durchs Fenster, warf ein Glimmen auf Exies

Profil und ließ ihre langen krausen Locken in einem rötlichen Braunton leuchten. Ich sprach es niemals laut aus, weil es keine angemessenen Worte dafür gab. Aber ich sehnte mich danach, Exies Haut zu berühren. Ihr mit dem Handrücken übers Gesicht zu streicheln.

Abgesehen von der äußeren Erscheinung waren die Schwestern jedoch völlig verschieden. Exie war ein Wildfang, arbeitete halbtags als Medium und hatte ein Faible dafür, Antiquitäten zu klauen. Meine Frau Lena war die vernünftige Schwester gewesen. Pragmatisch. Zupackend.

Exies Sandalen waren vom Sessel auf den Boden gerutscht. Ich zog ihr die Decke über die Füße, trieb eine Krankenschwester auf, die mich über Marvins Verfassung auf den neuesten Stand brachte. Ein paar Minuten später kam Remy ins Wartezimmer.

»Wie geht's dem alten Herrn?«

Ich machte Remy Meldung.

»Meine Güte«, seufzte sie.

»Wie lief dein Treffen mit dem Chief?«, wollte ich wissen. Die an mich und Remy gesendete Textnachricht hatte ich zwar gesehen, die Besprechung aber ausfallen lassen, um stattdessen herzukommen.

»Kurz und schmerzlos«, sagte Remy. »Die Staatsanwältin war dabei. Und irgendein anderer Typ. Als Zeuge.«

»Und?«

»Gegen Suzy Kang ist heute Morgen Anklage erhoben worden, anschließend hat man sie auf Kaution freigelassen«, erläuterte Remy. »Erster Punkt abgehakt.«

Ich hatte gehofft, man würde Suzy aufgrund des Fluchtrisikos eine Kaution verwehren, da sie immerhin vor uns davongelaufen war. Außerdem hatte sie einen Flug aus der Stadt gebucht, auch wenn sie nicht an Bord gegangen war.

»Ihre Kaution beträgt fünfzig Riesen. Sie hat ihren Pass sowie den Führerschein abgegeben und sich einverstanden erklärt, eine elektronische Fußfessel zu tragen.«

Für gewöhnlich bedeutete das einen Erfolg. Wir wussten jederzeit haargenau, wo Suzy sich aufhielt.

»Warum habe ich das ungute Gefühl, dass du gleich mit den schlechten Nachrichten rausrückst?«

»Ihr Rechtsbeistand hat mit der Staatsanwältin gesprochen«, sagte Remy. »Offenbar besitzt Suzy eine Kopie von Ennis Fultz' Testament. Fultz hat ihr das Dokument zur sicheren Aufbewahrung übergeben.«

»Und?«

»Und darin steht geschrieben, dass Suzy zwanzigtausend in bar erhält, eigens für ein neues Auto. Steuerfreie Schenkung. Plus fünfzig Riesen extra. Und das Aquarium.«

»Das Aquarium?«, sagte ich. »Dieses Riesenmonster?«

Ich ging ein paar Schritte im Wartebereich auf und ab. *Fultz hatte ein Callgirl in seinen Letzten Willen aufgenommen. Und der Frau dann eine Kopie des rechtswirksamen Schriftstücks vermacht. Warum?*

»Suzys Anwalt behauptete, die Familie Fultz würde sie gnadenlos über den Tisch ziehen, weshalb sie einen Teil des Geldes jetzt schon an sich genommen hat.«

»Ernsthaft?«

Remy nickte. »Ihr Anwalt hat die Kohle auf ein Treuhandkonto eingezahlt, bis der Fall geklärt ist.«

»Du meinst, was von der Kohle übrig ist? Sie hat sich bereits einen Wagen gekauft.«

Ich ging hinüber zu einer Maschine, an der man für lau Kaffee und heiße Schokolade zapfen konnte. Ich drückte den Knopf, und ein Becher wurde ausgespuckt.

Wir hatten Suzy, die von Ennis Fultz' Haus wegfuhr. Das Bare hatte sie in einen Autokauf investiert. Dann das Restgeld am Flughafen gewaschen. Wir hatten schon Serienmörder mit weitaus weniger in der Hand überführt. Andererseits hatten wir in diesem Fall nichts als Indizien.

»Und wie lautet *ihre* Version der Geschichte?«, fragte ich. »Sie hat sich genommen, was ihr gehörte, und den Kerl niemals angefasst? Sind wir wieder am Nullpunkt angelangt?«

»Fultz hat ihr zwei Riesen pro Woche gezahlt. Anscheinend hat sie das Geld peinlich genau eingezahlt und nie angerührt. Abgesehen vom letzten Monat. Er hat versprochen, die acht Riesen später für sie abzuheben, und sie hat ihm vertraut.«

Remy schaute mich an. »Ich habe bei der Besprechung mein Bestes gegeben, P.T. Aber es hieß, du und ich hätten einen Tunnelblick aufgesetzt und nur die einfache Antwort im Visier: alter reicher Sack und junge betrügerische Edelnutte.«

»Und jetzt? Blenden wir einfach alles aus und suchen uns irgendeinen neuen Verdächtigen?«

»›Geht unvoreingenommener an die Sache ran‹, meinte der Chief.«

Ich schüttelte den Kopf. »War der Leichenbestatter angepisst?«

Das war einer der Spitznamen für Chief Pernacek. Aufgrund seiner ausgemergelten, bleichen Erscheinung.

»Schwer zu sagen.« Remy zuckte die Achseln. »Der Zeuge hat das Ganze aufmerksam verfolgt, also hat er sich vielleicht zurückgehalten. Keine Ahnung. Aber der Chef will, dass wir uns mit jemand Bestimmten unterhalten.« Sie sah auf ihr Handy. »Quentin Reed.«

»Wer zum Geier ist das?«

»Irgendein Immobilien-Experte. Wenn die Stadt Land oder Gebäude braucht, und die Stadt braucht *oft* Land oder Gebäude, wendet sie sich ...«

»An ihn. Er ist der richtige Mann dafür.«

Remy nickte.

»Wie gut kannte er Fultz?«

»Sehr gut, meinte der Chief.« Remy hob abwehrend die Hände. »Ich kann alleine gehen. Sein Büro liegt in Fußnähe.«

Ich nippte ein erstes und letztes Mal am Kaffee und versenkte den Dreck in einem nahe stehenden Mülleimer. Ich konnte hier nichts weiter ausrichten. Die Ärzte hatten Marvin vorsorglich in ein künstliches Koma versetzt. Und wenn Suzy nicht unsere Giftmörderin war, lief dort draußen jemand herum, der Fultz ermordet hatte und uns verlachte. Es gab nichts, was mich mehr auf die Palme brachte.

»Ich könnte ein bisschen frische Luft vertragen«, sagte ich. »Ich komme mit.«

22

Die Gegend westlich des Mercy Hospital war der Stadtteil, dessen Fotos es samt Bildunterschriften über den unwiderstehlichen Charme des Südens in städtische Touristikbroschüren schafften. Ein Viertel aus lauter bunten viktorianischen Häusern aus den Dreißigern, die sich in ein Hotel garni, Kleingewerbe, ein Architekturbüro oder eine Firma für Landschaftsgestaltung verwandelt hatten.

Remy und ich liefen sechs Blocks in westlicher Richtung, bevor wir uns an der 8th Street nach Süden wandten.

Jenseits dieses hübschen Viertels lag das »innerstädtische« Mason Falls, bei dem es sich um eine Sammlung von ungefähr zwanzig zweistöckigen Gebäuden handelte, unter ihnen eine Handvoll Cafés, unabhängige Buchhandlungen und Klamottenläden, die sich auf Frauen über vierzig spezialisiert hatten.

»Also, was genau ist Marvin eigentlich zugestoßen?«, fragte Remy.

»Das versuche ich noch immer rauszufinden. Es gab eine Explosion. Sie sagen, es sei ein Gasleck gewesen.«

»Der andere Mann ist gestorben?«

»Irgendein Freund aus der Militärzeit. Ich kenne ihn nicht.«

Wir näherten uns der Adresse an der Ecke 8th und Gentry.

»Fultz' Testament«, sagte ich. »Hast du eine Kopie gekriegt?«

»Kommt in ein paar Stunden wieder, meinte die Staatsanwältin. Im Augenblick zögern sie noch mit der Bestätigung, dass Suzys Exemplar *wirklich* die endgültige Fassung ist.«

»Hat Fultz sein Testament kürzlich geändert?«

»Nun ja, ihre Version datiert auf den vergangenen Monat.«

Darüber musste ich den Kopf schütteln. Ich kam einfach nicht dahinter, was für eine Art von Beziehung Fultz und Suzy Kang gepflegt hatten. »Hat Yugel noch weitere Überraschungen parat?«

»Soweit die Staatsanwältin es hat einsehen können, wird das Geld von Fultz aufgeteilt: Sein Sohn Cameron erhält siebzig, seine Ex-Frau dreißig Prozent. Und Suzy bekommt die besagte Summe Bargeld und das Aquarium.«

»Wir müssen uns mit Suzy unterhalten«, sagte ich. »Falls die Dame vom Escortservice nur das ihr versprochene Geld genommen und sich um das restliche Bare nicht gekümmert hat ...«

Remy nickte. Als wir bei Fultz eintrafen, war kein Geld im Haus. Falls Suzy lediglich einen Teil des Geldes eingesackt hatte, hatte sich möglicherweise jemand anders den Rest unter den Nagel gerissen.

Wir überquerten die Straße.

»Hat Abe schon das Alibi der Lymans für Montag überprüft?«, erkundigte ich mich und hatte dabei die Familie im Blick, die auf dem Grundstück lebte.

»Bill Lyman war bei der Arbeit«, erklärte Remy. »Seine Frau ebenfalls. Und das Mädchen war in der Schule.«

Der Bau, an dem wir angelangt waren, bestand aus

grauem Ziegelstein und hatte vier dekorative schmiedeeiserne Träger, die vom Bürgersteig bis hinauf zu einem kunstvollen Dachvorsprung verliefen.

»War Chief Pernacek sauer?«, wollte ich wissen. »Fultz war schließlich sein Freund.«

»Er dreht sich bloß im Kreis. Weil wir uns im Kreis drehen. Er will nichts weiter, als dass die Reise ein Ende hat.«

Ich zog die schwere Tür auf. »Das haben wir gemeinsam.«

Im Foyer sah es aus wie in einer 1920 eingerichteten Wohnstube für Debütantinnen, die auf ihre künftigen Ehemänner warten. Es gab fünf großzügig geschnittene Sofas, allesamt mit dicken, fröhlich gemusterten Kissen belegt und um Couchtische mit Glasplatten ergänzt. In der Mitte des Raums stand ein Holztisch, der aus der Zeit vor dem Sezessionskrieg stammte. Daran saß eine Blondine von Ende zwanzig im Bleistiftrock.

»Guten Tag, Officers«, begrüßte sie uns.

Remy sah mich leicht irritiert an. Wir trugen völlig unauffällige Zivilkleidung. Jetzt durchschauten uns schon *Empfangsdamen* auf den ersten Blick?

»Man hat mich informiert, dass Sie kommen«, erklärte die Frau. Sie deutete auf einen Fahrstuhl an der hinteren Seite des Raums. »Nehmen Sie bitte den Aufzug in den vierten Stock. Mr Reed erwartet Sie.«

Das Büro in der vierten Etage erstreckte sich über die gesamte Länge des Flurs, war aber in drei Segmente unterteilt. Eines beherbergte einen üppig bemessenen schwarzen Schreibtisch, das nächste einen Wartebereich und das dritte einen Besprechungsraum.

Quentin Reed war ein Weißer mit überkronten Zähnen und vollem, zur Hälfte grauem und zur anderen Hälfte sandbraunem Haar. Er war wahrscheinlich Anfang fünfzig, wirkte jedoch nicht nur dem Gesicht nach jünger, sondern schien seinen ganzen Körper mithilfe der Künste plastischer Chirurgen in Schuss gehalten zu haben.

»Sie müssen Marsh und Morgan sein«, sagte er und schüttelte uns kräftig die Hand. »Das M-Team. Nehmen Sie Platz.« Er führte uns zu einer Sitzecke mit kleinem Sofa und zwei Eames-Stühlen.

Remy und ich pflanzten uns auf die Stühle. »Soweit wir wissen, sind Sie der Mann, der die Antwort weiß, wenn man eine Frage zu Immobilien hat«, begann ich.

»Tja, alle Städte sind im Grunde Kleinstädte«, entgegnete er. »Ich hab schon in diesem Büro gesessen, als ich noch so klein war.« Er machte eine Geste in Kniehöhe. »Und im Laufe der Zeit lernt man eben so manche Leute kennen ...«

»Kannten Sie Ennis Fultz?«, fragte Remy.

»Jeder kannte Ennis«, sagte Quentin. »Es ist ein Trauerspiel, dass es ihn im Ruhestand derart früh dahingerafft hat.«

»Was für ein Mensch war er?«, erkundigte ich mich.

»Ein grundsolider, zuverlässiger Kerl. Hat seine Investoren reich gemacht.«

»Und abseits des Geschäftlichen?«, wollte Remy wissen.

»Ein großzügiger Spender.« Er nickte. »Eine wichtige Stütze des Gemeinwesens.«

Ich sah Quentin Reed starren Blicks an. Gegenwärtig war ich schlicht und ergreifend zu müde für diesen Scheiß.

»Mr Reed, wir wissen, dass Ennis eng mit dem Bürgermeister und dem Polizeichef verbandelt war. Aber wir sind nicht hergekommen, um Leumundszeugnisse in Empfang zu nehmen. Wir haben Verbrechen aufzuklären, unabhängig davon, ob uns die Opfer sympathisch sind oder nicht.«

Ich sah ihm direkt ins Gesicht, und er wich meinem Blick nicht aus.

»Was wirklich hilfreich wäre«, schaltete Remy sich ein, »ist die ungeschminkte Wahrheit, ob nun sauber oder nicht.«

Quentin kniff die Augen zusammen. »Ich habe gehört, Ennis hätte einen Herzanfall erlitten. Ihrem Tonfall nach …«

»Wir wissen, dass Mr Fultz ein Frauenheld war«, unterbrach ihn Remy.

»Außerdem wissen wir, dass er bei etlichen Leuten aneckte«, fügte ich hinzu. »Über den Mann selbst wissen wir allerdings so gut wie nichts.«

Quentin stand auf und schenkte sich an einem Servierwagen drei Fingerbreit Belle-Meade-Bourbon ein. Als er an mir vorbeiging, fiel mir auf, dass sein Hals von keiner noch so kleinen Falte verunziert wurde. Es war ziemlich unwahrscheinlich, dass er es nicht mit der Sekretärin von unten trieb.

»Das Wichtigste, was Sie über Ennis wissen müssen, ist, dass er einem Farmer, der nur eine Kuh besaß, zwei Melkmaschinen andrehen konnte. Verstehen Sie?«

»Er war also ein guter Redner«, sagte ich.

»Aber sobald man dachte, es wäre nur Geschwätz«, betonte Quentin, »stellte sich heraus, dass er etwas wusste, von dem du keine Ahnung hattest.«

»Und wie *kam* Fultz an sein spezielles Wissen?«, hakte ich nach. »Hat er mit Geld um sich geschmissen?«

»Nee.«

»Hatte er Beziehungen?«, fragte Remy.

»Bei Ennis ging es nicht ums Netzwerken. Menschen wie ich, Detective Morgan, wir denken über Geld wie Farmer über Dünger. Wenn man nicht genug Bares überall in der Gegend verstreut, kann es den ihm bestimmten Willen des Herrn nicht erfüllen.«

»Was also war Fultz' Philosophie?«, ließ Remy sich nicht irritieren.

»Ennis übertraf sie alle. Er verbrachte etliche Wochen im Stadtarchiv und erforschte Straße für Straße, Acker für Acker, welche gottverdammte Parzelle in diesem County wem gehörte«, erklärte Quentin. »Fuhr rüber und stellte sich vor. Stets auf der Suche nach irgendeinem Detail, das anderen entgangen war und ihm einen Vorteil verschaffte.«

»Und dann hat er sich damit an Sie gewandt?«

Quentin verneinte Remys Frage mit einem Kopfschütteln. »Nein, Ma'am. Sie müssen wissen, dass Ennis ein wirklich gewiefter Taktiker war. Nehmen wir mal an, ein Stück Land befand sich in Familienbesitz. Ennis wiederum wusste, dass der Sohn ein Problem mit dem Glücksspiel hatte und unverzüglich Flüssiges brauchte, falls sein Daddy das Zeitliche segnen sollte. Ennis, der alte Fuchs, würde diese Information jahrelang für sich behalten, den Ahnungslosen geben, auf den richtigen Moment warten, sie zum Tragen zu bringen. Selbst fürs Pferderennen konnte er, wenn nötig, noch mit einem guten Tipp aufwarten.«

»Hatte er Feinde?«, wollte ich wissen.

»Eine ganze Reihe.« Quentin hob die Hände. »Handelsvertreter. Makler. Farmbesitzer. Baufirmen. Nach einer gewissen Zeit war aus seinem Nachnamen ein gebräuchliches Schimpfwort geworden.«

Ich blinzelte. »Wie meinen Sie das?«

»Wenn man dachte, alles im Griff zu haben«, sagte Quentin, »und sich schließlich herausstellte, dass einem eine entscheidende Information fehlte – dann war man gefultzt.«

Ich musste grinsen und stellte mir vor, wie Fultz, der ursprünglich nicht aus Georgia stammte, hierher aufs College gekommen und all die alteingesessenen Jungs an der Nase rumgeführt hatte, die von dem profitierten, was ihre Daddys angehäuft hatten. Fast fühlte ich mich ein bisschen wie Ennis.

»Wer wurde am heftigsten gefultzt?«, fragte Remy.

»Tja, wenn Sie sagen, er sei keines natürlichen Todes gestorben«, meinte Quentin, »dann würde ich an Ihrer Stelle mal diese Farmer draußen am Paradise Grove genauer unter die Lupe nehmen. Familie Sorrell. Mit diesen Jungs hat Ennis einen Rückmietverkauf getätigt, und er ließ sie in einer Tour kommen und gehen.«

Quentin erläuterte uns, dass es sich bei einem Rückmietverkauf um ein Immobiliengeschäft handelte, bei dem Fultz den Sorrell-Brüdern ihr Farmland abkaufte, um ihnen zu helfen, die Schulden abzubauen, die sich während einer schlechten Saison angesammelt hatten. Dann verpachtete er ihnen ihren ehemaligen Besitz, den sie bewirtschaften konnten wie zuvor.

»Bei den Pfirsichfarmern gab es vor einigen Jahren eine Menge solcher Fälle«, bemerkte ich. »Der Winter vernichtete die Ernte, und die Bauern standen mit leeren Händen da.«

»Das Problem war«, fuhr Quentin fort, »dass Fultz diese Farm loswerden wollte, als er sich entschied, in den Ruhestand zu gehen und all seinen Immobilienbesitz abzustoßen.«

»Er hat ihnen angeboten, das Land zurückzukaufen?«, fragte Remy.

»Mehr oder weniger«, erläuterte Quentin. »Zunächst unterbreitete er das Kaufangebot einem großen Mischkonzern. Um den Preis in die Höhe zu treiben. Letzten Endes bekamen die Jungs vom Konzern neunundvierzig Prozent und die Sorrell-Jungs einundfünfzig. Sie mussten Ennis allerdings das Doppelte dessen bezahlen, was er ihnen bezahlt hatte. Es ging das Gerücht um, sie hätten gedroht, ihn umzubringen.«

»An die Polizei hat er sich aber nie gewandt«, stellte Remy fest.

»Nein, ich bezweifle, dass das seinem Naturell entsprochen hätte«, sagte Quentin. »Wissen Sie, ich glaube, dass er so etwas mochte. Die Drohungen und die Gefahr haben Ennis in eine Art Rausch versetzt.«

»Was wissen Sie über seine Frau? Haben Sie jemals mit Connie gesprochen?«

»Wir sind uns ein paarmal über den Weg gelaufen und haben zwanglos miteinander geplaudert«, erwiderte Quentin. »Bei Wohltätigkeitsveranstaltungen und dergleichen. Eine willensstarke Frau. Hat Ennis genötigt, ein Viertel seines Vermögens für gute Zwecke zu spenden. Während er mit dreißigjährigen Frauen Ausflüge zu seinen Ländereien unternahm. Um zu klotzen. Eindruck zu schinden. Sich ein paar Spielgefährtinnen zu sichern.«

»Connie wusste Bescheid?«, erkundigte sich Remy.

»Eine Ehefrau weiß immer Bescheid. Ennis war einer jener Männer, die es mögen, ihren Samen großzügig zu verteilen. Und dann auf eine Missernte hoffen. Sie verstehen mich doch, junge Dame?«

Meine Partnerin schenkte Quentins anzüglichem Grinsen keinerlei Beachtung. »Wann haben Sie das letzte Mal mit Fultz gesprochen?«

»Eine richtige Unterredung, meinen Sie?« Quentin zuckte die Schultern. »Letzten Sommer im County-Archiv. Und das war merkwürdig. Weil er raus aus dem Geschäft war. Er hatte alles komplett abgewickelt.«

»Haben Sie ihn gefragt, warum er sich dort aufhielt?«

»Noch besser«, sagte Quentin. »Ich bin danach wieder hin – um nachzuschauen, was er sich angesehen hatte. Der alte Zausel vom Archiv meinte, das Grundstück würde sich in unmittelbarer Nähe von Ennis' Haus befinden – weit draußen bei der Schlucht. Es gehörte vielleicht sowieso ihm, also habe ich mir nichts weiter dabei gedacht.«

»Sie hingegen haben sich nie auf solche Geschäfte eingelassen, oder?« Ich lächelte. »Angst, gefultzt zu werden?«

»Wer fällt schon zweimal auf den gleichen Trick herein?« Er trank sein Glas leer.

Wir bedankten uns bei Quentin Reed und erhoben uns.

»Rein aus Neugier«, bemerkte ich abschließend. »Wie sind denn diese Sorrell-Brüder so?«

»Sie meinen, ob es rassistische Proleten sind?«

Ich reagierte nicht darauf.

»Der eine ist einigermaßen erträglich«, sagte Quentin. »Und nicht mal dumm. Aber der andere? Sehen Sie sich vor, Detective.«

23

Das Mädchen hörte ein Geräusch.

Jemand kam den Flur herunter.

Es schaute auf seinen Arm und erkannte, dass der Schlauch, der in seiner Ader steckte, mit einem Plastikstück verbunden war, das man aufschrauben konnte.

Es drehte an dem Kunststoffteil. Links heißt locker, hatte der Klempner-Mann immer gesagt. Er war nett gewesen, aber seine Familie hatte das Mädchen nicht lange behalten können.

Doch all das lag in der Vergangenheit. Nun hatte es eine Familie.

Das Plastikteil löste sich, und die Flüssigkeit tropfte zu Boden. Es stellte den Infusionsständer in die Dusche, damit der Boden nicht schmutzig wurde. Und dort blieb er.

Das Mädchen öffnete einen großen Kleiderschrank im Krankenzimmer, kletterte hinein und zog die Knie an die Brust. Unter dem Nachthemd trug es nichts als seine Unterwäsche, und es spürte das kühle Holz des Schranks an seiner Haut.

Es hörte, wie die Tür zum Flur aufgezogen wurde. Sah durch einen schmalen Spalt seines leicht offen stehenden Verstecks, dass ein Mann hereingekommen war.

Er trug einen weißen Kittel und ließ seinen Blick durch den Raum schweifen.

Ein Arzt.

Er ging zur Tür zurück und griff nach einem Klemmbrett mit Dokumenten. Überflog eine Krankenakte, bevor er sie in die Folie zurückgleiten ließ.

Der Mann trat zu dem schlafenden Jungen. Zog ihm das Laken vom Leib und drehte sich um. Starrte zum leeren Bett des Mädchens.

»Kann ich Ihnen helfen, Doktor?«, sagte eine Frauenstimme.

Eine Krankenschwester stand im Türrahmen. Sie trug blaue Handschuhe. Das Mädchen betrachtete die Handschuhe des Mannes. Sie waren lila.

Es war nur ein unbedeutendes Detail, doch es erinnerte sich daran, wie man es vor ein paar Stunden in dieses Krankenzimmer gerollt hatte. Alle Ärzte und Krankenschwestern trugen blaue Handschuhe.

Der Doktor wandte sich um, und durch den Spalt in der Schranktür sah das Mädchen sein Gesicht.

Ihm schnürte sich die Kehle zusammen.

Der böse Mann.

»Ich wollte mich bei einem Fall um die Nachsorge kümmern«, sagte er. »Aber offensichtlich bin ich auf der falschen Station gelandet.«

Die Krankenschwester sah umher – und ihr Blick fiel auf das leere Bett. Dann folgte sie dem Mann hinaus.

»Welchen Patienten suchen Sie denn? Doktor? Doktor??«

24

Die Farm der Sorrells lag gut dreißig Kilometer südwestlich von Mason Falls.

»Was hältst du von dem Typen?«, fragte Remy, während ich am Steuer des Wagens saß. Sie meinte Quentin Reed.

»Mein Dad meinte immer: ›Wer seinen Hund liebt, muss eben auch die Flöhe in Kauf nehmen.‹«

Remy sah zu mir herüber. »Du und deine dämlichen Sprichwörter. Was zum Teufel soll das heißen?«

Ich musste lachen. »Weiß ich auch nicht. Schätze mal, ich hätte den alten Herrn fragen sollen, bevor er das Zeitliche segnete.«

Seit wir vom Krankenhaus aufgebrochen waren, hatte sich ein dezent aggressiver Tonfall in Remys Stimme geschlichen, und ich versuchte herauszufinden, warum. War sie vom Chief zusammengestaucht worden? Hatte er ihr gegenüber einen seiner chauvinistischen Kommentare losgelassen? War sie wütend auf mich, weil ich nicht an der Besprechung teilgenommen hatte?

»Was ist los? Bist du sauer?«

Sie zögerte mit der Antwort. »Du warst nicht verärgert?«

»Worüber?«

»Suzy Kang«, sagte sie. »Deine Reaktion im Krankenhaus – normalerweise hättest du dich darüber geärgert, dass sie auf Kaution raus ist.«

Ich verzog das Gesicht. »Du hast Abes Mail bezüglich der Fingerabdrücke am Tatort gelesen?«

Der Bericht war letzten Abend eingetrudelt. Suzy Kangs Fingerabdrücke fanden sich auf den Zigaretten auf Fultz' Balkon, aber die Abdrücke auf der Sauerstoffflasche stammten allesamt von Fultz.

»Na klar«, sagte sie. »Aber wenn Suzy dort war …«

»Entweder wären ihre Abdrücke auf dem Flaschengriff, so sie ihn denn manipuliert hat«, unterbrach ich sie. »Oder sie hat den Behälter gründlich abgewischt, dann wären aber *gar keine* Fingerabdrücke mehr drauf.«

»Möglich wäre, dass sie nach dem Abwischen Fultz' Hände auf die Flasche gelegt hat.«

»Oder Handschuhe getragen hat«, ergänzte ich. »Aber es gibt noch einen anderen Aspekt. Wir haben nur einen Sauerstoffbehälter im Haus gefunden. Falls sie eine böse Stickstoffflasche angeschleppt hat, wo ist dann die gute Sauerstoffflasche geblieben, die sie mitgenommen hat?«

»Sie hätte das Sauerstoffding während der Fahrt entsorgen können«, sagte Remy. »In irgendeinem Abfalleimer oder Müllcontainer.«

»Stimmt«, erwiderte ich. »Sie hat allerdings das komplette andere Zeug an der Tankstelle oder beim Autohändler weggeschmissen, also warum nicht auch den Behälter? Suzy wusste nicht, dass sie gefilmt wurde.«

Remy nickte, doch es lag immer noch ein gekränkter Zug in ihrer Miene.

»Sei nicht beleidigt«, sagte ich.

»Wir sind Partner, P.T. Du solltest mir nichts verschweigen. Wir müssen … wie soll ich sagen … auf derselben Wellenlänge funken.«

»Ich schieße tief, du schießt hoch?«, gab ich zurück. »Ich ducke mich nach links, und du knallst dann den Bösewicht in der anderen Richtung ab?«

Sie wandte den Blick ab. »So ungefähr«, sagte Remy. »Der Punkt ist, ich erwarte von dir, dass du mir gegenüber offen und ehrlich bist.«

Ich nickte, und dieses Nicken sollte eine Entschuldigung darstellen. »Tja, als Tatverdächtige ist Suzy noch längst nicht aus dem Schneider, Rem.«

An einer Lücke im Palisadenzaun bremsten wir ab und fuhren auf einen unbefestigten Weg, der zur Farm der Sorrell-Brüder führte. In der Ferne wuchs in dichten Reihen grünes Blattwerk, gesprenkelt mit winzigen roten Flecken.

»Tomaten«, sagte Remy. Anscheinend die Hauptfrucht dieses Farmbetriebs.

Das Telefon klingelte, und über den Lautsprecher ertönte Abes Stimme. Ich hatte ihn per Textnachricht angewiesen, schon mal ein paar Nachforschungen über die Sorrells anzustellen.

»Was hast du bislang?«

»Greer Sorrells Vorstrafenregister ist sauber«, sagte Abe. »Der andere Bruder hingegen, Nesbit – der hat sich zwei Einträge wegen Trunkenheit und einer Ordnungswidrigkeit eingefangen.«

Da hatte also jemand wiederholt die öffentliche Sicherheit gefährdet.

»Nichts strafrechtlich Relevantes?«

»Nein«, antwortete Abe. »Aber du weißt ja noch, dass ich

Fultz' Handy präpariert habe, damit eingehende Anrufe und Nachrichten an mich weitergeleitet werden?«

»Fette Beute gemacht?«

»Ein BMW-Händler in Athens«, sagte Abe. »Der Filialleiter hat vor zehn Minuten angerufen, um nachzufragen, ob sie die Reparaturen an Fultz' Wagen fortsetzen sollen. Offenbar haben sie seinen BMW am Freitagabend dorthin abgeschleppt. Drei Tage bevor der Mann umgebracht wurde.«

»Reparaturen welcher Art?«

»Ich habe gerade den Kostenvoranschlag an Remys Nummer geschickt«, erklärte Abe. »Jemand hat sich an dem 2016er 528i so richtig abreagiert, weshalb sich die Summe auf zwölf Riesen beläuft. Sämtliche Scheiben zertrümmert. Beide Seiten komplett eingebeult. Sieht nach einem Irren mit Wutanfall aus.«

Remy lud den Kostenvoranschlag der Karosseriewerkstatt hoch und betrachtete mit zusammengekniffenen Augen ein Schwarz-Weiß-Foto auf der zweiten Seite.

»Seht ihr's?«, fragte Abe.

Remy schwieg, und Abe fuhr fort. »Sie haben ein abgesplittertes Stück von einem Baseballschläger in Fultz' Wagen gefunden.«

Remy hielt mir das Bild entgegen. Das Holzstück hatte einen Durchmesser von wenigen Zentimetern und stammte vom gerundeten Ende der Schlagpartie, dem Teil, der am weitesten vom Griff entfernt liegt.

»Die meisten Baseballschläger haben eine Art Abschlusskappe«, sagte Abe. »Wenn man genau hinschaut, kann man ein paar Buchstaben und Ziffern erkennen, die in den Holzsplitter eingebrannt sind. *NS9* und dann die Andeutung von *01*.«

»Augenblick – *N-S* für Nesbit Sorrell?«, fragte Remy.

»Auf lokaler Ebene war er ein großer Star«, sagte Abe. »Hatte sogar Aussicht auf eine Profikarriere. Ein Jahr in Texas, und er war ausgebrannt.«

Remy tippte etwas in ihr Smartphone. Sie drehte das Display zu mir, um das Foto eines blonden Jungen in Baseball-Kluft zu präsentieren.

»Das Internet vergisst nie«, sagte sie. »Darf ich dich mit Nesbit Sorrell vor achtzehn Jahren bekannt machen?« Ihr Daumen zoomte seine Trikotnummer heran. Es war eine Neun. Wie in *NS9*.

»Und die *01*?«

»Seinem Alter nach zu urteilen«, sagte Abe, »war 2001 sein Abschlussjahr.«

Ich schüttelte den Kopf. Der Vollidiot hatte ein Bruchstück seines Highschool-Schlägers in Fultz' BMW zurückgelassen. Derselbe Schläger, den er auf dem Onlinefoto trug.

»Haust du eine eidesstattliche Erklärung raus?«

»Schon unterwegs«, erwiderte Abe.

In Georgia war dies der schnellste Weg, um an einen Haftbefehl zu kommen. Ein Polizeibeamter formuliert eine eidliche Aussage, in der das Delikt, der Tatort sowie der entsprechende Paragraf des Strafgesetzbuchs aufgeführt sind.

In diesem Fall würden wir Nesbit Sorrell wegen Sachbeschädigung über mehr als 500 Dollar drankriegen, ein

Verstoß gegen Paragraf 16-7-23. Wenn wir ihn einmal hatten, würden wir ihn weiter in die Mangel nehmen, bis wir ihn dazu brachten, über Fultz zu reden.

»Die Rechtsabteilung ist heute schwach besetzt, P. T.«, erklärte Abe, »das wird wahrscheinlich den ganzen Nachmittag in Anspruch nehmen. Wollt ihr warten, bevor ihr dort rausfahrt?«

Ich blickte den Schotterweg entlang, der zur Farm führte. Ein etwa fünfzehnjähriger Junge stand über eine Reihe von Pflanzen gebeugt.

»Wir sind bereits vor Ort«, sagte ich. »Hast du mit den Leuten vom Autohaus gesprochen?«

»Aber sicher«, gab Abe zurück. »Fultz wusste von dem Baseballschläger. Und der NS9-Markierung.«

Was bedeutete, dass dem alten Herrn vor seinem Tod bekannt gewesen war, wer sein Auto demoliert hatte.

Ich überlegte, was wohl als Nächstes passiert war. Hatte er Nesbit angerufen? Gab es eine Auseinandersetzung?

»Da ist noch etwas«, sagte Abe. »Eure Suzy Kang war vorhin mit ihrem Staranwalt hier. Hat noch mal mit Yugel gesprochen.«

»Hast du rausgefunden, ob sie Bares zurückgelassen oder komplett bei ihm abgeräumt hat?«

»Suzy glaubt, es müsse noch mehr Geld versteckt gewesen sein. An Orten, die sie nicht kannte.«

»Dieser Anwalt, Hank West«, sagte Remy, »ist ihr Freund und hält treu zu ihr. Obwohl er wusste, dass sie mit Fultz vögelte?«

Abe schnaubte. »Ich habe Hank West kennenlernen dürfen, Morgan. Er ist niemandes Freund. Allerhöchstens der Freund seines Freundes.«

Demnach war Hank West lediglich Suzys Mitbewohner. Und jetzt ihr Rechtsbeistand.

»Also gut«, wandte ich mich an Abe. Bei den Sorrells wollte ich es ein bisschen behutsamer angehen als mit Suzy. »Wir werden uns jetzt mal ganz entspannt mit diesen Bauern unterhalten. Ich rufe dich in einer halben Stunde zurück.«

Ich parkte auf der Schotterpiste am Rand des Grundstücks, und der junge Mann sah auf, als wir die Türen des Pick-ups zuschlugen.

Sein strohblondes Haar war kurz geschnitten, wahrscheinlich von einem Friseur zweiter Wahl. Um seinen dürren Körper schlotterten eine Jeans und ein blaues Mason-Falls-High-Baseball-Shirt.

»Wie geht's?«, fragte ich ihn.

Der Junge schaute Remy und dann wieder mich an. »Gut.«

Ich zückte mein Dienstblech und stellte uns als Detectives vor. »Wie heißt du?«, fragte ich in ausgesucht höflichem Ton.

»Cooper Sorrell.«

Wir wussten von zwei Sorrell-Brüdern, Greer und Nesbit. Der Bursche erklärte uns, dass Greer sein Vater war. Der ältere, schlaue Bruder. Nicht der mit dem Baseballschläger.

»Ist dein alter Herr in der Nähe?«

Cooper nickte und führte uns einen Trampelpfad entlang, der sich zwischen zwei Äckern hindurchfädelte. Remy erwähnte, sie sei im nahe gelegenen, nur aus Farmland bestehenden Harmony aufgewachsen, und erkundigte sich bei ihm nach der diesjährigen Ernte.

»Tja, die verdammten Glanzkäfer haben den halben Zuckermais gefressen«, sagte er. »Deshalb müssen wir jetzt Mann gegen Mann um die Tomaten kämpfen.«

Zuckermais war das, was die Einheimischen als Fallgruben-Zwischenfrucht bezeichneten. Man säte alle zehn Tomatenstauden eine Reihe Zuckermais dazwischen, weil der Mais die Würmer anlockte, die einem die Tomaten wegfressen konnten.

»Ihr sprüht nicht?«

»Es gibt natürliche Sprühmittel gegen Läuse. Blattspray. Wenn die Würmer oder Raupen auf die Pflanzen kriechen, pflücken wir sie per Hand runter.«

Das Wohnhaus war weiß und mit Zedernschindeln verkleidet, die man dunkler gebeizt hatte, als es das Holz von Natur aus war. Inzwischen waren sie jedoch grau verblichen. Wo die Regenrohre angebracht waren, verliefen Rostspuren bis ganz nach unten zur Kante der Veranda.

Der Junge bat uns, draußen zu warten, und ging hinein.

Wir betrachteten die Felder, die das Farmhaus umgaben. Die Farm war größer, als es von der Straße aus gesehen den Anschein hatte, und in einiger Entfernung konnte man mehrere Hundert in den Himmel ragende Kiefernpflöcke ausmachen, die jeweils den Stamm einer einzelnen Tomatenstaude stützten.

Auf der anderen Seite, im Süden, bedeckte ein unkrautartiges Gewächs mit dreieckigen Blättern die Hügel.

»Gurken.« Remy zeigte darauf.

Eine Minute später trat ein Mann in den Vierzigern heraus. Er hatte dem Farbton von Weizenhalmen gleichendes hellbraunes Haar und eine imposante Plauze. Auf seinem T-Shirt stand in großen blauen Lettern, neben denen eine amerikanische Flagge prangte, *Freiheit gibt's nicht umsonst.*

»Wie kann ich Ihnen helfen, Officers?«, sagte Greer Sorrell.

Cooper schlich an seinem Dad vorbei und setzte sich auf ein kleines Zweier-Korbsofa, das auf der Veranda stand. Wir erklärten ihm, mit Ermittlungen über den Tod von Ennis Fultz befasst zu sein.

»Wir haben gehört, dass Mr Fultz geschäftliche Beziehungen zu Ihnen unterhielt«, sagte Remy.

Greer ließ seine dicken, drahtigen Augenbrauen in die Höhe schnellen. »Wenn Sie es so nennen wollen.«

»Wussten Sie, dass er verstorben ist?«

Greer nickte. »Ja, hab so was gehört.«

Die Fensterläden über Coopers Kopf hatte man in einem Grün gestrichen, das durch die Sonneneinstrahlung zu einem hellen Mint verblasst war. Um Moskitos zu vertreiben, stand neben dem Jungen eine einsame Zitronellöl-Kerze auf einer umgedrehten Farbdose.

»Wann haben Sie Mr Fultz das letzte Mal gesehen?«, fragte ich.

Greer zögerte. Eine Hand ruhte auf seinem dicken Wanst, als wäre er eine nachdenkliche schwangere Frau. »Von Angesicht zu Angesicht vielleicht vor ungefähr einem Monat.«

»Wir wissen von dem Rückmietverkauf«, sagte Remy. »Ein solch fragwürdiger Handel reicht normalerweise aus, um Männer wütend zu machen.«

Greer schaute zu seinem Sohn hinüber. *Fragt er sich, ob uns der Junge was verraten hat?*

»Nun ja, richtig, wir waren wegen des Besitzerwechsels ziemlich angepisst«, sagte Greer. »Aber weil wir uns 2015 vergrößert und Schulden gemacht haben, waren wir gezwungen, einen Teil des Landes zu verkaufen. In welcher Form auch immer.«

»Sie haben sich also nicht über Fultz geärgert?«, hakte ich nach.

Greer nahm neben seinem Sohn auf dem Doppelsofa Platz und legte den Fuß aufs Verandageländer. Er trug schwarze Quadratlatschen, deren Sohlen mit Schlamm verkrustet waren. »Schon möglich, dass wir ein bisschen sauer waren«, gestand er. »Aber wegen so was würden wir auf gar keinen Fall einen Mord begehen, wenn es das ist, was Sie denken.«

»Wer hat denn gesagt, dass Ennis ermordet wurde?«, tat meine Partnerin verwundert.

In den Abendnachrichten war in der Tat von einem natürlichen Tod die Rede gewesen.

Greer hielt inne. »Mein Sohn meinte, Sie wären vom Morddezernat.«

Das musste ich schlucken. Wir *hatten* es auf dem Weg hierher Cooper gegenüber erwähnt.

»Ist Ihr Bruder Nesbit zu sprechen?«, erkundigte sich Remy.

»Nee«, sagte Greer.

»Und wo waren Sie beide am vergangenen Montag?«, fragte ich.

»Ich war hier«, antwortete Greer. »Ich arbeite zwölf Stunden am Tag draußen. Mache die Arbeit des Herrn.«

»Und Nesbit?«

»Direkt an meiner Seite. Hundert Jungs können uns ein Alibi verschaffen.«

Hundert Angestellte, die Schiss um ihre Jobs haben.

Mir kam die Stickstoffflasche in den Sinn. »Welche Chemikalien kommen hier auf Ihrem Land zum Einsatz, Mr Sorrell?«, fragte ich. »Stickstoff? Sauerstoff?«

Greer schüttelte den Kopf. »Wir sind ein biozertifizierter Betrieb. Können nicht einfach eine Flasche Round-up-Dünger draufkippen, wenn uns danach ist.«

Ich dachte an die Beschädigung von Fultz' BMW. »Wir würden uns gerne mit Ihrem Bruder unterhalten. Können Sie uns sagen, wo wir ihn finden?«

Greer lenkte den Blick auf seinen Sohn. »Tja, vorhin war er noch hier, stimmt's, Coop?«

»Sie ham ihn um fünf Minuten verpasst«, meinte der Junge.

Was für einen Haufen Scheiße tischte man uns hier bloß auf? Und die Sache ist die – als Detective kriegt man Unmengen davon vorgesetzt. Die Leute denken, sie seien schlauer als wir. Wir müssen dann eben den richtigen Augenblick abpassen.

»Sie können gerne morgen wiederkommen«, sagte Greer. »Falls Sie vorhaben sollten, einen ganzen Haufen schwer schuftender Landarbeiter zu verhören, erwarte ich allerdings, dass Sie ein paar Papiere dabeihaben. Vollziehungsbescheide und so was.«

Ich ließ den Drecksack nicht aus den Augen. In zwei Stunden hatten wir einen Haftbefehl für Nesbit.

»Noch mal zurück zu Ennis Fultz«, sagte ich. »Er hat sich hier in der letzten Woche nicht blicken lassen, oder? Sich mit Ihnen oder Ihrem Bruder unterhalten?«

»Mit mir jedenfalls nicht. Nesbit müssen Sie selbst fragen.«

»Und wo wohnt Nesbit?«, fragte Remy. Abe hatte bereits eine Adresse des Bruders ermittelt, in einem Trailer-Park am anderen Ende der Stadt. Wir wussten nur nicht genau, ob die Information korrekt war.

»Ehrlich gesagt, weiß ich nicht, wo er neuerdings unterkommt. Bei irgend 'ner Frau wahrscheinlich.«

Ich starrte Greer an. »Sind Sie sicher, dass Sie das Spiel auf diese Tour spielen wollen?«

»Mir war gar nicht klar, dass wir ein Spiel spielen«, erwiderte er.

»Danke für Ihre Zeit«, sagte ich.

Remy und ich gingen zum Pick-up zurück.

Einer SMS von Abe zufolge würde die Ausstellung des Haftbefehls eine weitere Stunde in Anspruch nehmen, bis sich ein Justizbeamter fand, der das Ganze absegnete.

Ich setzte Remy beim Revier ab und fuhr weiter zum Mercy, um nach Marvin zu sehen.

Während der Fahrt stierte ich ins Nirgendwo und dachte daran, wie schlecht es möglicherweise um Marvin stand. Und ich musste mich unterdessen mit Arschlöchern wie Greer Sorrell herumschlagen.

Auf einer Art Steilklippe über dem Krankenhaus stand

eine Reihe kolossaler Häuser. Ich wusste, dass eins davon dem Bürgermeister gehörte. Letztes Jahr war ich dorthin zu einem Empfang eingeladen worden. Doch ich war der Chose ferngeblieben und hatte es vorgezogen, den Abend mit Purvis statt mit lauter Politikern zu verbringen.

Im Kampf um meine Zeit stand es 1:0, für die Hunde, nicht für die Schlangen. Wenn ich Leute wie den Bürgermeister freundlicher behandelte, könnte ich aber vielleicht einen Gefallen einfordern und dafür sorgen, dass sich die besten Ärzte um Marvin kümmerten.

Wie die Dinge standen, musste ich das Beste hoffen.

Und wie man so schön sagt: Die Hoffnung ist ein gutes Frühstück, aber ein schlechtes Abendbrot.

25

In der Intensivstation hatte wieder Garva Dienst, die Krankenschwester, die mir letzte Nacht geholfen hatte. Sie trug einen rosafarbenen Krankenhauskittel mit violetten Nähten, und das schwarze Haar schlang sich ihr, zu einem Zopf gebunden, der bis in den V-Ausschnitt ihres Kittels reichte, um den Hals.

»Hallo, meine Liebe«, sagte ich. »Wollte nur mal nach Marvin sehen.«

Sie hob den Blick und lächelte. »Tja, gute Neuigkeiten, Detective. Seine Atmung hat sich stabilisiert.«

Gestern hatte man mir gesagt, Anlass zur Sorge bei einem durch Barbiturate herbeigeführten künstlichen Koma gebe das erhöhte Infektionsrisiko. In Marvins speziellem Fall sorgte man sich um seine angeschlagene Lunge, da er gerade über eine Lungenentzündung hinweggekommen war.

»Seine Sauerstoffwerte sind raufgegangen?«

Garva ging zu einem Computer hinüber und drückte ein paar Tasten. »Sein Sauerstoffpartialdruck liegt bei siebenundachtzig. Sauerstoffsättigung bei siebenundneunzig. Bei seinem Zustand ist das großartig.«

Ihre Augen überflogen den Monitor nach weiteren Werten. »Seine Herzfrequenz ist gut. Momentan bleibt uns nichts anderes übrig, als weiter abzuwarten, denke ich.«

Ich sah den Blick der Krankenschwester an mir vorbeiwandern. Hinter mir wartete jemand.

»Möchten Sie Marvin ein wenig Gesellschaft leisten?«

»Ein paar Minuten, wenn's geht«, sagte ich.

Ich schaute mich unauffällig zu der Frau hinter mir um. Weiß, Ende sechzig, die grau melierten Haare zu einem Pferdeschwanz zusammengebunden. Sie trug ein T-Shirt mit U-Ausschnitt und hatte ein Einmachglas mit Blumen in der Hand. Überwiegend Azaleen.

»Ich vermute, Sie kennen einander«, sagte die Krankenschwester.

Was nicht der Fall war. Also streckte ich ihr die Hand entgegen. »P. T. Marsh.«

»Raye-Jean Griffin.«

Raye-Jean überreichte Garva die Blumen. »Als kleines Dankeschön«, sagte sie. »Dafür, dass Sie der Familie nach Lucas' Tod die Zeit gelassen haben, Abschied zu nehmen.«

»Ich stelle sie gleich dorthin.« Garva machte eine Geste in Richtung des Pausenraums der Pflegekräfte.

Die Schwester legte den Kopf schief und sah mich an. »Raye-Jean gehört zu Marvin und Lucas.«

»Gott im Himmel«, sagte ich. Marvins Kumpel war mir unbekannt gewesen. Einfach der Mann, der die Explosion nicht überlebt hatte. »Mein aufrichtiges Beileid. Marvin ist mein Schwiegervater.«

»Wie geht es ihm?«, wollte die Frau wissen.

»Er liegt im Koma«, sagte ich. »Ich wollte ihn gerade besuchen. Möchten Sie mich vielleicht begleiten?«

»Gerne.«

Wir gingen zu Marvins Zimmer. Exie war abgezogen, um sich den Rest des Tages um ihren Sohn zu kümmern.

Mein Schwiegervater hatte einen blauen Krankenhauskittel an. Das weiße Bettlaken, unter dem er lag, war fest um seinen Körper geschlungen. Über seine Brust schlängelte sich ein dicker Plastikschlauch, der mit Klebeband an seinem Mund fixiert war.

Ich bedeutete Raye-Jean, Platz zu nehmen. »Das mit Ihrem Mann tut mir wirklich leid. Ich kannte ihn nicht, aber ich habe natürlich gehört, was passiert ist.«

»Oh, Lucas Royster war nicht mein Mann«, erklärte sie. »Ich habe die letzten zehn Jahre für ihn gearbeitet.«

Ich blinzelte. »Und Sie waren nicht im Büro, als sich die Explosion ereignete?«

»Zum Glück nicht«, sagte sie. »Es war schon nach neun Uhr abends, und Lucas war seinerseits selten da, schon gar nicht um diese Zeit.«

»Wo hat er seinen Militärdienst abgeleistet?«, wollte ich wissen.

Die Frau kniff die Augen zusammen. Furchen durchzogen ihr Gesicht, fast so wie bei der Rinde einer Esche.

»Marvin war in der 199.«, erklärte ich. Das meiste, was ich über die Jugendjahre meines Schwiegervaters wusste, hatte ich während der letzten drei Monate beim gemeinsamen Hundeausführen gelernt. »In Vietnam gehörte er zur leichten Infanterie. Einsatz im Eisernen Dreieck.«

»Oh, Lucas war gar nicht beim Militär«, sagte sie. »Ich glaube, was die Wehrpflicht angeht, geriet er direkt in die Lücke nach Vietnam. Er war jünger als Marvin.«

Ich nickte und saß einen Moment lang schweigend da. Die einzigen Geräusche waren das Piepen und Rauschen der Gerätschaften.

»Verzeihung, Raye-Jean«, sagte ich schließlich. »Aber wie hat Lucas Marvin überhaupt kennengelernt? Ich dachte, sie wären Kumpels bei der Armee gewesen?«

»Lucas hat für Ihren Schwiegervater an einem Fall gearbeitet. Er war schon im Ruhestand, hat aber noch einmal im Jahr oder so einen Auftrag angenommen. Offiziell besaß er keine Lizenz mehr.«

»Er war Privatdetektiv?«

»In seinen jüngeren Jahren«, sagte sie. »In Atlanta. Mein Job bestand darin, mich um die Buchführung seines kleinen Einkaufszentrums zu kümmern. Das hatte er vor zehn Jahren gekauft.«

Draußen vor dem Fenster rauschten die Zuckerahorn-Bäume im Wind, in deren Blätterdach sich büschelweise gelbe und grüne Blüten drängten.

Ich sah zu meinem Schwiegervater hinüber, der friedlich

schlief. *Mit was für einem Fall hat Marvin einen Privatdetektiv beauftragt?*

»Hat er nach jemandem gesucht?«

»Tut mir leid, Mr Marsh. Ich habe lediglich die Schecks der Mietparteien entgegengenommen und Rechnungen beglichen.«

Ich lehnte mich vor. In meinem Leben hatte ich schon ein gutes Dutzend Privatschnüffler kennengelernt, und für gewöhnlich waren sie auf bestimmte Jobs spezialisiert. Vermisste. Wiederaufnahme von Gerichtsverfahren. Ich erkundigte mich bei Raye-Jean nach Lucas' Spezialgebiet.

»Er hatte viel mit Ehekonflikten zu tun«, sagte sie. »Hat einen ganzen Stall von Anwaltskanzleien in Atlanta mit den jeweiligen Hintergründen beliefert. Allerdings habe ich das bloß nachträglich mal bei einem Gespräch aufgeschnappt. Das war vor meiner Zeit.«

»Wissen Sie, wie Marvin und Lucas zusammengekommen sind?«

»Nein.«

Raye-Jean stand auf und streckte sich. Meine Fragen nervten sie. Sie war Buchhalterin. Sonst nichts.

»Verzeihen Sie«, sagte ich. »Ich bin Polizist. Diese Fragerei ist eine Berufskrankheit.«

Ein paar Minuten später tätschelte sie mir den Arm und ging. Ich zog meinen Stuhl näher an Marvins Bett heran. Vielleicht hatte er versucht, einen alten Freund von der Armee aufzuspüren. Vielleicht war es das, was Sarah beim ersten Anruf gehört hatte.

Mein Handy summte, und ich las eine frisch eingegangene Textnachricht.

Remy hatte jetzt den Haftbefehl für Nesbit Sorrell und eine Adresse in den nummerierten Straßen.

Ich rief sie an. »Steht denn fest, dass Nesbit wirklich dort wohnt?«

»Die Einträge im Meldeamt sind erst zwei Monate alt. Happy Aisles Mobile Home Park, lautet die Anschrift.«

Ich war bereits ein paarmal nach Happy Aisles gerufen worden, damals, als ich noch Streife fuhr. Soweit ich mich erinnerte, lag der Trailerpark ein bisschen erhöht. Verstreuter Müll vor den Türen der Wohnwagen, Steingärten mit auf Holzklötzen gelagerten Autos ohne Reifen.

»Ich kann auch alleine hin«, erklärte sie.

Mir fiel eine Geschichte aus dem letzten Jahr ein, wo Remy leichtsinnig gehandelt hatte und vorübergehend suspendiert worden war. Auch wenn sie kein Frischling mehr war, gehörte es doch wesentlich zu meinem Job, für ihre Sicherheit zu sorgen.

»Nein«, sagte ich. »Sein Bruder Greer hat ihn möglicherweise vorgewarnt. Bitte warte auf mich. Ich bin unterwegs.«

Ich ging zum Schwesternzimmer, in Gedanken noch immer bei dem Gespräch, das ich mit Raye-Jean geführt hatte. Weil Marvin einen Privatdetektiv angeheuert hatte.

»Das Zeug, mit dem mein Schwiegervater eingeliefert worden ist«, wandte ich mich an Garva. »Seine Kleidung und die persönlichen Gegenstände. Wo sind sie?«

Die Schwester griff sich einen Schlüsselbund und führte mich zurück in sein Zimmer. Sie schloss unten in dem großen Kleiderschrank eine Schublade auf und entnahm ihr einen grünen Plastikkorb mit einem wiederverschließbaren Beutel darin. Auf den Beutel hatte man mit Filzstift Marvins Namen gekritzelt. Er enthielt seine Schlüssel und die Brieftasche.

»Ich war auf der Intensivstation, als man ihn brachte, Detective«, erklärte sie. »Seine Kleidung hat man ihm vom Leib geschnitten. Sie war teilweise verbrannt.«

»Und das hier ist alles, was er bei sich hatte?« Ich hielt den Korb in die Höhe. »Was ist mit seinem Handy?«

»Mehr hatte er nicht.«

Marvins Geldbörse war ein verwittertes braunes Lederding, gefüllt mit zwei Kreditkarten, seinem Führerschein und dreiundzwanzig Mäusen in Fünf- und Eindollarnoten. Außerdem steckten in einem Fach aus durchsichtigem Kunststoff zwei Fotos: eins von seiner Frau, das andere von seinen Zwillingstöchtern Lena und Exie. Lena trug Jonas im Arm, der zu diesem Zeitpunkt ein Jahr alt gewesen war.

Ich starrte auf das Foto meiner Frau und erinnerte mich, wann das Bild aufgenommen worden war. Direkt nach dem Ostergottesdienst, ein paar Jahre nach unserer Hochzeit. Lena trug eine gelbe Bluse, die eindrucksvoll mit ihrer dunklen Haut harmonierte. Mein Gott, was für eine Schönheit sie war.

»Danke«, sagte ich zu Schwester Garva.

Ich verpasste Marvins Bein einen sanften Klaps. » In ein paar Stunden bin ich wieder da. Gute Besserung.«

Ich machte mich auf den Weg zum Foyer, doch bevor ich abdampfen konnte, rief eine Stimme meinen Namen.

»Detective Marsh.«

Ich drehte mich um und sah mich einem Mann gegenüber, der auf der Lehne einer Couch im Wartebereich saß. Weißer, Anfang fünfzig.

»Sie sind schwer zu kriegen.« Er streckte mir eine dickliche Hand entgegen. »Dana Senza.«

Ich schüttelte seine fleischige Pranke, ohne auch nur den Hauch einer Ahnung zu haben, wer der Kerl war.

»Ich habe es ziemlich eilig, Mr Senza. Kann ich Ihnen irgendwie behilflich sein??«

»Ich bin der neue Chief«, sagte er.

Das musste ich erst mal sacken lassen. Ich musterte ihn erneut. Senza hatte eine fassbreite Brust und von grauen Strähnen durchzogenes, schwarzes Haar. Und einen Eintagebart im Gesicht.

»Chief Pernacek wird noch den Rest der Woche übernehmen«, erklärte Senza. »Und ich werde ihm den Rücken freihalten. Nächsten Montag starte ich dann meinen Alleinflug, und er kann wieder angeln gehen.«

Dies war der Typ, den Remy für einen Zivilisten gehalten hatte. Seine Nase sah aus, als wäre sie etliche Male gebrochen worden.

Ich zeigte auf den Fahrstuhl. »Ich bin auf dem Weg zu meiner Kollegin.«

»Ich werde Sie nach draußen begleiten.«

Im Aufzug erläuterte mir Senza, dass der Bürgermeister einen Personalberater angeheuert hatte, der wiederum ihn in Alabama kontaktiert habe.

»Sie sind kein Crimson-Tide-Fan, oder?« Ich lächelte.

»Das könnte schwierig werden mit den Jungs von der Streifen.«

»Auburn, um genau zu sein. Hab dort in der Abwehr gespielt. Ist allerdings schon ein paar Jährchen her.«

Wir verließen die Eingangshalle und näherten uns meinem Pick-up.

»Ich will Sie nicht aufhalten«, sagte Senza. »Hauptsächlich wollte ich endlich den großen Helden kennenlernen. Ich habe von dem Fall letztes Jahr gehört.«

Ich zuckte die Achseln. Spielte die Sache runter. »Damals waren wir insgesamt ziemlich erfolgreich.«

»Darüber hinaus habe ich vernommen, dass Sie irgendeiner Frau, die uns verklagt hat, eine Entschuldigung verweigern. Deswegen müssen wir jetzt hundert Riesen extra aus der Stadtkasse berappen.«

Seit gestern hatte ich mit Staatsanwältin Yugel nicht über die Entwicklung im Fall Meadows gesprochen.

»Chief«, sagte ich. »Die Lage ist kompliziert …«

»Ist mir schon klar, dass Sie Ihre Gründe haben, Marsh.« Er hob abwehrend seine riesigen Schaufelhände. »Ich bin der Neue. Und ich wollte, dass Sie es persönlich von mir erfahren – das entspricht nicht meiner Vorstellung von Heldentum. Geld bringt mehr Cops auf die Straßen. Zu wenig Geld bringt Cops in Gefahr.«

Ich starrte ihn an, ohne etwas zu sagen.

Der Halt-dein-Maul-Moment.

Leider kannte er den Trick ebenfalls und starrte zurück.

»Ich glaube, wenn ich Ihnen die Einzelheiten über Tusila und Donnie berichte …«, begann ich.

»Kein Bedarf«, unterbrach er mich. »Lösen Sie nur einfach weiterhin Ihre Fälle. Connie Fultz hat sich heute Nachmittag mit dem Bürgermeister und mir getroffen. Danach habe ich Bürgermeister Stems versichert, dass Detective Marsh uns nicht noch einmal so enttäuschen wird wie neulich im Gerichtssaal. Er ist unser bester Mann.«

Diese Worte zauberten mir ein Lächeln ins Gesicht. Was für ein Arsch.

»Willkommen an Bord, Chef«, sagte ich. »Ich werde Sie nicht hängen lassen.«

»Ich freue mich, dass wir jetzt auf derselben Wellenlänge funken«, gab er zurück.

Ich setzte mich in meinen Truck und dachte darüber nach, wie Remy und ich uns in Sachen Fultz im Kreis drehten. Dass es womöglich besser wäre, vor dem Beuteschuss die Munition zu prüfen.

Ich rief meine Partnerin an.

»Schick die Streife zum Trailerpark, Rem. Falls sich Nesbit Sorrell dort aufhält, können ihn auch die Blaumänner einkassieren.«

»Und wohin treibt es *uns*?«, wollte Remy wissen.

»Jemand, der mit einem Baseballschläger einen Wagen zu Schrott haut«, sagte ich, »ist niemand, der einen Einbruch sorgfältig vorbereitet. Er schleicht nicht mit einer Flasche Stickstoff durch die Gegend, um sie gegen eine mit Sauerstoff einzutauschen und sich dann wieder in den Schatten zurückzustehlen.«

»Nesbit Sorrell ist also nicht unser Killer?«

»Er ist garantiert ein riesengroßes Arschloch«, sagte

ich. »Aber was wir hier haben, ist ein Giftmord ohne Giftmörder.«

»Wie lautet jetzt unser Plan, Boss?«, fragte Remy.

»Zurück zu Fultz«, sagte ich. »Betrachten wir alles noch mal mit frischem Blick. Irgendwas haben wir an Tag eins übersehen.«

26

Ich brach vom Krankenhaus auf und fuhr auf die Interstate.

Die Nachmittagswolken hingen tief am Himmel. Die honigwabenförmigen Stratokumuli über mir sahen aus, als hätte ein Maler mit seinem Künstlermesser bauschige Wolken angestochen und einschrumpfen lassen, um dann ein bisschen Blau und Grau dazwischenzuschmieren.

Ich erreichte die Straße, die zu Fultz' Haus führte. Von ihr aus konnte man die Condesale-Schlucht überblicken, und diesmal drosselte ich mein Tempo. Jetzt fiel mir auf, dass der Weg sich über knappe zweihundert Meter als Schotterstreifen dahinzog, auf beiden Seiten von schenkelhohem Unkraut gesäumt.

Ich parkte und wartete, bis fünf Minuten später Remy eintraf.

Im Haus roch die Luft abgestanden. Wir inspizierten sämtliche Winkel und entdeckten, dass Ennis Fultz' Drückerfisch reglos an der Oberfläche des gigantischen Aquariums schwamm. Oder sollte ich besser sagen: Suzys Drückerfisch?

Ich klopfte neben der gelb-schwarzen Schönheit an das Glas, aber das Tier rührte sich nicht.

Remy streifte sich Handschuhe über und fing an, die Schränke zu untersuchen, einen nach dem anderen. Nahm die Bude so richtig auseinander.

Ich ging unterdessen raus zu meinem Truck und von dort zur Rückseite des Hauses, wo ich die Treppe ins Visier nahm, die uns seit Tag eins vertraut war. Wenn jemand durch die Hintertür eingebrochen war, dann höchstwahrscheinlich auf diesem Weg.

Ich stieg über die Säcke mit Grassamen hinweg und schaute zur Schlucht hinüber, während ich die Stufen nahm.

In den Siebzigern hatte das Army Corps of Engineers einen in die Schlucht mündenden Teilabschnitt des Tullumy River gestaut und den überwiegenden Teil des Wassers in die Zu- und Abflüsse des June Lake umgeleitet, sodass kaum noch genug für das Grün in der Schlucht übrig geblieben war. Das dort einst beliebte Jagen und Angeln hatte so ein jähes Ende gefunden.

Oben angekommen ging ich in die Hocke, als hielte ich ein Schlossöffnerset in der Hand, und machte die Tür auf. Von meiner Warte aus konnte ich durch das Büro bis zum Flur sehen, der Richtung Schlafzimmer führte. Ich ging sehr langsam, um Geräusche zu vermeiden, und zählte dabei meine Schritte. Bei zehn war ich am oberen Treppenabsatz angelangt und hatte das Bett des Alten im Blickfeld. Bei fünfzehn kauerte ich neben dem Bett und wäre in der Lage, den Sauerstoffbehälter gegen eine Stickstoffflasche auszutauschen. Das komplette Rein und Raus würde mich nicht mehr als dreißig Sekunden kosten.

Abermals kamen mir die Wolken von der Herfahrt in den Sinn, wie sie mich an Farbe auf Leinwand hatten denken lassen. Den Tatort eines Mordes kann man sich als hochkomplexes Gemälde vorstellen. Man sieht jeden Pinselstrich. Jeden noch so kleinen Klecks. Sie alle offenbaren etwas über den Künstler, bilden ein Muster des Unbewussten. Wenn einem jedoch nichts als Schweigen entgegenschreit, gibt es eine andere Möglichkeit. Man nimmt das eine Element des Bilds, das *fehlt* – Ennis Fultz –, und sieht die Sache klarer.

Während meines Besuchs im Krankenhaus hatte Remy die amtliche Fassung von Fultz' Testament in die Finger bekommen. Ich kramte das Dokument aus ihrer Tasche hervor und begann, die erste Seite zu lesen.

Die großen Gewinner waren, wie die Staatsanwältin bereits verkündet hatte, Connie und Cameron Fultz.

Die Ex-Gattin sollte weiterhin die Fultz Family Foundation führen, und es war genügend Geld vorgesehen, um allen laufenden Verpflichtungen nachzukommen.

Die restlichen Vermögenswerte wurden aufgeteilt, wobei siebzig Prozent an Cameron Fultz und dreißig Prozent an Connie gingen. Das Grundstück und das Haus, in dem wir gerade hockten, sowie einige weitere Besitztümer waren darin nicht enthalten, sondern wurden treuhänderisch verwaltet.

Schlussendlich würden dem Sohn Cameron die Treuhandgüter zufallen, aber noch nicht jetzt. Zunächst wurden sie in die Hände von Anna und Bill Lyman gelegt, von jenem

Mann also, den wir vor zwei Tagen beim Heckenschneiden getroffen hatten.

Remy hatte es inzwischen bis ins obere Stockwerk geschafft.

»Das Datum auf diesem Ding ist ziemlich frisch.« Ich hielt den Letzten Willen in die Höhe.

»Abe hat bestätigt, was darin geändert wurde. Nur die provisorische Passage über den Grund und Boden und die Lymans. Wir gehen davon aus, dass es lediglich um dieses Stück Land hier geht. Aber es ist durchaus vertrackt. Der Stiftung gehören eine Reihe von Joint-Venture-Unternehmen und Teilhaber-Handelsgesellschaften – wegen Steuerbegünstigungen. Die anderen Gesellschaften besitzen eventuell noch mehr Land. Da ist Abe immer noch dran.«

»Wissen die Lymans überhaupt, dass ihnen das Grundstück zugesprochen wird?«

Remy schüttelte den Kopf. »Das werden sie bald erfahren. Das Testament wird heute eröffnet.«

Ich blätterte zum entsprechenden Abschnitt des Dokuments zurück. »Ich kenne solche Regelungen«, sagte ich. »Reiche Familien treffen sie, wenn es um Kindermädchen und Altenpflegekräfte geht.«

»Sie lassen das Pflegepersonal auf dem Anwesen wohnen?«

»Bis lange nach dem Tod des Menschen, den sie gepflegt haben«, erklärte ich. »Es ist ein Dankeschön für ihre Mühen. Stirbt der jeweilige Betreuer schließlich seinerseits, fällt der Besitz an die Familie zurück.«

»Allerdings hat Lyman Fultz nicht gepflegt«, sagte Remy.

»Stimmt.« Ich nickte. »In unserem Fall ist es komplizierter, weil die Lymans ungefähr im gleichen Alter wie Cameron sind und die entsprechende Klausel daher lautet, dass der Trust an Cameron geht, wenn sie sterben. Falls Cameron zum Zeitpunkt ihres Ablebens bereits tot ist, wird der Nachlass der Tullumy River Preservation Society als Schenkung vermacht.«

»Der Umweltschutzgruppe?«

Ich nickte erneut, legte das Testament aus der Hand und erhob mich.

»Hast du schon mal dort rübergesehen?« Ich zeigte auf das Treppenhausfenster.

»Nein.«

»Man kann die ganzen Wege erkennen, die Lyman angelegt hat. Zwei davon verlaufen am Felsvorsprung entlang. Wo Fultz seine Spaziergänge unternommen hat. Aber die Wege, die ins Buschwerk geschnitten sind und zu den Klippen und zum Highway führen ... die sind echt bemerkenswert, Rem.«

Meine Partnerin schaute aus dem Fenster. Zehn oder zwanzig Wege waren angelegt worden. Sie endeten in Kreisen, wo jemand zerkleinerten Granit auf dem Boden verteilt hatte. Diese Kreise wiederum führten zu weiteren Pfaden. Es sah wie einer dieser britischen Irrgärten aus, nur mit brauner Strauchkiefer und Thujen statt Buchsbaum.

»Ich finde hier nicht das Geringste«, sagte Remy. »Vielleicht hätten wir an Nesbit Sorrell dranbleiben sollen.«

Mir fiel ein anderer Weg ein, den wir einschlagen konnten, um besser zu begreifen, wie Fultz tickte.

»Lass uns einen kleinen Spaziergang machen, Rem.«

»Einen Spaziergang?«

»Treten wir in die Fußstapfen des alten Herrn«, sagte ich. »Lass uns die Schlucht umwandern. In puncto Wandern waren sich ja alle einig. Die Haushälterin – Ipsy – meinte, er wäre bei ihrer Ankunft unterwegs gewesen.«

»Das Mädchen, Alita, hat ihn jeden Samstag dabei begleitet«, ergänzte Remy.

Wir gingen die Treppe hinunter und nahmen einen der Wanderwege durch dünn bewaldetes Gebiet. Innerhalb einer Minute verwandelte sich der Weg in einen zwischen zwei Felsschrägen verlaufenden, kaum einen halben Meter breiten Trampelpfad.

Während wir unsere Wanderung machten, widmeten wir uns den großen Leerstellen unserer Ermittlung, damit wir wieder auf Kurs kamen.

»Die Voraussetzung für ein Tatmotiv ist«, sagte Remy, »dass der Mörder von der Existenz des Gelds weiß. Und dass die Summe das Risiko wert ist.«

»Falls Geld tatsächlich das Motiv ist«, entgegnete ich.

Remy kniff die Augen zusammen. »Wenn nicht das Geld, was dann?«

Ich zuckte die Schultern. »Etwas, das uns bislang verborgen geblieben ist.«

»Der Mörder hat Ahnung von Einbrüchen«, sagte Remy.

»Und vom Umgang mit Chemikalienbehältern. Sowie Zugang zu ihnen. Deswegen gefällt Suzy mir immer noch so gut.«

Zu unserer Rechten fiel der Canyon steil ab, er war ungefähr zwölf Meter tief. Auf einer Länge von zwei Footballfeldern war der Grund von Geröll bedeckt.

»Mir ist da ein Gedanke gekommen«, sagte meine Partnerin. »Vielleicht ist unser Zeitstrahl schief.«

»Genau das habe ich auch schon gedacht«, erwiderte ich. All unsere Theorien zu Fultz' Tod basierten auf zwei Eckpunkten, in umgekehrter Reihenfolge: (1) der Zeitpunkt, an dem Fultz am Montag den Stickstoff inhalierte; und (2) der Zeitpunkt, zu dem Fultz das Atemgerät *vorher* das letzte Mal benutzt hatte und zu dem noch ganz normaler, gesunder Sauerstoff herausgekommen war.

Wenn jener zweite Moment nicht auf den Abend vor seinem Tod fiel – wenn Fultz also zum Beispiel drei Tage lang ohne den Extra-Sauerstoff ausgekommen war –, dann bedeutete dies, dass sein Mörder den Behälter auch drei Tage vorher hätte austauschen können. Das Gleiche galt für zwei Tage. Oder fünf.

»Ennis Fultz' Krankenakte zufolge«, sagte ich, »brauchte er nicht immer Sauerstoff, um zu schlafen. Zu welcher Gelegenheit hätte er die Maske sonst noch anlegen können?«

»Nach dem Spaziergang durch die Schlucht«, meinte Remy.

»Ipsy hat gesagt, er hätte den jeden Morgen unternommen.«

»Nur nicht am Montag, als seine Ex-Frau unerwartet auftauchte«, überlegte meine Partnerin. »Möglicherweise hat er seine Wanderung ausfallen lassen.«

Unser Weg endete vor einer Felswand, also kehrten wir um und diskutierten weiterhin solche Details.

Ein Stück rechts von uns wiesen die Wände der Schlucht ein bräunlich-grünes Streifenmuster aus Kalksandstein auf, und auf kleineren Vorsprüngen, wo das Felsgestein aufhörte und Erde sich angelagert hatte, wuchsen Gelbkiefern.

»Vielleicht hat Fultz die Flasche am Montagmorgen also gar nicht benutzt«, sagte Remy. »Weil er statt des Wanderns seine Trainingseinheit mit Connie im Bett absolvierte.«

Ich lächelte. »Ich verstehe, worauf du hinauswillst. Du zweifelst daran, dass ein Achtundsechzigjähriger zwei körperliche Verpflichtungen an einem Tag bewältigen kann?«

»Wäre ich Fultz mit COPD«, sagte Remy, »und hörte Suzy unten reinkommen, würde ich meine Maske aufsetzen und mit dem Inhalieren anfangen. Um meine Kräfte für die Lady zu sammeln. Und auf meine Kosten kommen zu können.«

»Und wenn's Stickstoff ist, kommt er gar nicht auf seine Kosten«, bemerkte ich.

»Sarah hat erwähnt, es würde brennen«, sagte Remy. »Was Fultz noch heftiger nach Luft schnappen lässt. Irgendwann verliert er schließlich das Bewusstsein. Genau dann, als Suzy nach oben kommt. Das deckt sich auch mit Suzys Aussage, sie hätte ihn unten gehört.«

»Und wenn er das Beatmungsgerät hat laufen lassen, verflüchtigt sich der Rest des Stickstoffs im Zimmer«, hob ich hervor. »Was bezüglich des schlechten Behälters nur eine Schlussfolgerung zulässt, Rem. Falls wir uns einig sind, hat er das Ding am Sonntagabend nicht zum Einschlafen benutzt.«

»Die Flasche war bereits da«, sagte meine Partnerin. »Am Vortag.«

Remy blieb einen Moment lang stehen. »Ich habe eine Frage. Wofür sind die Tüten mit Marathon-Grassamen? Die sät man auf Rasen aus. Aber dort, wo wir geparkt haben, ist Schotter. Ums Haus herum zerkleinerter Granit. Selbst zwischen all den Wanderwegen wächst nirgendwo Gras. Und es gibt keine Sprinkleranlage oder so.«

»Hast du die Nummer von dem Gras-Typen?«, fragte ich. »Thorpe?«

Wir setzten unseren Weg fort, und Remy rief ihn an und bat Thorpe, uns hier draußen einen Besuch abzustatten.

Danach gingen wir schnurstracks zum Haus zurück. Remy begann, mich mit Fragen zu bombardieren. Ob ich genügend Ruhe fände. Wie ich mich fühlte.

»Worauf willst du hinaus?«

Meine Partnerin zögerte – was sehr untypisch für unser Verhältnis war.

»Neulich Abend«, sagte sie, »habe ich mir nach der Arbeit bei Jack's einen Cheeseburger geholt. Und ich machte mir Sorgen wegen dir. Also fahre ich zu dir rüber, um mit dir zu reden. Es ist spät, aber ich weiß, dass du noch wach bist. Ich komme dort an und sehe Sarahs Wagen. Doch du bist nicht da.«

Ich blinzelte.

»Am folgenden Abend«, fuhr sie fort, »schickst du mich relativ früh nach Hause, weil du Papierkram zu erledigen hast. Ich warte unten auf der Straße. Eine Viertelstunde später fährst du auf die 903, Richtung Süden.«

»Wahrscheinlich wollte ich zum Krankenhaus. Hab den falschen Weg zur Interstate genommen.«

»Das war *vor* dem Krankenhaus«, sagte sie. »Vor der Sache mit Marvin.«

Ich überlegte, wo ich die letzten Abende gewesen war. Das Haus des Anwalts in Milton. Der Abstecher zur Brücke an Lenas Geburtstag.

In beiden Fällen gab es keinen zwingenden beruflichen Grund.

»Ich habe dich letztes Jahr unterstützt«, sagte Remy. »Als du getrunken hast. Aber dieses Jahr …«

»Langsam.« Ich hob die Hände. »Ich bin so trocken wie ein Ziegenarsch, Rem. Seit vier Monaten habe ich keinen Tropfen angerührt.«

Ein weißer Lkw bog vor uns in die Schottereinfahrt.

»Ich bin ein paar persönlichen Sachen nachgegangen«, erklärte ich meiner Partnerin. »Glaubst du mir das?«

»Klar«, sagte Remy. Doch dessen war ich mir alles andere als sicher.

Thorpe stieg aus dem Truck. Er war schwarz, muskulös und trug einen dieser hellbraunen Schlapphüte mit Netz hintendran, wie auch Bergwanderer sie gerne aufsetzen.

Wir geleiteten ihn zu der Stelle, wo er die Marathon-Säcke an der Hintertreppe abgeladen hatte.

»Hat Mr Fultz Ihnen gegenüber angedeutet, wozu die dienen sollten?«, fragte Remy.

»Sind Sie schon den Hügel runtergegangen?«

»Nein«, antworteten wir einstimmig.

Thorpe führte uns in eine neue Richtung. Jenseits einer breiten Hecke begann eine Reihe von etwa zwanzig Natursteinplatten, mit jeweils einem halben Meter Abstand. Sie führten immer weiter nach unten, in der entgegengesetzten Richtung des Weges, den wir eingeschlagen hatten.

»Gehört all dieses Land Fultz?«, erkundigte sich Remy.

»Das hat er mir jedenfalls gesagt«, meinte Thorpe.

Ungefähr fünfzehn Meter tiefer verflachte das Gelände zu einer großen Riedgras-Wiese. Kein felsiger Boden wie der, über den wir vor zehn Minuten gelaufen waren.

»Und hierfür brauchte er das Saatgut«, vermutete Remy.

Thorpe nickte.

»Es ist doch aber eine Wiese«, sagte Remy. »Man sät keinen Grassamen auf einer Wildwiese aus.«

Thorpe bedachte sie mit einem Lächeln, sah mich an und dann wieder Remy. »Tja«, sagte er, »unberechenbar sind die Launen der ... Sie verstehen ...«

»Jetzt sagen Sie bitte nicht ›der Weißen‹«, unterbrach ihn Remy.

»*Der reichen Leute,* wollte ich sagen.«

Thorpe schritt über die Wiese bis zur Mitte. Dort war das Gras dunkelbraun. Tot. Ein paar Steine von fünfzehn bis zwanzig Zentimeter Durchmesser sowie zwei große Geröllbrocken lagen dort herum.

»Wir haben uns hauptsächlich hierüber unterhalten«, sagte Thorpe.

Ich neigte den Kopf. »Worüber?«

»Über diese Findlinge. Er wollte sie weghaben. Auch die kleineren Steine. Um wieder frisches Gras pflanzen zu können.«

Ich ging neben den größeren Felsbrocken in die Hocke. Es war nichts Besonderes an ihnen. Überwiegend Kalksandstein. Sie hatten spitze, scharfe Kanten und saßen im Erdreich fest.

»Der alte Herr meinte, diese Steine wären neu«, sagte Thorpe. »Das konnte er sogar beweisen. Hat mir ein neun Monate altes Foto von der Wiese gezeigt. Da war sie voller Wildgras.«

Ich ließ meinen Blick den Felsabhang hochwandern.

»Okay, klingt interessant«, meinte Remy. »Und woher kommen die Dinger?« Sie deutete nach oben zum Felsvorsprung. »Erdbeben?«

»Fultz' Version zufolge stammen sie von dort unten.« Thorpe wies auf die Schlucht.

»Was?«, staunte ich.

Thorpe lächelte. »Der Alte fing irgendwann an, was von Erdölsuche zu faseln. Er war ziemlich sauer deswegen. Außerdem angepisst wegen des Zeitpunkts. Meinte, es wäre passiert, als er letztes Jahr im Krankenhaus lag.«

Thorpe zeigte uns ein weiteres Geländestück. Die gleichen verstreuten Brocken im Gras. Hätte es uns niemand gesagt, wären wir nie darauf gekommen, dass das Gras um die Steine herum kein natürlich gewachsenes war.

Thorpe schaute zur untergehenden Sonne hinauf, als wolle er die Uhrzeit einschätzen. »Hören Sie, ich muss los. Eine Lieferung wartet. Weiß nicht, ob das hier hilfreich für Sie war, aber auf jeden Fall viel Glück.«

Wir bedankten uns bei ihm und kletterten gemeinsam wieder die Natursteinplatten zum Haus hoch.

Es war durchaus nicht so, dass wir es bei den meisten unserer Fälle mit nur wenigen Verdächtigen zu tun hatten, aber es lag schon eine ganze Weile zurück, dass ich uns in derart viele Sackgassen hatte laufen sehen. Wir waren seit zweiundsiebzig Stunden mit den Ermittlungen beschäftigt und drehten uns nach wie vor weitgehend im Kreis.

»Mr Thorpe«, sagte ich. »Sie haben diese Beutel am Sonntag gegen siebzehn Uhr geliefert. Wie gut können Sie sich an die Einzelheiten der Zustellung erinnern?«

Thorpe tippte sich mit einem Finger an die Schläfe. »Hier drin arbeitet ein gusseisernes Gedächtnis.«

»Ist Ihnen bei Ihrer Ankunft oder Abfahrt irgendjemand hier draußen aufgefallen?«

Der Aufstieg brachte Thorpe dezent zum Schnaufen. »Normalerweise ist auf dem Weg nichts los. Als ich zurück auf den Highway fuhr, kam mir allerdings ein Lieferwagen entgegen. Weiß noch, dass ich den im Rückspiegel gesehen habe.«

»Aus Richtung Tankstelle?«, fragte Remy.

Thorpe nickte. Wir hatten uns zwei Kameraperspektiven des Tankstellen-Videos angeschaut und uns im Wesentlichen auf Montagmorgen konzentriert. Losgegangen war es jedoch in jenem Moment, in welchem Thorpes Laster vorbeikam. Sonntagabend.

»Es gab einen Truck, den wir nicht identifizieren konnten«, erläuterte Remy. »Welche Farbe hatte das Fahrzeug, das Sie gesehen haben?«

»Weiß«, sagte Thorpe.

»Ein weißer Pick-up, dessen Nummernschild wir nicht erkennen konnten, ist über die Ampel gebrettert«, fuhr Remy fort. »Muss die entgegengesetzte Richtung eingeschlagen haben, sonst wäre er irgendwann wieder an der Tanke vorbeigekommen.«

»Haben Sie sehen können, was der Truck geladen hatte?«, fragte ich.

»Nee.«

»Sie haben aber gesagt, es sei ein Lieferwagen gewesen. Wie konnten Sie das wissen?«

»Sicherheits- und Warnaufkleber«, sagte er. »Habe ich auf der hinteren Stoßstange pappen sehen, als ich ihn im Außenspiegel verfolgte. Wie irgendwas mit Giftmüll oder so. Diese kleinen Symbole für leichte Brennbarkeit.«

Wir entließen Thorpe in den anbrechenden Abend, und ich stand da und versuchte zu ergründen, ob das Ganze nun ein wertvoller Hinweis oder eine weitere unwichtige Zufälligkeit war.

»Rem«, sagte ich, nachdem Thorpe verschwunden war. »Diese Gefahrenschilder ... Wäre es möglich, dass der böse Sauerstoffbehälter vom Chemiebetrieb höchstselbst geliefert worden ist? Direkt vom Hersteller an den Kunden?«

»Ausgeschlossen«, sagte Remy. »Wir reden hier von fünf Uhr nachmittags an einem Sonntag. Dieser Thorpe ist selbstständig und muss zusehen, wo er bleibt, auch mal außerhalb der offiziellen Geschäftszeiten. Ihn treibt es im Zweifel zu einem solchen Zeitpunkt hierher. Aber bei dem Betrieb handelt's sich um United Chemical and Gas. Das ist der größte Laden im Land. Ich habe bei denen wegen ihrer Lieferzeiten nachgefragt. Nichts um fünf. Und niemals sonntags.«

»Aber wenn nicht die ...« Ich schaute sie fragend an. »Wer dann? Zu dieser Stunde?«

»Dort verlässt man den Highway.« Remy wies nach Westen. »Nimmt irrtümlich die falsche Abfahrt. Es könnte irgendwer sein. Jeder. Diese Straße nimmt man auf dem Rückweg zwangsläufig.«

»Stimmt«, sagte ich. »Aber wir sollten es überprüfen, oder? Ich meine, wenn es das nicht ist – was bleibt noch übrig?«

Remy erklärte sich einverstanden, und wir riefen Abe an, um ihn auf United Chemical and Gas anzusetzen und nachzuforschen, wer diese Route bediente und wann die letzte Lieferung an Fultz erfolgt war.

Dann kam Remy auf Fultz' Geschichte von den Felsbrocken auf der Wiese zu sprechen.

»In der Nähe von Dixon«, begann meine Partnerin. »Dort, wo das Haus meiner Großmama steht, gibt es Plakatwände, die einen auffordern, seinen Grund und Boden prüfen zu lassen.«

»Ja, die habe ich gesehen«, sagte ich. »Du meinst das Fracking.«

»Aber wenn jemand da unten tief in der Schlucht eine Bohrmaschine aufbaut, wüssten wir doch davon, stimmt's?«

»Schätze schon.«

Ich erzählte Remy von einem Typen namens Harmon Gale, der an der University of Georgia das Programm für erneuerbare Energien leitete. »Wenn es einen Menschen gibt, der uns zu diesem Thema schnelle Antworten liefern kann, dann ist er das.«

Ich wählte Harmons Nummer, erreichte aber nur seine Mailbox.

»Woher kennst du diesen Kerl?«, fragte Remy, nachdem ich eine Nachricht hinterlassen hatte.

Ich erzählte ihr, dass Harmon während meiner Teenagerjahre mit meiner Mama ausgegangen war. Damals war er Ende zwanzig oder Anfang dreißig gewesen.

»Wie alt war deine Ma?«

»Achtunddreißig oder neununddreißig.«

Remy grinste.

»Nenn meine Ma eine MILF, und wir kriegen Ärger miteinander«, sagte ich.

Remy hob die Hände und setzte eine Unschuldsmiene auf.

Mein Handy summte, als eine SMS von Abe reinkam. Wir hatten eine Verabredung mit United Chemical and Gas und mussten zügig los. Der Typ hieß Cass Thieland und war im Vorstand für den Vertrieb zuständig. Wir nahmen die Interstate nach Süden.

27

Das Mädchen gelangte in den dritten Stock, mit nackten Füßen und nichts als seinem Krankenhausnachthemd am Leib.

Es versteckte sich in einem winzigen Raum, in dem nur ein nerviger Verkaufsautomat stand. Das Ding surrte laut, und es wusste, dass dort niemand nach ihm suchen würde.

Nach einer Weile spähte es nach draußen und sah eine Schwester.

Ich muss Papa finden, *dachte das Mädchen.* Papa weiß, was zu tun ist.

Als die Krankenschwester ihren Platz verließ, rannte das Mädchen los und drückte auf die Tastatur. Ein Passwort wurde verlangt.

Es schlich zum nächsten Computer. Dort war keine Passwort-Anmeldung erforderlich.

Es tippte den Namen seiner Mutter ein, erblickte eine Zimmernummer und schaute zu einer nahe gelegenen Tür hinüber.

Es war ein Stockwerk tiefer.

Innerhalb einer Minute war es das Treppenhaus runter und in Zimmer 209. Sein Dad saß schlafend in einem Stuhl neben einem leeren Bett.

»Wo ist Mutter?«, sagte das kleine Mädchen. Es gefiel ihm, Anna »Mutter« zu nennen.

Er öffnete die Augen und sah es an. »Was machst du denn hier, Schatz?«

Der Blick des Mädchens wanderte zum Bett. Es war leer.

»Deine Mutter wird operiert«, sagte er schwach.

Sein Vater wandte den Blick ab.

Das Mädchen legte ihm eine Hand auf die Wange und drehte seinen Kopf zu sich zurück.

»Papa«, sagte es. »Der Mann, der uns gerammt hat. Ich habe sein Gesicht gesehen.«

Sein Vater kniff die Augen zusammen. »Es war ein Unfall«, sagte er.

Es bemerkte, dass er seine Kleidung gewechselt hatte. Wahrscheinlich ist er erst nach Hause gefahren und dann wieder hierher zurück.

»Nein«, sagte das Mädchen. »Der Mann hat uns absichtlich

gerammt, Papa. Und er ist hier im Krankenhaus. Der Mann ist in mein Zimmer gekommen. Wollte mir was tun.«

»Setz dich hier aufs Bett, Schatz.«

Sein Vater zögerte und starrte es an.

»Er ist den Seitenstreifen entlanggefahren«, sagte das Mädchen. »Und dann hat er kehrtgemacht und ist uns hinten rechts in den Wagen gefahren.«

Der Blick seines Vaters hellte sich auf.

Er wusste, wie schlau es war. Anna und er hatten darüber gesprochen. Wie die Welt ihm zu Füßen liegen würde.

»Bist du dir sicher?«

»Papa«, sagte es. »Wir müssen weg von hier.«

»Du wartest hier, mein Schatz«, sagte er. »Ich hole jemanden, mit dem wir reden können.«

»Einen von der Polizei?«, wollte es wissen.

Sie wechselten einen Blick, denn sie wussten beide, was ihm zuvor widerfahren war. Es hatte ihm und Anna von dem Mann erzählt, der ihm wehgetan hatte, dort, wo sie zuletzt gewohnt hatte. Der damit weitergemacht hatte, nachdem die Polizei da gewesen und sich seine Geschichte angehört hatte. Die Polizei, die ihm nicht glauben wollte, bis es ein zweites Mal geschah.

»Erst mal eine Schwester«, sagte sein Vater. »Dann einen Polizisten, aber einen richtig guten.«

Damit ging er, und es fand den gleichen Schrank wie in seinem eigenen Zimmer vor. Nahm ein Kissen mit hinein und zog die Knie an die Brust.

Es wartete.

Fünf Minuten? Zehn? Als sein Vater nicht zurückkehrte, öffnete es die Schranktür.

Das Zimmer war leer.

War sein Dad nach unten gegangen? Suchte er vielleicht diese Krankenschwester?

Es trat in den Flur und machte die Tür zum Treppenhaus auf.

Und da war er.

Mit seltsam verdrehten Armen und Beinen lag er am Fuß der Treppe. Der Hals seines Vaters war in einem unmöglichem Winkel abgeknickt.

28

Um siebzehn Uhr bremste Remy vor der örtlichen Hauptgeschäftsstelle von United Chemical and Gas, ungefähr zwölf Kilometer nördlich des Zentrums von Atlanta. Die von Abe genannte Adresse entpuppte sich als parkähnliches Firmengelände mit drei weißen Plattenbauten, auf denen jeweils oben das blaue *UC*-Logo prangte.

Es war eine Sache, wenn ein Fahrer von United Chem Ennis Fultz versehentlich einen falschen Sauerstofftank geliefert hatte. Eine völlig andere Sache war es, wenn so etwas mit einem Einbruch und einem Giftmord in Zusammenhang stand. Gegenwärtig war all das jedoch nichts als pure Spekulation.

Ich bat Remy, hier noch nicht zu parken, sondern ein Stückchen weiter den Weg runterzurollen, wo andere United-Chem-Gebäude standen, die flacher und breiter waren. Eingeschossige Riesen, die Fabrikhallen glichen.

»Es ist eine Sackgasse.« Remy deutete auf das Sicherheitstor vor uns.

»Ich weiß«, sagte ich und sah in Remys Seitenspiegel, als sich von hinten ein weißer Liefertruck näherte. »Fahr da vorne rechts ran, bitte. Lass dich mit Absicht in die Ecke drängen.«

Remy lockte den GMC-Pick-up in ein umzäuntes Gelände bis unmittelbar vors Sicherheitshäuschen. Ungefähr einen halben Zentimeter vor der hölzernen Schranke brachte sie den Wagen zum Stillstand.

Ein Wachmann lehnte sich aus einem der Fenster. Ein Schwarzer, Mitte zwanzig, der gute eins siebzig maß und eine graue Hose und ein weißes Polohemd mit blauem *UC*-Firmenzeichen trug.

Remy beugte sich ihrerseits aus dem Fenster und zückte ihre Marke. »Wir haben einen Termin bei Cass Thieland vom Vertrieb.«

»Der Besucherparkplatz liegt am Wendehammer von Haus 500, Officer«, sagte er. »Hier haben nur U-Chem-Fahrzeuge Zufahrt.«

Er trat in den schmalen Spalt zwischen seinem Wachhäuschen und Remys Alfa, weil ihm dämmerte, dass der Truck hinter uns den Rückweg blockierte und zurückstoßen musste.

Remy legte dem Mann ihre Hand auf den Arm. Ihr Daumen berührte die Innenseite seines Ellbogens. »Ich könnte schnell reinfahren und wenden.«

Der Mann lächelte. »Oh, klar. Das ist gut.«

Er öffnete die Schranke, und wir steuerten auf den Firmenhof.

Zu unserer Linken stand ein Dutzend weißer Lieferwagen, das Heck nach hinten, eng an eng in Stellplätzen an der Laderampe, während andere rechts von uns geparkt waren. Durch die Scheibe machte ich mit dem iPhone Fotos von den zwei Sorten Trucks, für den Fall, dass wir sie Thorpe, dem Grassamen-Mann, zeigen mussten.

Das eine Modell war ein GMC-Sierra-Schwerlast-Pick-up mit einem Geländer am Rand der Ladefläche, das den sicheren Transport großer Chemikalien- und Gasbehälter ermöglichen sollte. Der andere Wagentyp war ein größeres Fahrzeug, das einem UPS-Lieferwagen ähnelte, mit Schiebetüren an beiden Seiten, die man von rechts nach links weit aufgleiten lassen konnte.

Remy vollzog eine Kehrtwende und bewegte sich wieder auf das Ein- und Ausfahrtstor zu.

»Was meinst du, sollen wir mal ein bisschen menschelnde nachrichtendienstliche Aufklärung betreiben?«, wollte meine Partnerin wissen.

Das war ein Ausdruck, den ich Remy in ihrer Frischlingsphase beigebracht hatte. Für Situationen, in denen uns der Dienstweg versperrt war.

»Schon möglich.«

Sie hielt am Tor, und der Mann vom Sicherheitsdienst ließ die Schranke hochfahren. Remy gab jedoch kein Gas.

Der Wachmann kam zu uns rüber. »Alles in Ordnung?«

»Verzeihung«, sagte sie mit leicht singendem Schmelz in der Stimme. »Ich muss einfach fragen. Komme ich Ihnen bekannt vor?«

Remy trug eines ihrer besonders vorteilhaften Outfits – schwarze Hose, cremefarbene Bluse und einen schwarzen Blazer. Sie sah gut aus, und das wusste sie auch.

»Weil Sie mir nämlich sehr bekannt vorkommen.«

»O Mann, ich wünschte, ich könnte mich an Sie erinnern.« Der Wachmann lächelte. »Aber ... nein.«

»Na schön.« Remy tippte sich an die Schläfe. »Während unseres Termins wird es mir wieder einfallen.«

Remy fuhr durchs Tor, und ich schüttelte den Kopf. Im Seitenspiegel konnte ich erkennen, wie der Mann vom Sicherheitsdienst ihr hinterherstarrte. Ein Truck bat in Gegenrichtung hupend um Einlass.

»Das war der Appetitanreger«, erklärte Remy. »Bei Bedarf später mehr.«

Wir parkten im Wendehammer vor dem Glasbau. Drinnen zückten wir unsere Dienstmarken, wurden zunächst in einen Fahrstuhl und dann bis zu einem großen Büroraum im vierten Stock eskortiert.

Cass Thieland leitete den Vertrieb für die Geschäftsgebiete von United Chems im Süden und Südosten.

»Danke, dass Sie uns so kurzfristig empfangen konnten«, sagte ich.

Thieland trug Anzug, hatte sein langes, glattes schwarzes Haar zu einem lockeren Pferdeschwanz zusammengebunden. Er sah nach jener Sorte Mann aus, die am Wochenende auf dem Schaefer Lake Wasserski fuhr und dabei aus einer Papiertüte gekochte Erdnüsse futterte.

»Nun ja, wir werden eher selten von der Polizei kontaktiert«, sagte er. »Schon gar nicht von Ermittlern der Mordkommission.«

Wir riefen ihm kurz in Erinnerung, was Abe ihm bereits in groben Zügen geschildert hatte: dass Ennis Fultz ein

Kunde gewesen und verstorben war. Alle Informationen, die mit dem Stickstofftank und dessen Rolle bei dem Verbrechen zusammenhing, hielten wir zurück.

»Zum gegenwärtigen Zeitpunkt sind wir vornehmlich daran interessiert, unsere Chronik der Ereignisse mit Daten zu füllen«, sagte ich. »Wir wollen möglichst viele Zeitpunkte exakt bestimmen können. Das hilft uns zu bestimmen, wann Mr Fultz zu Hause und wann er abwesend war.«

»Klar«, sagte Thieland. »Ich war Riesenfan von *CSI*. Kapier ich.«

Solche Anspielungen trieben mich für gewöhnlich in den Wahnsinn, aber neuerdings nahm ich es lockerer und ging geradezu euphorisch darauf ein.

»Bestens«, sagte ich. »Es läuft haargenau so wie in der Serie.«

»Also, nach dem Anruf des anderen Detective habe ich mir die Rechnungen und Lieferscheine des Kunden angesehen«, erklärte Thieland. »Die letzte Bestellung von Mr Fultz datiert auf Dienstag, den 22. April. Entgegengenommen und unterzeichnet um 10:53 Uhr von Louise Randall.«

Er sprach natürlich von Ipsy, aber das von ihm genannte Datum lag zwei Wochen vor dem Mord.

»Und was ist mit Zustellungen zu einem späteren Zeitpunkt?«, erkundigte sich Remy. »Zum Beispiel am Sonntag, den 5. Mai?«

Thieland konsultierte seinen Rechner und zuckte die Achseln. »Nee.«

Vielleicht gehörte der Lieferwagen nicht zu United Chem. Ich nahm in einem der Stühle vor dem Schreibtisch Platz und überlas flüchtig meine Notizen, von hinten nach vorne, bis ich bei der Unterhaltung mit Thorpe angelangt war.

»Wie funktioniert das Ganze?«, fragte Remy, um uns ein wenig Zeit zu verschaffen. »Befüllen Sie die Kanister hier, oder kommen sie voll von irgendeiner zentralen Stelle?«

»Wir befüllen sie hier«, antwortete er. »Hier von diesem Standort aus wird der Bedarf von Alabama, Süd-Tennessee und im kompletten Georgia abgedeckt.«

Thielands Bürofenster gingen auf der einen Seite zur 85. Straße und auf der anderen zum Verladehof hinaus.

»Hat jeder Fahrer eine fixe Route?«

»Ja, Ma'am«, sagte Thieland.

»Demnach lernen die Fahrer ihre Kundschaft nach und nach kennen?«, hakte Remy nach. »Und bauen eine gewisse Bindung auf?«

Thieland fuhr sich mit der rechten Hand über den Haaransatz. Eine Geste, die in meinen Augen nahelegte, dass er sich seine Locken am Wochenende nicht zusammenband und draußen Party machte, sobald der Anzug ausgezogen war.

»Wir bezeichnen unsere Fahrer gerne als die Spitze des Schwerts«, sagte er.

Ich sah von meinen Notizen auf.

United Chem war ein großer multinationaler Konzern, und meiner Erfahrung nach machten solche Läden normalerweise dicht und ließen ein Rudel Anwälte von der Leine, sobald die Polizei anrückte und zu viele Fragen stellte. Aber wir brauchten nun mal genauere Informationen darüber, wie eine Sauerstoffflasche von hier aus ihren Weg in Fultz' Haus fand.

»Es gibt also einen für Ennis Fultz zuständigen Lieferanten. Könnten wir ihn sprechen?«

Thieland lehnte sich in seinem Stuhl zurück. »Der Kerl, der …«

»Detective Kaplan angerufen hat«, vollendete Remy.

»Ich würde ihn fragen, wenn Sie eine schriftliche Vorladung oder so was dabeihätten.« Thieland lächelte. »Unser Betrieb ist hochkomplex organisiert. Viele Ebenen. Viele Regeln.«

»Wir können eine kriegen, wenn es notwendig ist«, sagte ich. »Wir haben auf eine zwanglose Unterhaltung mit Ihrem Fahrer gehofft. Es geht eher darum, welchen Eindruck er von Ennis Fultz hatte. Wir können ihn außer Haus befragen, falls das die Sache vereinfacht.«

Thieland durchquerte das Zimmer, schloss die Tür zum Flur und kehrte dann auf seinen Platz zurück. »An diesem Punkt wird es ein bisschen … heikel«, sagte er. »Der Mitarbeiter hat sich seit letztem Freitag nicht mehr blicken lassen.«

»Er ist vermisst?«

»Wir betrachten eine Abwesenheit von zweiundsiebzig Stunden als Kündigung. Besonders dann, wenn einer seinen Truck nicht zurückbringt.«

Remy und ich wechselten kurz einen Blick. »Der Fahrer hat den Truck noch?«

Thieland zögerte. »Diese spezielle Person ist kein, äh, wie soll ich sagen – gewissermaßen kein Fahrer mehr.«

»Sie haben ihn gefeuert?«

»Nun ja, hier wird es ein bisschen, äh …«

»Heikel?«, schlug ich vor.

»Wie lautet denn der Name des Angestellten?«, fragte Remy.

»Unsere Oberen sind strikte Verfechter einer ordnungsgemäßen Personalpolitik, Detective Morgan.«

»Haben Sie das Fahrzeug als gestohlen gemeldet?«, fragte ich. »Es steht eine gepfefferte Strafe auf den Diebstahl eines gewerblich genutzten ...«

»Ich habe es nicht gemeldet«, sagte Thieland mit einem nervösen Grinsen im Gesicht. »Wir behalten Ersatzschlüssel ein. Heute Morgen habe ich einen unserer leitenden Angestellten zur Wohnung des Mitarbeiters geschickt. Um sich den Laster zu schnappen.«

»Sie haben ihn zurückgestohlen?«, fragte Remy.

»Wissen die *Oberen* davon?«, ergänzte ich.

»Nein«, sagte Thieland und biss sich auf die Lippe.

»Können wir uns den Truck anschauen?«

Abermals strich sich Thieland mit der Hand durchs Haar. »Mir ist unklar, wie das dazu beitragen sollte, Ihren Zeitstrahl mit Daten zu füllen, Detective Morgan.«

Ich starrte Thieland an. Mein Zimmergenosse vom College war auch einer von dieser Sorte gewesen. Glitschig wie ein Aal. Er hatte mir einen Mangel an »moralischer Flexibilität« attestiert, weshalb ich es im Leben nicht weit bringen würde.

»Wissen Sie was?«, sagte ich. »Wir kommen mit der Vorladung wieder.«

Thieland stand auf. »Also schön.«

»Wann können wir ungefähr mit einer Rückmeldung rechnen?«, fragte ich.

»Ich werde die Anfrage der Unternehmensführung vorlegen. Zusammen mit Ihrem Wunsch, den Namen des Fahrers in Erfahrung zu bringen. Schätze, es wird zehn bis fünfzehn Arbeitstage dauern.«

»Klingt angemessen«, sagte ich.

Remy sah mich verstohlen an. Eine ihrer Augenbrauen hing deutlich höher als die andere.

Ich schüttelte Thieland die Hand, und er zog die Glastür zum Flur auf. »Unsere Bezirksstaatsanwältin wird sich in der Zwischenzeit bei Ihnen melden«, sagte ich. »Wegen der anderen Angelegenheit.«

Thieland kniff die Augen zusammen.

»Welche andere Angelegenheit?«

»Sie haben den gestohlenen Truck nicht gemeldet«, sagte ich. »Sie wird Strafanzeige erstatten wollen – natürlich in Ihrem Namen. Daher wird sie wissen müssen, wie Sie ihn zurückgeklaut haben. Ob ein Privatgrundstück betreten wurde. Und wer die Erlaubnis dazu erteilt hat.«

»Holla, immer langsam.« Thieland winkte uns wieder rein und schloss die Glastür hinter uns.

»Keine Sorge«, sagte ich. »Sie muss nicht Sie behelligen, sondern kann sich direkt an den Leiter Ihrer Rechtsabteilung wenden.«

Thieland wischte sich mit der Hand den Schweiß vom Nacken. »Wollten Sie zwei nicht gerade noch einen *schnellen Blick* auf den Lieferwagen werfen? Wenn das alles ist? Weil das eventuell möglich wäre und Sie Ihre Staatsanwältin nicht behelligen müssten.«

»Na klar, das wäre toll«, sagte Remy.

Thieland führte uns ein Treppenhaus hinab und eine Reihe von Korridoren entlang.

Schließlich standen wir in der Fabrikhalle, einem gigantischen Raum mit Gabelstaplern, die Kisten mit Chemikalienbehältern in drei oder vier verschiedenen Größen transportierten. Die Verladerampen befanden sich rechts von uns, und Thieland checkte die dort rückwärts parkenden Trucks – auf der Suche nach einem bestimmten Nummernschild.

»Der hier ist es.« Er zeigte auf einen Stellplatz mit der in gelben Ziffern auf dem Beton markierten Nummer *17*.

In der Parklücke stand ein weißer GMC Sierra mit ebenjenen Warnaufklebern, die Travis Thorpe erwähnt hatte. Von dort aus konnten wir den Hof einsehen, über den wir zuvor gefahren waren.

Einer der Gründe, warum ich den Pick-up in Augenschein nehmen wollte, bestand darin, die Behälter zu überprüfen. Wenn das Fahrzeug noch weitere Flaschen geladen hatte, konnte ich vielleicht sogar andere vor einer potenziellen Stickstoffvergiftung bewahren. Doch der Truck war leer.

»Wo sind die ganzen Flaschen?«, fragte ich.

Thieland zuckte die Schultern. »Man hat mir gesagt, er hätte sämtliche Aufträge abgearbeitet. Der Laster war leer.«

Remy zog ihr Handy hervor und hielt es sich ans Ohr. Ich hatte es nicht klingeln gehört.

»Ich muss kurz rangehen«, sagte sie zu Thieland, der nickte. Sie schlenderte raus auf das freie Asphaltareal, wo sie vorhin ihre Kehrtwende vollzogen hatte.

»Hören Sie«, sprach mich Thieland mit gepresster Stimme an. »Viele dieser Fahrer – sie sind keine großen

Leuchten und drücken im Zweifel ein Auge zu, wenn es um die Zehn Gebote geht. Also ist das doch kein Schwerverbrechen, wenn wir uns unseren Truck zurückgeholt haben, oder?«

Ich sah ihn an, ohne ein Wort zu sagen.

»Es gibt da gewisse Dinge, über die ich nicht sprechen soll.« Thieland lächelte. »Sie verstehen? Dienst- und Arbeitsregeln, so was.«

»Und wie sieht's inoffiziell aus? Streng vertraulich?«, schlug ich vor.

Ein Trick, den ich von meinem alten Partner gelernt hatte. Wenn er mit diesem »Inoffiziell«-Scheiß anfing, legten ihm die Leute die Welt zu Füßen, als wäre er irgendein Reporter und die Grenze zwischen offiziell und inoffiziell akkurat zu ziehen. Als würde er ihre Ärsche nicht trotzdem vor Gericht zerren, wo sie dann dieselben Aussagen wiederholen mussten.

»Also, inoffiziell vermute ich«, sagte Thieland, »dass dieser Typ Probleme mit Drogen hatte. Vor ein paar Wochen hat man ihm eine Ladung aus dem Truck gestohlen, während er in einem Waffle House in Smyrna beim Mittagessen saß. Ich dachte, er hätte das Zeug vielleicht jemandem verkauft.«

»Wann war das?«

»Letzten Monat«, sagte er. »Am zweiundzwanzigsten.«

»Haben Sie ihn dafür abgemahnt?«

Thieland atmete laut durch die Nase aus. Schüttelte den Kopf. »Nein, denn er hat den Diebstahl bei der Polizei angezeigt. Ich habe ihm die Geschichte nur nicht abgenommen.«

»Und was hatte der Truck geladen? Was wurde gestohlen?«

»Das Übliche. Überwiegend komprimierter Sauerstoff.«

»Auch Stickstoff?«

»Ein einziger Behälter«, sagte er. »Dieser Kerl ist hauptsächlich für medizinische Lieferungen zuständig.«

Ich konnte ihm nicht ganz folgen und blinzelte.

Thieland drehte sich um. Deutete auf die Produktionshalle. »Wir haben unser Geschäft nach Industriezweigen aufgeteilt. Dementsprechend sind die Jungs, die Altenheime beliefern, nicht dieselben wie die, die ihr Zeug bei Fabriken und Farmen abladen. Dieser Fahrer gehörte zu den wenigen, die noch in beide Richtungen arbeiteten.«

Diese Information war mehrdeutig. Erstens hatte der Fahrer den Stickstoff möglicherweise von seinem eigenen Lieferwagen gestohlen. Zweitens arbeitete er für Farmer.

Weshalb mir eine Lieferung an die Sorrell-Brüder in den Sinn kam.

»Dieser Fahrer«, sagte ich. »Beliefert er auch Farmen in Paradise Grove, oben im Norden?«

»Könnte sein«, sagte er. »Da müsste ich nachschauen.«

»Betreten die Fahrer auch die Häuser?«

»Natürlich«, sagte er. »Sie verkabeln die Gerätschaften miteinander. Nehmen den alten Behälter mit. Die meisten Kunden wissen durchaus, wie es geht, aber dieser Service ist einer der Gründe, warum sie uns beauftragen, statt die neue Technologie zu nutzen, die Sauerstoff direkt aus der Luft in Ihrem Haus komprimiert.«

»Also, Sie haben weder ein schriftliches Protokoll über

die Aktivitäten dieses Mitarbeiters geführt, noch ihn je abgemahnt«, sagte ich. »Jetzt hegen Sie den Verdacht, er sei drogensüchtig und habe Ihren Lieferwagen geklaut – und Sie wollen nicht länger dulden, dass er Ihre Produkte durch die Gegend transportiert.«

»So in etwa«, meinte Thieland.

»Und jetzt dachten Sie, gerade noch mal davongekommen zu sein, sich die Mühe mit der Abmahnung sparen zu können? Sie schnappen sich Ihren Truck einfach wieder. Und falls er sich beschwert, erstatten Sie Anzeige wegen Autodiebstahls gegen ihn.«

»Wenn Sie es so formulieren«, sagte er, »klingt es ja so, als wären wir die Bösen.«

Ich bemerkte, dass Remy zum Wachhäuschen rübergegangen war und den Mann vom Sicherheitspersonal bezirzte. Denselben Typen wie zuvor.

Ich griff ans Geländer und zog mich auf die Ladefläche des Lieferwagens hoch, um meine Partnerin im Blick behalten zu können.

Remy winkte uns zu, und mir dämmerte, was vor sich ging.

Ich wandte mich wieder zu Thieland um. »Ich glaube, meine Partnerin wird gerade von Ihrem Wachmann angebaggert, während sie zu telefonieren versucht.«

Thieland schaute zu ihr hinüber.

»Geben Sie Ihrem Mann bitte zu verstehen, dass alles in Ordnung ist.«

Thieland winkte dem Wachposten zu und streckte den Daumen in die Luft.

Ich fragte Thieland nach dem Procedere des Beladens von Trucks mit Chemikalienbehältern. Er erklärte, wie die Anweisungen aus dem Verkauf weitergeleitet und dann konkret umgesetzt wurden. Wie die Ladearbeiter die Flaschen in eine Kiste packten und ein Schichtleiter die Ware kontrollierte, nachdem sie auf den Wagen verfrachtet worden war.

»Es kommt also nie vor, dass eine falsche Substanz auf dem Pick-up landet?«

»Ich will nicht sagen, dass dergleichen niemals passiert ist«, sagte Thieland. »Aber es kommt wirklich selten vor. Auf den Behältern befinden sich farbkodierte Etiketten.«

»Kann man sie entfernen?«

»Schätze schon.« Er zuckte die Schultern. »Hier werden sie abgezogen und aufgeklebt, also erklärtermaßen ja.«

Remy drehte ihren Kopf unauffällig in meine Richtung und hob ganz leicht das Kinn. Mit einem Lächeln.

Ich bedankte mich bei Thieland und erklärte ihm, es wäre eventuell nicht nötig, mit einer Vorladung zurückzukehren oder die Staatsanwaltschaft zu kontaktieren.

»Ich weiß das zu schätzen.«

»Ich geh hier vorne raus«, sagte ich, »und sammle Detective Morgan ein.«

»Okay.«

Ich spazierte zu Remy rüber. Als ich ankam, flirtete sie nach wie vor heftig mit dem Security-Mann.

»Das ist mein Partner, Detective Marsh«, sagte sie.

Der Wachmann schüttelte mir die Hand. »Willie Teague«, stellte er sich vor.

»Willie hat mich mit ein paar Hintergrundinformationen über Thom Sile versorgt«, sagte Remy.

Fein. Thielands Daumen-hoch hatte die Wache dazu animiert, über den Fahrer zu reden.

»Kennen Sie den Typen, Willie?«, fragte ich.

»Wir nennen ihn Tom mit *h*. Weil es so komisch geschrieben wird.«

Remy zwinkerte mir zu. »Willie überlegt, sich nächstes Jahr bei der Polizeischule zu bewerben.«

»Nun, gute Leute können wir immer gebrauchen«, sagte ich. »Wie steht's um Ihre Beobachtungsgabe?«

»Ziemlich gut.«

»Ihr Gedächtnis?«

Er nickte.

»Wissen Sie noch, ob Thoms Truck beladen oder leer war, als man ihn heute hierher zurückfuhr?«

»Er war komplett leer, Detective. Da bin ich mir todsicher.«

»Haben Sie mal mit Thom gesprochen?«

»Oberflächliches Geplauder«, sagte Willie. »Beim Rausgehen. Er ist Alabama-Fan.«

»Nun ja, niemand ist vollkommen«, sagte ich. »Wo wohnt er?«

»Ferris. Habe ich Ihrer Kollegin schon erzählt.«

Ein Städtchen östlich von Mason Falls, ein kleines Kaff. Wenn im Radio ein guter Song gespielt wurde, konnte man schon mal versehentlich an Ferris vorbeifahren.

»Es gab eine Wagenladung, die ihm abhandenkam, Willie«, sagte ich. »Vor ungefähr zwei Wochen. Sile hat erklärt, sie sei ihm während des Mittagessens in einer Waffle-House-Filiale gestohlen worden. Glauben Sie das?«

»Nein.«

»Also gut.« Ich überreichte ihm meine Visitenkarte. »Wenn es mit der Polizeischule so weit ist, rufen Sie uns doch gerne mal an.«

Der Wachmann strahlte.

»Tun Sie mir einen Gefallen.« Ich drehte mich um. »Behalten Sie unser Gespräch für sich. Sogar gegenüber Mr Thieland. Sie verstehen – nur für den Fall, dass er in dieser Sache den großen Mann markieren will. Den Kerl mit dem Finger am Abzug, der den Truck zurückgeholt und die Bullen gerufen hat.«

Willie hob abwehrend die Hände. »Hey, er ist der Boss.«

Wir gingen zum Gebäude mit der Nummer 500 zurück und stiegen in Remys Alfa.

»Was hältst du von alldem?« Sie sah mich an.

»Stell dir vor, du wärst Thom Sile und regelmäßig auf Hausbesuch«, erwiderte ich. »Würdest du dann nicht vielleicht in demselben Boot sitzen, in dem wir Suzy vermutet haben?«

»Du siehst Kohle rumliegen«, sagte Remy. »Und der Alte ist unterwegs.«

»Wandert jeden Tag zwei Stunden die Schlucht entlang«, sagte ich.

»Du willst damit sagen, dass Thom Sile absichtlich einen falschen Behälter geliefert hat? Und zurückgekommen ist, nachdem Fultz endgültig außer Gefecht gesetzt war?«

Ich erklärte Remy, was Cass Thieland mir über den Stickstoff berichtet hatte, der zu der Chemikalien-Ladung gehört hatte, die vor dem Waffle House verschwunden war.

Wir fuhren nach Ferris. Das Polizeirevier der Stadt war acht Beamte stark und bezüglich vieler Dienstleistungen auf die Hilfe des County angewiesen. Abe würde uns einen Durchsuchungsbefehl verschaffen, und wir trafen uns auf dem Revier mit dem diensthabenden Sergeant, um einen Besuch bei Thom Siles Apartmentkomplex abzusprechen.

»Zwei Mann wären großartig«, sagte ich. Der Sergeant meinte, ich solle ihm eine Stunde geben.

Während wir auf die Unterstützung und den Durchsuchungsbefehl warteten, fuhr mich Remy zu Fultz rüber, wo wir meinen Pick-up stehen gelassen hatten.

Als wir zurückkamen, wurden uns die Officers Cable und Stoops vorgestellt. Beide über einen Meter achtzig groß, weiß, mit der Statur von SEC-Football-Verteidigern.

Blondschopf Stoops war der Ranghöhere und traf an Remys Wagen mit uns zusammen. Er hielt ein Dokument in die Höhe.

»Thom Siles Akte«, sagte er.

Ich schaute drüber. Trunkenheit am Steuer letztes Jahr. Anklage wegen Drogenbesitzes 2015. Marihuana. Sonst nichts.

Officer Cable trat ins Freie und postierte sich neben seinem Wagen. Er war jünger und trug einen Bart in merkwürdigem Graublond, dem Farbton einer Hausmotte. Er erklärte, mich begleiten zu wollen, während sein Partner Remy flankierte.

»Auf geht's«, sagte ich.

29

Ich stellte meinen Pick-up hinter dem Streifenwagen ab, an dessen Steuer Stoops saß. Die Officers hatten ihn einen Block vor dem Tatham-Arms-Apartmentkomplex geparkt, dem Wohnsitz von Thom Sile.

Es war fast neunzehn Uhr, und der Himmel war von bizarren Schlieren aus Grau und Lila überzogen. Vielleicht verpestete Atlanta die Luft, vielleicht waren es auch die Vorboten von Regen. Wenn das Ende aller Zeiten zuerst die Großstädte erwischt, werden die Leute den Weltuntergang wahrscheinlich bloß für eine Smogglocke halten.

Wir gingen zu Fuß zur Wohnungsanlage, um Thom Sile nicht mit einem Pulk Streifenwagen zu verschrecken.

Das Büro des Tatham Arms war von der 2nd Avenue aus zugänglich. Hier stießen wir auf den Verwalter, einen dreißigjährigen Typen namens Brian. Wir vergewisserten uns, dass Thom Sile hier wohnte, und erkundigten uns, ob er zu Hause wäre.

Brian drückte ein paar Tasten auf seiner Computertastatur, und auf dem Monitor erschien ein Kamerabild aus einem unterirdischen Parkdeck. »Also, da steht sein Auto«, sagte er. »Dieser alte schwarze Jetta.«

Der Manager in seinem verwaschenen Braves-T-Shirt brachte um die neunzig Kilo auf die Waage. Sein Schädel war an den Seiten rasiert.

Officer Stoops fragte Brian, was er von Sile halte.

»Bleibt für sich«, sagte er. »Zahlt seine Miete pünktlich. Ruft nie wegen irgendwelcher Reparaturen an.«

Mit anderen Worten, ein perfekter Mieter.

Durch ein Fenster blickte man auf den Asphalt des zum Komplex gehörenden Parkplatzes und dessen Zufahrt. Es gab vier schräg zueinander stehende Gebäude. Hinzu kamen einige Grünflächen und Grillterrassen für die Bewohner. Eine ganze Menge Parkplätze.

»Sind Sie kürzlich mal in Siles Wohnung gewesen?«, fragte ich Brian.

»Zur vierteljährlichen Kakerlaken-Kontrolle«, sagte er. »Ist in ordentlichem Zustand, vom abgewetzten Teppichboden mal abgesehen.«

»Parkt er auch seinen Truck für den Job hier?«, wollte Remy wissen.

»Das ist einer der Gründe, warum er hergezogen ist«, erklärte Brian. »Wir haben Stellplätze für übergroße Fahrzeuge. Sind überwiegend Wohnmobile. Den brauchte er. Allerdings ...« Brian neigte den Kopf Richtung Fenster. »... steht der jetzt nicht da.«

Klar, dachte ich. *United Chem hat ihn schon zurückgestohlen.*

Wir verabschiedeten uns und liefen über den Parkplatz zum Haus 3, wo Thom Sile wohnte.

Officer Cable und ich nahmen die Treppe in den zweiten Stock. Remy und Officer Stoops sicherten den Parkplatz ab.

Ich klopfte bei Nummer 203 und trat zur Seite, vor den Türpfosten. Neben der Tür bedeckte ein vergilbter Lamellenvorhang ein kleines Fenster.

»Thom Sile«, rief Officer Cable laut.

Nach einer Minute wurde die Tür so weit geöffnet, wie die verriegelte Sicherheitskette es zuließ.

Der Mann dahinter war ein dünner Weißer. Seine äußere Erscheinung entsprach dem Führerscheinfoto, das wir gesehen hatten. Er trug Jogginghosen, der Oberkörper war frei, sein Teint teigig-fahl.

»Polizei, Mr Sile«, sagte Cable.

Thom Sile schob die Tür zu, und wir hörten das Bolzenschloss einrasten.

Cable hämmerte gegen die Tür, und ich vernahm von drinnen eine Art Knall. Ich schaute vom zweiten Stockwerk zu Remy hinunter und gab ihr gestikulierend zu verstehen, die Gebäuderückseite im Blick zu behalten. Der Verwalter hatte erklärt, es gäbe nur einen Ausgang, aber ich wollte nichts riskieren.

Remy eilte zur linken Seite, von wo aus sie einen besseren Überblick auf den Parkplatz und die nähere Umgebung hatte.

»Er ist gesprungen!«, schrie sie.

Ich hastete die Stufen hinab und sah, dass Sile das Fliegengitter seines Schlafzimmerfensters herausgerissen hatte und gute zweieinhalb Meter tief auf das Dach des angrenzenden Gebäudes gesprungen war.

»Scheiße.«

Remy kletterte auf eines der Klimaanlagenaggregate und zog sich aufs selbe Dach hoch.

Ich rannte Sile quer über den Parkplatz hinterher und behielt dabei meine Partnerin im Auge.

»Stehen bleiben, Polizei!«, hörte ich Remy rufen, aber Sile gehorchte nicht.

Als er das Ende des Dachs erreichte, sprang er von der eingeschossigen Waschküche auf den Parkplatz – ungefähr sechs Meter vor mir.

Er landete hart, brach mit einem Schmerzensschrei zusammen und umklammerte sein Bein.

»Volltrottel«, fluchte ich unterdrückt.

Ich hatte meine Handschellen parat, ließ sie um sein rechtes Handgelenk zuschnappen und zog ihm die andere Hand auf den Rücken.

»Mein Bein!«, brüllte Sile qualvoll. »Scheiiiße!«

Siles Sechzig-Kilo-Körper war klatschnass geschwitzt – die klassische Statur eines minderjährigen Models. Remy stand über mir an der Dachkante, und ich bedeutete ihr, den Rückweg anzutreten.

Stoops und ich halfen Sile, sein Bein auszustrecken.

»Ich hatte einen Kreuzbandriss.« Sile stöhnte. »Letztes Jahr.«

»Tja, die gute Nachricht lautet, dass Ihr Knie prima aussieht«, sagte ich. »Ihr linkes Bein hingegen ...« Ich berührte es, und er heulte vor Schmerzen auf.

Die Stadt Ferris hatte einen Vertrag mit einem örtlichen Sanitätsunternehmen geschlossen, das als Rettungsdienst fungierte. Officer Stoops rief dort an. Remy blieb bei Sile, während Cable und ich Hausmeister Brian holen gingen, der uns Zutritt zur Wohnung verschaffen sollte.

Brian entriegelte das Bolzenschloss, aber die Kette war noch immer eingerastet.

»Gehen Sie auf Abstand«, sagte Cable. »Ich kann sie eintreten.«

Der Verwalter hob die Hand. »Immer mit der Ruhe, Cowboy. Ich habe das Ding innerhalb von dreißig Sekunden auf.«

Brian hatte eine Rolle Isolierband mitgebracht. Er wickelte einen Gummiring um die Kette und fixierte ihn dann mit einem Streifen Klebeband. Er langte durch den Spalt, befestigte das Klebeband an der Innenseite der Tür und zog sie zu. Als er sie eine Sekunde später wieder aufriss, hatte das Klebeband die Kette rausgezogen. Eine Art Zaubertrick.

Cable und ich sicherten die Wohnung. Überall lagen Drogenutensilien herum, aber sonst war niemand anwesend.

Als wir auf den Balkon traten, rollte eine Ambulanz auf den Parkplatz, und Sile wurde hineingeladen.

Ich verließ das zweite Geschoss und ging zum Heck des Krankenwagens.

»Mr Sile«, sagte ich. »Ich muss mit Ihnen über Ennis Fultz sprechen. Ihr Kunde draußen bei der Schlucht.«

Der Sanitäter gab Sile ein Mittel gegen die Schmerzen. Er beugte sich vor und kotzte in einen Beutel.

»O Mann«, sagte ich.

»Das bedeutet, dass es wirkt«, sagte der Sani.

»Na toll«, gab ich zurück und überprüfte meine Schuhe. »Also, Mr Sile. Ennis Fultz. Wann haben Sie ihn das letzte Mal gesehen?«

Sile blinzelte, die Kotztüte in der Hand. Er war spindeldürr, der Gestank grauenhaft. »Dir erzähl ich einen Scheißdreck, du Schwein.«

Die Spitze des Schwerts, dachte ich.

»Ennis ist tot«, sagte ich. »Aber ich wette darauf, dass Sie das bereits wissen.«

Sile wandte das Gesicht ab und schaute in die andere Richtung.

»Wir müssen los, Detective«, sagte der Sani.

Er sprang hinten rein und schloss die Türen hinter sich. Ich ging zum Fahrer hinüber. »Geben Sie mir bitte Bescheid, wie es um unseren Spaßvogel hier steht«, sagte ich und deutete mit einem Nicken auf den hinteren Teil des Rettungswagens.

»Wenn er sich das Schienbein gebrochen hat, wonach es im Augenblick aussieht«, sagte der Fahrer, »wird er operiert, und sie nageln das Ding wieder zusammen. Vor morgen werden Sie ihn nicht befragen können.«

Ich klopfte auf die Motorhaube der Ambulanz, ließ sie Sile abtransportieren und ging wieder hinauf in die zweite Etage.

Im Apartment schoss Remy Fotos mit ihrem Smartphone.

»Hast du irgendwelche Lieferscheine im Zusammenhang mit United Chem entdeckt?«

»Ein Papierklemmbrett.« Remy zeigte zum Küchentresen.

Ich nahm das Klemmbrett zur Hand. Es war eines dieser Metalldinger mit einem Mechanismus oben dran, der verhinderte, dass einem die Blätter weggeweht wurden. Zusätzlich gab es ein briefgroßes Schubfach für Quittungen und Empfangsbestätigungen. Ich machte die Papiere los und zog die Belege heraus.

Es waren sieben oder acht unterschriebene Durchschläge

mit den Initialen *N.D.Z.* in großen schwarzen Lettern in der Kopfzeile. Auf jedem war aufgeführt, wann Thom Sile wohin eine Sauerstoffflasche ausgeliefert hatte. Die Zustellungen von Donnerstag und Freitag waren dabei. Sogar eine vom Samstag. Ich begriff, dass N.D.Z. für »Nachweis der Zustellung« stand.

»Nichts am Sonntag«, sagte ich. Jener Tag, an dem Thorpe dort draußen der Truck aufgefallen war.

»Hoffst du auf eine schriftliche Bestätigung?«, meinte eine kichernde Stimme. »Ladung abgeliefert. Mann vergiftet. Unterzeichnet um dreizehn Uhr?«

Ich grinste Abe, der im Türrahmen stand, schief an. Mit ihm und mir zusammen als Team hatte eine andere Stimmung geherrscht. Permanenter Sarkasmus zum Beispiel.

»Ich habe gehört, ihr könntet hier vielleicht Hilfe gebrauchen.«

»Da hast du richtig gehört«, erwiderte ich. »Kennst du zufällig ein paar ordentliche Polizisten?«

Das entlockte Abe ein Lächeln. Ich ging mit ihm raus bis zur Treppe vor dem Haupteingang.

»Es gibt ein Verwalterbüro.« Ich zeigte Richtung Straße. »Der Typ, der dort arbeitet, hat uns Siles Tiefgaragenplatz gezeigt und sich dabei durch drei oder vier Monitore geklickt. Da unten dürften bis zu zehn Kameras verteilt sein.«

»Du möchtest, dass ich das Material sichte?«

»Bitte ja«, sagte ich. Ich weihte Abe in die Dinge ein, die wir bei United Chem in Erfahrung gebracht hatten, und rief ihm Ennis Fultz' Todeszeitpunkt in Erinnerung.

Damit Sile als echter Verdächtiger infrage kam, mussten

wir wissen, ob er draußen bei Fultz gewesen war. Und Bargeld aufspüren, das ihn mit dem Mord in Verbindung brachte.

»Ich will wissen, wann Sile nach Hause gekommen ist«, erklärte ich Abe. »Wann er losgefahren ist. Wir müssen jede einzelne Minute seines Tagesablaufs festnageln.«

»Bin schon dabei«, sagte Abe.

Ich kehrte in die Wohnung zurück, wo Remy und ich uns die Arbeit aufteilten. Ich übernahm das Wohn- und Schlafzimmer, meine Partnerin das Bad und die Küche.

Laut Haftbefehl waren wir berechtigt, das Apartment nach Bargeld zu durchsuchen, das wir mit den Seriennummern auf Fultz' Scheinen zur Deckung bringen konnten. Die gleiche Befugnis galt für alles, was United Chemical gehörte.

Ich ließ meinen Blick durch den Raum schweifen, in dem Thom Sile wahrscheinlich die meiste Zeit verbracht hatte.

Das Wohnzimmer war mit fünf Möbelstücken ausgestattet. In der Mitte stand ein schwarzes Futonbett, ihm gegenüber ein lose an die Wand gelehnter 60-Zoll-Großbildfernseher, auf beiden Seiten flankiert von gigantischen Lautsprecherboxen aus den Nullerjahren. Neben dem Futon befand sich ein glänzend lackierter Beistelltisch, auf dem eine rote Bong und zwei Pfeifen lagen.

Ich wuchtete die Futonmatratze gegen die Wand, tastete das Polster ab und öffnete schließlich den Reißverschluss. Keine Geldscheine, keine Drogen. Ich schaute hinter den Fernseher und untersuchte das Beistelltischchen. Nichts.

Das Schlafzimmer nahm ich mir noch ausführlicher vor, ließ meine behandschuhten Hände akribisch durch jedes

Fach in Siles Schrank gleiten und durchwühlte sämtliche Schubladen.

Im Abstellraum entdeckte ich eine Schaufel. Das Blatt war sauber, der Griff jedoch verschmutzt.

Ich ging ins Badezimmer, das Remy sich vorgenommen hatte. Alvin Gerbin, unser Beweismittel-Forensiker, hockte auf der Toilette. Deren Deckel natürlich geschlossen war. Er half Remy dabei, die verschreibungspflichtigen Medikamente in Siles Medikamentenschränkchen zu listen.

Ich hielt die Schaufel in die Höhe. »Weißt du noch, was Ipsy über im Garten vergrabenes Geld erzählt hat?«

Remy runzelte die Stirn. »Hast du Bares entdeckt?«

»Gutes Argument«, sagte ich, drehte mich auf dem Absatz um und suchte weiter.

Zurück im Wohnzimmer legte ich die Futonmatratze wieder auf das Bettgestell. Ich setzte mich darauf und betrachtete die Bong und die beiden Pfeifen. Als mein Blick höherwanderte und auf Siles TV-Anlage fiel, bemerkte ich, dass in den Ecken der Lautsprecherabdeckungen keine Schrauben steckten. Es gab nur jeweils vier Löcher.

Ich stand auf, ging rüber und nahm die Stoffschutzwand von der rechten Box ab.

»Bingo«, sagte ich beim Anblick des transparenten, zwölf Zentimeter langen und sieben Zentimeter breiten Kunststoffschlauchs, der unter dem Subwoofer versteckt war. Das Päckchen war mit Marihuana vollgestopft. Daneben lag ein kleiner Ziplockbeutel mit einem Häuflein pfirsichfarbener Pillen darin.

Gerbin hörte mich, trat zu mir und machte brauchbare

Fotos vom rechten Lautsprecher. Ich entnahm dem Plastikbeutel eine der Pillen und legte sie auf den Tisch.

»Haben Sie Ihr Pharma-Handbuch dabei?«, fragte ich. Die Tablette war mit den Buchstaben *dp* markiert.

»Brauche ich nicht«, sagte Gerbin. »Das Zeug kenne ich. Es ist Adderall. Dreißig Milligramm.«

Ich hielt den Kunststoffschlauch mit dem Gras hoch. Es sah nach ungefähr einhundert Gramm aus, eine Menge, deren Besitz in Georgia eine schwere Straftat darstellt. Mindestens fünf Riesen und ein Jahr Knast. Natürlich würde jeder gute Anwalt diesen Anklagepunkt locker abschießen, falls wir in unmittelbarer Nähe kein Bargeld fanden – das hatte schließlich den Anlass unseres Durchsuchungsbefehls gebildet.

Ich klemmte den anderen Boxenschutz ab. Sechs Rollen Hundertdollarnoten. Auf den ersten Blick zehn Riesen.

Alvin pfiff durch die Zähne, und ich dachte daran, wie Abe einen von Suzys Scheinen den Seriennummern von Fultz' Barbesitz hatte zuordnen können. Wenn uns das in diesem Fall nochmals gelingen würde, käme Thom Sile keineswegs so leicht aus der Sache raus wie Suzy. Er genoss nicht das Glück, in Fultz' Testament berücksichtigt worden zu sein.

Mein Handy vibrierte, und ich sah nach. Anruf von Abe.

»Wir haben gerade einen Volltreffer gelandet«, sagte ich, nachdem ich das Gespräch angenommen hatte.

»Ich war auch nicht gerade erfolglos. Du solltest mal runterkommen.«

Ich ging die Treppe hinunter und fand Abe in Gesellschaft von Hausmeister Brian.

»Was hast du?«, erkundigte ich mich.

Abe schob die Stühle um und bedeutete mir, mich vor dem Monitor zu setzen. Zu meiner Rechten stapelten sich DVDs.

»Was wir hier sehen, sind drei verschiedene Zeiträume«, erklärte Abe.

Brian legte eine DVD ein und drückte ein paar Tasten, um zu einem bestimmten Zeitfenster zu springen.

»Die neuesten zuerst«, sagte Abe und zeigte auf den Bildschirm.

Die Kameraperspektive erfasste die Hauptzufahrt des Tatham-Arms-Apartment-Komplexes – das Tor, durch das die Leute rausfuhren.

Draußen – auf der anderen Straßenseite – rauchte ein Mann eine Zigarette. Der Timecode unten in der Ecke meldete *11:01*.

»Hier siehst du den Schichtleiter von United Chem«, sagte Abe. »Kurz davor, seinen Lieferwagen zurückzuklauen.«

»Er wartet darauf, dass das Tor aufgeht«, erklärte Brian.

Plötzlich rollte das Tor rückwärts, und ein Wagen verließ das Tatham-Arms-Gelände. Der Mann von United Chem ging an dem Wagen vorbei und war drin.

Eine Minute später folgte der Liefertruck einem anderen Auto durchs Tor und auf die Straße.

»Man braucht eine Fernbedienung, sowohl um rein- als auch rauszufahren?«

»In beide Richtungen.« Der Verwalter nickte.

»Na schön«, sagte ich. »Über den United-Chem-Fahrer wussten wir bereits Bescheid.«

»Stimmt.« Abe lächelte. »Aber ich zeige Ihnen das, um meine Glaubwürdigkeit zu untermauern, Herr Geschworener. Mein Video ist eine seriöse Quelle, oder? Uhrzeit und Datum passen zu dem Beweismaterial, das United Chem geliefert hat?«

»Okay«, sagte ich. »Sie haben Ihre Vorgehensweise festgelegt, Detective. Was kommt als Nächstes?«

Brian warf die DVD aus und legte eine neue ein. Er spulte bis zu einem bestimmten Punkt zurück und fror das Bild ein.

»Hier haben wir den Montagmorgen«, sagte Abe. »Echt früh.«

»Wie spät?«, fragte ich.

»Auf dieser DVD wird das Fenster von fünf bis zehn Uhr morgens abgedeckt«, erklärte Abe.

Ennis Fultz' ursprünglich angesetzter Todeszeitpunkt lag nach dieser Zeitspanne. Zwischen zehn und vierzehn Uhr. Montag. Doch wie Remy und ich jüngst gemutmaßt hatten, konnte der Behälter auch früher manipuliert worden sein.

Brian ließ die Aufnahme weiterlaufen, und ich folgte einer nicht identifizierbaren Gestalt, die den Parkplatz überquerte. Es dämmerte, weshalb uns die Sonne keine Unterstützung mehr bot. Der Mann war nichts als ein grauer, gesichtsloser Schatten.

Ich starrte auf die Zeitangabe, die in der Bildschirmecke vorantickte: 5:10. Der Morgen, an dem Ennis Fultz getötet worden war. Fünf Stunden vor unserem anfänglich festgesetzten Todeszeitpunkt.

Die Gestalt ging um den United-Chem-Laster herum und machte sich irgendwo am Heck zu schaffen. Auf dem Monitor blitzte etwas hell auf, und wir konnten einen Chemikalienbehälter auf der Ladefläche erkennen. Der Mann hatte uns den Rücken zugewandt.

Ich ging näher ran. Kamerawinkel und Auflösung waren totaler Mist, aber einen Augenblick später verließ der Pick-up die Wohnanlage und bog rechts auf die Straße ab.

5:13 Uhr an jenem Montagmorgen, den Ennis nicht überleben sollte.

»Hier bricht unser Sile also auf«, kommentierte Abe.

»Du meinst wohl, hier bricht ein eins achtzig großer Grauschleier auf«, sagte ich.

»Wohl wahr.« Abe lächelte erneut.

»Und am folgenden Tag hat der Arbeitgeber dieses Typen den Truck zurückgestohlen«, sagte ich. »Weshalb jeder ordentliche Anwalt einwenden wird, dass außer United Chem ...«

»Auch jeder andere den Truck hätte klauen können«, beendete Abe meinen Satz.

»Gibt's noch mehr?«, fragte ich.

»Er kehrt dreiundfünfzig Minuten später zurück«, sagte Abe. »Um 6:06 Uhr. Sein Gesicht kann man immer noch nicht erkennen. Aber er kommt reingefahren und wählt denselben Parkplatz.«

Dreiundfünfzig Minuten genügten, um raus zu Ennis Fultz' zu fahren und eine Flasche auszutauschen, während der alte Mann schlief. Fultz würde den Sauerstoff erst Stunden später inhalieren.

Abe zeigte mir genau diese Videosequenz, und ich sah den Lieferwagen anrücken. Abermals vermied der Mann es, der Kamera in vorteilhafter Nähe sein Gesicht zu präsentieren.

»Wissen die Mieter, wo sich die Kameras befinden?«, fragte ich Brian.

»Manche schon«, antwortete der Hausmeister. »Einige Leute haben sich beschwert, dass ihre Privatsphäre verletzt würde, also haben wir neben jede einzelne ein Schild gehängt. Um sie in Kenntnis zu setzen.«

Ich deutete auf den Monitor. »Er meidet sie gezielt.«

Mir fielen die Hunderter-Rollen ein, die wir soeben oben gefunden hatten. War Sile bei Ennis auf das Geld gestoßen? Hatte der Alte ein wehrloseres Opfer abgegeben, als ich gedacht hatte?

»Was ist mit anderen Kameras?«, wollte ich von Brian wissen. »Sehen wir ihn seine Wohnung verlassen? Die Treppe vom zweiten Stock zu seinem Truck gehen?«

»Die will ich schon seit Längerem reparieren«, sagte Brian. »Sind kaputt.«

»Hat er seinen Jetta in der Tiefgarage abgestellt?«, fragte ich. »Und sich danach den Truck geschnappt? War er davor irgendwo anders?«

»Sein Jetta war die ganze Zeit hier«, sagte Abe. »Sile muss von oben gekommen sein.«

»Ist sonst noch wer gefilmt worden?«, fragte ich. Schließlich war dies eine hervorragende Möglichkeit, Zeugen an Land zu ziehen.

»Kurz vor sechs läuft ein Kerl durchs Eingangstor«, sagte Abe. »Mehr Verkehr herrscht nicht.«

Ich nickte. Wie der Fall lag, konnte man jedem Auto auch

ohne Fernbedienung fürs Tor rein oder raus folgen – und auch für den nächsten Wagen blieb die Einfahrt offen.

Ich wollte Sile dafür festnageln, niemand anderen als Sile.

»Der Typ, der an dem Morgen gegen sechs von der Straße reingelaufen kam, war nicht Sile«, sagte Brian. »Er ist größer und besser angezogen. Gut aussehender Mann. Keiner von den hiesigen Anwohnern.«

»Und wie weit zurück habt ihr geforscht?«

»Bis hierher«, erklärte Abe, »drei Stunden nach vorne und drei Stunden zurück. Haben den Wagen gesehen, der rein- und rauskam.«

»Und in dieser Spanne oder direkt danach gar nichts?«, fragte ich. »Zwischen zehn und zwei?«

»Nicht gar nichts.« Abe schaute auf seine Notizen. »Ich habe drei Fahrzeuge, die jemandem hinausfolgten. Und zwei, die mit reinkamen.«

»Die hatten also keine Fernbedienung?«

»Nicht notwendigerweise«, sagte Abe. »Wenn das Tor schon offen ist, drückt man nicht extra auf die Fernbedienung.«

»Klar«, sagte ich. »Irgendwer, der die Fernsteuerung in beide Richtungen nicht nötig hatte?«, fragte ich Abe. »Rein und raus?«

»Ein Wagen.«

Abe durchblätterte seine Aufzeichnungen, während Brian das Videomaterial vorspulte. »Hier«, sagte Abe. »Schlüpft in beide Richtungen hürdenfrei durch. Wie heißen diese alten Kisten doch gleich? In meiner Kindheit war das die typische Hinterwäldler-Schrottkarre.«

»El Caminos«, sagte Brian. Ein bisschen zu schnell. Als gehörte er zu jener Sorte reaktionärer Bauerntrottel, von der Abe sprach. Ich versuchte, mir ein Grinsen zu verkneifen.

»Schwarz, mit einem dünnen grauen Streifen an der Seite.« Brian deutete auf das Filmmaterial, das zeigte, wie der El Camino hinter einem anderen Wagen wartete, als das Tor zum Leben erwachte. »Dieses Modell nennt man Choo Choo.«

Ich nickte. Viel mehr gab es nicht zu sehen.

Abe zwinkerte mir zu. »Hoffst du darauf, dass es sich *nicht* um Sile handelt, P.T.? Weil der Truck zum haargenau richtigen Zeitpunkt startet?«

»Nein«, sagte ich. »Ich will bloß sämtliche Möglichkeiten in Betracht ziehen, Partner. Hundertprozentig auf Nummer sicher gehen.«

Ich sah auf meinem Smartphone nach der Uhrzeit. Es war nach eins.

»Thorpe.« Mein Zeigefinger wies auf Abe. »Der Kerl mit dem Grassamen. Er ist der Grund dafür, warum wir überhaupt auf Sile gekommen sind. Er meinte, er hätte den Truck beobachtet, nachdem er seine Saatgutsäcke abgeliefert hatte.«

»Sicher, das ist der Vorabend«, sagte Abe. »Sonntag. Thorpe hat sich gegen siebzehn Uhr mit Fultz unterhalten.«

»Wissen wir, ob der Pick-up da schon verschwunden war?«

Abe klopfte auf einen Stapel DVDs. »Bis Sonntag sind wir noch nicht gekommen«, sagte er. »Aber es ist möglich, dass Sile die Lage auskundschaftete, als Thorpe ihn sah. Du verstehst – Fultz' Anwesen unter die Lupe nahm.«

»Klar.«

»Oder er wollte die Flaschen am Sonntag vertauschen, hat aber Fultz und Thorpe zusammen gesehen und den Schwanz eingezogen. Die Sache verschoben, bis Fultz eingeschlafen war.«

Auch das klang durchaus logisch.

Ich blickte erneut auf den DVD-Stapel.

»Er fährt also am Montagmorgen los. Kehrt dreiundfünfzig Minuten später zurück.« Ich dachte alles laut durch. »Wenn Raub Ziel und Zweck der Sache ist, gehen wir davon aus, dass Sile den Behälter frühmorgens dorthin gebracht hat. In der Dämmerung. Dann fuhr er am Montagnachmittag oder -abend wieder hin, nachdem Ennis tot war, und räumte das Geld ab.«

»Haargenau.« Abe nickte.

»Wissen wir irgendwas darüber, wo Sile sich später am Montag aufgehalten hat?« Ich wies auf die DVDs. »Zum Beispiel nachmittags oder abends?«

»Der Montag steht uns noch bevor.« Abe lächelte. »Du hast mir einen ziemlich spannenden Job aufgehalst.«

Ich grinste meinen alten Partner an.

Sile hätte jederzeit *nach* Suzys Abgang und *vor* unserem Aufschlagen am Dienstagmorgen wieder auftauchen können, um sich Fultz' Bares zu greifen. Ein Zeitfenster von zwanzig Stunden.

»Wir werden sämtliche DVDs durcharbeiten«, versprach Abe. »Und rausfinden, wann Sile nochmals von hier losgefahren ist.«

»Gut«, sagte ich. »Mach es wasserdicht.«

»Ich höre und gehorche, Bruder.«

Ich drehte mich um und ging wieder hoch in die Wohnung. Wenn wir auf mehr als tausend Dollar in bar stießen, mussten wir gewissen Verfahrensregeln hinsichtlich der Inventarisierung folgen, und ich wollte sowohl die Formalitäten persönlich absegnen als auch das Geld eigenhändig eintüten.

Kurz vor drei parkte gegenüber ein Taco-Truck, und Remy und ich liefen runter zur Straße. Wir aßen Ceviche auf weichen Maistortillas, und Remy deutete auf das Bild an der Seite des Imbisswagens. Die Werbung lautete *Frischfisch*.

»Was meinst du, wo gehen diese Jungs fischen?«

»Gang acht«, antwortete ich. »Tiefkühlabteilung von Kroger.«

Remy grinste. »Immerhin mit grünen Chilis obendrauf.« Sie nahm einen Bissen. »Ziemlich köstlich.«

Während wir futterten, strich sich meine Partnerin ihre Haare in den Nacken, die seit jüngster Zeit irgendwie anders aussahen. Glatter vielleicht.

Es rief eine Erinnerung an etwas wach, das meine Frau Lena mal gesagt hatte. »Frag eine Schwarze niemals nach ihren geflochtenen Haaren, Paul«, lautete ihr Ratschlag. »Es sei denn, du bist auf die Antwort gefasst, gefolgt von einem saftigen Tritt in deinen Arsch.«

»Was?« sagte Remy, der aufgefallen war, dass ich sie anstarrte.

»Nichts«, erwiderte ich.

Die Stadt Ferris schickte uns einen frischen Trupp Streifenpolizisten als Verstärkung. Mit ihnen kam die Nachricht, dass Thom Sile inzwischen auf dem Operationstisch lag. Anscheinend war sein Schienbein an zwei Stellen gebrochen.

»Er wird erst nachmittags wieder aufwachen«, sagte Remy. »Und Abe hat ihn auf Video, wie er gegen vierzehn Uhr in seinem Jetta loszieht. Montag. Bis neun unterwegs.«

Montag 14:00 Uhr hieß, dass Thom Sile sieben Stunden Zeit hatte, sich im Haus und auf dem Grundstück von Fultz gründlich umzusehen. Remy und ich sollten erst am nachfolgenden Morgen dort auftauchen. Das reichte dicke, um nach Bargeld zu graben. Die gute gegen die böse Flasche auszutauschen. Und jedes Schränkchen, Kämmerchen und Versteck zu durchforsten, das Ipsy uns gezeigt hatte.

»Fahr nach Hause, und schlaf ein bisschen, Rem«, sagte ich. »Wir haben den Penner. Ich kann's förmlich auf der Zunge schmecken.«

Remy stand auf und klopfte sich auf die Brust. »Könnte auch daran liegen, dass diese Tacos Pfötchen geben. Aber ich spüre es auch, Boss. Wenn ich mich festlegen müsste – bis zum Nachmittag haben wir den Fall abgeschlossen.«

30

Remy machte sich auf den Weg, und ich fuhr zurück zum Revier, um unseren gesammelten Beweismitteln das Bargeld hinzuzufügen.

Die Ermittlungen lagen in den letzten Zügen, und das war das schönste Gefühl, das sich denken ließ.

Während ich für den alten Knacker, der unseren Asservatenschrank verwaltete, die Mäuse zählte, dachte ich an

Marvin und das Gespräch mit Krankenschwester Garva über Marvins persönliche Besitztümer.

Ich fragte mich, ob sich Marvins Handy in einem seiner zwei Autos befand, und überlegte mir, wie ich mich damals auf Streife bei einer solchen Gasexplosion verhalten hätte.

Wäre der Parkplatz des Einkaufszentrums voller Wagen gewesen, hätte ich sie unverzüglich abschleppen lassen, nur für den Fall, dass es weitere Explosionen gab. Das Letzte, was man sich direkt neben einer undichten Gasleitung wünscht, sind Sechzig-Liter-Benzinfässer, auch als Autos bekannt.

Ich steckte Marvins Geldbörse und Schlüssel ein und fuhr rüber zu seinem Haus.

Als ich dort ankam, war Marvins alter Chrysler 200 verschwunden, doch sein 1972er Dodge Charger stand in der Einfahrt. Ich drückte auf den Schlüsselanhänger, um ihn zu entriegeln, und warf einen Blick hinein.

Makellos sauber. Wie immer.

Falls mein Schwiegervater für längere Zeit das Krankenbett hüten musste, würde er mich bitten, ab und an vorbeizukommen und seinen Charger anzuschmeißen – um wenigstens mal den Motor laufen zu lassen.

Mein Verstand überdrehte bis auf hundertfünfzig Kilometer pro Stunde. Ich musste ihm dringend etwas Ruhe verschaffen. Häufig entspannte es mich, unterwegs zu sein. Ich stieg in den Charger und startete den Motor.

Auf der SR-908 fuhr ich in nordöstlicher Richtung nach Centa. Die kühle Nachtluft wehte durch die heruntergekurbelten Scheiben, und im Radio lief ein Countrysong von

Chase Rice, dessen Text sich darum drehte, wie man einen Riesenhit in Nashville landete.

Zu meiner Rechten hing ein gespenstischer Nebel in den Baumkronen, und die Landschaft war mit Tausenden von kurzen Stümpfen übersät, ein Mahnmal für missratene Holzwirtschaft.

Bei Centa handelt es sich um eine Kleinstadt, und nachdem ich ungefähr zehn Minuten lang die vier zentralen Hauptstraßen rauf- und runtergefahren war, ohne das Polizeirevier zu finden, steuerte ich einen rund um die Uhr geöffneten Donut-Laden an und unterhielt mich mit dem Typen hinter dem Tresen.

»Der Stadtrat hat die Polizei vor drei Wochen aufgelöst«, sagte er. »Dasselbe wie in halb Shonus County. Viele Cops sind Bundesbeamte geworden.«

Ich deutete auf die Straße vor der Donut-Bude. »Demnach fällt all das unter die Zuständigkeit der Georgia State Patrol?«

Der Mann nickte, und ich ging zurück zu meinem Charger. Marvins anderer Wagen konnte bei jeder Station der GSP gebunkert sein.

Ich hatte Marvins iPhone höchstselbst eingerichtet, daher loggte ich mich auf meinem Handy bei der Find-My-iPhone-Microsite ein und sah zu, wie Marvins iPhone geortet wurde. Der Standort war einen knappen Kilometer entfernt.

Ich fuhr die Ball Street runter und drehte an der 1st. Zwei Blocks weiter verließ ich das äußerst überschaubare Stadtzentrum und hielt an der Ecke 1st und Fern.

Die Ampelanlage war mit stramm gespanntem gelbem Polizei-Absperrband verklebt. Ich kurbelte am Lenkrad, um den Bereich rechts davon zu beleuchten, und erkannte, dass das Band nach Westen verlief und den Weg zu einem fünf oder sechs verschiedene Läden fassenden kleinen Einkaufszentrum blockierte.

Hier hatte sich die Explosion ereignet.

Mein Telefon zeigte an, dass Marvins Handy sich irgendwo mitten in der Ladenzeile befand.

Ich parkte den Charger, holte eine Taschenlampe aus dem Handschuhfach und stieg aus.

Ich bückte mich unter dem Absperrband hindurch und schwenkte den Lichtkegel über den Schauplatz.

Die Mini-Mall selbst war ein schlichtes, L-förmiges, braunes Gebäude mit rot geziegeltem, spanisch anmutendem Dach. Das größte Ladenlokal gehörte einer Wechselstube, die vier kleineren waren gerade nicht zu erkennen. Ort des großen Knalls schien das Geschäft in der Mitte gewesen zu sein, weil nichts mehr davon übrig war. Keine Decke, keine Wände. Auf dem schmalen Parkplatz ganz in der Nähe lag ein Haufen verkohlter Trümmer. Daneben parkte einer dieser nicht allzu großen Bobcat-Bagger, dessen Schaufel offenbar dazu gedient hatte, Ordnung ins Durcheinander zu bringen.

»Mein Gott«, sagte ich entsetzt und staunte über die Tatsache, dass Marvin noch am Leben war, obwohl er sich im Zentrum der Katastrophe aufgehalten hatte.

Ich stieg über einen Stapel Müll hinweg und betrat den völlig zerstörten Bürobereich.

Ich entschied mich zunächst für die einfachste Option und wählte Marvins Handynummer. Für gewöhnlich achtete der alte Herr stets darauf, dass es aufgeladen war, und ich fragte mich, ob das Smartphone nach einem Tag ohne App-Akkuverbrauch wohl noch Saft haben mochte.

Ich hörte ein brummendes Geräusch, ging in die Hocke und leuchtete mit meiner Taschenlampe unter den Tisch, bevor ich auf Wahlwiederholung drückte.

In der Ecke nahm ich eine flüchtige Bewegung wahr und durchwühlte mit der Hand ein Häuflein kreideweißen Rigipsstaub, bis ich Marvins Handy gefunden hatte.

Ich pustete den Dreck ab und sah, dass der Akku noch zehn Prozent Restleistung hatte.

Ich kauerte mich hin und sah seine Textnachrichten durch. Eine Nachricht stammte von Lucas Royster, dem Privatschnüffler. Darin wurde ein Termin erwähnt, zu dem Marvin und er sich treffen sollten.

Dann wechselte ich zur Mailbox und stieß auf die Sprachnachricht, die ich zwei Tage zuvor hinterlassen hatte, bevor ich zu anderen Namen weiterscrollte.

Exie, Lenas Schwester.

Eine Frau, mit deren Dobermann Marvin einmal pro Woche Gassi ging.

Ich überprüfte die verpassten Anrufe, unter denen sich mehrere von Lucas Royster fanden.

Marvin und der Privatdetektiv kommunizierten regelmäßig miteinander.

Ein Lichtstrahl drang durch das Chaos aus Schutt und Abfall. Ich ließ das Handy fallen.

»Nehmen Sie die Hände hoch«, ertönte eine Stimme. Sie kam aus einem Megafon, und ich wandte, für eine Sekunde geblendet, die Augen ab.

Da mir bewusst war, dass mein Körper zur Hälfte von den Trümmerhaufen verdeckt war, entschloss ich mich, keine plötzlichen Bewegungen zu machen.

»Ich bin Polizist«, sagte ich.

»Nehmen – Sie – die – Hände – hoch!«

Die Stimme klang vertraut, und ich schüttelte den Kopf.

Es gab in Shonus County nur einen einzigen Bullen, mit dem ich schon mal aneinandergeraten war. Ein Bulle, dem es gar nicht gefallen hatte, wie die Dinge für ihn gelaufen waren.

Wenn die Stimme, wie ich vermutete, Andy Sugarman gehörte und er inzwischen bei der Georgia State Patrol war, saß ich wahrscheinlich schon mit einer halben Arschbacke im Gefängnis.

»Sugarman?«, rief ich. »Sind Sie das?«

Ich wollte nicht, dass er das Smartphone sah.

»Stehen Sie jetzt auf!«, blökte er.

Ich hatte ein Google-Drive-Back-up-Programm auf Marvins Handy installiert, beugte mich vor und aktivierte es.

Dann ließ ich das Telefon liegen und richtete mich auf.

»Andy!«, rief ich. »Ich bin's, P. T. Marsh.«

Mit erhobenen Händen manövrierte ich mich vorsichtig durch den Schutt auf die Lichtquelle zu.

Bei Andy Sugarmans letztem Job, als er Sheriff des nahe gelegenen Shonus war, hatte es ein paar Zusammenstöße zwischen ihm und mir gegeben. Die ersten waren eher versöhnlich ausgefallen, doch dann hatte ich ihm gegenüber vergessen zu erwähnen, dass ich auf der Suche nach einem Mordverdächtigen in seinen Zuständigkeitsbereich vorgedrungen war. Wegen mir stand Sugarman am Ende jenes Falls wie ein Dorftrottel da.

»Was, in Gottes Namen, treiben Sie hier, Marsh?«, wollte er wissen, als ich näher kam.

»Die Explosion«, erklärte ich.

»Das Gasleck«, korrigierte er.

»Mein Schwiegervater Marvin war eins der Opfer«, sagte ich. »Er liegt im künstlichen Koma, und ich versuche, ihm ein bisschen unter die Arme zu greifen.«

»Durch Ermittlungen?« Sugarman kniff die Augen zusammen. »Hier gibt's nichts Verdächtiges, P. T. Keine Schurken, die eine Mini-Mall terrorisieren.«

Das war eine Klugscheißer-Anspielung auf unsere letzte Zusammenarbeit. Was mir verriet, dass seine Verbitterung kerngesund und putzmunter war.

»Andy, es tut mir leid.«

»Wonach zum Teufel suchen Sie?« Er ließ das Licht seiner Taschenlampe über die Trümmer wandern.

Unauffällig schielte ich zu der Stelle rüber, wo ich Marvins Handy zurückgelassen hatte. Falls ich Sugarman davon erzählte, würde er es wahrscheinlich beschlagnahmen. Und in der Asservatenkammer wegschließen.

»Seine Brieftasche«, sagte ich. »Es war dumm von mir. Ich hätte euch Jungs Bescheid geben sollen.«

»Jawohl, aber das ist nicht gerade Ihre Stärke, stimmt's?«

Sugarman drehte sich um. »Warten Sie genau hier.« Sein Zeigefinger deutete auf den Boden. Sein Oberkörper blieb steif aufgerichtet, während er sich entfernte, als hätte ihm jemand einen Besenstiel in den Hintern geschoben und dort vergessen.

Ich legte einen freundlicheren Tonfall an den Tag. »Wie ist der neue Job?«, rief ich ihm auf dem Weg zu seinem Streifenwagen hinterher.

»Einfach fantastisch«, erwiderte er. »Ich hatte mal das Kommando, und jetzt blitze ich Raser auf dem Highway. Dank Ihnen.«

Sugarman tätigte einen Anruf. Schrieb etwas in seinen Block.

»Ich werde das melden, Marsh. Sie hätten nicht herkommen sollen.«

Ich dachte an den Fall Fultz. Gerade hatten wir Oberwasser und endlich Fahrt aufgenommen. Unseren Mann gefunden – und dann war ich hergefahren. Hatte mich selbst vom Gleis geschoben.

»Kommen Sie schon«, bettelte ich ihn an. »Es geht um meinen Schwiegervater. Ich bin nur ein bisschen im Müll rumgelaufen.«

»Ist das Ihr Wagen?« Er zeigte auf den Charger. »Gehen Sie doch bitte da rüber, und warten Sie bei Ihrem Fahrzeug.«

Ich ging zu Marvins Karre rüber und blieb dort stehen. Fünf Minuten später kam ein weiterer Streifenwagen der GSP vorbei. Eine Stunde später stand ich noch immer da. Sugarman berichtete mir, sein Boss hätte ein Telefongespräch mit Chief Senza, meinem neuen Boss. Der Typ, den ich gerade erst kennengelernt hatte. Der mir gesagt hatte, ich sei alles andere als ein Held.

Schließlich traf ein älterer Beamter ein, der mir mitteilte, ich könne gehen. »Ihr Chief lässt ausrichten, dass er Sie morgen sehen will. Klingt nach einem großen Vergnügen.«

»Bestimmt. Und danke für die brüderliche Anteilnahme«, gab ich zurück.

»Halten Sie sich, verdammt noch mal, aus unserem Zuständigkeitsbereich raus.«

Ich kletterte in Marvins Wagen und fuhr nach Mason Falls zurück.

Als ich zu Hause ankam, hatte Purvis einen kompletten Tag im Haus verbracht: Ich legte ihm die Leine an.

Wir spazierten zu einer Rasenfläche mit Ententeich, die Purvis sehr mochte, und mir fielen die Wanderungen ein, die ich mit Jonas hier unternommen hatte. Wir hatten einen Frischhaltebeutel mit Brot dabei, das Jonas den Stockenten zuwarf. Der letztjährige Regen hatte alle drei Teiche in der Nachbarschaft überlaufen lassen. Als der Wasserpegel wieder sank, brachte dies das chemische Gleichgewicht durcheinander und verursachte einen üblen Gestank, der die örtliche Fauna zur Flucht veranlasste.

Ich ließ Purvis von der Leine, und er durchschnüffelte auf eigene Faust das Gras.

Was läuft eigentlich gerade?, sprach er zu mir. *Du gehst Sarah aus dem Weg. Du klapperst die umliegenden Städte ab. Du kämpfst gegen Windmühlen, P.T.*

»Ich arbeite an einem Fall«, sagte ich laut.

Meine Bulldogge schnaubte.

Du weißt, wohin das führt. Zur Flasche.

»Du verstehst es nicht«, erwiderte ich.

Doch Purvis drehte sich bloß um und trabte heimwärts. Er hatte es satt, verarscht zu werden.

31

Um neun Uhr morgens hatte Remy sämtliches Beweismaterial ins Besprechungszimmer geschafft, und Abe und sie pinnten es an die Korktafel vor der Südwand.

Wenn Detectives Zwischenbilanz ziehen, hört man Zahlen wie 56 zu 2. Oder 30 zu 1. Allerdings sind es genau diese ein oder zwei Niederlagen vor Gericht, die uns in den Wahnsinn treiben. Die falschen Freisprüche rauben uns den Schlaf. Ich wollte unter allen Umständen vermeiden, dass bei Thom Sile das Gleiche passierte, und mir wurde klar, dass es mit den nächtlichen Herumschleichereien ein Ende haben musste.

»Schauen wir doch mal, wo Sile sich überall rumgetrieben hat«, sagte ich. »Von Sonntag bis Montag?«

Abe legte ein tragbares Whiteboard auf den Tisch des Konferenzraums. »Bin dir längst drei Nasenlängen voraus«, sagte er.

Mein alter Partner hatte seine Kreissäge jüngst gegen einen Fedora eingetauscht, ein Hut, der ihm in Verbindung mit dem lohfarbenen Leinenanzug bestens stand. Beides bildete einen harmonischen Kontrast zu seiner hellbraunen Haut.

Auf der Magnettafel war eine waagerechte Linie gezogen worden, auf der Abe sechs Punkte markiert hatte.

- **Samstag, 4. Mai, 14 Uhr** Siles letzte Lieferung für United Chem, siehe die Belege auf dem Klemmbrett

- **Sonntag, 5. Mai, 17:30 Uhr** Sile möglicherweise in der Nähe von Fultz' Haus von Thorpe erkannt
- **Montag, 6. Mai, 5:13 Uhr** Sile verlässt im United-Chem-Truck den Wohnkomplex
- **Montag, 6. Mai, 6:06 Uhr** 53 Minuten später kehrt Sile im U-Chem-Truck nach Hause zurück
- **Montag, 6. Mai, 14–21 Uhr** Sile hält sich nicht im Wohnkomplex auf, Aufenthaltsort unbekannt; möglicherweise auf Raubzug in Fultz' Haus
- **Mittwoch, 8. Mai, 11 Uhr** United-Chem-Mitarbeiter nimmt den Truck wieder in Besitz

Die Theorie der Ermordung von Ennis Fultz durch Thom Sile lautete wie folgt: Sile betrat im Rahmen eines Auftrags regulär Fultz' Haus und entdeckte das von Ennis gebunkerte Bargeld. Darüber hinaus hatte der Lieferant dank seines Jobs bei United Chemical Zugang zu Stickstoffflaschen und eventuell eine davon zwei Wochen zuvor gestohlen.

Einen Pick-up mit einem Warnaufkleber »Feuergefahr« wie den von Sile hatte Thorpe, unser Grassamen-Mann, am Vortag des Mords beobachtet, als Sile möglicherweise gerade Fultz' Haus inspizierte.

Am darauffolgenden Morgen wachte Sile um fünf Uhr auf, als Ennis Fultz noch tief und fest schlief. Er schlich sich zu seinem Lieferwagen, belud ihn mit dem Stickstoffkanister aus dem Waffle-House-Diebstahl und fuhr rüber zu Fultz.

Dort brach er ein und brachte den Stickstoffbehälter in Stellung. Er kannte die Gegend, da er nicht nur an Fultz zustellte, sondern auch mit der Bedienung von Atmungsgeräten seinen Lebensunterhalt verdiente.

Später an jenem Tag, nachdem der alte Mann tot war, kehrte Sile zu Fultz zurück, platzierte den Sauerstofftank wieder an Ort und Stelle und sackte das Geld ein. Welches er in seinem Apartment im Lautsprecher versteckte.

Wir mussten die Scheine, die wir in Siles Wohnung gefunden hatten, noch mit den Seriennummern des von Ennis Fultz abgehobenen Bargelds abgleichen. Und wir mussten dringend mit Sile selbst sprechen.

»Wann wird Sile aus der Narkose aufwachen?«

»Ich habe, als ich herfuhr, einen Zwischenstopp im Krankenhaus eingelegt«, sagte Abe. »Gegen Mittag, heißt es.«

Mein Handy empfing eine SMS, und wie ich sah, war Harmon Gale der Absender. Der Geologe, mit dem meine Ma einst liiert war und der an der University of Georgia das Programm für Erneuerbare Energien leitete.

Ich hatte ihm eine Nachricht hinterlassen, nachdem Thorpe uns von Fultz' Theorie bezüglich der Steinbrocken auf der Wiese unterhalb seines Hauses berichtet hatte.

»Ich habe mir Siles Handydaten angeschaut«, sagte Remy. »Er hängt die ganze Nacht am Telefon. Anrufe um zwei, drei, vier Uhr morgens.«

Abgesehen von Adderall und Marihuana hatten wir drei Kartons mit diversen Utensilien aus Siles Bude vollgepackt. Alles von Kanülen über Klammern für Joints bis zu Spritzen.

»Demnach dealt er?«, wollte ich klargestellt haben.

»Mit Sicherheit«, sagte Remy.

»Wie viel Geld habt ihr sichergestellt?«, erkundigte sich Abe.

»Neuntausenddreihundert Tacken«, antwortete ich.

Unter den von Suzy Kang am Flughafen umgetauschten Scheinen hatten wir eine der Seriennummern identifizieren können, die zu Fultz' Barabhebungen passten. Wir waren dabei, das Gleiche bei Sile zu machen, aber das dauerte eben seine Zeit.

»Und Johnny Tobin nimmt sich die Hunderter vor?«, fragte Abe und meinte unseren hiesigen Finanz-Guru.

»Banknote für Banknote«, sagte Remy.

Ich drehte mich zu ihr um. »Du hast von Anrufen rund um die Uhr gesprochen. Gibt es da irgendwelche Überschneidungen mit dem Todeszeitpunkt von Ennis Fultz? Oder mit einem Zeitpunkt, zu dem wir Sile draußen bei der Schlucht vermuten?«

Remy nickte. Sie hatte sofort kapiert, worauf ich hinauswollte. »Ja, richtig, es gibt einen Anruf um 5:26 Uhr«, erklärte sie. »Soll ich da den Netzstandort zurückverfolgen?«

»Mach das«, sagte ich. Sile wohnt dreißig Kilometer von Fultz entfernt. Und Fultz wohnt mitten im Nirgendwo. Wenn wir es schaffen, einen Anruf von Siles Handy aufzutreiben, der über einen Mobilfunkmast irgendwo in der Nähe der Schlucht gelaufen ist ... das dann zusammen mit der Kohle, und wir kriegen den Mistkerl dran.«

»Verstanden«, sagte Remy.

Ich ging für eine Minute vor die Tür, um eine Zigarette zu rauchen und meine Mailbox abzuhören.

Die Stimme, die mir entgegentönte, gehörte Harmon

Gale. Er teilte mir mit, das Fultz' Grundbesitz umgebende Landstück läge in unmittelbarer Nähe zu einem der potenziell größten Schiefervorkommen von ganz Georgia.

»Weiß nicht, ob das von Bedeutung ist, aber schon mal für alle Fälle«, beendete Harmon seine Nachricht.

Wie ich so dastand, sah ich Chief Senza Richtung Parkplatz eilen. Diesmal trug er eine Brille. Wirkte eher wie ein Finanzberater denn wie ein Bulle.

»Sie haben mir noch keinen Besuch abgestattet, Marsh«, rief er mir zu. »Ich vermute, das liegt daran, dass Sie im Fall Fultz kurz vor einer Festnahme stehen?«

»Da liegen Sie richtig«, erwiderte ich.

»Also, ich helfe bei der Wagenkolonne«, sagte er. »Wir sprechen morgen.«

»Einverstanden.«

Auf dem Weg zum Chattahoochee River fuhr der Präsident der Vereinigten Staaten durch unsere Gegend. Eine Art Werbetour für die Staatsforste. Daher waren alle, die nicht P.T. und Remy hießen, der Eskorte zugeteilt worden.

»Setzen Sie alle Hebel in Bewegung, Marsh«, schrie Senza, als er in einen weißen Audi-Geländewagen stieg. »Keine Nutten oder Rednecks, solange wir sie nicht auf frischer Tat ertappen.«

Ich wandte mich um und wollte wieder reingehen. Sarah kam mir mit einer Kollegin entgegen, der sie per Handzeichen bedeutete, sie würde nachkommen. Ein paar Meter vor dem Eingang trafen wir uns.

»Hey«, sagte sie.

Ich nickte. Starrte sie wortlos an.

Normalerweise trug Sarah ihr Haar bei der Arbeit zusammengebunden, jetzt jedoch hing es ihr lose über die Schultern.

»Wir sollten wohl mal reden, was?«, meinte sie.

Ihrer Miene zufolge hatte sie sich einen Reim auf einen Teil meines Gestammels von neulich Nacht machen können, als ich die Werkbank in der Garage vermöbelte. Und dass sich meine Aussage »Es wird sich nie ändern« nicht auf Marvin bezog. Es ging um mich und meine Unfähigkeit, die Vergangenheit hinter mir zu lassen – um mich, der ich noch immer ständig an Lena dachte.

Sie kam näher, bis nur noch wenige Zentimeter uns trennten.

»Ich will dich nicht verlieren«, sagte ich.

Ein trauriges Lächeln lag in ihrem wunderschönen Gesicht. »Ich weiß.«

Das Summen meines Smartphones unterbrach sie.

Eine Textnachricht von Harmon Gale.

Zeit zum Plaudern?

»Lass uns doch später sprechen«, sagte Sarah. »Amy wartet auf mich.«

»Klar«, sagte ich. Sie ging davon.

Harmon schickte eine zweite SMS. Er schrieb, er würde gerade ein paar Besucher von auswärts in einer Bar bespaßen – ich fragte mich, ob das irgendetwas zu bedeuten hatte –, und es ginge um die Schieferschichten im Boden sowie die Steine, von denen Fultz so besessen war.

Um zehn?, tippte ich zurück. *Wo?*

Harmons Antwort lautete, der Laden, in dem er sich aufhalte, wäre ungefähr dreißig Kilometer entfernt. Er hätte im Rahmen einer Konferenz eine Handvoll Wissenschaftler aus Kalifornien zu Gast, die unbedingt eine »echte Südstaaten-Kneipe« kennenlernen wollten.

Ich kehrte in den Besprechungsraum zurück. Wandte mich an Abe. »Tu mir einen Gefallen und geh runter zu Tobin. Mach ihm bitte Druck. Wir brauchen *eine* Seriennummer, die mit Fultz' Hundertern übereinstimmt, bevor unser Junge im Krankenhaus die Augen aufschlägt.«

»Alles klar«, sagte Abe. Sein Blick wanderte runter zu meinem Schlüsselbund. »Wo gehst du hin?«

»Ich treffe einen alten Freund«, brummelte ich. »Es gilt, eine Vermutung zu untermauern. Ich muss mich vergewissern, dass wir nichts übersehen haben.«

Abe blinzelte mir zu. »Wir drehen hier auf Hochtouren, und du machst dich vom Acker?«

»Sile ist unser Mann«, sagte ich. »Bleib an ihm dran. Ich muss nur noch eine Sache abhaken. Bin in einer Stunde wieder da.«

Auf der anderen Seite des Raums stand Remy vor einem Foto an der Pinnwand. Es zeigte Nesbit Sorrell, den Bruder von Farmer Greer. Die Streifenpolizisten hatten ihn draußen im Trailerpark nicht gefasst.

»Ist dieser bleichgesichtige Penner noch im Rennen?«

Ich grinste. »Bleichgesichtiger Penner« war nicht gerade eine typische Remy-Formulierung.

»Nicht wegen des Mordes«, sagte ich. »Nesbit Sorrell hat

allerdings in einem Wutanfall Fultz' BMW zerstört, weshalb er definitiv ins Gefängnis wandert. Verbreite die Nachricht auf allen Kanälen. Streife. Vollzugsanstalten. Dass wir einen Zeugen haben, der beobachtete, wie Nesbit den BMW von Fultz in einen Schrotthaufen verwandelte. Schauen wir doch mal, ob der Drecksack nervös wird.«

32

MotorMouth war eine Bikerbar und stand auf einem Schotterstreifen abseits der State Route 902, gerade noch innerhalb der Gerichtsbarkeit von Mason Falls.

Ich trat ein und erinnerte mich auf der Stelle an den Laden. Daran, wie ich früher mal hergekommen war, um Marvin abzuholen.

Das Deckenlicht badete die Gesichter der Kunden in Blau, und von oben baumelte ein pensionierter Harley-Panhead-Motor herab.

Aus den Lautsprechern kam *Subdivisions* von Rush aus dem Album *Signals*, ein Song, den ich seit meiner Kindheit nicht mehr gehört hatte. Und schon damals war er ein Oldie gewesen.

Mein Blick wanderte über die Ansammlung Lederjacken tragender Biker. Ich hörte jemanden meinen Namen rufen, drehte mich um und erkannte Harmon. Er war schlank und trug ein blau-weiß-kariertes Holzfällerhemd zur Jeans.

»Paul«, johlte er erneut.

Es gibt einen kleinen Orden von Leuten, die mich bei dem

Namen nennen, der in meinem Sozialversicherungsausweis steht. Dazu gehören Angehörige von Lena und so gut wie jeder Mensch, der meine Mutter gut gekannt hatte.

Harmon umarmte mich herzlich. Er war um die fünfzig und hatte seine grauen Haare zu einem Pferdeschwanz zusammengebunden.

»Lang ist's her«, sagte ich.

Er stellte mich seiner vierköpfigen Bande vor, die noch weniger hier reinpasste als er. Sie trugen Kragenhemden in bunten Karomustern. Wirkten eher wie Steuerberater.

Ich deutete in die Runde. »Wie ich sehe, verstehen Umweltforscher was vom Feiern, oder?«

»Wir bringen hier ein bisschen frische Farbe rein«, sagte einer der Kalifornier.

Nach ein paar Minuten Geplauder nahm ich mir Harmon zur Brust. »Wollen wir kurz mal raus, wo es ruhig ist?«

»Gerne.«

Wir schoben uns durch die Menge in Leder auf eine Tür zu, die zum hinteren Parkplatz hinausführte. Unter großen Virginia-Eichen standen Pick-ups und Motorräder auf dem nicht asphaltierten Hof. Ein alter Dodge-Magnum-Kombi war derart schmutzverkrustet, dass man kaum noch das Nummernschild lesen konnte.

Ich lieferte Harmon eine kurze Zusammenfassung unserer Entdeckungen auf der Wiese unterhalb von Ennis Fultz' Wohnhaus samt der Theorie des Alten über Bohrungen in der Schlucht.

»Um ehrlich zu sein, gehen wir augenblicklich anderen Hinweisen nach, und für mich sah es einfach nach einem

Haufen Steine aus«, sagte ich. »Aber in letzter Zeit stehe ich ein wenig neben mir, und ich habe einen neuen Boss. Ich darf kein Detail außer Acht lassen.«

Harmon zündete sich eine Marlboro Light an und erklärte mir die Ölindustrie Georgias. Beziehungsweise deren Nichtvorhandensein. Offenbar bestand großes Interesse daran, im ganzen Norden und Nordwesten des Staats mittels Fracking nach Öl zu bohren.

Harmons Definition von Fracking war einfacher als die mir bekannte – man presst mit hohem hydraulischen Druck Flüssigkeit in den Boden, um Risse im Gestein zu erzeugen und dadurch Erdölvorkommen freizusetzen.

»Unterm Strich«, sagte Harmon, »ist all das viel Rauch um wenig Feuer, wenn du das Wortspiel entschuldigst.«

»Soll heißen? Es gibt keine echten Bohrarbeiten?«

»Jeder redet daher, als wäre das diese gigantische Industrie der Zukunft«, meinte Harmon. »Und das ist es auch. Aber bislang haben nur wenige Countys in Georgia das Fracking offiziell bewilligt.«

Harmon zog an seiner Kippe.

»Woran liegt's?«, wollte ich wissen.

»Umweltschutz«, antwortete er. »Sicherheitsbedenken. Wobei sich all diese Scheiße für gewöhnlich sofort in Luft auflöst, sobald der allmächtige Dollar ins Spiel kommt und die Sache profitabel wird.«

»Demnach ist es nicht profitabel?«

»Es hängt von einer Menge Variablen ab«, sagte er und unterstrich seine Worte mit lebhaften Gesten. »Erstens ist da der Rohölpreis. Die Faustregel lautet immer, dass es mit dem Fracking losgehen kann, sobald das Rohöl über sechzig Kröten pro Barrel klettert. Dann bringt es Geld ein.«

»Wo steht Rohöl aktuell?«

»Fünfundsiebzig Dollar das Barrel«, sagte Harmon.

»Und trotzdem läuft's in Georgia nicht?«

»Es ist kompliziert«, gab er zurück. »Da ist die Politik. Arbeitskräftemangel in Texas. Und drüben in Übersee Warlords im Jemen. Aber der Punkt ist – diese Reserven warten da unten auf uns.«

»Hier in dieser Gegend?«

Harmon ging zu einem Flecken hinüber, der nicht mit Autos oder Bikes zugeparkt war. Über unseren Köpfen hing ein Kabel mit Glühbirnen zwischen den Bäumen. Mit der Hacke seines knöchelhohen Converse-Schuhs zeichnete er einen groben Umriss des Staates Georgia in die weiche Erde.

»Die Condesale-Schicht«, erklärte er und zog mit seinem Fuß einen Kreis, der über die Staatsgrenze hinausging. »Sie verläuft von der Grenze zu Alabama östlich nach Georgia hinein und dann weiter bis Tennessee. Es gibt Schätzungen – fünfzehn Billionen Kubikmeter Erd- oder Schiefergas.«

Für derlei fehlte es mir massiv an Überblick. »Klingt nach einer ganzen Menge.«

Harmon lächelte. »Ja, es gibt einen branchenüblichen Ausdruck dafür: Monsterscheißhaufen.«

»Und Condesale-Schicht, wie in Condesale-Schlucht?« Das war bekanntlich der Name des Grabens hinter Fultz' Haus.

»Gehören zur selben Familie«, sagte er. »Condesale River. Condesale Canyon. Und das Flöz zieht sich bis zu der Stelle, von der du sprichst.«

»Kennst du diese Plakate?«, fragte ich. »Plakatwände, die dafür werben, dass man sein Land daraufhin prüfen lassen soll?«

»Klar.« Harmon runzelte die Stirn. »Man kann Proben nehmen, ohne irgendwelche langwierigen Genehmigungsverfahren durchlaufen zu müssen, solange die Firma das Bohrloch danach dichtmacht. Und es gibt noch andere Verfahren – vor der eigentlichen Entnahme von Proben.«

»Nämlich?«

»Computertechnik, 3-D-Scans.«

»Die Leute suchen also nach Bodenschätzen? Nach den besten Stellen zum Schürfen?«

»Bingo«, sagte Harmon. »Du hast die Schlucht erwähnt. Da hat dein Opfer gelebt?«

»Genau.«

»Von irgendwelchen Probebohrungen dort habe ich nichts gehört. Aber das hätte ich wahrscheinlich. Wir verfolgen jede Baustelle im einem Radius von fast zweihundert Kilometern um unsere Universität herum.«

Ich beschrieb ihm, was wir auf der Wiese gefunden hatten, woraufhin Harmon meinte, infolge einer Explosion im Rahmen seismischer Tests könnten durchaus Steintrümmer in die umliegende Gegend fliegen.

»Das sind allerdings nur die allerersten, vorbereitenden Schritte im Bohrprozess, Paul. Weit vor den Probebohrungen. Und dein Mann hätte es anmelden müssen. Land pachten. Sonstige Verträge abschließen. Der übliche Rechtsweg eben.«

Ich nickte und hatte jetzt ein klareres Bild von der Abfolge der Ereignisse vor Augen, war mir aber nach wie vor ziemlich im Unklaren darüber, was zum Geier der ganze Mist mit den Ermittlungen im Mordfall Ennis Fultz zu tun haben könnte.

Ich bedankte mich bei Harmon. »Schön, dass wir uns gesehen haben.«

Er schlug mir vor, doch mal an der Universität vorbeizuschauen, wo er mir bei Bedarf Genaueres über Ölbohrungen erzählen könne.

»Paul«, sagte er, als ich schon einige Meter weg war. »Deine Mom war die tollste Frau, die ich je kennengelernt habe. Das habe ich dir nie gesagt, hätte ich aber tun sollen.«

»Geht mir ähnlich«, sagte ich.

Harmon hatte eine seltsame Miene aufgesetzt. »Ich habe mich immer schlecht gefühlt. Wie du alleingelassen wurdest. Die Trennung deiner Eltern.«

Ich blinzelte ihn verwirrt an. »Kennst du sie schon so lange?«

»Ja«, sagte er. »Ich war ihr erster Lehrassistent.«

Das hatte ich nicht gewusst.

»Hör zu, Harmon«, erklärte ich. »Ich fühle mich gerade, als würde ich ständig gegen Wände rennen.«

»Wegen dieses Falls?«

»In vielerlei Hinsicht«, sagte ich. »Die Lehrstunde war klasse.« Ich deutete auf seine Zeichnung im Staub. »Meinst du, du könntest mal kurz vorbeikommen, wenn ich dir die Adresse gebe? Hinter dem Haus ist ein Fußweg. Führt direkt runter in die Schlucht.«

Er zeigte auf die Bar. »Ich habe einen noch besseren Vorschlag. Ich bring die Jungs mit.«

Dieser Gedanke brachte mich zum Lächeln.

»Denn weißt du, worauf kalifornische Umweltschützer noch mehr abfahren als auf eine anständige Südstaaten-Kneipe?«

»Auf einen Mord in den Südstaaten mit Intrigen und Erdgas?«

Er grinste. »Volltreffer.«

Ich dankte Harmon abermals, stieg in Marvins Wagen und fuhr zurück, um Thom Sile endlich festzunageln.

33

Unterwegs brummte mein Handy. Remy sagte mir, sie wäre im Mercy Hospital.

»Ist Sile schon aufgewacht?«

»Noch nicht. Ich bin wegen was anderem hier, P.T. Ich habe Siles Handydaten durchgesehen. Es gibt eine Nummer, die er am frühen Montagmorgen, als Ennis umgebracht worden ist, viermal angerufen hat. Noch nach dem Zeitpunkt, an dem er mit diesem Truck die Wohnanlage verlassen hat und raus zu Fultz, zur Schlucht gefahren ist.«

»Eine Krankenhaus-Telefonnummer?«

»Von der Intensivstation«, erklärte Remy. »Ein Schwesternzimmer.«

Wir hatten Sile an jenem Morgen früh auf der Kamera, um 5:13 Uhr. Als er mit seinem Lieferwagen und dem bösen Kanister zum Haus von Ennis Fultz aufgebrochen war.

»Warte mal«, sagte ich. »Das klingt gut. Zu welchen Uhrzeiten fanden denn diese Anrufe statt?«

»Zwischen fünf und sechs Uhr morgens«, antwortete Remy.

»Hast du den Standort des Smartphones zurückverfolgen können?«

»Habe ich«, sagte sie. »Und jetzt halt dich fest. Sein Telefon hat sich nicht einen Millimeter fortbewegt, P.T. Es lag die ganze Zeit über in seiner Wohnung.«

Ich fuhr vom Highway ab in Remys Richtung.

»Wie bitte?«

Das ergab keinen Sinn. Wenn Sile den Truck gefahren und einen Anruf getätigt hatte, hätte dieser über einen Sendemast draußen bei der Schlucht laufen müssen. In der Nähe von Fultz' Haus.

»Sile hat also nie sein Handy dabeigehabt, wenn er raus zu Fultz fuhr?«

»Tja, wenn Sile sein Handy nicht mitgenommen hat«, sinnierte Remy, »wer zum Teufel hat dann mit seinem Handy telefoniert? Ich habe mich mal umgehört. Sile hat keine Freundin, keinen Zimmergenossen und auch keinen Untermieter.«

Das zog unsere Theorie bezüglich Sile auf dem Weg zur Schlucht mit einem Mal in Zweifel. Und es verschaffte Thom Sile ein ziemlich starkes Alibi.

»Eine Sekunde mal«, sagte ich. »Du hast gesagt, die Anrufe gingen an eine Schwesternstation?«

»Und da es sich um die Nachtschicht handelt, konnte ich leicht herausfinden, welcher Krankenpfleger sie angenommen hat. Er heißt Bodie Dunne.«

»Ist er vorbestraft?«

»Trunkenheit am Steuer vor zehn Jahren«, sagte Remy. »Seitdem nichts weiter. Er kommt in einer Viertelstunde.«

»Bin sofort da.« Ich drückte das Gespräch weg und trat das Gaspedal des Charger durch.

Fünfzehn Minuten später traf ich Remy im Wartebereich, die dort wie eine Patientin saß und in einer Zeitschrift blätterte.

Wir wussten nicht, was Bodie Dunne mit Thom Sile verband, aber wenn man in einem Krankenhaus beschäftigt war und mit einem Drogendealer verkehrte, bedeutete das normalerweise nichts Gutes.

Ich setzte mich neben Remy. »Ist er da?«

»Ist früher gekommen, hat von allen Kaffeebestellungen aufgenommen und ist dann rüber zum Starbucks gelaufen.«

»Wie sieht 'n der Typ aus?«

»Dem ›Mitarbeiter des Monats‹-Foto im Foyer nach zu urteilen?« Remy zog die Augenbrauen hoch. »Nicht so, wie du denkst.«

Der Fahrstuhl klingelte, und ein Mann in den Dreißigern trat heraus. Er ging zum Anmeldetresen für die Allgemeinmedizin und balancierte dabei eine Pappschachtel mit vier Getränken. Gekleidet war er in ein biederes, rosa-violett gestreiftes Anzughemd und eine schwarze Hose.

Remy hatte recht. Ich hatte mir jemanden vorgestellt, der Thom Sile ähnlich sah. Fahles Gesicht. Mager. Die üblichen Anzeichen von Drogenmissbrauch.

Der Mann sprach die drei Frauen hinterm Tresen an. »Geeister Karamell-Macchiato für dich. Dein Chai-Tee Latte.« Er winkte einer dritten Frau zu. »Und du hast dir nichts gewünscht, aber ich weiß, dass du auf Cold-Brew-Kaffee stehst. Habe dich öfter damit gesehen.«

»Danke, Oprah«, sagte eine der Frauen in einem Ton, aus dem ich schließen konnte, dass dies gewohnheitsmäßige Routine war.

»Er ist charmant«, sagte ich.

»Und sieht gut aus«, fügte Remy hinzu. »Wenn er dich nach ein paar Gratis-Macchiatos um die Schlüssel für den Medikamentenschrank bittet ...«

Wir durchquerten den offenen Bereich, um Bodie Dunne abzufangen, und erwischten ihn auf dem Rückweg zum Fahrstuhl. Er war nicht mehr als ein Krankenpfleger, der an seinem Arbeitsplatz die Anrufe eines Tatverdächtigen entgegengenommen hatte. Offiziell hatten wir nichts, um ihn festzuhalten, aber wir konnten ihn natürlich wie jeden anderen Menschen befragen.

»Wie geht's so?«, fragte ich, als wir den Lift bestiegen.

»Gut«, sagte er. Bodie hielt das letzte Getränk in der Hand, irgendeinen roten Fruchteistee.

Als sich die Tür schloss, schlug Remy ihr Revers zurück und enthüllte so ihre Dienstmarke.

»Wir müssen uns mit Ihnen über Thom Sile unterhalten«, sagte sie.

Bodies Hals spannte sich an, doch abgesehen davon behielt er sein Pokerface bei.

»Ich kenne keinen Tom«, sagte er. »Ich glaube, Sie verwechseln mich mit jemand anders.«

»Sile hat am Montag zwischen fünf und sechs Uhr morgens viermal hier angerufen«, belehrte ihn Remy. »Falls wir die Daten auslesen und Sie ihn zurückgerufen haben, könnte es für Sie Probleme mit Ihrem Job hier geben.«

Im ersten Stock stieg Bodie aus und ging zwei Schritte, bevor er innehielt.

»Wir wollen Ihnen keine Steine in den Weg legen«, meinte ich, »nur ein bisschen plaudern.«

»Können wir irgendwo ungestört reden?«, fragte Remy.

Bodie glotzte uns an. Er wog ab. Konnte er uns mit Informationen versorgen und sauber aus der Sache rauskommen?

»Hier rüber«, sagte er.

Bodie führte uns in einen Fitnessraum voller Poster. Auf einem waren die vier Punkte aufgelistet, an denen man einen Schlaganfall erkennt, während andere Bilder von Puppen bei Übungen zur Wiederbelebung zeigten.

Wir setzten uns an einen kleinen runden Tisch.

»Vergangenen Montag, frühmorgens«, sagte ich, »hat Sile Sie angerufen. Warum?«

»Er war krank«, sagte Bodie.

»Inwiefern krank?«, fragte Remy.

Bodie strich sich mit der Hand durchs Haar. »Meinte, er hätte gekotzt. Schlechtes Heroin, dachte ich.«

»Hat er irgendwie durchblicken lassen, dass er bei seinem Anruf mit dem Auto unterwegs war?«, wollte Remy wissen.

»Nein«, gab Bodie zurück. »Und ich glaube auch nicht, dass das so war.«

»Wie kommen Sie darauf?«

»Er war in schlechter Verfassung. Wollte Narcan.«

Naloxon war ein seit den 1960ern kursierendes Medikament, das bei Heroin- oder Schmerzmittelüberdosierung zum

Einsatz kam. Narcan war der Markenname der Nasenspray-Version. Es hob die Wirkung von Opioiden auf und stabilisierte die Atmung. Letztes Jahr hatte es eine Debatte darüber gegeben, ob die Polizei in ihren Einsatzfahrzeugen, wie im Notarztwagen, stets ein paar Dosen davon mitführen sollte.

»Woher wissen Sie das?«, fragte ich. »Haben Sie ihn damit beliefert?«

»Es ist kein Rauschgift.«

»Haben Sie ihn damit beliefert?«, beharrte Remy.

»Ich sollte wohl besser mit einem Anwalt sprechen.«

»Passen Sie auf.« Ich beugte mich vor. »Das können Sie gerne tun. Aber wir sind nicht hergekommen, um Sie zu verhaften. Wenn Sie also den ersten Schritt in diese Richtung machen, zwingen Sie uns dazu, Gegenmaßnahmen einzuleiten.«

Bodie schluckte schwer. »In der Frühstückspause bin ich zu Thom rübergefahren.«

»Das war wann?«, hakte Remy nach.

»Ich bin kurz vor sechs bei ihm in Ferris angekommen.«

»Morgens?«, stellte ich klar. »Am Montag?«

Bodie nickte. Es ergab jedoch wenig Sinn, wenn man davon ausging, dass sich Sile zu diesem Zeitpunkt auf dem Weg zu Ennis Fultz befand und um 6:06 Uhr wieder am Apartmentkomplex angekommen war.

»War Sile da, als Sie eintrafen?«

»Ja.«

Während Bodie sprach, fiel mir das Gespräch mit Abe im Hausmeister-Büro letzte Nacht ein. Ein paar Minuten vor sechs hatte ein Mann die Anlage durch das offen stehende

Tor betreten. Kein Mieter, hatte der Verwalter gesagt. Und gut angezogen. Hatte es sich um Bodie gehandelt?

»Demnach hat Sile Sie per Fernbedienung reingelassen?«, stellte ich ihn auf die Probe.

»Nein, ich habe an der Straße geparkt«, sagte Bodie. »Das Tor ging gerade für einen Wagen auf, also bin ich einfach reingegangen.«

Remy und ich wechselten einen Blick. »Sie sind also einfach rein und haben Sile getroffen?«, wollte meine Partnerin wissen. »Oder ist er vielleicht erst *nach* Ihnen gekommen?«

»Nein, er war da, als ich kam.«

»Und in welchem Zustand befand Thom Sile sich?«, erkundigte sich Remy.

»Er hat stark geschwitzt. Totaler Kollaps. Hatte sich ein paarmal übergeben.«

In meinem Schädel drehte sich alles. Wenn das stimmte, war der Mann mit dem United-Chemical-Truck auf dem Video jemand, der *nicht* auf den Namen Thom Sile hörte.

»Ihnen ist schon klar, dass wir Ihnen die Welt des Schmerzes näherbringen werden, wenn Sie uns anlügen«, grummelte ich.

Bodie nickte abermals. Wir erhoben uns und ermahnten ihn, mit niemandem über die Angelegenheit zu sprechen.

Draußen tigerte Remy auf dem Bürgersteig auf und ab.

»Was zum Teufel soll das?«, sagte meine Partnerin. »Wer zur Hölle fährt den U-Chem-Truck, wenn nicht Sile?«

»Man achte auf die Feinheiten.«

»Scheiße.« Sie richtete den Zeigefinger auf mich. »Sag jetzt nicht, du hast es gewusst.«

»Nein, verdammt. Aber das hier passt zu den Handynetzdaten. In dem Lieferwagen saß jemand anders.«

»Bloß wer?«

Ich wusste es nicht und zuckte die Achseln.

»Und nicht nur das, Rem«, sagte ich. »Jemand hat sich das Fahrzeug *geschnappt,* um Sile die Schuld in die Schuhe zu schieben.«

Was bedeutete, dass noch ein krummer Hund bei diesem Spiel mitmischte, und wir hatten keinen blassen Schimmer, wer es war.

Ich sah auf mein Smartphone. Drinnen hatte ich bemerkt, dass es vibrierte, aber nicht nachgesehen.

Zwei verpasste Anrufe von Harmon Gale.

Ich rief ihn zurück und stellte auf Lautsprecher. »Was gibt's, Harmon?«

»P. T.«, sagte er. »Ich bin draußen bei der Schlucht.«

»Tatsächlich?«

»Ich habe die Jungs aus Kalifornien mit einem Uber zurück ins Hotel verfrachten lassen. Du solltest herkommen. Ich glaube, ich kann ein paar Puzzleteile zusammenfügen.«

»Gib mir die Kurzversion«, sagte ich. »Wir stecken heute irgendwie die ganze Zeit im Schleudergang.«

»Es gibt hier Öl«, sagte Harmon. »Und wenn man sich anschaut, wie das Vorkommen kartografiert ist, ist es nicht unwahrscheinlich, dass der alte Herr auf der Hauptader saß. Ich bin kein Mordermittler, aber das könnte ausreichen, um jemanden deswegen umzubringen.«

»Bin in zwanzig Minuten da«, versprach ich.

An Remy gewandt. »Unterhalten wir uns während der Fahrt.« Marvins Charger wartete auf uns.

»Wart mal kurz«, sagte Remy.

Meine Partnerin sprintete zu ihrem Alfa hinüber und griff sich einen schwarzen Kasten von der Rückbank. Nach Dienstende war sie öfter als freiwillige Tierschutzhelferin unterwegs, und der Koffer enthielt ihr Betäubungsgewehr.

Wenn eine Polizeibeamtin in Georgia so etwas in ihrem Wagen einfach herumliegen ließ, hieß das, dass sie auch jede andere scharfe Waffe einfach herumliegen ließ.

Als sie den Kasten in Marvins Kofferraum packte, dachte ich an gestern, draußen beim Canyon. Remy war auf mich losgegangen, im Glauben, ich hätte wieder getrunken. Heute verstand ich, wie ernst es ihr mit dieser Arbeit für das Tierwohl war. Ich fragte mich, ob wohl bald ein Versetzungsgesuch eintrudelte.

Ich startete den Motor des Charger.

»Unsere komplette Theorie zu Sile ist also hinfällig?«, fragte meine Partnerin.

»Keine Ahnung. Ich muss einen Augenblick darüber nachdenken.«

Als wir vom Krankenhausparkplatz rollten, zeigte Remy aufs Hauptgebäude. »Hast du Marvin heute besucht?«

»Nach dem sehe ich später.«

Ich konnte Remys Blick auf mir spüren. »Ist mit Marvin alles in Ordnung?«

Der Fall war ein einziger Trümmerhaufen, und wir hangelten uns von einem Ast zum nächsten. Es war hoffnungslos.

Das Letzte, worüber ich reden wollte, war mein Schwiegervater.

»Marvin liegt im Koma, Rem«, sagte ich. »Mit ihm ist nichts in Ordnung.«

»Demnach ist sein Zustand unverändert?«

»Jawohl«, sagte ich.

Doch das war eine Lüge.

Um acht Uhr morgens hatte ich einen Anruf von Dr. Burke erhalten, der mich darüber informierte, dass sich die Lage verschlimmert hatte und Marvin möglicherweise nie wieder aufwachen würde.

34

Das kleine Mädchen hatte minutenlang am Körper seines Vaters gerüttelt, doch er zeigte keine Regung.

Es dachte an Anna. Mutter.

Es schrie nach ihr, aber die Verletzung am Hals sorgte dafür, dass lediglich etwas herauskam, das wie das Krächzen eines Ochsenfroschs klang.

Es starrte auf das Schild über seinem Kopf. NOTAUSGANG. *In rot leuchtenden Lettern.*

Überleben.

Es zog seinem Vater Schlüssel und Handy aus der Tasche und nahm die Treppe nach unten. Rannte raus auf den Parkplatz, als hinter ihm eine Alarmsirene zu jaulen begann.

Es würde nach Hause laufen. Sich in seinem Zimmer verstecken.

Warten, bis Mutter aus dem OP kam.

Zu Hause war es sicher. Und der Mann wusste nicht, wo es wohnte.

Es machte die Uber-App seines Vaters auf, um einen Wagen zu bestellen, aber eine Nachricht poppte auf. Seine Kreditkarte war abgelaufen.

»Nein«, schluchzte es verzweifelt.

Es entdeckte den Toyota Camry seines Vaters auf dem Parkplatz, und sein Blick wanderte zum Schlüssel hinab.

Mit seinem Quad war es auf dem ganzen Grundstück herumgefahren, aber ein Auto war größer. Schwerer.

Es erinnerte sich an einen Tag vor einem Monat. Es hatte bei seinem Vater auf dem Schoß gesessen und den Hyundai über das unbebaute Grundstück hinter ihrem Haus gesteuert. Aufs Gas getreten, während er die Bremse bediente.

»Es war nur Spaß«, hatte er später gesagt, als Mutter böse war, und auf die leere Szenerie gedeutet. »Wer soll uns schon sehen, Schatz? So weit draußen?«

Das Mädchen betrachtete den Beifahrersitz. Es brauchte eine Sitzerhöhung.

Im Kofferraum entdeckte es einen Stapel Ziegelsteine für eines der Blumenbeete, die sie anlegen wollten. Vier davon schleppte es nach vorne und kletterte obendrauf.

Es drückte den Knopf, auf dem Start *stand, und der Wagen erwachte zum Leben.*

Es löste die Handbremse, schaltete die Automatik auf D *und lehnte sich zur Seite, damit sein Fuß das richtige Pedal traf.*

Das Auto machte einen Satz nach vorne und verbeulte einen Wagen neben ihm. Das Mädchen fing an zu weinen, riss am Lenkrad und schrammte sich den Weg frei.

Schaute auf die Straße vor sich.

Wo ging es nach Hause?

Es drückte die Sprachbefehlstaste auf dem Handy seines Vaters.

»Nach Hause.«

»Wegbeschreibung nach Hause«, wiederholte die Stimme, und eine Karte erschien.

Das Mädchen drückte sich in den Sitz. Im nächtlichen Himmel war ein Stück Mond zu sehen. Niemand war in der Nähe. Genau der richtige Zeitpunkt, um die Flucht anzutreten.

Es wischte sich die Tränen aus den Augen.

»Du schaffst das«, sagte es laut. Dann trat es erneut aufs Gas, preschte nach vorne und ließ den Parkplatz hinter sich.

35

Als wir bei Ennis Fultz eintrafen, stand Harmons klappriger Chevy Blazer auf dem Schotterplatz vor dem Haus.

Remy und ich sahen in diesem Fall, das kam mir immer wieder in den Sinn, einfach kein Land.

Wir marschierten an den Beuteln mit dem Saatgut vorbei zum hinteren Teil des Grundstücks, bis zu den gestuften Natursteinplatten, die uns zu der Wiese führten, die direkt an der Schlucht lag.

Harmon war ein Stück heruntergeklettert und saß gute fünfzehn Meter unter uns neben einem Steinhaufen in der Hocke.

Wir stiegen die Felsstufen hinab, und ich stellte Remy Harmon vor.

»Okay«, sagte ich. »Schieß los.«

»Kennst du dich ein bisschen mit seismischen Tests in Sachen Ölschiefer aus?«

»Null«, meinte ich.

»Okay, dann halte ich mich an die Version für Laien. An dieser Stelle liegt der Schiefer in wahrscheinlich zweieinhalbtausend Metern Tiefe. Die Wasserzufuhr befindet sich in hundertfünfzig Metern Tiefe, um dir einen ungefähren Anhaltspunkt zu geben.«

»Verstehe.«

»Von der Condesale-Schicht habe ich dir ja schon erzählt, stimmt's?«

»Riesengroßes Öl-Flöz«, sagte ich. »Unmengen von Geld, aber keiner kennt den idealen Ort zum Bohren.«

»Richtig«, sagte Harmon. »Wie also verbessert man seine Chancen, wenn man nach Bodenschätzen sucht? Heutzutage arbeitet man mit seismischen Messungen. Man schickt Vibrationen in die Erde, und das widerhallende Echo erzeugt ein 3-D-Bild. Nicht perfekt, aber handhabbar.«

Ich kniff die Augen zusammen. »Wie schickt man Vibrationen?«

»Die einfachste Methode liefert der sogenannte Thumper Truck. Sieht von vorne wie ein Müllwagen aus. In der Mitte oder hinten ist ein schwerer Klopfhammer angebracht, der die Druckwellen auslöst.«

Ich schaute mich um. »Man könnte niemals einen so großen Truck hierhertransportieren. Selbst *wir* müssen uns schon beim Runterklettern anstrengen.«

»Was uns zur anderen Option führt. Sprengladungen.«

»Man schmeißt mit Dynamit herum?«, wollte Remy wissen.

Harmon wandte sich zu ihr um. »Man gräbt ein sogenanntes Schussloch. Und es ist keinesfalls ausgeschlossen, dass man dabei Dynamit oder ähnliche Sprengstoffe verwendet. Explosionen sorgen dafür, dass Gas sich ausdehnt. Was wiederum Druckkraft in Form von seismischen Wellen auf alles Umliegende ausübt.«

Ich blickte zu der grasbewachsenen Klippe hoch, wo wir uns mit Thorpe getroffen hatten.

»Und das hat diese dicken Felsbrocken nach da oben befördert?«, fragte ich.

Harmon nickte, und Remy zeigte auf jenen Teil des Geländes, wo er rumgewühlt hatte, als wir den Plattenweg runtergekommen waren.

»Was haben Sie sich angeschaut, als wir kamen?«

»Ein Stück Armierungsstahl«, sagte er. »Bei solchen Arbeiten baut man für gewöhnlich eine Art Gitter. Irgendwer hat sich redlich Mühe gegeben, diese Baustahlgewebematte mit Steinen und Schutt zu bedecken. Ist aber alles noch da, überall auf dem Grund der Schlucht verteilt. Die Kosten für eine solche Unternehmung? Im sechsstelligen Bereich. Und man gräbt nicht immer weiter und weiter – es sei denn, die gewonnenen Bilder zeigen massive Vorkommen.«

Ich blickte abermals in die Runde. »Warum all diese Mühe, es zu verbergen?«

»Prospektion ist Prospektion, P.T. Wenn einem ein Gebiet nicht gehört, verwischt man seine Spuren, aus Angst, ein anderer könnte vor einem loslegen. An einer Stelle sieht es einfach nur wie Gestrüpp aus. Und daneben die Stelle ist pures Gold wert.«

»Verbergen? Vor wem?«, wollte Remy wissen.

»Vor dem, dem das Land gehört und der nicht weiß, wie viel es wert ist.«

Harmon wies mit der Spitze seiner Converse-Sneaker auf den Boden. »Die Bohrlöcher zeigen deutlich, auf welchen Richtungsverlauf sie gesetzt haben.«

»Verstehe ich das richtig?«, meinte Remy. »Man bohrt nicht geradewegs in die Tiefe wie bei herkömmlichem Öl?«

Harmon schüttelte den Kopf und erklärte, wie man beim Fracking seitwärts bohrte, wenn man eine ausreichende Tiefe erreicht hatte.

»Und diese Schlucht bietet eine tolle Tarnung«, erläuterte er. »Weil die Leute das Fracking hassen. Spielt keine Rolle, ob sie's verstehen oder nicht. Diese Felswände – zwischen denen ist man gänzlich ungestört. Hat man hier unten erst mal sein Bohrloch aufgebaut, tauscht man das Equipment der Bohranlage gegen die für Reflexionsseismik erforderlichen Gerätschaften, die sogar niedriger sind als die Felswände hier. Niemand wird bemerken, dass man sich hier unten aufhält.«

»Ungestört von wem?«, hakte Remy nach.

»Lästige Umweltschützer, Liberale.«

»Also Menschen wie Sie?«

»Menschen wie ich, haargenau.« Er grinste. »Es gibt nur ein Problem, meine Lieben. Man muss sein Zeug aus diesem Canyon rausschaffen. Und in geografischer Hinsicht führt die einzige Route rein und raus über Fultz' Grundstück. Wenn er also nicht mit von der Partie war …«

»Über welche Summe sprechen wir hier eigentlich?«, wollte Remy wissen.

»Falls man den gesamten Grund und Boden einschließlich der Transportwege in der Hand hat, hundert Millionen Dollar.«

Remy pfiff durch die Zähne, und ich dachte an Fultz' Testament.

Wir hatten es noch nicht geschafft, die Beteiligungen von außerhalb Georgias zu sichten, die bei Fultz' Grundstück und weiterem Land im Umkreis der Schlucht, das ihm gehört haben mochte, anfielen. All das war Eigentum der Familie Lyman. Schlussendlich würde es an Cameron gehen.

»Wir sind bei diesem Mord bislang von einem Gelegenheitsverbrechen ausgegangen«, sagte ich zu meiner Partnerin. »Haben ihn als kriminelle Tat aus niederen Beweggründen betrachtet.«

»Vielleicht wusste Fultz, welcher potenzielle Profit hier unten schlummerte«, meinte Remy. »Und machte nichts weiter aus seiner Liebe zu diesem Ort ...«

Jetzt kam ich in Fahrt. »Widmete sich wieder seinem Kerngeschäft? Machte sein Geld mit Immobilien?«

Remy nickte.

»Warum hat er dann all diese Wanderwege anlegen lassen? Warum ein öffentlich zugängliches Labyrinth aus Hecken, wenn man doch bloß einen Haufen Bohrtürme aufstellen will?«

»Vielleicht wusste er auch schon *immer*, was da unten war«, überlegte Remy. »Erinnere dich an das, was uns Quentin Reed, dieser Makler, gesagt hat. Fultz war einer von der

Sorte Männern, die jahrelang darauf warten, dass sich eine Gelegenheit auszahlt. Jede Familie, egal in welcher Situation auch immer – er wusste, welche Leichen sie im Keller hatten.«

Dann ergriff Harmon wieder das Wort, erklärte irgendein Detail über Bohrtiefen.

Ich war in Gedanken immer noch bei der Formulierung, die Remy verwendet hatte. »Leichen im Keller?«

»Keine wirklichen Leichen natürlich.«

Ich drehte mich um und sah zum Haus hinauf.

»Hast du deinen Laptop dabei?«

»Ja«, sagte Remy.

Ich stieg die schräg abfallenden Felsen zur Wiese empor, und Remy folgte mir.

»Was ist los, P. T.?«

Ich verlangsamte mein Tempo nicht und hastete mit ihr und Harmon im Schlepptau die Steinplatten rauf.

»Möglicherweise gar nichts.«

Wir betraten Fultz' Haus. Ich klappte Remys Rechner auf und bat sie, die Aufnahme des Gesprächs mit Suzy Kang abzuspielen.

Remy startete das Video am Anfang, wo Suzy uns erzählte, dass Fultz bereits tot war, als sie eintraf.

Ich streckte den Arm aus, zog den Schieberegler ungefähr drei Minuten vorwärts und drückte wieder auf *Play*.

»Warum hätte ich das Aquarium anrühren sollen?«, sagte Suzy im Video. »Er liebte dieses Ding.«

»Er liebte sein Aquarium?«, fragte Remy Suzy.

»Er hat den ganzen Tag lang mit diesem dämlichen

Drückerfisch geredet«, sagte Suzy. Dann imitierte sie Ennis Fultz, wie er mit seinem Fisch sprach. »›Mal sehen, ob die alte Sally einverstanden ist‹, sagte er. ›Wenn niemand in der Nähe ist, erzähle ich Sally alles. Sie weiß, wo im Keller die Leichen liegen. Sie bewacht meinen Schatz.‹«

Ich hielt das Video an.

Richtete meinen Blick quer durchs Zimmer auf das vom Boden bis zur Decke reichende Aquarium.

Auf dem Grund des Beckens stand eine Schmuckschatulle.

»Meinst du, da ist was drin?«, sprach Remy mich an. »Blödsinn, oder?«

»Was, wenn er es ihr mit voller Absicht verraten hat?«, sagte ich. »Es ständig wiederholte. Immer und immer wieder. Das kleine Mädchen – Lymans Tochter? – hat gesagt, er könne zaubern. Das ist ein klassischer Zaubertrick.«

Harmon kam zu uns und schielte durch das dicke Glas des Aquariums.

»Er *hat* Suzy das Fischbecken vererbt.« Remy zuckte mit den Schultern.

Ich schob einen Stuhl vor das Aquarium und krempelte mir die Hemdsärmel hoch. Das Becken maß in der Breite, von ganz links nach ganz rechts, um die fünf Meter. Ausgeschlossen, dass Suzy es in irgendeine Wohnung verfrachten konnte. Es war eine Maßanfertigung.

Ich nahm den Kescher, der neben mir im Regal lag, und tauchte ihn ins Wasser, bis ich die Schatulle, die neben einer großen Muschelschale lag, erreichte. Es war keines dieser für Aquarien üblichen Plastikdinger für fünfzehn Dollar von

Petco, sondern eine richtige Miniatur-Metallkiste, die im Wasser zu rosten begonnen hatte.

Ich zog das Kästchen vom Boden des Beckens hoch, wobei ich Algen und Steinchen aufwirbelte.

Ich hielt die Schatulle über das Aquarium und ließ Wasser abtropfen.

Das Kästchen maß vielleicht zwölf mal acht Zentimeter. Ich griff es mit der freien Hand und trug es rüber zur granitenen Küchenarbeitsfläche.

Remy klappte den Metallriegel auf und öffnete es.

Wir erblickten einen wasserdichten Plastikbeutel, sorgsam zusammengefaltet, mit einem Stück Papier darin. Remy zog sich Handschuhe über und entnahm dem Tütchen den Zettel. Es war ein Computerausdruck mit einer Liste von Zahlen.

PN 096 324
PN 096 325
PN 096 326
PN 096 327
PN 096 813
PN 096 844
PN 096 845

Wir begafften die Auflistung und hatten keine Ahnung, worum es sich handelte, begriffen aber dennoch ziemlich zügig, dass Fultz Suzy permanent mit Hinweisen auf seinen »Schatz« bedacht hatte, ohne dass sie es überhaupt merkte.

»Sie folgen fast alle aufeinander«, sagte Remy. »Was denkst du, wofür steht das *PN*?«

»Fultz war ein Immobilien-Mann«, entgegnete ich. »Parzellennummer.«

»Jedes County hat eine Website, wo man nachschauen kann, wo diese Grundstücke liegen«, schaltete Harmon sich ein.

Remy lud die Seite auf ihrem Laptop hoch und gab die erste Nummer ein. Das Ergebnis war ein umfangreiches Datenverzeichnis der Immobilie, von der Adresse der Parzelle über Abwasserleitungen und Stromversorgung bis hin zum Gaszugang.

»Klick die Karte mal an«, sagte ich.

Sie tat es, und wir sahen, dass das Grundstück auf der anderen Seite der Schlucht lag, gegenüber von Ennis Fultz' Haus.

»Was ist mit dem nächsten?«

Remy klickte sich durch, Kennziffer für Kennziffer, bis wir uns ein Bild davon machen konnten, was Ennis Fultz getrieben hatte. Zwischen Juli und August letzten Jahres hatte er sämtliche Grundstücke um die Schlucht herum aufgekauft, von Norden nach Süden, Osten nach Westen.

»Demnach ist euer Mordopfer der Ölsucher?«, fragte Harmon. »Ich dachte, ihr zwei hättet gesagt, er wusste nichts von den Bohrungen.«

Mir kam in den Sinn, was Thorpe, der Mann mit dem Grassamen, uns erzählt hatte. Über Fultz, der aus dem Krankenhaus entlassen wurde und die Steine auf dieser Wiese sah.

»Während er im Krankenhaus lag, hat jemand den Grund

des Canyons erkundet«, sagte ich zu Remy. »Wollen wir wetten, dass die restlichen Steueroasen-Grundstücke auf dieser Liste stehen?«

Remy kniff die Augen zusammen. »Ich verstehe nicht ganz, P.T. Will er bohren? Oder legt er einen öffentlichen Garten an?«

»Keine Ahnung.«

Ich dachte an die Worte von Quentin Reed, dem Immobilienexperten. Wie Ennis Fultz jeden wachen Augenblick damit verbracht hatte, Katasterarchive in der Stadtverwaltung zu durchforsten.

»Wir können das hier nicht auf die lange Bank schieben, so wie wir das beim Testament gemacht haben«, sagte ich. »Lass uns einen Sachverständigen befragen. Ist nicht weit von hier, an der 909.«

Remy und ich bedankten uns bei Harmon und hüpften in Marvins Charger.

Ein paar Minuten später standen wir im Keller der Bezirksverwaltung und stellten uns einem Sachbearbeiter namens Jim vor.

Der Mann war etwas über fünfzig, trug ein limettengrünes Hemd mit Button-down-Kragen und eine beige Hose.

»Ich kannte Ennis gut«, sagte Jim. »Kam nie her, ohne mir nicht frisches Obst mitzubringen. Hat Liegenschaften studiert wie manche Leute die Bibel.«

Remy zeigte Jim die Liste mit den Grundstücken. Wir erwähnten, dass sie allesamt an Ennis Fultz' Haus grenzten und wir zwar nicht sicher, aber dennoch der Ansicht seien, sie gehörten Fultz.

»Nun ja, wenn man hier bei uns genaue Daten einsehen will, muss man bestimmte Regeln beachten. Gerade Ennis wusste darüber sehr gut Bescheid.«

»Sie machen also Aktenvermerke, wenn irgendwer zu einem Grundstück recherchiert?«, erkundigte sich Remy.

»Falls jemand den kompletten Auszug verlangt«, sagte Jim, »dann ja. Online erfährt man nicht besonders viel. Nichts zur Historie, etwa wem es zuletzt gehört hat. Oder wer davor der Besitzer war.«

Wir händigten Jim das Blatt mit der Liste aus, und er verschwand für einige Minuten aus dem Empfangsbereich seines Büros.

Während wir warteten, rief Abe an.

»Ich habe gerade mit dem frisch operierten Thom Sile gesprochen«, sagte er. »Seine Geschichte ist die gleiche wie die von Bodie. Er hat die Wohnung bis Montagnachmittag kein einziges Mal verlassen. Weil ihm so hundeelend war.«

»War er allein?« Womit Remy zart die Frage andeutete, warum zur Hölle wir Sile trauen sollten?

»Wenn man ihm glauben mag, ja. Aber haltet euch fest. Er meinte, er hätte morgens um Viertel vor sechs was vertickt. Falls er es war, der den Lieferwagen fuhr, hätte er um diese Zeit draußen bei der Schlucht sein müssen.«

»Ein Drogendeal?«, schnaubte Remy. »Das ist sein Alibi?«

»Leute, er hat gesagt, sein Kunde wäre ein Bulle gewesen. Zwanzig Pillen Oxi.«

Ich stöhnte auf.

»Hat mir den Vornamen und die Beschreibung eines Kerls

vom Verkehrsdezernat gegeben«, berichtete Abe. »Ich kenne den Typ. Ist letztes Jahr böse mit dem Motorrad gestürzt. Vielleicht hat er immer noch Schmerzen.«

Verdammt, dachte ich. *Bitte kein Bulle.*

»Was ist mit dem Bargeld, das wir in Siles Lautsprecherbox gefunden haben? Passt irgendwas davon zu Fultz' Abhebungen?«

»Nee«, meinte Abe.

Was hieß, dass Sile Fultz das Geld nicht gestohlen hatte. Und es sah außerdem nicht danach aus, als wäre er der Mann am Steuer des Trucks gewesen.

Jim kehrte mit ein paar Ordnern im Arm zurück.

Wir baten Abe, am Ball zu bleiben, und legten auf.

Jim hielt einen der Ordner in die Höhe. »Unter Immobilienmaklern war Ennis dank seines Forschungseifers so etwas wie eine Berühmtheit.«

Berühmtheit. Quentin Reed hatte es ein klein bisschen anders ausgedrückt.

»Die hier«, Jim hob erneut die Ordner in die Höhe, »umfassen die vollständige Geschichte der meisten dieser Grundstücke. Und falls Sie einen Blick hineinwerfen möchten – ich notiere mir ganz klein auf dem Innendeckel, wenn jemand einen Ordner konsultiert.«

Ich starrte auf den Vermerk, und Remy und ich sahen uns an.

Vor unseren Augen fand sich dreimal der Name »Fultz«, allerdings nicht jedes Mal mit dem Initial *E* davor.

»C. Fultz«, sagte Remy und sah Jim an. »Ist das seine Frau Connie?«

Jim zögerte. »Tja, vielleicht kann ich es jetzt ruhig sagen. Es ist Cameron, der Sohn.«

Ich wechselte rasch einen Blick mit Remy.

»Der Junge wollte nicht, dass sein Dad davon erfuhr«, setzte Jim seine Erklärung fort. »Ich glaube, er war darauf aus, seinen alten Herrn zu beeindrucken. Er wollte sich so richtig tief in alles reinknien, was den Wissensstand um Geschäfte und Besitztümer seiner Familie betraf, verstehen Sie? Ennis hat ihn sehr streng behandelt.«

Ich blätterte die Ordner durch und schaute mir die Geschichte jedes einzelnen Grundstücks an. Seit 1960 hatten sie alle derselben Firma gehört, einer Farming Collective GmbH.

»Wer ist das?« Ich zeigte auf den Namen.

»Großer Kapitalanleger in den Randgebieten der Stadt. Etliche Zahnärzte und sonstige Mediziner. Langfristige Passiv-Investitionen. Vor allem bei Land in unmittelbarer Nähe der Schlucht.«

»Und das heißt genau was?«, fragte Remy.

»Nun, als ich ein Kind war, hat der Bundesstaat den Fluss aufgestaut«, erklärte Jim. »Und ohne den Fluss, der hindurchfließt, ist die Schlucht nicht viel wert.«

Es sei denn, der Fluss bestünde aus Öl, dachte ich.

Ich klappte den nächsten Ordner auf.

C. Fultz 4/2018

E. Fultz 7/2018

C. Fultz 4/2019

»Wie bei dem anderen«, sagte Remy.

»Wenn das hier stimmt, war *Cameron* der Erste, der dieses Dokument eingesehen hat. Nicht sein Vater. Und als er das tat, gehörte das Land noch diesen Ärzten und Dentisten.«

Der Beamte überprüfte seine Einträge und nickte.

»Also hat er nicht das Portfolio von seinem *Dad* studiert«, sagte ich zu Jim. »Weil sein Dad ja nicht der Besitzer dieser Parzellen war. Bis vor Kurzem jedenfalls.«

Jim drehte die Ordner herum, sodass er sie lesen konnte. »Tja, ich würde sagen, Sie haben recht. Cameron hat sich im April letzten Jahres abgemeldet. Ein paar Monate später kam dann Ennis wieder.« Jim blätterte weiter bis zu einer anderen Stelle, an der die Besitzerwechsel aufgeführt waren. »Und *dann* hat Ennis es gekauft. Wahrscheinlich hat Cam seinem Dad den Erwerb empfohlen.«

Ich trat einen Schritt zurück und versuchte, im Geiste einen Zeitstrahl zu konstruieren.

Waren Cameron und Ennis Partner? Vater und Sohn zogen geschäftlich an einem Strang?

»Cameron hat also vor einem Jahr im April angefangen, Recherchen über die Eigentümerschaft der sieben Landstücke am Fuß der Schlucht anzustellen«, sagte ich. »Und stellte fest, dass sie den Ärzten oder Zahnärzten gehörten.«

»Richtig«, sagte Jim.

»Und während Fultz im Krankenhaus lag, erkundete jemand dann im Juni den Canyon in Sachen Ölschiefer.«

»Tatsächlich?«, staunte Jim.

Ich ignorierte den Kerl, da ich eigentlich mit Remy sprach.

»Im Juli«, fuhr Remy fort, »kommt Ennis aus dem Krankenhaus. Er hat die Felsbrocken auf der Wiese gesehen und sich zusammengereimt, was abgelaufen war. Außerdem fand er heraus, dass sein *eigener Sohn* die Nachforschungen angestellt hatte. Sieben Monate später hat er sämtliche Grundstücke aufgekauft.«

»Also arbeiten sie zusammen?«, wollte Jim wissen.

»Wenn sie denn zusammenarbeiten«, sagte ich, »warum kehrt Cameron dann im April zurück, um abermals nachzuschauen? Er wusste doch schon, wem das Land gehört. Ihm und seinem Vater.«

»Wahrscheinlicher ist, dass Cameron einen Investor im Rücken hatte«, mutmaßte Remy. »*Cam* hat das Land erkundet, während sein Papa flachlag. Fand heraus, dass es hundert Millionen wert war.«

Bei der Zahl wurden Jims Augen groß und rund.

»Im April ist Cam dann wiedergekommen«, ergänzte ich, »und musste feststellen, dass sein Dad ihm all das Land unter dem Hintern weggezogen hatte.«

»Können Sie sich an irgendeinen Besuch der Herren Fultz erinnern?«, erkundigte ich mich bei Jim.

»Lustig«, sagte Jim. »Ich erinnere mich an den allerletzten vom letzten Monat. Cameron saß an diesem kleinen Tisch im hinteren Bereich, und ich war auf Toilette. Und, mein lieber Herr Gesangsverein, ich habe noch nie einen Christenmenschen *solche* Worte benutzen hören.«

»Er hat geflucht?«

»Ich dachte, er würde telefonieren, und als ich reinkam,

war ein anderer Mann bei ihm. Der Typ muss sich reingeschlichen haben, als ich hinten war.«

Remy schaute mich an. »Cameron hat den Namen der Firma seines Vaters auf der Urkunde gesehen, P.T. Ihm war klar, dass sein Dad rausgekriegt hatte, was er trieb.«

»Wer war dieser Typ?«, fragte ich Jim. »Der bei Cameron.«

»Kräftiger Kerl.« Jim zuckte die Achseln. »Lederjacke. Olivfarbener Teint. Ich habe ihn nie zuvor gesehen.«

Ich dankte Jim und bat ihn, uns allein zu lassen, damit wir die Sache besprechen konnten. Nachdem er gegangen war, wandte ich mich an Remy.

»Cameron«, sagte ich. Nur dieses eine Wort.

»Hey, der Sohn hatte ein wasserdichtes Alibi.« Remy hob abwehrend die Hände. »Er war das ganze Wochenende drüben in Jacksonville.«

Ich nickte, während ich auf- und abging. Erhob keinen Widerspruch gegen diese Tatsache.

»Du hast mir neulich erzählt, dass eine Bauhypothek auf Camerons Haus lag. Er war bis über beide Ohren verschuldet. Weißt du noch, wie hoch?«

»Fünfundneunzig Riesen.«

Ungefähr die gleiche Summe, die Harmon als Kostenpunkt für einen 3-D-Scan der Schlucht genannt hatte.

Ich schnappte mir einen Stuhl, drehte ihn um und starrte auf die Liste mit den Parzellen. »Du hast Cameron zu Hause getroffen?«

»Ja«, bestätigte Remy.

»Sah es dort so aus, als wäre irgendwas renoviert worden? Drinnen? Draußen? Irgendwo?«

»Nein. Warum? Worauf willst du hinaus?«

»Wir haben diesen Vogel verhaftet, als ich beim Einbruchsdezernat gearbeitet habe. Hat uns alles angeboten, was er wusste, um aus dem Knast zu kommen.«

»Okay. Und?«

»Er erzählte uns von diesen Kerlen in Grove Park unten in Atlanta. Im Grunde Kredithaie. Doch ihnen gehörten auch Bauunternehmen.«

»Du sprichst vom organisierten Verbrechen?«

»Ja. Wenn sie einem Geld liehen, pfändeten sie den Grundbesitz – nur für den Fall, dass man sich aus dem Staub machte. Eine rechtlich sauber wirkende Bauhypothek.«

»Du willst damit sagen, dass Camerons Hypothek nichts mit seinem Haus zu tun hat. Es ist ein privates Darlehen, das er aufgenommen hat, um unten in der Schlucht die Tests durchzuführen.«

»Er wäre nicht der Erste, der sich in kriminelle Machenschaften verstrickt«, sagte ich. »Das Problem besteht darin, dass er weitere Riesen für den Kauf der Ländereien braucht, wenn er die ersten hundert für Tests verbraten hat.«

»Angenommen, *Cam* ist derjenige, der das Land dort kartografierte, während sein Dad im Krankenhaus lag.« Remy versuchte entschieden, der Sache näherzukommen. »Er findet Beweise dafür, dass die Gegend reich an Schiefer ist, benötigt jedoch mehr Geld.«

»Von jemandem, der nicht Dad ist.«

»Höchstwahrscheinlich dieselbe Person, von der er sich schon beim ersten Mal Geld geliehen hat.«

Ich zeigte auf Remy. »Abgesehen von der Tatsache, dass

ein Kredithai, wenn man ihn ein zweites Mal besucht, einem entweder die Knochen bricht – oder dein Geschäftspartner wird.«

»Ennis wird aus dem Krankenhaus entlassen«, fuhr Remy fort. »Er sieht die Steine auf der Wiese und durchschaut die Sache. Er ist enorm flüssig, fängt an, das ganze Land zu schlucken. Was für ein Spiel spielt er?«

»Vielleicht schätzt er es nicht, wenn sich sein Sohn auf sein Land schleicht. Er versucht seinen Sohn zu einem Geständnis zu bringen. Auf ihn zuzugehen.«

»Oder vielleicht sind es auch zwei Männer, die in entgegengesetzter Richtung gehen«, sagte Remy. »Der Vater, der sich bemüht, ein neues Kapitel aufzuschlagen. Er kauft das Land als Ergänzung zu seiner Gartenanlage – um die Bohrungen zu *verhindern*, die die Gegend verschandeln würden. Der Sohn, der sich bemüht, reich zu werden und sich von seinem alten Herrn abzunabeln.«

»Lass uns vorspulen«, sagte ich. »Cam organisiert die Knete für die Parzellen. Er wendet sich an die Ärzte und Dentisten, doch die sagen ihm, sie hätten bereits verkauft. Er kommt mit seinem neuen Partner hierher und muss feststellen, dass sein eigener Vater der Käufer ist.«

»Er fährt persönlich vorbei, um Ennis zur Rede zu stellen. Sieht, dass der Alte seine Medikamente absetzt. Gewicht verliert. Er wird ewig leben.«

»Tja, er hat plötzlich *etwas*, für das es sich zu leben *lohnt*.« Ich grinste. »Vielleicht das Callgirl.«

»Aber Camerons Partner will nicht warten.«

»Und wenn er zur Mafia gehört, gibt es Mittel und Wege,

den Erbschaftsprozess zu beschleunigen. Mord zum Beispiel.«

»P. T.«, sagte Remy, »am ersten Tag habe ich mich mit Camerons Freundin unterhalten. Sie hat gesagt, Cam und sie hätten am Sonntagabend in Jacksonville ein paar Drinks genommen, und sie wäre früh zu Bett gegangen. Gegen zwanzig Uhr. Meinst du, es könnte sein, dass Cam gewartet hat, bis sie eingeschlafen war, und dann von Jacksonville hierher zurückgefahren ist?«

Ich dachte an die Schattengestalt, die den Lieferwagen aus Thom Siles Wohnanlage gesteuert hatte. Ein nächtlicher Trip von Jacksonville würde fünf bis sechs Stunden dauern.

»Das ist eine lange Fahrt«, sagte ich. »Hin und zurück. Er könnte sich allerdings den United-Chem-Truck geschnappt haben. Hat den bösen Stickstoffkanister bei seinem Vater vorbeigebracht und ist dann umgekehrt. Rechtzeitig zu seiner Halbzwölf-Golfrunde war er wieder zurück in Florida.«

»Vielleicht ist deshalb kein Geld gestohlen worden«, spekulierte Remy. »Es ging nicht um ein paar Riesen in bar, die in irgendeinem Schrank versteckt waren, sondern um den Hauptgewinn, wenn der alte Mann stirbt.«

Auf einmal fühlte ich mich unendlich müde. »Suzy, die Prostituierte.« Ich schüttelte den Kopf. »Sile, der Junkie-Lieferant ...«

»Denkst du, Fultz junior hat uns mit den üblichen Verdächtigen an der Nase rumgeführt? Versucht, diesen Leuten die Sache anzuhängen, damit wir anbeißen?«

Meine Finger ballten sich zur Faust. Ich war stinksauer.

»Wenn er das getan hat, ist er ein Soziopath, und wir haben's nicht mitgekriegt.«

»Dann lass uns hinfahren«, sagte Remy, »und den Scheißkerl festnageln.«

36

Wir hielten vor Cameron Fultz' Haus im Ranch-Stil, wo Remy ihn vor gerade mal drei Tagen befragt hatte, und sprangen aus dem Wagen. Als wir uns dem Haus näherten, bemerkten wir, dass sowohl die Eingangs- als auch die Fliegengittertür offen standen.

Remy und ich zogen unsere Waffen, und meine Partnerin gab über Funk unseren Standort durch.

Jalousien bedeckten die Fenster neben der Vordertür. Ich kam von links, pflanzte mich neben den Türrahmen und wartete auf meine Partnerin.

Remy schob sich eine Stablampe in die Gesäßtasche.

Ich griff nach der Kante der Fliegengittertür und schwang das Ding in unsere Richtung. Es knallte gegen die Außenwand.

Remy leuchtete mit ihrer Taschenlampe in der linken Hand über meine Schulter hinweg und umklammerte ihre Glock 42 mit der rechten.

»Cameron Fultz?«, rief ich laut. »Polizei.«

Ich richtete meine Pistole auf die gegenüberliegende Wand im Inneren und bewegte mich nach links, über die Schwelle, während Remy neben dem Türpfosten Stellung bezog.

Im Haus brannte kein einziges Licht. Rechts von uns befand sich ein Küchenbereich, links ein schmaler Flur.

Meine Kollegin und ich wussten besser als jeder andere im Dezernat, wie man zu zweit einen Raum abmaß und sicherte. Wie man »den Kuchen verteilte«, wie es bei den SWAT-Teams heißt. Eine große Räumlichkeit in viele kleine zerschneiden. Die lotrechten Särge meiden, in die Flure und Gänge sich verwandeln können und uns gegenseitig Schutz geben, wenn wir uns von einer gesicherten Ecke zur nächsten begaben.

Ich klärte Wohnzimmer und Küche mit Argusaugen und rückte in den Korridor vor.

Rumms. Die Eingangstür fiel zu und ließ uns im Dunkeln zurück.

Der Lichtstrahl von Remys Taschenlampe wanderte in den dunklen Bereich direkt vor mir und erhellte ihn, bevor ich ihn betrat.

Ich warf einen Blick ins Badezimmer, wo mir ein Gestank nach verfaulten Eiern in die Nase kroch. Irgendein Wort oder Bild war auf den Spiegel geschmiert worden, doch der Raum war verlassen.

Als ich ins Schlafzimmer schlich, wurde der Gestank schlimmer. Die Luft roch nach einer Mischung aus alten Kohlköpfen und Fäkalien, und ein Pulk pechschwarzer Fliegen segelte an mir vorbei.

Remys Lichtkegel erfasste ein Bein, dann einen vollständigen Körper. Wir knipsten das Licht an – und sahen ihn deutlich und klar.

Cameron Fultz lag mit dem Gesicht nach unten ausgestreckt auf dem Fußboden.

In seinem Schädel konnte ich ein Loch von der Größe eines Pfirsichkerns erkennen, unterhalb seiner rechten Schläfe. Um ihn herum hatte sich eine Blutlache gebildet, aber das Blut war noch nicht schwarz geworden.

»Das ist erst ein paar Stunden her«, sagte ich.

»Er muss gewusst haben, wie nah wir waren.«

Wir sicherten den Rest des Hauses und trafen uns wieder im Zimmer mit der Leiche.

»Boss«, sagte Remy und deutete auf Camerons Seite.

Unter seiner rechten Hand klemmte ein .45er, der Körper war darüber zusammengesackt.

Ich beugte die Knie und hielt mich von den Blutlachen fern.

Wenn man stirbt, während man auf den Beinen steht, fliegt man nicht nach hinten. Die Gegenkraft bewirkt, dass man nach vorne fällt – schnell und energisch. Bei Cameron hatte der Sturz ihm die Nase gebrochen und eine zweite Blutlache entstehen lassen, die in entgegengesetzter Richtung floss.

»Da war was im Bad«, sagte ich.

Vier oder fünf Schritte brachten mich zurück ins Badezimmer. Auf dem Spiegel über dem Waschbecken standen zwei mit Zahnpasta geschriebene Wörter:

Verzeih, Dad

Ich starrte auf die schiefen Buchstaben. Die Zahnpasta tropfte von den beiden *e*s in »Verzeih« herab.

»Großer Gott«, sagte ich. Ich hatte noch nie den Abschiedsbrief eines Selbstmörders gesehen, der auf diese Art verfasst worden war.

»Schuldgefühle«, erscholl Remys Stimme hinter mir.

Meine Partnerin schoss ein Foto davon mit ihrem Telefon, und wir gingen wieder ins Schlafzimmer, um die Leiche genauer zu untersuchen.

Das Haus stand offenbar auf unebenem Grund, denn das Blut aus Cameron Fultz' Kopf war dem Lauf der Schwerkraft gefolgt, an der Seite hinabgeflossen und hatte sich schließlich dort gesammelt, wo sein linker Oberschenkel gegen die Südwand des Zimmers gedrückt wurde.

Der Verwesungsprozess des menschlichen Körpers setzt unmittelbar nach dem Tod ein, und das Gewebe sowie die diversen Körpersäfte neigen dazu, in den Teppich zu sickern und sich ziemlich zügig zu verfestigen. Es ist eines der Details, die einem unweigerlich auffallen, wenn man eine Leiche umdreht und darunterschaut. Außerdem die von den Bakterien im Magen-Darm-Trakt produzierten, freigesetzten Gase.

Remy machte sich auf den Weg ins Freie, um die Gerichtsmedizin zu kontaktieren, und schnappte sich ihr iPad für Notizen.

Ich ging neben Camerons Leiche in die Hocke und betrachtete die Verbrennungen um die Wunde an der rechten Seite des Kopfs – ansteigender Eintrittswinkel.

Bei einem Selbstmord gab es gewisse grundlegende Methoden, um die Todesursache sicher zu bestimmen.

Die erste bestand darin, die einen Suizid betreffenden Ermittlungsvoraussetzungen zu klären. War eine Waffe zur Hand? Sieht es stark danach aus, dass das Opfer die tödliche Wunde selbst verursacht hat? Und ist das vorsätzlich geschehen?

An Camerons Daumen waren Spuren von Schießpulver durch unverbrannten Kohlenstoff zurückgeblieben, die Schusswaffe war genau unter seinem Körper begraben gewesen, und die Abschiedsnachricht stand auf dem Badezimmerspiegel.

Drei Haken drunter.

Ich dachte an meine Verpflichtung, Camerons Mutter Connie benachrichtigen zu müssen. Sie hatte vor weniger als einer Woche ihren Ehemann verloren und würde sich nun der Tatsache stellen müssen, dass ihr Sohn erst seinen Dad und dann sich selbst umgebracht hatte.

Ich hatte in meinem Leben eine ganze Menge unangenehmer Anrufe hinter mich bringen müssen, aber bei diesem hier schien es, als wäre er kaum zu bewältigen.

Draußen hörte ich Verstärkung anrücken. Remy gab Anweisung, das Gelände abzusperren und die Gerichtsmedizinerin reinzuschicken.

In Camerons Arbeitszimmer durchsuchte ich einen Aktenschrank. Ich musste nur wenige Schubladen aufziehen, um auf eine Karte zu stoßen, die elf Sprenglöcher verzeichnete. Elf Testsprengungen, mit denen Cameron unten in der Schlucht den Boden auf Schiefervorkommen untersucht hatte. Genau wie Harmon es vermutet hatte.

Außerdem fand ich eine an Enfatigo Capital gerichtete Grundpfandverschreibung in Höhe von 95.000 Dollar.

Der Name Enfatigo war bei der Polizei von Atlanta wohlbekannt.

Der Grund dafür war Vincent Enfatigo. Ein Gangsterboss, den man in Valdosta tief im Süden ins Gefängnis gesteckt und der einst sämtliche Geschäfte, von Drogenschmuggel über Erpressung bis zum Handel mit schweren Waffen, kontrolliert hatte.

Als die Polizei von Atlanta und das FBI ihn vor fünf Jahren endlich erwischten, wurde das als Sieg bejubelt. Doch während Vincent im Knast hockte, wurde sein sympathisches Familienunternehmen nur noch größer. Der Sohn und die Tochter des Mafiosos übernahmen die Geschäfte. Die offizielle Version der Geschichte lautete, sie hätten in die Legalität gewechselt. Wenn man sich jedoch Verpfändungsurkunden wie diese von Cameron anschaute, roch es einfach nur nach einer neuen Sorte Schmutz.

Remy betrat das Privatbüro, und ich präsentierte ihr die Unterlagen.

Selten hatte ein Fall uns derart im Kreis laufen lassen wie dieser.

»Wir wissen noch immer nicht, warum«, erklärte ich Remy. »Warum hat Cameron seinem Vater nicht einfach erzählt, was er unten in der Schlucht entdeckt hatte?«

Es spielte keine Rolle. Ennis Fultz kam hinter Camerons Pläne. Und der Vater bleckte die Zähne, die er sein ganzes Leben lang spitz gefeilt hatte – indem er alles Land, das Camerons Schatzfund betraf, gnadenlos aufkaufte und seinen Sohn auf diese Weise zwang, zu ihm zu kommen. Und Cameron kam, o ja, das tat er. Mit einer tödlichen Ladung Stickstoff.

Remy zuckte die Schultern. »Er war ein beschissener Vater, hat seine Frau gesagt.«

»Und ich schätze mal, der Apfel ist alles andere als weit vom Stamm gefallen.«

»Sieh dir das an«, sagte Remy und hielt mir Ennis Fultz' Testament entgegen. »Ich habe eine Kopie davon auf Camerons Esstisch gefunden.« Das Dokument war an der Stelle aufgeschlagen, an der es um die Stiftung ging.

»Cameron wusste, dass er eine geraume Weile auf dieses Land würde warten müssen«, bemerkte ich.

Wir hörten, wie unten der Transporter der Gerichtsmedizin vorfuhr, und vor dem Fenster sah ich Alvin Gerbin von der Spurensicherung zusammen mit Sarah unter dem Tatort-Absperrband durchgehen, das die Streife gezogen hatte.

Sarah trug eine weiße Caprihose und eine schwarze Bluse, zog sich jedoch am Heck des Wagens einen einteiligen Schutzkittel über.

»Hey«, sagte sie, als sie ins Haus kam.

Wie zuvor vor dem Revier hellte sich ihre Miene bei meinem Anblick nicht auf.

»Alles in Ordnung bei dir?«

»Vollkommen«, antwortete Sarah.

Der Gestank hatte sich überall im Teppich festgesetzt, und Remy und ich gönnten uns eine Frischluftpause, während Alvin und Sarah die Leiche untersuchten.

Der Fall hatte ein seltsames Ende genommen – aber irgendwie war es auch ein typisches. Geld. Eifersucht. Rache. Gier. Bei jedem Mord, den ich je aufgeklärt hatte, fanden sich Kombinationen dieser Elemente.

Sarah begutachtete den Leichnam und teilte uns mit, der Todeszeitpunkt läge zwischen fünfzehn und siebzehn Uhr. Wenige Stunden zuvor also.

Gerbin machte Fotos vom Spiegel, von Camerons Leiche sowie Nahaufnahmen von der unter ihm begrabenen Pistole und weiteren Einzelheiten quer durchs ganze Haus. Remy und ich nahmen uns Zeit, zogen sämtliche Schubladen auf, kennzeichneten Indizien und packten potenziell sachdienliche Schriftstücke in Kartons.

Ein paar Stunden später hatten wir achtundzwanzig Stück Beweismaterial eingetütet und fünf Aktenkästen gefüllt.

Gerbin zog einen Holz-3-Schläger aus Fultz' Golftasche, die nicht weit von Camerons Bein entfernt an der Wand lehnte. »Die darf ich woanders hinstellen, oder?«

»Selbstverständlich«, sagte ich und half ihm. Ich hatte das Golfspielen von meinem Dad gelernt, als ich elf Jahre alt gewesen war, und den Sport auf der Highschool weiter betrieben, wenngleich der alte Mann sich in der Zwischenzeit verdünnisiert hatte.

Der Fall neigte sich seinem Ende zu, und Camerons Tod war ein unglückliches Postskriptum zum Mord an seinem Vater. Ennis Fultz, ein Mann, der Umgang mit Huren pflegte, Farmer und Immobilienunternehmer beschiss, hatte ein befremdliches Erbe hinterlassen.

Doch wie sich herausstellte, war er seinem Sohn in puncto Rache ein hervorragender Lehrmeister gewesen.

Ich schloss mich draußen wieder meiner Partnerin an, war in Gedanken jedoch plötzlich bei meinem eigenen Vater. Verspürte das intensive Bedürfnis, ihn aufzuspüren. Mir war seit jeher klar, dass ich über Mittel und Wege verfügte, den Aufenthaltsort meines alten Herrn ausfindig zu machen. Doch ich hatte beschlossen, nicht genauer hinzusehen.

»Wie wär's, wenn ich dich zu Hause absetze?«, schlug ich Remy vor. »Ich erledige den Papierkram, und du machst Feierabend.«

»Es ist Mitternacht, P.T.«

»Ich bin noch topfit«, entgegnete ich.

»Als du das das letzte Mal behauptet hast, bist du gar nicht nach Hause gefahren«, meinte Remy. »Lass uns diesen Mist ins Büro befördern, und dann hauen wir uns beide aufs Ohr. Die Feinarbeit können wir auch morgen noch erledigen.«

»Abgemacht«, sagte ich.

Eine frische Streife bezog Posten, während Gerbin und Sarah ihre Tätigkeit beendeten. Es erstaunte mich immer wieder aufs Neue, wie viel Zeit wir an Tatorten verbrachten, um alle Beweise zu sammeln.

»Wir haben unseren Mann«, sagte Remy, die im Vorgarten stand.

»Yep«, gab ich zurück. Obwohl es mir durchaus so vorkam, als wäre noch längst nicht alles im Lot.

Mein Handy brummte. Es war Abe. Ich stellte auf laut.

»Ich sitze hier mit Johnny Tobin«, sagte Abe. »Wir haben die letzte Stunde damit verbracht, all diese Teilhaberschaften und Steueroasen aufzudröseln. Es gibt eine, die fast den gesamten Besitz bündelt.«

»Großartig!«

Wir brauchten diese finanztechnischen Informationen dringend, um den Fall restlos zum Abschluss zu bringen.

»Dieser Fonds trägt die gesamtschuldnerische Haftung, P.T.«

»Das ist nichts Ungewöhnliches«, sagte ich. Es war das

Gleiche wie bei meinem eigenen Haus. Als Lena starb, fiel kein neuer Papierkram an, um mir den Besitz zu überschreiben.

»Bill Lyman, Anna Lyman und Alita Kang Lyman.«

»Alita Kang Lyman?«, wiederholte ich.

Alita war das kleine Mädchen. Lymans Adoptivtochter.

Doch »Kang« – das war Suzys Nachname.

»Wie?«

»Wir haben ihren Geburtseintrag eingesehen«, sagte Abe. »Vater unbekannt. Mutter: Suzy Kang. Hatte ein Drogenproblem und gab das Kind weg.«

»Echt?«, kommentierte Remy.

»Bis letzten Sommer wurde das Mädchen von einer Pflegefamilie zur nächsten weitergereicht.«

»Bis Juni«, meinte ich zu Abe. »Als er aus dem Krankenhaus kam.«

»Genau«, gab Abe zurück.

Ich sah Remy an. »Fultz hat es rausgefunden. Das Mädchen ist seine Tochter, Rem.«

Plötzlich war etwas sonnenklar, das zuvor keinen Sinn ergeben hatte. Weshalb Fultz den Lymans das Land überlassen hatte. Er hatte die Adoption seiner unehelichen Tochter für sie arrangiert.

Und Suzys Beziehung zu Fultz. Da sie in einem Swingerclub arbeitete und Fultz sie bezahlte, waren wir davon ausgegangen, dass sie eine Prostituierte war. Doch sie war die Mutter seiner Tochter. Soweit wir es überblickten, liebten sie einander.

Mit einem Schlag kapierte ich, was dies für Cameron bedeutete. Wenn das Pachtverhältnis auf Miteigentum hinauslief, hätte Cameron warten müssen, bis das kleine Mädchen erwachsen wurde und verstarb, bevor er diese ölreichen Parzellen in die Finger bekam.

Was unter normalen Umständen bis weit nach Camerons eigenem Tod gedauert hätte.

Remy richtete ihren Zeigefinger auf mich. »Du glaubst, Cameron hat seinerseits rausgefunden, dass Alita seine Halbschwester ist?«

»Wenn Cameron wusste, dass die Besitztümer seines Vaters nicht an ihn gehen werden ...«

Meine Augen wurden tellergroß, als ich die Sache durchdachte.

»Was?«

»Die Familie Enfatigo«, sagte ich. »Wenn Cameron in ihre Geschäfte verwickelt war, waren möglicherweise sie diejenigen, die seinem Vater das Lebenslicht ausgeblasen haben, mit seinem Segen oder auch ohne.«

»So etwas haben wir ja bereits vermutet«, bemerkte meine Partnerin.

An einem Punkt hing ich allerdings immer noch fest.

»Remy, wann wurde Fultz' Testament eröffnet?«

»Gestern.«

»Wäre ich also Camerons Geschäftspartner bei Enfatigo«, sagte ich, »und würde herausfinden, was an diesem letzten Abend geschah, bevor Cam sich umbrachte ...«

»Und du bist Mitglied der Mafia und Gewalt und Verbrechen gewohnt ...«, ergänzte Remy.

»Dann gibt es eine Lösung für das Problem«, überlegte ich. »Die Familie Lyman ausschalten.«

Jetzt wurden Remys Augen groß. »Dann geht der Besitz an Cameron über. Und du bist sein Partner. Und damit wieder im Geschäft.«

»Abe«, sagte ich. »Schick eine Streife zur Schlucht. Am besten nicht nur eine. Diese Leute schweben vielleicht in Gefahr.«

»P. T.«, erwiderte er, »die sind alle oben im Norden. Die Wagenkolonne ... sie haben entschieden, über Nacht im Nationalpark ihr Lager aufzuschlagen. Irgendeine Art von Werbegag. Der Präsident pennt in einer Jurte.«

»Was sagst du da?«

»Wir haben nur noch zwei Streifenwagen für die komplette Stadt.«

»Dann fahren wir selbst hin. Aber versuch, die Lymans in die Finger zu kriegen, während wir unterwegs sind. Die Frau arbeitet Nachtschicht bei irgendeinem Tierarzt. Der Mann müsste zu Hause sein.«

»Und was soll ich ihnen sagen?«, fragte Abe.

»Dass sie raus müssen aus ihrem Haus. Und zwar schnell. Sie müssen sich einen sicheren Ort suchen.«

37

Als das Mädchen bei sich zu Hause ankam, rannte es hinein.

Niemals wieder wollte es fahren.

Es riss sich den Krankenhauskittel vom Leib. Griff sich Leggings und ein Sweatshirt.

Wenige Minuten später hörte es draußen Geräusche und lief zum Fenster.

Der weiße Toyota-Truck stand vor der Tür.

Es schloss den Vordereingang ab und eilte zur hinteren Schiebetür. Verschloss auch diese. Überprüfte, ob der hölzerne Zylinderstift auch ordentlich an Ort und Stelle war, wie Dad es ihm gezeigt hatte.

Es schnappte sich das Telefon, um den Notruf zu wählen, aber die Leitung war tot.

Es hatte das Handy seines Vaters im Wagen gelassen. Als es die Haustür öffnete, schrie es unvermittelt auf.

Die Vorderseite der Tür stand in Flammen, und Rauch drang ein.

Es warf die Tür ins Schloss und rannte zur Wäschekammer.

Der Mann. Er wollte es kriegen, wie er Papa gekriegt hatte.

Es kletterte auf den Trockner und zog die Leiter herab. Sie führte aufs Dach, und dort hatte sein Dad eine Hängeleiter angebracht, für Notfälle.

38

Wir sprangen in den Charger und rasten Richtung Schlucht. Wenn wir es schafften, das Tempo über hundert zu halten, war es vom nördlichen Teil der Stadt nur eine zwanzigminütige Fahrt.

Nach zehn Minuten meldete sich Abe.

»Ich habe einen Fahndungsbefehl für ihr Auto rausgegeben«, sagte er. »In der Nähe der Brücke an der I-32 hat es übrigens einen bösen Unfall gegeben, P.T. Der Hyundai der Lymans ist in die Brücke gekracht.«

Ich nahm den Fuß vom Gaspedal. »Geht es ihnen gut?«

»Sie wurden schnellstens ins County Hospital eingeliefert. Vor vier oder fünf Stunden.«

»Fahr bitte hin, und kümmere dich um sie. Wir kommen, so schnell es geht, nach.«

»Gattling war in der Nähe des Krankenhauses«, berichtete Abe und bezog sich damit auf einen Streifenpolizisten, den wir beide kannten. Er war offenbar einer der zwei Cops, die noch die Stellung in der Stadt hielten. »Alita ist nicht in ihrem Krankenzimmer. Und ihr Vater – man hat seine Leiche im Treppenhaus gefunden, P.T.«

»Und die Mutter?«, erkundigte sich Remy.

»Im OP, aber das Mädchen wird vermisst. Ebenso wie der Wagen ihres Vaters.«

»Mein Gott«, sagte Remy.

»Er hat auch mit einer Krankenschwester gesprochen«, fuhr Abe fort. »Möglicherweise hat sich dort irgendein als Arzt verkleideter Kerl rumgetrieben. Und er war in Alitas Zimmer.«

»Hat er sich das Mädchen geschnappt?«

»Die Schwester meinte, Alita wäre da bereits verschwunden gewesen. Es schien, als hätte sie ihren Tropf abgeschraubt und sich davongemacht.«

Ich starrte Remy an. In Gedanken bei jenem Moment, als wir das Mädchen kennengelernt hatten.

»Sie hat ihren Dad gefragt, ob sie mit dem Geländewagen nach Hause fahren kann«, sagte ich zu Remy. »Das war merkwürdig, oder?«

»Meinst du, sie kann ein Auto lenken? Sie ist sehr klein.«

»Aber sie ist eine Überlebenskünstlerin«, entgegnete ich.

Ich nahm die Ausfahrt an der Four Bridges Road und steuerte die Schlucht an.

»Wir fahren weiter zu Fultz«, brüllte ich Abe entgegen. »Fahr zum Krankenhaus. Und lass den Laden abriegeln.«

39

Als wir den Gipfel des Hügels erreichten, sahen wir es.

Grellorange leuchtende Flammen, die den Nachthimmel erhellten.

Ein Gebäude brannte, ungefähr einen Kilometer vor uns.

Meine Partnerin löste ihr Funksprechgerät vom Gürtel und rief die Feuerwehr. Um ein Uhr nachts mitten im Nirgendwo konnte ein Haus bis auf die Grundmauern abbrennen, bevor irgendjemand auch nur ein Rauchwölkchen in der Luft wahrnahm.

Ich trat das Gaspedal des Charger durch, und der Tacho stieg auf hundertdreißig. Dann auf fast hundertfünfzig.

Ich erkannte die Kurve bei Fultz' Grundstück, bremste und schlitterte auf die Schotterstraße, die wir am ersten Tag raufgefahren waren.

»Da drüben.« Remy zeigte darauf, und ich drehte das Lenkrad nach links, folgte einem holprigen Feldweg.

Das Haus vor uns, mit einer Grundfläche von vielleicht hundert Quadratmetern, war in Flammen gehüllt.

Ich parkte in sicherer Entfernung und sprang aus dem Wagen.

Vor dem Haus stand ein ramponierter Camry. Zusammen mit einem Toyota-Truck.

Remy und ich zogen unsere Schusswaffen.

»Du gehst da lang. Wir treffe uns auf der Rückseite«, sagte ich.

Schwarzer Rauch quoll aus dem Haus, und ich eilte nach Norden, während Remy in südlicher Richtung abzog. Als ich meine Seite umrundet hatte, brach die gegenüberliegende Wand unter den Flammen zusammen, und eine Aschewolke stob hoch in den Himmel.

»Alita!«, schrie ich.

Ich rannte um die Rückseite des Hauses herum, wo ich meine Partnerin durch den Rauch erblickte. Der Qualm stieg trichterförmig zum Himmel hinauf und verfinsterte den kargen Rest Mondlicht, der noch auf uns niederschien.

»Remy«, rief ich. »Falls das Mädchen da drin ist, ist es schon tot. Aber sie kennt diese Wanderwege hier besser als jeder andere.«

Ich lief ein paar Schritte nach Süden. Dank der Helligkeit des Feuers konnte ich die Autos vorne erkennen. Wenn ein Mann Alita nachjagte, wollte ich ihm unbedingt den Fluchtweg abschneiden.

Ich zog mein Messer aus dem Stiefel, rannte hinüber und zerstach die Vorderreifen beider Wagen.

»P.T.« Meine Partnerin kam an meine Seite. »Sieh mal.«

Sie deutete durch den Rauch, der vom Haus aufwirbelte. Das Gestrüpp in Richtung der Schlucht brannte ebenfalls. In einer fast schnurgeraden Linie, als würde jemand diese labyrinthischen Pfade mit einer Fackel in der Hand abschreiten.

»Ich glaube, er ist hinter ihr her«, kreischte Remy.

Wir liefen in die entsprechende Richtung los und kämpften uns durch Flammen und Rauch.

Die Sicht wurde immer schlechter, und ich spürte Asche in der Kehle. Ich folgte Remy und rannte durch die Thujen-Korridore, die Bill Lyman angelegt hatte. Die Hälfte der Pfade, die er so sorgfältig gestutzt und geschnitten hatte, stand in Flammen oder war Geschichte.

Das Mädchen.

Ich sah etwas Buntes aufblitzen und wandte mich um, um Remys Aufmerksamkeit zu erhaschen.

Doch meine Partnerin hatte anscheinend einen anderen Weg durch das Buschlabyrinth gewählt. Wir hatten uns verloren.

Ich schaute wieder nach vorne. »Alita!«, schrie ich erneut.

Dichter Rauch quoll vom Boden hoch. Ich duckte mich und schloss die Augen.

Als ich sie einen Moment später wieder aufmachte, sah ich das Fultz-Haus zu meiner Rechten liegen, ein Stück vor mir. Ein paar Lichter brannten. Das gab mir Orientierung bezüglich der Lage der Schotterstraße. Ich folgte einem Pfad, der in ihre Richtung führte, und landete schließlich auf der Straße.

Dreißig Meter vor mir erkannte ich die Umrisse des Mädchens.

»Alita«, sagte ich.

Sie drehte sich um, und ihre Augen leuchteten auf. Sie erkannte mich. Ich rannte zu ihr.

»Da ist ein Mann«, sagte sie.

»Ich weiß.«

Ich schaute mich um, aber Remy war verschwunden.

»Er war auf der Straße«, sagte Alita. »Und dann im Krankenhaus.«

Ich ging neben ihr in die Hocke. »Das hast du gut gemacht«, sagte ich.

»Er ist da lang.« Sie streckte den Arm aus – in die Richtung, aus der ich gekommen war. »Zum Geräteschuppen.«

Ich ließ meinen Blick bis zu Fultz' Haus durch die Gegend schweifen. Das Feuer hatte sich von ihm ferngehalten. »Weißt du, wie man in Mr Fultz' Haus kommt?«

»Er hat einen Schlüssel versteckt«, sagte sie. »Unser Geheimnis.«

»Gut. Geh hinein. Und schließ die Tür ab. Lass niemanden rein, außer mir und meiner Partnerin.«

Ich sah zu, wie Alita zum Haus hochrannte.

Ohne die hell züngelnden Flammen lag das Gelände im Dunkeln. Doch das Mädchen hob irgendetwas vom Boden auf und ging ins Haus. Und ich stürzte in die Richtung, die sie mir gezeigt hatte, wo das Feuer nach wie vor wütete.

Als ich näher kam, hörte ich ein schnarrendes Geräusch und schaute mich um. Ich konnte nicht sagen, woher es kam, rannte jedoch schneller. Sprang über Büsche, die bis auf fünfzehn Zentimeter hohe, aus dem Boden aufragende rote Stümpfe runtergebrannt waren.

Ich hörte einen Knall. Jemand feuerte eine Waffe ab.

Durch eine ungefähr dreißig Meter entfernte Rauchwand stieß ein Quad.

Am Steuer saß ein Mann.

Er war schätzungsweise einen Meter neunzig groß. Ein Weißer mit rotbraunem Bart und kahlem Schädel. Über hundert Kilo schwer, wenn nicht mehr.

Er fuhr auf irgendwas zu, aber aufgrund der Flammen konnte ich nicht ausmachen, was es war.

Remy baute sich vor dem Quad auf, und der Fahrer ging vom Gas. Er streckte die Hand aus, um sich meine Partnerin zu krallen, aber sie stürzte sich mit aller Kraft direkt auf ihn.

Die zwei prallten heftig aufeinander.

Remy stürzte, am Kopf getroffen. Und der Mann wurde nach hinten geschleudert.

Ich lief zu ihnen. Im Schein eines rot-schwarzen Himmels sah ich, wie die Reifen des Quad, der zwanzig bis fünfundzwanzig Meter vor mir auf dem Rücken lag, sich in der Luft drehten.

Remy verschwand in einem Ascheschleier, und meine Lunge brannte, während ich auf sie zurannte.

Dreißig Meter.

Zwanzig.

Ich zog meine Pistole und hatte für einen kurzen Augenblick freie Sicht.

Der Mann hatte Remy an der Kehle gepackt und riss sie mit einer Hand an sich. Die andere ballte er zur Faust.

Meine Partnerin blutete am Kopf.

»Polizei!«, schrie ich.

Er zog meine Partnerin näher an sich heran, und ich entsicherte die Waffe.

»Lassen Sie sie los, und gehen Sie auf die Knie!«, brüllte ich.

Remy entwand sich seinem Griff, und mein Moment war gekommen.

Ich drückte ab. Einmal. Und dann noch einmal.

Der Mann zuckte zusammen. Aber kein Volltreffer.

Er packte Remy abermals am Hals und zog sie direkt vor sich. Ich näherte mich ihnen mit jeweils zwei aufeinanderfolgenden Schritten.

»Sie werden doch keinen unbewaffneten Mann umbringen?«

»Erschieß ihn«, sagte Remy, als sie sich seitwärts krümmte.

Ich feuerte erneut. Zielte auf sein Bein.

Bäng.

Als ich nach vorne rannte, lag Remy am Boden, doch der Mann war weg.

Ich hatte ihn verfehlt. Dreimal.

Überall um uns herum standen kleine Gruppen von Büschen in Flammen. Ich half meiner Partnerin auf.

Remy hustete. Erstickte im Rauch.

Ich lud sie mir auf die Schultern und hastete zurück zum Haus. Ich sah Alita im Fenster und winkte ihr zu, damit sie die Eingangstür öffnete.

Drinnen legte ich Remy auf die Couch.

Meine Partnerin hustete und röchelte. »Was, verdammt noch mal, war das?«, schrie sie.

Remy schien außer sich, als könnte sie glatt Granatsplitter zerbeißen. Sie stand auf, lief zur Küche und wischte sich das rußverschmierte Gesicht ab. Alita setzte sich auf den Treppenabsatz und sah scheu zu uns herüber.

Die Haare meiner Partnerin waren angesengt, und sie blutete im Gesicht.

»Warum hast du diesen Kerl nicht umgebracht?«

»Ich habe danebengeschossen, Rem.«

»Ja, das habe ich gemerkt. Du hast *drei* Schüsse verhauen, Partner. Drei Schüsse! Ich hätte sterben können. Das war das letzte Mal, dass ich mein Leben in *deine* Hände gelegt habe.«

Sie drehte sich um und ging ins nahe gelegene Badezimmer.

»Außerdem hättest du mich dort liegen lassen und ihn verfolgen sollen. Was soll die Scheiße, P. T.?«

40

Zwanzig Minuten später wimmelte es auf Fultz' Grundstück von Fahrzeugen. Zwei Krankenwagen und drei Feuerwehrmannschaften bildeten einen Schutzwall zwischen dem Buschwald und dem Haus von Ennis Fultz.

Rauchwolken zogen graue Schlieren über den schwarzvioletten Himmel, und als das Feuer erlosch, war in der allumfassenden Dunkelheit kaum noch etwas zu erkennen.

Der Auftragsmörder, der es auf Alita und ihren Vater abgesehen hatte, war verschwunden. Hatte sich im Äther verflüchtigt. Immerhin besaßen wir nun dank Remy, mir und dem Mädchen eine solide Beschreibung des Täters. Wir alle drei hatten sein Gesicht und seinen Körperbau genau erkennen können.

Im Haus wurden Remy und ich vom Rettungsdienst untersucht, der uns ins County Hospital mitnehmen wollte.

»Ich verzichte«, sagte ich zu dem Sanitäter, der mir eine fünfminütige Sauerstoffzufuhr verpasste. »Ich werde das Seitenfenster runterkurbeln. Mir die Lungenflügel mit sauberer Landluft füllen, und dann bin ich wieder in Ordnung.«

Remy hatte Schnittwunden im Gesicht davongetragen, und ein anderer Sani platzierte gerade Wundverschlussstreifen auf ihrem Kinn, um zwei blutige Hautfetzen miteinander zu verkleben.

»Ich bin geschafft«, sagte Remy, nachdem er damit fertig war. »Ich lass mich von der Streife nach Hause fahren.«

»*Ich* bringe dich.«

In Marvins Wagen verhielt sich meine Partnerin sehr still. War immer noch angepisst.

Ich setzte sie bei sich zu Hause ab und fuhr dann weiter zum Revier.

In meinem Büro zog ich die Jalousien runter, warf mich aufs Sofa und legte meine Füße auf den Beistelltisch. Sarah war irgendwann mal reingekommen und hatte mich so vorgefunden. Mich gefragt, warum ich manche Nächte hier verbrachte, statt nach Hause zu fahren. Darauf hatte ich keine überzeugende Antwort parat.

Das Telefon auf meinem Schreibtisch klingelte, und ich nahm ab. Jemand hätte am Empfang etwas für mich abzugeben.

Ich stolperte, dank einer Nacht ohne Schlaf unendlich müde, die Treppe runter in den ersten Stock. Ein Mann, etwa Mitte zwanzig, in Kapuzenjacke hielt einen braunen DIN-A4-Briefumschlag in der Hand.

»Sind Sie Marsh?«, fragte er mich.

Ich nickte.

»Ist nicht einfach, Sie zu erwischen. Bin immer wieder hergekommen, alle zwei Stunden.«

»Was kann ich für Sie tun?«

»Sie haben den Umschlag angenommen.« Er übergab mir den Umschlag, schoss dann mit seinem Smartphone ein Foto von mir. Und schon war er weg.

In dem Kuvert steckte eine Strafanzeige, die mich der widerrechtlichen Tötung von Donnie Meadows bezichtigte.

Ich blätterte vor und stieß auf die Summe, um die es bei der Klage ging. Zwei Millionen Dollar. Mehr, als mein gesamtes Hab und Gut wert war. Es sei denn, man hegte eine *wirklich tiefe* Sympathie für Purvis. Der stand allerdings nicht zum Verkauf.

Ich ließ mich im Foyer in einen Sessel fallen und glotzte an die Wand.

»Alles klar, Detective?«, erkundigte sich Ginger vom Empfangstresen.

Ich deutete ein Nicken an, doch die Galle stieg mir höher und höher.

Mein Gesicht wurde heiß, und all der Zorn, den ich angestaut hatte, brach sich Bahn.

Merle, Abes Partner, kam durchs Treppenhaus aus dem zweiten Stock runter und steuerte Richtung Tür.

Ich kniff die Augen zu. Seit einem Jahrzehnt hatte ich Merle nicht mehr derart spät arbeiten sehen. »Was treibst *du* denn noch hier?«

»Der neue Boss hat mich zu den Raubüberfällen abkommandiert, um bei einer Sache auszuhelfen«, knurrte er. »Ich bin die ganze Nacht auf den Beinen, und dann höre ich gerade meine Mailbox ab und sehe einen Anruf wegen dieser Sorrell-Jungs. Da ist ein Staatsanwalt, der Nesbit Sorrell einliefern will.«

Merle hatte die Geschichte mit Nesbit weiterverfolgt, dem jüngeren Bruder, der Ennis Fultz' BMW geschrottet hatte.

»Und warum haust du jetzt ab?«

»Ein Rechtsbeistand bringt ihn später vorbei«, erklärte Merle. »Stellt sich freiwillig wegen dieser Sachbeschädigung.«

Wieder kniff ich die Augen zusammen. »Was meinst du mit später?«

»Gegen Mittag. Der Anwalt hat höflich angefragt und zwölf Uhr vorgeschlagen. Dem habe ich zugestimmt.«

Das ist der Trick, mit dem Verdächtige aus der Stadt verduften, dachte ich.

»Schick sofort eine Streife«, sagte ich.

»Komm schon, P.T.«, maulte Merle. »Wir hatten gegen den Mann nichts in der Hand, bis der Anwalt anklopfte.«

»Na und?«, entgegnete ich. »Warum sollte Nesbit noch weitere Stunden im Bett bleiben? Weil er mit seiner Freundin knattert?«

Merle starrte mich an.

Warum war Merle Berry trotz seiner acht Jahre Vorsprung vor mir nicht leitender Ermittler in Mason Falls geworden? Weil er Scheiße wie diese hier verzapfte. Es hätte mich nicht überrascht, wenn er vom vielen Rumsitzen Schwielen an den Arschbacken hatte.

»Ist dir bekannt, wo dieser Nesbit sich aufhält?«

»P. T.«, sagte er, »der Anwalt hat Kaution gestellt. Kaum dass wir ihn festnehmen, ist er schon wieder zu Hause.«

Mir war bewusst, dass hier mein Ärger über die Klage gegen mich zum Tragen kam. Hinzu kamen Erschöpfung wegen des Feuers und Camerons Suizid. Doch all das war mir egal. Es ging um Gerechtigkeit. Und erst dann kam alles andere.

Ich beschrieb mit meinem Arm einen Halbkreis. »Wonach zum Teufel sieht das hier aus, Merle? Nach irgendeiner Bruchbude in der Provinz? Wir betreiben hier doch keinen Country-Club.«

»Ich habe dem Anwalt mein Wort gegeben«, widersprach Merle.

»Tja, das hättest du besser nicht tun sollen. Greif dir den Wichser, und beschuldige ihn einer Straftat. Wenn er eine Kaution hinterlegen will, soll er das doch tun. Mach deinen Job, oder überlass ihn mir, damit ich es erledigen kann.«

Merle drehte sich um und stapfte zurück an seinen Schreibtisch. Dabei beschimpfte er mich wüst, wenn auch leise.

In meinem Kopf herrschte reinstes Chaos, und das wusste ich auch. Ich ging durch die Eingangstür raus auf den Parkplatz zu Marvins Wagen. Mir war nach schnellem Fahren. Ich bretterte auf die 5th Street und trat das Gaspedal durch.

Als ich auf der Interstate zum ersten Mal auf den Tacho schaute, war ich schon bei hundertfünfzig Sachen.

Ich nahm den Fuß vom Gas und ließ die Karre ausrollen.

Die Ausfahrt zur 20th Avenue war anderthalb Kilometer entfernt. Die nahm ich immer, wenn ich zu meinem Schwiegervater wollte. Vielleicht war es momentan besser, nicht mit Marvins Auto unterwegs zu sein. Ein Charger-Trip auf dem Highway mit zweihundert Sachen? Ich wollte nicht wie ein Bulle wirken, der nichts zu verlieren hatte.

Vor der Abfahrt bremste ich ab und atmete tief aus, wohl zum ersten Mal seit vierundzwanzig Stunden.

41

Zehn Minuten später parkte ich vor Marvins Haus. Meine Hände zitterten noch immer. Mein Truck stand unversehrt da, und ich steuerte Marvins Wagen über die lange Einfahrt in die Garage.

Ich trat ins Haus, setzte mich ins Wohnzimmer und fragte mich, ob mein Schwiegervater jemals hierher zurückkehren würde. Oder ob das hier *meine* Heimstätte werden würde – falls ich beim Meadows-Prozess mein Haus verlieren sollte.

Ich griff nach dem Telefon und rief im Krankenhaus bei der Nachtschwester an. Es gab nichts Neues bei Marvin. Und keine Anzeichen dafür, dass er in allernächster Zukunft aufwachte.

»Mr Marsh«, sagte sie. »Sie müssen festen Glaubens sein. Nicht nur für sich selbst, sondern auch für ihn. Verstehen Sie?«

»Schon klar«, beteuerte ich.

Abgesehen davon, dass ich's nicht so mit dem Glauben hatte. Sondern eher mit Beweisen.

»Ich möchte Ihnen einen Vorschlag machen«, fuhr sie fort. »Bringen Sie ein paar Dinge aus seinem Haus her. Sachen, die sein Zimmer weniger steril wirken lassen. Gerahmte Bilder. Seine Lieblingsdecke vielleicht.«

»Das ist eine prima Idee.«

Ich lief in Marvins Haus herum und betrachtete die Fotos von Lena und Exie an der Wohnzimmerwand. Meine Frau besaß die schönsten Augen, die ich je gesehen hatte. Ihre Haut war mokkafarben, und die Locken ihrer Haare schienen kein Ende zu nehmen. Bei unserer ersten Verabredung hatte ich meinen Blick keine Sekunde von ihr lösen können.

Die Bilder riefen mir Marvin und sein Handy ins Gedächtnis. Nach meinem Besuch am Schauplatz der Gasexplosion hatte ich Sicherheitskopien der Dateien abgespeichert, mich seither aber nicht eingeloggt, um mich zu vergewissern, ob das Backup geklappt hatte – der Fall war einfach zu hektisch gewesen.

Ich durchsuchte die Küchenschubladen, bis ich ein altes Smartphone entdeckte, das Marvin vor seinem jetzigen benutzt hatte. Anschließend las ich einen kurzen Blogeintrag darüber, wie man das Handy mit all seinen Apps blank putzen konnte. Ich fing damit an, Marvins Daten auf das alte Telefon runterzuladen.

Während das Backup lief, nahm ich eine heiße Dusche.

Ich zog mir ein T-Shirt und Shorts an, die ich in Marvins Kleiderschrank fand, und als ich in sein Wohnzimmer zurückkehrte, war der Download abgeschlossen.

Ich schaute Marvins Textnachrichten durch, ohne auf

irgendwas Unerwartetes zu stoßen. Ein paar waren von mir und versprachen ihm, ich würde vorbeikommen. Diese Versprechen hatte ich allerdings nicht gehalten.

Die Mails von Lucas Royster, dem Privatdetektiv, nahm ich genauer unter die Lupe.

Marvin,

ich denke, dieses Bild könnte es sein. Ruf an.

Lucas

Ich wechselte zu Marvins Foto-App und scrollte mich rückwärts durch.

Nach wenigen Bildern hielt ich inne und betrachtete zwei Fotos, auf denen die Front einer Limousine zu sehen war.

Beim ersten handelte es sich um das Herstellerfoto eines Dodge Aries K-Car von 1983. Der Wagen war blau und mit Weißwandreifen bestückt. Oben rechts prangten Logo und Herstellungsjahr. Ein gewöhnliches Werbefoto.

Das zweite Bild zeigte das gleiche Modell, aber diesmal gehörte es eindeutig irgendwem. Ein gebrauchter weißer Dodge Aries K-Car, leicht verbeult, hielt seine Schnauze in die Kamera.

Ich kniff irritiert die Augen zusammen.

In den letzten fünf Monaten hatte ich hart daran gearbeitet, die Vergangenheit zu vergessen, doch in jüngster Zeit schlich sie sich wieder in mein Leben. Die alten Fragen, der alte Argwohn. Die Schuldgefühle.

Vor siebzehn Monaten hatten meine Frau und mein Sohn dank eines chronischen Batterieproblems unseres Familien-Jeeps hilflos am Straßenrand festgesessen. Ich war mit irgendeinem Raubüberfall nach § 30 beschäftigt und bat meine Frau, ihren Vater anzurufen, statt ihnen selbst zu Hilfe zu kommen.

Über das, was dann passierte, bestand eine gewisse Uneinigkeit.

Wenn man Marvin Glauben schenkte, fand er Lena abseits der I-32 und sprach mit ihr. Lena saß auf dem Fahrersitz, während Marvin sich gegen die Scheibe lehnte. Ein Wagen näherte sich, krachte hinten in Marvins Chrysler 200 und schob sein Auto in Lenas Jeep.

Bevor Marvin reagieren konnte, rutschte der Jeep den Abhang hinab und stürzte in den Tullumy River, wo meine Frau und mein Sohn binnen weniger Minuten ertranken.

Nach dem tödlichen Autounfall hing ich zwölf Monate lang einer anderen Theorie an. Über einen Schwiegervater, der seit dem Tod seiner eigenen Frau ständig betrunken war. Der versucht hatte, den Wagen seiner Tochter mithilfe seines eigenen aus der Gefahrenzone zu bugsieren, aber zu besoffen war und die Entfernung falsch einschätzte – ebenso die Wucht seines eigenen Fahrzeugs. Er stieß seine Tochter und seinen Enkelsohn endgültig von der Straße, den Abhang hinunter und in den Tod.

Doch im Laufe der letzten Monate war mir klar geworden, dass ich Marvin hauptsächlich deshalb die Schuld zugeschrieben hatte, weil ich mich weigerte, die Verantwortung dafür zu übernehmen, dass ich Lena nicht persönlich zu Hilfe gekommen war.

Und ich war zu einer simplen Schlussfolgerung gelangt,

die mich nachts schlafen ließ: Von den größten Rätseln des Lebens wird vielleicht kein einziges je gelöst.

Jetzt allerdings betrachtete ich das Foto einer weißen Limousine, und Marvins Worte hallten in meinem Kopf wider. Dass er den Kühlergrill des Wagens, der seinen gerammt hatte, wiedererkennen würde – wenn er ihm noch einmal unterkäme.

Hatte Lucas Royster Marvin dabei geholfen, das gesuchte Fabrikat und Modell zu identifizieren?

War es das gewesen, worüber Marvin bei seinem Besuch mit mir hatte reden wollen?

Ich wollte mit Marvin sprechen, um herauszufinden, was er wusste. Aber ich war nicht sicher, ob er jemals wieder aufwachte. Schlimmer noch: Der Privatdetektiv war tot, sein Büro aufgelöst.

Ich fuhr Marvins Rechner hoch. Der Gedanke, dass mein Schwiegervater eventuell den feigen Hurensohn ausfindig gemacht hatte, der den Tod meiner Frau und meines Sohns zu verantworten hatte, ließ mein Herz rasen.

Ich googelte alles, was die Infos hergaben, um mehr über den Dodge Aries in Erfahrung zu bringen. Ich sichtete ein Foto nach dem anderen, stieß auf Automobilclubs, wo Sammler »den Wagen, der Chrysler rettete«, restaurierten.

Nach einer Stunde dämmerte mir, dass ich an meinem Arbeitsplatz größere Fortschritte machen würde, und griff mir meine Schlüssel. Ich fuhr zum Revier und bat den Officer am Empfang, mir eine Liste der hier in der Gegend registrierten Dodge Aries K-Cars aus den frühen Achtzigern zukommen zu lassen.

Der Ausdruck verzeichnete zweiundvierzig Fahrzeughalter, und ich überflog die Meldeadressen und die Daten der Zulassungsstelle. Neunzehn Wagen waren weiß oder hellbraun. Es war bereits abzusehen, dass ich sie von Tür zu Tür abklappern und jeden einzeln in Augenschein nehmen musste. Erfragen musste, wo sie sich vor siebzehn Monaten befunden hatten – und all das in meiner spärlichen Freizeit.

Es war fünf Uhr morgens, und mein Adrenalinpegel war gesunken.

Ich schickte Abe eine E-Mail mit der Bitte, mir bei der Liste zu helfen, wollte Remy aber nichts davon erzählen, vor allem auch wegen der Strapazen letzte Nacht.

Ich war todmüde und stieg in meinen Pick-up. Ich brauchte mindestens eine Stunde Abstand von den K-Cars und würde später mit frischen Ideen dazu aufwarten, wie die Suchliste einzuengen war.

Ich fuhr nach Hause.

Als ich die Interstate verließ, fiel mir jedoch ein, dass Sarah da war und sich auf die Arbeit vorbereitete. Sie hatte wahrscheinlich ein paar Stunden geschlafen, nachdem sie von Camerons Haus aufgebrochen war, und musste nun wieder zum Dienst. Mit Camerons Obduktion beginnen.

Ich wollte mit ihr nicht über heute sprechen. Über diese Liste. Darüber, eine Klage am Hals zu haben. Oder auch darüber, wie ich einen Mann entkommen ließ, weil ich nicht in der Lage war, einen ordentlichen Schuss abzugeben. Neuerdings gab es eigentlich nur noch eine Sache, die ich Sarah mitzuteilen hatte: dass mich die Vergangenheit niemals loslassen würde und sie und ich keine Chance hätten, jemals auf die Taste für »Neustart« drücken zu können.

Ich hielt ein paar Häuser weiter an, schnappte mir die Aufstellung der Fahrgestellnummern und schob sie mir gefaltet in die Gesäßtasche, sodass es nicht so aussah, als wühlte ich immer noch in der Vergangenheit herum. Ein Irrer, besessen vom Tod seiner Frau.

Ich hatte Sehnsucht nach einem Drink. Nur ein kleines Gläschen Thirteenth Colony, damit mein Geist sich beruhigte und ich mich in den Schlaf wiegen konnte.

Doch als ich aufsah, erblickte ich denselben vor meinem Haus geparkten Mustang wie zuvor.

Und irgendetwas stimmte nicht.

Den Ford hatte ich schon mindestens zweimal gesehen. Einmal, als ich an Lenas Geburtstag mit Purvis vom Tullumy River zurückgekommen war. Ein zweites Mal nach Marvins Krankenhauseinlieferung.

Es war ein älterer Mustang, primärblau, mit dunklen Streifen auf der Motorhaube. Er gehörte keinem der Nachbarn.

Der Motor des Mustang lief nicht, aber das Deckenlicht brannte. Auf dem Armaturenbrett befand sich irgendwas Gläsernes, das Licht reflektierte.

Im Schutz der die Bürgersteige säumenden Virginia-Eichen überquerte ich lautlos die Straße und näherte mich dem Wagen.

Die Männer im Innern sahen mich nicht, ich hingegen sah einen Lichtschimmer aufblitzen. Als ich nah genug war, bestätigte sich meine Vermutung, dass sie Feldstecher hielten.

Mein Blick erfasste das Gesicht des Mannes auf dem Fahrersitz, dann den Beifahrer. Obwohl sie saßen, konnte ich erkennen, wie groß sie waren. Fast zwei Meter, mit ähnlichen äußeren Merkmalen wie jenen, die mir von ihrem Cousin Donnie Meadows bekannt waren.

Der Mann mit dem Fernglas nahm mein Haus ins Visier.

Sarah hatte die Jalousien im Schlafzimmer hochgezogen und saß in Shorts und ärmellosem Top auf dem Bett. Sie war wahrscheinlich seit ihrem Einsatz bei Cameron Fultz wach gewesen oder hatte höchstens mal ein bis zwei Stunden die Augen zugemacht und geduscht, um sich auf Camerons Autopsie vorzubereiten. Vielleicht wollte sie sich auch eigentlich hinlegen und wartete nun sorgenvoll auf mich.

Während sie ihre Beine mit Feuchtigkeitscreme einrieb, wechselten sich die Männer mit dem Feldstecher ab, begafften sie.

In mir kochte es hoch.

Ich dachte an Donnie Meadows in der Höhle, wie er versucht hatte, mich zu ertränken. Und ich dachte an seine Schwester, die versuchte, mir mein Haus wegzunehmen.

Und jetzt stellten uns ihre Cousins nach? Die Spanner beobachteten Sarah, wenn ich nicht zu Hause war? Kamen immer wieder her?

Hinter meinen Augen zerriss etwas, und in meinem Schädel erklang ein Geräusch wie von einer Katze, die ihre Zähne in den Fettrand eines Steaks schlägt.

Ich lief zurück zum Kofferraum meines Trucks, fand den Ersatzreifen und darunter den Reifenheber.

Langsam ging ich die Straße runter, genau in der Mitte,

während die Aufmerksamkeit der zwei Männer auf mein Haus gerichtet blieb.

Die Wut, die in mir brodelte, glich einem Orkan, und mir sträubten sich sämtliche Haare.

Die Männer sahen mich erst, als ich den Reifenheber schon über dem Kopf schwang.

Ich ließ ihn auf die Windschutzscheibe des Mustang niederkrachen und hörte das Glas splittern.

»Verpisst euch«, schrie ich.

Ein zweiter Schlag, und das geborstene Glas verteilte sich auf dem Armaturenbrett.

»Ihr elenden Scheißer«, fuhr ich fort, trat vor den Kühler und zerschmetterte die Scheinwerfer.

»Lasst mein Haus in Ruhe.«

Die Männer wanden sich in Panik, schrien sich an.

Ich ging zur Beifahrerseite und zertrümmerte auch dort die Scheibe, deren Reste auf die beiden Männer herabprasselten.

Ich hörte, wie der Motor ansprang. Der Mustang schoss im Rückwärtsgang davon, geradewegs auf die Kreuzung, ohne nach anderen Fahrzeugen Ausschau zu halten.

Dann entfernte sich der Wagen mit quietschenden Reifen, und ich stand da, schweißgebadet.

In den Häusern bellten Hunde, und ich drehte mich um.

Sarah stand mit angstverzerrtem Gesicht, lediglich mit Victoria's-Secret-Höschen und Tanktop bekleidet, im Vorgarten.

»Was zum Teufel ist hier los? Kennst du diese Typen?«

»Das waren Spanner«, sagte ich.

»P. T., das ist eine öffentliche Straße. Sie dürfen hier parken.«

»Was soll ich machen? Diesen Meadows-Leuten mein Leben überlassen?«

Meine Hände zitterten, und ich senkte den Blick, ließ den Reifenheber fallen.

»Ich habe nichts mehr«, stieß ich hervor. »Meine Mutter, mein Vater.«

Sarah starrte mich an.

»Lena. Jonas. Marvin. Was soll's.«

»Du hast mich«, sagte sie. »Komm rein.«

»Ich will nicht.«

»Warum nicht?«, fragte sie mit bebender Stimme.

»Himmel, Sarah, verstehst du nicht? Ich kann nicht derjenige sein, auf den du vertraust. Wir bauen auf beschissenen Treibsand.«

»Du machst mir Angst, Paul.«

»Ihr Mörder ist noch immer da draußen.«

»Wessen Mörder?«

Ich schüttelte den Kopf, wollte es nicht aussprechen. Lenas Namen sagen.

Ich zog die Liste hervor. »Der Mörder, der ein Dodge K-Car fährt.«

Sarah sah sich die Aufstellung an. Während der letzten Stunde hatte ich das Ding zehnmal aufgeklappt und wieder zusammengefaltet, und mir war bewusst, dass ich mich anhörte, als hätte ich nicht mehr alle Tassen im Schrank.

»Ich meine, nach allem, was wir wissen, sind sie das«, kreischte ich und zeigte auf die leere Stelle, wo eben noch der Mustang gestanden hatte. »Die meine Lena und meinen Jonas umgebracht haben.«

»Sie hatten einen schrecklichen Unfall ...«

»Das kannst du nicht wissen«, unterbrach ich sie.

Sarah schaute mich fassungslos an. Ein Blickduell auf dem Vorgartenrasen.

»Das ist alles meine Schuld«, sagte Sarah nach einer Minute. »Du warst noch nicht bereit. Ich habe dich bedrängt.«

Sie ging ins Haus zurück, und ich stand da.

Seit dem Tod meiner Frau war Sarah der einzige Mensch, mit dem ich zusammen sein wollte. Aber sie hatte recht. Ich wollte es nicht genug, um von der Vergangenheit zu lassen.

Sarah kehrte mit ihrer Handtasche zurück. »Such dir jemanden, mit dem du reden kannst, Paul. Bevor es zu spät ist.«

Dann war sie weg, und ich hörte hinter mir ihren Acura starten.

Ich wollte mich nicht umdrehen, wollte nicht sehen, wie sie wegfuhr.

Und aufhalten konnte ich sie auch nicht.

Ich stand einfach nur da.

Schließlich zwang ich mich reinzugehen. Aber das Haus erdrückte mich, also ging ich nach hinten in den Garten.

Dort stand eine alte Schaukel, die ich gekauft hatte, als Jonas vier Jahre alt gewesen war. Ich setzte mich auf eine der zwei Schaukelbänke.

Ich vernahm das Geräusch der Hundeklappe. Purvis kam rüber und fand links von mir ein bequemes Plätzchen im Gras.

Um die rostigen Beine des Schaukelgerüsts wucherte Bluthirse, und Purvis kaute auf den längeren Stängeln herum.

Ich schwang vor und zurück, die Augen auf den Erdboden geheftet.

Mit ihr ist es genauso vorbei wie mit Lena, zwitscherte Purvis.

»Du hast keinen Schimmer, wovon du redest, Hund«, sagte ich.

Ich ging wieder rein und trat in die Küche. Holte die Flasche Rum hervor und begann zu trinken. Eine halbe Stunde später war die Flasche leer.

Ich stieg in meinen Truck und schaffte es bis zu einem knappe zwei Kilometer entfernten Getränkemarkt. Der Laden hatte gerade erst aufgemacht, und einen Augenblick später stand ich schon mit einer Pulle Gin an der Kasse.

Über der Theke standen kleine Einmachgläser mit in Knoblauchscheiben, Gewürzen, Essig und Öl eingelegten Wachteleiern.

Ich versenkte zwei davon zusammen mit dem Schnaps in meiner Tasche und donnerte heimwärts.

42

Drei Stunden später erwachte ich in einer Lache aus Spucke auf dem Wohnzimmerfußboden. Mein Rücken war steif wie ein Brett, und Sonnenlicht flutete den Raum.

Ich duschte, fütterte Purvis und öffnete den Kühlschrank. So gut wie leer.

Ich machte Toast und bestrich beide Scheiben mit Traubenmarmelade. Als ich nicht mehr das Gefühl hatte, auf einer Schräge zu laufen, enterte ich meinen Wagen und fuhr zum County Hospital, wohin man Alita letzte Nacht gebracht hatte, damit sie bei ihrer Mutter sein konnte.

Am Krankenhaus herrschte starke Polizeipräsenz. Zwei Streifenwagen parkten schräg zueinander vor dem Eingang. Drinnen waren noch mehr Beamte postiert.

Im Foyer des vierten Stocks stieß ich auf eine Frau namens Iris von der Kinderschutzbehörde, mit der ich schon mal zusammengearbeitet hatte.

»Hey«, sagte ich. »Wie steht's?«

»Mom hat die Operation hinter sich und schlägt sich gut«, sagte sie. »Alita macht ein Schläfchen.«

Iris deutete auf eine ungefähr sechs Meter entfernte Tür. Vor dem Zimmer saß ein weiterer Blaumann auf einem Stuhl. Abe oder Remy hatten die Wachmannschaft offenbar ordentlich aufgestockt.

»Anna Lymans Schwester ist gerade gekommen, um zu helfen. Bei ihr kann Alita übernachten, bis es ihrer Mutter besser geht.«

»Das ist schön«, sagte ich.

»Das kleine Mädchen redet nicht viel«, meinte Iris. »Aber zwei Stock tiefer hat sie die Leiche ihres Vaters gefunden. Dieser Ort weckt keine guten Erinnerungen.«

Ich erklärte Iris, wie das Mädchen nach Hause gekommen war. Eine Spur verbeulter Autos hinter sich herziehend. Und wie Remy und ich mit dem Auftragskiller gekämpft hatten, der sie umbringen wollte.

»Mein Gott«, sagte Iris. »Sie ist doch noch so klein.«

»Aber hart im Nehmen.«

Ich trat in das Zimmer von Anna Lyman und stellte mich vor, da wir einander noch nicht persönlich kennengelernt hatten.

Anna war eine groß gewachsene Frau. Schlank, halb Weiße, halb Indianerin. Ihr zerwühltes Haar lockte sich um ihre Wangen. »Ich habe gehört, was Sie und Ihre Partnerin für Alita getan haben.«

Ich warf einen Seitenblick auf ihre neben uns schlafende Adoptivtochter, deren Beine über der Sessellehne hingen. Eine Decke verbarg ihren schmächtigen Körper.

»Ich wünschte, wir hätten es früher durchschaut.«

Ich griff mir einen Stuhl und stellte ihn so weit wie möglich weg von Alita neben das Bett. Senkte meine Stimme. »Also wussten Sie, dass Ennis Alitas leiblicher Vater war?«

»Zunächst nicht.« Sie schüttelte den Kopf. »Wir wussten nur, dass wir keine eigenen Kinder bekommen konnten.«

»Sie haben es versucht?«

»Acht Jahre lang«, sagte sie. »Letzten Frühling hatten wir uns dann bei einer Adoptionsagentur vorgestellt. Und schließlich hat Bill Ennis erzählt, dass wir deswegen an einen Umzug dachten.«

Ich kniff die Augen zusammen. Konnte ihr nicht ganz folgen.

»Bill war ein geschickter Handwerker, und wir hatten das Haus sehr schön hergerichtet. Aber wir wirkten wie illegale Siedler oder Hausbesetzer. Das Ganze entsprach nicht den Bauvorschriften, und wir zahlten weder Miete, noch gehörte uns das Land.«

»Keine guten Voraussetzungen für eine Adoption?«

»Unsere Wohnsituation erschien der Adoptionsvermittlung absurd.«

»Also hat Ennis ein paar Hebel in Bewegung gesetzt?«

»Damals nicht«, sagte sie. »Aber ein paar Monate später, nachdem er aus dem Krankenhaus raus war, sagte er Bill, er würde gerne helfen. Er könne seinen Einfluss geltend machen, und wir bekämen ein kleines Mädchen.«

»Einfach so?«

»Funktioniert die Welt nicht immer so?«

Ich nickte. Es lag Schmerz in ihrem Gesicht, gepaart mit Härte und Widerstandsfähigkeit. »Wann ist Ihnen klar geworden, dass es sich um seine leibliche Tochter handelte?«

Anna sah zu Alita hinüber.

»Am Tag bevor wir die Papiere unterzeichneten. Ennis nahm Bill auf einen Spaziergang mit und beichtete es ihm. Meinte, wir sollten es wissen, bevor wir unterschreiben. Wir könnten uns immer noch umentscheiden.«

Anna nahm sich einen Moment Zeit, um sich zu sammeln. Rieb sich die geröteten Wangen.

»Ich war außer mir«, sagte sie. »Doch mein Mann sagte: ›Du bekommst, was du wolltest. Und er will nichts dafür, außer einem guten Elternhaus. Wo ist das Problem?‹ Bill war in dieser Hinsicht sehr pragmatisch. Und er hatte recht. Ich meine ... Sie haben ein bisschen Zeit mit Alita verbracht, stimmt's?«

»Sie ist außergewöhnlich«, sagte ich.

Anna heftete den Blick auf ihre schlafende Tochter.

»Was ist mit Suzy Kang?«, fragte ich.

»Ihr Name stand in Alitas Akte. Also gingen wir angesichts der Tatsache, dass Fultz der leibliche Vater war, davon aus, dass sie irgendwann mal auftauchen würde. Wir wussten, dass sie keinerlei rechtliche Ansprüche geltend machen konnte. Einen Monat später fing sie an, jede Woche vorbeizukommen.«

»Immer montags?«, fragte ich, und sie nickte.

»Ennis und sie hielten angemessenen Abstand. Beobachteten alles von seinem Haus aus. Einmal lud er Alita zum Abendessen ein, als Suzy da war, aber wir kreuzten zu dritt auf. Sorgten dafür, dass die Botschaft klar und deutlich rüberkam.«

Ich zeigte auf ihre Tochter, und meine Stimme verwandelte sich in ein Flüstern. »Weiß Alita Bescheid?«

Anna schüttelte den Kopf. »Ennis wollte es nicht. Vor einem Monat hat er uns gesagt, dass für Alita ihr ganzes Leben lang gesorgt wäre, wenn er sterben sollte. Wir haben nicht weiter nachgefragt.«

Wir unterhielten uns weiter. Über Alitas Spaziergänge mit Ennis Fultz.

»Er wollte die Rolle des freundlichen Nachbarn spielen«, erklärte sie. »Daher lag Bill richtig, schätze ich. Ich habe bekommen, was ich wollte. Bis all das hier passiert ist.«

Anna vergrub das Gesicht in den Händen und fing an zu schluchzen.

Als sie wieder sprechen konnte, fragte sie mich, was den Killer veranlasste, sie zu jagen. Ich versuchte ihr zu erklären, dass es unterm Strich wie bei den meisten Verbrechen auf Gier und Missgunst hinauslief.

Bevor ich mich aufmachte, nahm ich sie in die Arme. Danach ging es mit dem Truck zum Revier.

Remy saß in meinem Büro und studierte den forensischen Bericht über Cameron Fultz. Ich konnte mich glücklich schätzen, diese Begegnung mit Sarah umschifft zu haben, und hörte zu, als Remy uns bestätigte, was wir bereits vermutet hatten. Eine selbst beigebrachte Schusswunde stellte Camerons offizielle Todesursache dar, weshalb die Todesart offiziell auf Selbstmord lautete.

»Die Eintrittswunde wies einen Durchmesser von dreizehn Millimetern auf«, erklärte Remy. »Direkt aufgesetzt – eine Art Mischung aus Sternfraktur und Mündungsabdruck.«

Remy reichte mir die Fotografie des Einschusslochs in Camerons Schläfe. Bei einer Wunde mit Direktkontakt wird die Spitze der Waffe gegen die Haut gepresst und zerklüftet diese regelrecht, da die Haut sich gewissermaßen um die Mündung faltet.

»Es gibt zwei Möglichkeiten, wie für Cameron am Ende alles den Bach runterging«, überlegte Remy. »Nummer eins, er brauchte dieses Land, und der einzige Weg, es zu kriegen, bestand darin, seinen Dad umzubringen. Danach hat ihn dann irgendwann die Reue überwältigt, und er konnte es nicht länger ertragen, am Leben zu sein.«

Ich dachte darüber nach. Der einzige Feinschliff, den ich dieser Theorie hätte verpassen wollen, bezog sich auf die Entscheidung, Ennis umzubringen. Vielleicht war es Cameron, der den Stein ins Rollen brachte. Vielleicht erledigten das auch seine Kompagnons für ihn. Mit Enfatigo Capital, die das Pfandrecht auf Cameron Fultz' Grundstück und Haus besaßen, war nicht zu spaßen.

»Und der andere Anlass für den Suizid?«

»Die zweite Möglichkeit nimmt denselben Anfang. Cameron tötet seinen Vater oder lässt ihn kaltmachen. Er fühlt sich schlecht, wird aber das Land bekommen.«

»Und dann liest Cameron das Testament«, ergänzte ich.

»Korrekt. Ihm wird klar, dass er eine Halbschwester hat und sie als Nächste sterben wird. Wenn sie und ihre Adoptiveltern nicht mehr leben, gehört das Land Cameron. Was so viel heißt wie, dass das Land Enfatigo gehört.«

»Also bringt er sich um«, sagte ich. »Sobald er tot ist, führt es zu nichts, Alita etwas anzutun. Ist er tot und die Familie Lyman beseitigt, geht das Land an die Umweltschützer. Und dann wird mit Sicherheit niemand jemals dort bohren.«

»Ganz genau«, stellte Remy fest.

Ich dachte an Ennis Fultz. Er hatte mehr als die Hälfte der Leute im Immobiliengeschäft über den Tisch gezogen, einschließlich Geschäftspartnern wie den Sorrells und seiner Ex-Gattin. Sich sogar den Grund und Boden unter den Nagel gerissen, den sein Sohn hatte kaufen wollen.

Doch dann gab es da noch Alita und Suzy. Sie bewegten ihn zu seiner einzigen guten Tat. Er wollte einen mit Suzy begangenen Fehler wiedergutmachen und die Zukunft seiner außerehelichen Tochter sichern. Was schlussendlich seinen eigenen Tod herbeiführte.

»Enfatigo Capital«, sagte Remy, nun in Gedanken bei der Firma, die dem organisierten Verbrechen zugehörte und die den größten Gewinn aus all diesen Todesfällen zog. »Knöpfen wir uns die jetzt also vor? Gestützt auf die Annahme, dass sie den Auftragsmörder engagiert haben?«

»Ich bezweifle, dass wir an sie rankommen«, erwiderte ich. In der Zeit, in der Vincent Enfatigo im Gefängnis gesessen hatte, war es seiner Sippschaft nicht nur gelungen, das Volumen des Geschäftsimperiums zu verdoppeln, sondern auch die Zahl der regulären Mitarbeiter zu verdreifachen. »Der einzige Weg zu ihnen führt über den Killer. Weil die Sache komplett in die Hose ging, kannst du darauf wetten, dass sie dem Kerl einen der ihren auf den Hals hetzen, um ihm das Licht auszublasen.«

»Wir versuchen es also nicht einmal?«

»Wir beide sollten einen Hausbesuch machen«, sagte ich. »Runter nach Atlanta fahren und uns mit Enfatigo treffen. Herausfinden, ob sie wissen, dass Cameron tot ist. Sein Haus wird verkauft werden, also kriegen sie ihre Kreditsumme zurück. Aber es bringt ihnen gar nichts, jetzt Alita oder Anna Lyman anzurühren. Das Spiel ist aus.«

»Werden die uns überhaupt ausreden lassen?«

»Sie werden zuhören«, versicherte ich ihr. »Erwarte nur nicht von ihnen, dass sie uns bestätigen, was wir sagen.«

»Und was ist mit dem Auftragskiller?«

Am frühen Morgen hatte Remy einen Phantombildzeichner zum Krankenhaus geschickt, und jetzt besaßen wir ein hübsches Porträt des Killers. Dem Kerl, der die Lymans von der Straße gedrängt hatte. Den ich draußen bei der Schlucht aus irgendeinem Grund verfehlt hatte, obwohl ich ein halbes Magazin geleert hatte.

Es war mir ein Rätsel, wie derart viele Schüsse auf den Auftragsmörder ins Nichts hatten gehen können. Mein Bauchgefühl sagte mir jedoch, dass ich wahrscheinlich eine Pause nötig hatte, was das Töten unbewaffneter Verdächtiger in aufsehenerregenden Fällen anging, unabhängig davon, wie sehr sich die Arschgeigen auch schuldig gemacht haben mochten. Für eine Weile bitte keinen Vonte Delgado oder Donnie Meadows mehr in meinem Leben.

»Die Zeichnung von dem Typen liegt jetzt in jedem Streifenwagen von hier bis Macon«, verkündete Remy. »Die benachbarten Bundesstaaten haben sie ebenfalls. Und sie kursiert in den sozialen Medien.«

»Und der weiße Toyota-Truck?«

»Er wurde gestohlen. Vorgestern, vom Parkplatz von Moe's Taco Shop, südlich von Braselton.«

Ich fuhr mir mit der Hand durchs Haar. Fragte mich, ob wir bei der Suche nach dem Killer das nötige Quäntchen Glück haben würden.

»Chief Senza hat nach dir gefragt«, sagte meine Partnerin. »Ist persönlich hier aufgerauscht. Er wirkte ein wenig angespannt.«

»Hat er sich nach dem Fall erkundigt?« Ich deutete auf das Beweismaterial.

»Nein. Er schien hocherfreut darüber.«

Mir kam der Zwischenfall mit den Meadows-Cousins letzte Nacht vor meinem Haus in den Sinn. Soweit ich wusste, hatten irgendwelche Nachbarn das Ganze mit ihren verdammten Handys aufgenommen.

Dann war da noch die Geschichte mit der State Police in

Centa vom Abend davor, am Ort der Explosion. Auch darüber hatte ich bis jetzt noch nicht mit Senza gesprochen.

»Du sollst vorbeischauen.« Remy runzelte die Stirn. »›Zwingend notwendig‹, so lauteten seine Worte.«

Abe stand in meiner Bürotür.

»Wird gemacht«, versicherte ich Remy.

»Hast du ’ne Sekunde, P. T.?«

Ich stand auf und folgte Abe nach draußen.

»Ich habe die Liste mit den Dodge Aries K-Cars«, erklärte er. »Du hast mir eine Mail geschickt, mitten in der Nacht.«

»Ja, genau.«

»Einer der Wagen«, sagte Abe. »Hat eine interessante Geschichte.«

»Inwiefern?«

Abe öffnete die Datei und zeigte auf seinen Monitor, wo die Zulassungschronik zu lesen war. »Das Auto wurde zwei Tage vor dem Unfall deiner Frau gestohlen, im Dezember vor einem Jahr. Und nie wieder gesehen.«

»Okay?«

»Dann erscheint es vor einem Monat plötzlich als Altmaterial zum Ausschlachten wieder auf der Bildfläche, zurückdatiert auf eine Woche nach Lenas Tod.«

Ich konnte Abe nicht folgen. »Was meinst du mit ›zurückdatiert‹? Wie soll das gehen?«

»Gute Frage«, meinte Abe. »Ich habe also diesen Schrotthändler angerufen und mich mit einem seiner Jungs unterhalten. Er hat gesagt, sie wären dabei, alte Akten zu bereinigen. Karren, die durchs Raster gefallen und vom Erdboden verschwunden sind.«

»Warte mal«, sagte ich. »Wenn ein Auto zugelassen worden ist, können wir den Besitzer ermitteln.«

»Dieser Wagen wurde gestohlen, P.T.«, erwiderte Abe. »Wir wissen, wem er gehörte, *bevor* er gestohlen wurde. Einer alten Dame um die siebzig. Meldete es letztes Jahr eine Woche vor Weihnachten als vermisst. Wir hatten einen Fahndungsbefehl dafür rausgegeben.«

Ich war nach wie vor verkatert und konnte die Fakten nur langsam zusammenfügen.

»Da hat also jemand einer alten Lady den Schlitten geklaut?«

»Richtig«, bestätigte Abe. »Der Dieb macht ’ne Spritztour – und knallt womöglich in Marvins Wagen. Schiebt diesen in Lenas. Wacht am nächsten Morgen auf und schaut Nachrichten.«

Ich nickte. »Er hört, was passiert ist, dreht durch und verklappt das Auto bei irgendeinem ›Wir stellen keine Fragen‹-Schrottplatz?«

»Eine ganze Menge Vermutungen, ich weiß«, sagte Abe. »Aber diese alten Wagen, P.T. Die wiegen mindestens eine Tonne. Wenn einer dafür kein Geld haben wollte, konnten diese Altmetallfritzen für solche großen Schrottkisten ein hübsches Sümmchen einstreichen und dabei eben wegschauen. Nicht nachprüfen, ob das Zeug gestohlen worden war oder woher es eigentlich kam.«

Mein Herz schlug schneller.

Ein Teil von mir hatte nie an Marvins Geschichte über die Fahrerflucht geglaubt. Ein anderer Teil sehr wohl.

Jetzt hatte ich eventuell eine Chance, den feigen Drecksack zur Strecke zu bringen, der meine Frau und meinen Sohn bei einem Unfall mit Fahrerflucht getötet hatte.

»Ich habe vor, mal ein bisschen mit dem alten Mädchen zu quatschen«, sagte Abe. »Magst du dir den Schrottplatz vornehmen?«

Ich war Abe sehr dankbar für das, was er tat. Die Sache angehen, als wäre es ein echter Fall.

»Ja«, meinte ich. »Danke, Kumpel. Auch für die Diskretion.«

Abe klopfte mir sanft auf die Schulter. Ich drehte mich um und starrte quer durch den Teamraum zu meinem Büro, in dem Remy sich aufhielt.

Was auch immer der Chief wollte, es war nichts Gutes.

Tusila Meadows hatte mich verklagt. Im Gegenzug hatte ich ihre Cousins attackiert. Wenn Bullen dieser Tage das Gesetz in die eigene Hand nehmen, geschehen für gewöhnlich üble Dinge.

Ich überlegte, ob ich selbst mit den Meadows-Cousins sprechen sollte, um die Angelegenheit auf vernünftigem Weg zu klären.

Ich schob mir einen Stuhl vor den nächststehenden Computer und gab den Namen Meadows ein, zusammen mit einer Beschreibung des Mustang von letzter Nacht.

Ein Name erschien.

Daoto Meadows

Und eine Adresse bei den durchnummerierten Straßen, Grant und 23. Straße. Ich stieß die Luft aus. Erwog, vielleicht um Entschuldigung zu bitten, und entschloss mich dann anders.

Scheiß drauf. Die Wahrheit herauszufinden über das, was man Lena und Jonas angetan hatte, war wichtiger als politische Winkelzüge. Ich wandte mich um und ging zur Tür raus. Steuerte meinen Pick-up nach Osten ins Counsa County, wo sich der Schrotthändler befand.

Ich war immer dann in Bestform, wenn ich einer heißen Spur nachging, und das hier war etwas Persönliches. Wer weiß? Wenn ich sah, wohin dieser Weg mich führte – vielleicht wäre dann das, was ich den Meadows-Cousins angetan hatte, mein geringstes Problem. Und vielleicht kümmerte es mich auch einfach einen Dreck, was als Nächstes passierte.

43

Ich wechselte vom Highway auf eine Nebenstraße, die ich noch nie gefahren war. Zuchtbetriebe für Masthähnchen, die ihre Gockel zu Tausenden verkauften, sprenkelten die Landschaft. Die Gegend roch nach Garnelen, die zu lange in der Sonne gelegen hatten. Ich trat kräftig aufs Gaspedal. Der Gestank mischte sich mit einer heftigen Ladung Ammoniak, bis die Farmen endlich hinter mir verschwanden.

Seit meinem Aufbruch vom Revier war eine halbe Stunde vergangen, und das Land wurde zunehmend offener und freier. Scuppernong-Reben überwucherten ungenutzte Weideflächen, Goldtrompeten umrankten Zaunpfähle, die in der guten alten Erde von Georgia steckten.

Verblasste, handgemalte Schilder am Straßenrand bewarben gekochte Erdnüsse in Tüten und frisch gepflückte Äpfel, aber die Läden, die sie einst verkauften, waren längst verschwunden.

Eine weitere Minute darauf sprang mir ein Farbfleck auf dem nicht weit von mir entfernten Hang ins Auge, ein Stück von einem verrosteten gelben Schulbus, das sich auf dem kargen Hügel vor dem Himmel abzeichnete.

Als ich um die Kurve bog, lag der Schrottplatz in seiner ganzen Pracht vor mir, mit Stapeln zertrümmerter Autos und einer Ecke speziell für Traktoren und Laster. Die Fahrzeuge waren auf eine Weise gestapelt, dass ihr geradezu ästhetisch anmutendes Muster sich wiederholte, wie in drei Lagen aufgetragene Wasserfarbe, deren Schichten an den Rändern ineinanderlaufen.

Eine SMS brachte mein Handy zum Summen, und ich senkte den Blick.

Eine Nachricht von Abe.

Er hatte sich mit Grazia Lauroyan getroffen, der alten Dame, der vorletztes Weihnachten ihr Dodge Aries gestohlen worden war. Sie war siebzig und hatte sich einen Monat zuvor von ihrem in Burna, Georgia, dreißig Autominuten von Mason Falls entfernt, geführten Geschäft in den Ruhestand verabschiedet. Sie hatte keinen Schimmer, dass sich jemand für den alten Wagen interessieren könnte, und sah den Diebstahl von daher nicht im Geringsten kommen.

Eine weitere Sackgasse.

In einem mit dem Wort ALTMATERIAL sowie einem Pfeil besprühten Wellblechzaun befand sich eine Lücke, und ich fuhr genau an der Pfeilspitze hindurch.

Ich steuerte um eine Handvoll älterer Automobile herum,

die nicht zerdrückt oder verbeult waren, hielt neben einem weißen Wohnwagen, stieg aus und schaute mich um. Keine Seele in Sicht. Alles totenstill. Ich ging die Stufen hoch in den Anhänger.

Darin saß ein Mann von Ende vierzig mit olivfarbener Haut. Er hatte rabenschwarze Haare und trug ein kurzärmliges Leinenhemd und Jeans. Sein Tisch war von jener Sorte, die man bei einer Schulauktion gebraucht erwarb, und der Rest der Räumlichkeit war – um es höflich zu formulieren – minimalistisch eingerichtet. Auf zwei weißen Spieltischen aus Melamin stapelten sich Berge von Unterlagen.

»Womit kann ich dienen, Boss?«, fragte er mit breitem New Yorker Akzent.

»Ich suche Trevor Bogota«, gab ich zurück.

Trevor war der junge Mann, mit dem Abe telefoniert hatte. Derjenige, der die mit dem 83er-Dodge-Aries verbundene Fahrgestellnummer erkannt hatte, auf die ich scharf war.

»Das ist mein Sohn.« Der Mann streckte die Hand aus. »Ich bin Tommy Bogota.«

»P. T. Marsh«, sagte ich und schüttelte ihm erst die Hand, bevor ich meine Marke zeigte. »Ihr Sohn hat mit einem Detective meiner Einheit über einen Wagen aus Ihrem Bestand gesprochen.«

»Alles klar, Boss«, meinte er. »Augenblick.«

Der Mann griff sich ein Walkie-Talkie und drückte dreimal auf den Knopf. Offenbar das Signal für seinen Sohn.

Hatten diese beiden Kontakt zu dem Mann, der Jonas umgebracht hat?, fragte Purvis. Der Purvis in meinem Kopf.

»Ich bin grade beschäftigt«, quäkte eine Stimme aus dem Handfunkgerät. Jünger. Derselbe Akzent.

Betreiben sie schmutzige Geschäfte?, bohrte Purvis nach. Die Stimme meiner Bulldogge klang wütend. Jonas war ihm der liebste Mensch auf Erden gewesen.

Nur die Ruhe, Hund.

»Hier ist ein Cop«, sagte der Mann.

»Okay«, antwortete der Junge. »Ich komme.«

»Setzen Sie sich.« Der Vater wies auf den einsamen Stuhl im Büro. Es war ein Schalensitz mit Kopflehne, den man einem Minivan entnommen und neben einem Wasserspender und einem Haufen dieser spitztütenartigen weißen Pappbecher an die Wohnwagenwand gelehnt hatte.

»Wo kommen Sie her?«, wollte ich wissen.

In der Ecke tuckerte ein Kühlaggregat vor sich hin, konnte aber gegen die Hitze nicht besonders viel ausrichten.

»Aus der Bronx«, erklärte der Mann. »Logan Avenue. Warum? Klinge ich irgendwie fremd?«

»Nein, Sie klingen genau wie wir Einheimischen.«

Ich wollte ein Lächeln hinterherschieben. Um zu bekräftigen, dass ich herumwitzelte und alles locker war. Doch es gelang mir nicht.

»Ich habe diesen Betrieb vor sechs Monaten übernommen«, sagte der Mann. »Meine Frau ist von hier. Ihr Bruder ist gestorben.«

Unverzüglich entspannte sich meine Haltung gegenüber dem Mann und seinem Sohn. »Tut mir leid.«

Die Tür schwang auf, und ein junger Mann trat ein. Einundzwanzig, zweiundzwanzig Jahre alt. Größer als sein

Vater. Klare Ähnlichkeit, aber weniger Wampe und mehr Muskeln.

Ich stellte mich vor, und er erinnerte sich an das Telefongespräch mit Abe.

»Ich wusste nicht, dass Sie herkommen würden.« Der Jüngling wischte sich an einem weißen Handtuch, das von seiner Hüfte hing, die ölverschmierten Hände ab. »Eigentlich hab ich dem anderen Cop schon alles erzählt, was ich weiß. Vor einem Jahr hatten wir laut Unterlagen einen 83er-Aries hier. Kam in die Schrottpresse und wurde nach Gewicht verkauft.«

»Mein Sohn kümmert sich um unsere Geschäftsbücher«, sagte der Vater stolz. »QuickBooks fürs Rechnungswesen. Eigentümerwechsel für die Zulassungsbehörde in Excel. Mein Schwager war nicht gerade ein Pedant, wenn es um Buchführung ging.«

»Verstehe«, erwiderte ich. »Ist ’ne feine Sache, oder? So ’n Familienbetrieb?«

Der Junge schaute zur Seite. Irgendwie so, als hätte er sich noch nicht hundertprozentig mit dem Job angefreundet.

»Ich weiß nicht, ob Detective Kaplan es Ihnen erzählt hat«, sagte ich. »Dieser Dodge ist Teil eines Falls, in dem wir ermitteln. Er wurde gestohlen, ein paar Tage bevor man ihn herbrachte.«

Der Vater setzte sich aufrechter hin. »Es ist eine Menge passiert, bevor der Laden uns schließlich gehörte, Detective. Rein rechtlich haben wir nur die Aktiva geerbt.«

Ich hob beide Hände, Handflächen nach außen – das Zeichen für »Auf euch hab ich’s nicht abgesehen«. »Für irgendeinen lange zurückliegenden Autodiebstahl bin ich nicht zuständig.«

Das Kühlaggregat zischte, und der Kompressor winselte qualvoll bei der Anstrengung, wenigstens ein winziges Fleckchen im Raum zu kühlen. Es war die Sorte Tag, an dem zwei Bäume um einen Hund mit voller Blase kämpfen.

»Das hier ist was Privates«, fuhr ich fort. »Meine Frau wurde von diesem Wagen gerammt und getötet.«

»Großer Gott im Himmel«, sagte der Vater.

»Ich brauche genauere Angaben«, erläuterte ich. »Und ich würde es als persönlichen Gefallen zu schätzen wissen, wenn wir gemeinsam ein zweites Mal nachschauen könnten.«

»Natürlich«, sagte Dad. »Trev, führ Detective Marsh doch bitte an deinen Arbeitsplatz.«

»Kommen Sie.«

Ich dankte dem alten Herrn und folgte dem Jungen aus dem Wohnwagen.

Im überwiegenden Teil des Schrottplatzes waren die Autos nicht wirklich zusammengedrückt, so auf Würfelformat, wie man es sich vielleicht vorstellt. Stattdessen waren alle ein bisschen plattgebügelt und aufeinandergestapelt worden. Die für immer stillgelegten Karren bildeten hohe Wände, gigantischen Korridoren gleich, die den Abschleppraupen genug Platz zum Fahren boten. Oder auch uns zum Durchlaufen.

Wir erreichten einen anderen Anhänger, der einen blauen Streifen an der Seite hatte. Trevor nahm die zwei Stufen, schaltete das Licht ein und aktivierte die Fenster-Klimaanlage.

Die Luft im Inneren roch wie ein nasser Hund, und der ganze Raum war mit drei- oder vierhundert Kartons vollgestopft.

»Das war das Ordnungssystem meines Onkels Bob«, sagte er. »Ich wollte in Albany an der State University of New York Wirtschaftswissenschaften studieren, also habe ich versucht, den Kram aufzuräumen. Alte Daten zu digitalisieren.«

Ich ließ meinen Blick in die Runde schweifen. Es war ein Dreckloch.

»Wir mussten uns mit der Kraftfahrzeugbehörde in Verbindung setzen«, fuhr Trevor fort. »Die haben tatsächlich einen Kerl zu uns rausgeschickt, und ich habe ihm unser Erbe gezeigt. Er hat sich einverstanden erklärt, dass ich ihm monatlich eine Tabellenkalkulation schicke.«

»Eine Tabellenkalkulation? Wovon?«

»Ich trage die Kennzeichen ein, sobald ich sie habe. Wenn nicht die, dann die Fahrgestellnummern. Eine Menge von diesem Zeug war beim Bundesstaat Georgia nicht mal als Altmaterial registriert.«

Ich hob den Deckel von einem der Kästen. Er enthielt einen circa hundert Seiten starken Blätterstapel, alles querformatiges, kassenbuchtypisches Millimeterpapier.

»Und in diesen Bestandsbüchern sind die Fahrgestellnummern aufgeführt?«

Der junge Mann nickte. »Ihr Dodge Aries.« Er zeigte darauf. »Das Originaldokument muss irgendwo hier rumfliegen, aber ich kann nicht versprechen, dass sich darin mehr Einzelheiten finden. Die Kraftfahrzeugbehörde hat jedenfalls ihre Daten daraus bezogen.«

Ich inspizierte das Chaos erneut. »Was mich interessiert, ist die Person, die den Wagen ablieferte.«

»Ja, diesbezüglich könnte es ein bisschen finster werden«, sagte der Junge. »Wir können nachsehen, aber wären mir die Infos bekannt, hätte ich sie schon an die Behörde weitergeleitet.«

Trevor präsentierte mir auf seinem Computer eine Exceltabelle, in der jedes Auto mit Fahrgestellnummer, Marke, Modell und weiteren relevanten Daten gelistet war.

»Ich gebe jeden Morgen ungefähr fünfzig Datensätze ein, bevor es zu heiß wird. Dann erledige ich andere Arbeiten.«

Der Junge startete eine schnelle Excel-Suche nach dem Wort »Aries« und zeigte mir die Belegposition, die er der Zulassungsstelle hatte zukommen lassen.

Von links nach rechts waren Fabrikat, Typ und Fahrgestellnummer gelistet. Im Feld »Verkäufer« war die Spalte leer.

»Was bedeutet das?« Ich wies mit dem Finger darauf.

»Es stand entweder nicht auf dem Dokument, oder ich konnte es nicht lesen. Verblichen oder nicht zu entziffern.«

»Und wo ist das Original? Von dem Sie die Fahrgestellnummer haben.«

Der Junge zeigte nach links. »Die Kartons auf diesen zwei Tischen. Die habe ich letzten Monat durchgeackert. Irgendwo da drin.«

Ich starrte die Kartons an.

»Hier sind Stühle«, sagte Trevor. »Es sind um die zehn Kisten, aber vielleicht haben wir Glück. Finden es in den ersten.«

Ich nahm den Klappstuhl entgegen, und wir teilten die Kartons auf, ein paar für den Jungen und der Rest für mich.

Er wies mich ein. Worauf man achten, wohin man schauen musste und wie die erste Stelle der langen Fahrgestellnummer lautete, sodass man schneller vorankam. Während der ersten halben Stunde arbeiteten wir schweigend, und nachdem ich es im Schlaf konnte, begannen wir uns zu unterhalten.

Trevors Mutter war in seinem Highschool-Abschlussjahr an Krebs gestorben, und dann bekam voriges Jahr sein Onkel die Krankheit. Sein Dad entschied, ihn im ersten Semester von der Uni zu nehmen, um ihnen beiden einen Neustart an einem anderen Ort zu ermöglichen.

»Meine Mutter starb, als ich meinerseits gerade ein paar Jahre raus aus dem College war. Brustkrebs.«

Trevor sah auf. »Dann waren Sie und Ihr Dad auch nur zu zweit?«

»Mein Vater hatte sich bereits vor der Highschool getrennt.«

»Oje«, sagte der Junge.

»Ich wurde ziemlich wütend auf die Welt«, sagte ich. »Bin in Schwierigkeiten geraten. In dieser Zeit lernte ich diesen Bullen kennen, der nett zu mir war. Ein bisschen später traf ich meine Frau, und kurz darauf ging ich zur Polizeiakademie.«

Trevor fing an, von den Umständen seines gegenwärtigen Berufslebens zu erzählen. Seine Mutter stammte aus Macon und war nach Mercer gezogen. Sein Vater wurde in der Bronx geboren und hatte fünfzehn Jahre lang in einer Werkstatt gearbeitet.

»Deswegen kennen Sie sich mit Autos aus?«

»Ich habe bei meinem Vater seit meinem achten Lebensjahr ausgeholfen, und er macht das schon sein ganzes Leben. Allerdings ist das Schrottgeschäft was anderes als Reparaturen.«

»Na klar.«

»Man hört sofort, dass wir nicht von hier sind, aber alle sind bisher nett und freundlich zu uns gewesen.«

»Erklären Sie mir doch mal den Ablauf«, bat ich. »Ich komme mit einem Auto angefahren. Was machen Sie?«

»Jetzt oder damals – Onkel-Bob-Stil?«

»Fangen wir mit dem Onkel-Bob-Stil an. Ich gehe davon aus, dass Sie das Richtige tun.«

»Okay, also, die meisten Händler zahlen hundertfünfzig Mäuse pro Tonne, falls der Wagen fahrtüchtig ist. Die Leute kommen mit irgendeiner alten Karre zu uns. Wir begutachten den Zustand. Normalerweise läuft's auf dreihundert Dollar pro Fahrzeug hinaus.«

»Unabhängig vom Fabrikat?«

»Manche Teile bestimmter Autos sind stärker nachgefragt. Da gehen wir dann bis zu zweihundert pro Tonne.«

»Also vierhundert für den Wagen?«

»Genau.«

»Und ein Dodge Aries aus den Achtzigern? Angeboten Ende 2017 ...«

»Die Hundertfünfzig-Dollar-Kategorie«, meinte der Junge. »Weil man an diesem Punkt nur noch das Blech recycelt.«

»Was ist mit einer gültigen Erwerbsurkunde? Brauchen Sie die?«

»Bei uns ist das selbstverständlich. Man muss einen Beleg bringen, dass man der Besitzer ist.«

»Bei Onkel Bob war das anders?«

»Ganz im Vertrauen, Bob hatte da eine besondere Methode«, sagte Trevor. »Er ließ die Leute eine Bescheinigung unterschreiben, dass ihnen der Wagen gehört, und dann machte er ein Foto vom Führerschein. Da Bob Notar war, haben sie mit ihrer Unterschrift bestätigt, dass alles sauber und legal zuging.«

»Und er hat zusätzlich die Notariatsgebühr eingestrichen.«

»Fünfzig Piepen.«

Ich ließ mir das Ganze durch den Kopf gehen. Es waren gute Neuigkeiten. Der unbekannte Verkäufer des gestohlenen Wagens hatte sowohl seinen Führerschein vorgezeigt als auch die fünfzig Dollar bezahlt. Damit hatten wir ihn im Sack, falls wir ihn aufspüren konnten.

»Gute Rückversicherung«, sagte ich, während wir weiter die Unterlagen durchsahen. Ich stellte mir den Dodge Aries vor, wie er vorletzten Dezember gegen Marvins Auto geprallt war. Und Marvins Wagen, wie er Lenas Auto in den Fluss gestoßen hatte. Die vordere Stoßstange des Aries war höchstwahrscheinlich eingedrückt worden.

»Man kommt also vorgefahren«, sagte ich. »Untersuchen Sie den Wagen genauer? Schauen Sie nach Anzeichen für einen Unfall?«

»Nee, Beulen bei alten Autos sind uns egal, weil wir den Motor ausschlachten und das äußere Blech verticken«, erklärte Trevor. »Als Allererstes kommt die Klassifizierung.

Ist der Wagen das, was wir einen ›ELP-Wagen‹ nennen? Die machen fünfundneunzig Prozent dessen aus, was bei uns in der Schrottpresse landet.«

»Was bedeutet das?« Ich schaute von meinem Aktenstapel hoch. »ELP?«

»Ende des Lebenszyklus eines Produkts. Vulgo Altfahrzeug«, sagte er.

»Und wenn es eins ist?«

»Dann wissen wir, dass wir den Wagen vor allem als Schrott verkaufen.«

»Dann kaufen Sie das Altfahrzeug«, sagte ich. »Vielleicht fügt Bob noch seinen kleinen notariellen Beschiss hinzu. Vielleicht kann er auch darauf verzichten, weil das Eigentumsrecht dokumentiert ist. Was kommt dann?«

»Wir bauen alles aus, was laut den gesetzlichen Bestimmungen mit Chemikalien und anderem giftigen Material zu tun hat. Batterie. Frostschutzmittel. Öl. Bremsflüssigkeit. Die Entsorgung folgt einem vorgeschriebenen festen Ablauf.«

»Und dann?«

»Dann plündern wir die Teile. Von der Lichtmaschine bis zur Armaturenelektronik. Wenn das erledigt ist, suchen wir einen Stellplatz für das Auto. Alle Vierteljahre verkaufen wir das Ganze nach Gewicht an einen Altmetallhändler.«

»Und die meisten Autos kommen hier reingefahren?«, erkundigte ich mich. »Die Besitzer sitzen selbst am Steuer? Oder tauchen auch mal Abschlepplaster auf?«

Der Junge gab keine Antwort, weshalb ich den Blick hob. Er starrte konzentriert auf ein bestimmtes Blatt.

»Haben Sie's?« Ich stand auf.

Er nickte, und ich trat an seine Seite. Fixierte den auf das gelbliche Papier geschriebenen Einzelposten.

In der »Eigentümer«-Spalte stand *nein* mit einem Sternchen daneben. Unter Notariat war jedoch eine Gebühr verzeichnet. Allerdings waren es nicht die üblichen $50. Dort stand *$200*.

»Warum ist die notarielle Gebühr so hoch?«

»So eine ist mir diese Woche schon mal untergekommen«, meinte der junge Mann. »Habe sie meinem Dad gezeigt. Er glaubt, es bedeute, irgendwas mit dem Wagen sei nicht geheuer gewesen. Denn in einigen Dingen ist Bob sehr korrekt. Er unterschlägt keine Einnahmen, wenn Sie verstehen, was ich meine.«

»Nein«, sagte ich. »Tut mir leid, ich blicke nicht ganz durch.«

»Bob mag eine Menge blöder Scheiße abgezogen haben. Aber er wurde ziemlich regelmäßig vom Finanzamt kontrolliert.«

»Die Rechnungsprüfer kümmert es nicht, wenn man zwielichtige Geschäfte macht?«

»Nein, verdammt.« Der Junge schüttelte den Kopf. »Jedenfalls solange man pünktlich eine korrekte Steuererklärung abgibt. Daher glauben wir, dass Bob hin und wieder ein bisschen was extra berechnet hat, wenn irgendein Typ ihm seinen Ausweis nicht zeigen wollte.«

Ich kaute auf meiner Lippe herum. Demnach schlug Bob bei jedem Wagen zu, Ausweis hin oder her. Der Betreffende musste lediglich etwas mehr blechen. Was hieß, dass eventuell keinerlei Möglichkeit bestand, denjenigen ausfindig zu machen, der den Aries hier entsorgt hatte.

Rechts in Onkel Bobs Tabelle war die für den Aries gezahlte Gebühr notiert. *$0* – zusammen mit der Anmerkung (*NVA $500*).

»Warum null?« Ich legte meinen Finger darauf. »Hätte Bob dort nicht eintragen müssen, wie viel er für das Auto bezahlt hat?«

»Sicher«, sagte Trevor. »Daher sind Dad und ich der Ansicht, dass er gar nichts bezahlt, sondern seinen Wagen gegen einen anderen getauscht hat. KSA steht für nicht verschrottbares Auto.«

In meinem Schädel pochte es heftig, dank der Trinkerei von letzter Nacht. »Was genau heißt nicht verschrottbar?«

»Haben Sie die Karren an der Eingangsseite gesehen? Dort, wo Sie reingefahren sind.«

»Wäre fast mit einer zusammengestoßen.«

»Tja, manche Leute kommen mit fahrtüchtigen Wagen zu uns. Sie sind alt, aber alles in allem noch in Ordnung. Manchmal nimmt einer kein Bargeld, sondern eine dieser alten Klapperkisten.«

Ich schwitzte schon die ganze Zeit, und mein Hemd klebte mir an der Brust.

»Augenblick«, sagte ich. Das klang nicht schlecht. »Jemand übernimmt einen dieser Wagen?«

»Genau. Ich sagte ja, unsere Wagen sind zu fünfundneunzig Prozent Altfahrzeuge. Es gibt immer ungefähr ein Dutzend Karren, die wir in Reserve behalten und nicht zerquetschen. Die bilden die restlichen fünf Prozent. Statt Geld können sie einen von denen kriegen.«

»Wurde das schon vor Ihrer Zeit so gehandhabt? Unter Onkel Bob?«

»Seit zwanzig Jahren«, sagte er.

»Der Kerl, den ich suche, ist also möglicherweise hier aufgeschlagen, hat sich von seinem Auto getrennt und dann kein Geld kassiert, sondern sich mit einer anderen Kiste vom Acker gemacht?«

Der Junge nickte.

»Wie oft pro Jahr kommt das vor?«

»Vielleicht fünfmal.«

An fünf Tagen jährlich ging einer dieser Wagen raus. Das war alles andere als eine Nadel im Heuhaufen. »Hat Bob diese Deals mit nicht verschrottbaren Autos irgendwo vermerkt?«

»Hat er, in einem schmalen Extra-Kassenbuch, weil's nur ein paarmal im Jahr vorkam. Es umfasst die kompletten zwanzig Jahre, in denen er den Laden führte.«

»Kann ich es mal sehen?«

Trevor ging zu einem Aktenschrank an der gegenüberliegenden Wand hinüber. »Ich will Ihnen keine falschen Hoffnungen machen, Detective«, sagte er. »Wenn Bob bei einer Inzahlungnahme ein kleines Extra rausschlagen konnte, hat er möglicherweise keine Namen notiert.«

»Klar«, sagte ich. »Aber vielleicht benötige ich keinen Namen, Trevor. Wenn nämlich wer mit diesem Wagen durch die Gegend gefahren ist, musste er ihn selbst anmelden. Was bedeutet, dass ich den Namen ermitteln kann.«

Trevor schlug das Kassenbuch auf und blätterte zu einem Eintrag vom Dezember 2017. Derselbe Tag, an dem der 83er-Dodge-Aries hierhergebracht worden war.

Ein El Camino von 1987.

Ich las die Spalte, in der das Fahrzeug beschrieben wurde. *CC*, stand dort. *Grau mit schwarzen Streifen.*

Ich kniff die Augen zusammen.

Solch einen Wagen hatte ich kürzlich erst gesehen.

Es bedeutet gar nichts, unkte Purvis.

»Was ist das doch gleich?« Ich zeigte darauf. »CC?«

»Das war eine besondere Variante dieses Wagentyps«, erklärte der Junge. »In Tennessee hergestellt. Das CC stand für ›Choo Choo‹. Punkt für Sie. Dieses Fabrikat und dann dieses Modell. Nicht nur ein dreißig Jahre altes Auto, von denen man eh nicht mehr viele auf der Straße sieht, sondern auch der sogar noch seltenere Choo Choo.«

Brian, meinte Purvis. *Der Hausmeister. Der hat immer was von Choo Choo gefaselt.*

»Ist das die Fahrzeugnummer?« Ich zeigte auf die Zahlenfolge rechts des Eintrags.

Der junge Mann nickte. »87 war das letzte Produktionsjahr, weshalb man davon ausgehen kann, dass nicht allzu viele dieser Modelle herumfahren. Viele Leute halten sie für hässlich.«

Ich hatte seit einer halben Minute nicht mehr geatmet.

»Ja«, stieß ich ausdruckslos hervor und wiederholte Abes Worte von vor zwei Tagen. »In meiner Kindheit war das die typische Hinterwäldler-Schrottkarre.«

Trevor lachte. »So direkt wollte ich's nicht sagen, aber

das kommt hin.« Er sah mich an. »Alles okay mit Ihnen, Detective?«

Ich war zum Schrottplatz gekommen, um den Wagen zu finden, der den Chrysler meines Schwiegervaters in den Jeep meiner Frau geschoben hatte. Um dem feigen Bastard, der den Unfalltod meiner Frau und meines Sohnes verschuldet und Fahrerflucht begangen hatte, endlich einen Namen zu geben.

Doch jetzt stand die Welt auf dem Kopf.

Der Mistkerl, der meine Frau den Abhang hinuntergestoßen hatte, war der Besitzer eines seltenen El Camino.

Als Abe das Material der Überwachungskameras von Thom Siles Wohnanlage gesichtet hatte, war darin ein El Camino aus den späten Achtzigern aufgetaucht. Ebenfalls grau mit schwarzen Streifen. Ebenfalls ein Choo Choo. Eins von zwei Fahrzeugen, die einem anderen Wagen durch das Eingangstor folgten, statt Letzteres mit der Fernbedienung zu öffnen.

Das einzige Auto, das ohne Fernbedienung sowohl rein- als auch rausgefahren war.

Trevor sah mich sorgenvoll an. »Detective Marsh?«

»Mir geht's bestens«, sagte ich.

Doch das war eine Lüge. Von bestens war ich fünf Countys entfernt.

Ich fotografierte die Fahrgestellnummer mit meinem Smartphone und stolperte dann aus dem Wohnwagen.

Die Luftfeuchtigkeit draußen glich einer schweren Decke, und auf einmal ergab nichts mehr einen Sinn.

Marvin hatte gesagt, ein Wagen habe – unglücklicherweise, ohne Absicht – seinen Chrysler gerammt und auf Lenas Jeep prallen lassen, der dann in den Tullumy River stürzte.

Ein Unfall, hatte er gesagt.

»Ich muss gehen«, erklärte ich Trevor, der hinter mir neben dem Hänger stand und mich anglotzte, als wäre ich ein Gespenst.

Ich ging zu meinem Pick-up, fuhr runter vom Schrottplatz und konnte kaum das Lenkrad gerade halten.

Nach anderthalb Kilometern riss ich das Steuer herum und stieg am Straßenrand aus.

Ein starker Ammoniakgeruch lag in der Luft, und ich übergab mich in den Graben jenseits des Seitenstreifens.

Ich spuckte noch ein paarmal aus, während die Sache in meinem Kopf ihre Bahnen zog. Der Wagen, den Abe beim Tatham Arms Apartment Complex gesehen hatte, war ein El Camino gewesen. Die gleiche Farbe, die gleichen Streifen.

Ich dachte an Ennis und Cameron Fultz.

Grundsätzlich lautete unsere Theorie nach wie vor, dass Cameron seinen Golfurlaub in Jacksonville unterbrochen, sich auf den Rückweg nach Georgia begeben und Thom Siles U-Chem-Truck gestohlen hatte, um dem Lieferwagenfahrer was anzuhängen.

Aber was wäre, wenn er all das gar nicht getan hätte?

Was, wenn Cameron stattdessen jemanden angeheuert hatte, der seinen Vater töten sollte? Oder Enfatigo? Und dieser Jemand fuhr einen El Camino. Den Camino, den wir in den Apartmentkomplex rein- und wieder rausfahren gesehen hatten.

Jemand, der Erfahrung damit hatte, ein Ableben wie einen Unfall aussehen zu lassen.

Abermals kam mir die Galle hoch, und ich kotzte. Toast und Marmelade. Gin von letzter Nacht.

Ich malte mir aus, wie Lena und Jonas die I-32 entlangfuhren.

Wie viele professionelle Auftragsmörder können unbehelligt in einer Stadt von der Größe Mason Falls' leben?

Ich holte mein Notizbuch aus dem Führerhaus meines Trucks und blätterte hektisch Seiten um, bis ich einen bestimmten Eintrag gefunden hatte. Über den Ort, an dem der Wagen der Lymans gerammt worden war.

Die Brücke an der I-32.

Dieselbe Stelle, an der es auch Lena und Jonas getroffen hatte.

»Nein, nein, nein«, stammelte ich vor mich hin.

Nicht derselbe Kerl.

Ich zog mir an den Haaren und wanderte im Kreis herum.

Ein Auto hupte, und ich begriff, dass ich mitten auf dem Highway stand. Ich beugte mich vor und stützte mich mit den Händen auf den Knien ab.

Ich hatte eine Knarre auf den Mörder meiner Frau und meines Sohns gerichtet und ihn verfehlt.

Mein Handy klingelte, und ich wankte zum Pick-up zurück. Es war Remy.

»Hey, wo bist du?«

»Ich hatte ihn, Remy.«

»Wen hattest du?«, wollte sie wissen.

»Ich hatte ihn direkt vor dem Lauf und hab ihn entwischen lassen.«

»Alles gut«, sagte sie. »Mir fehlt nichts, und wir müssen es nicht wiederkäuen. Wir werden den Kerl schnappen.«

Mir wurde erneut übel, und ich torkelte zum Abflussgraben am Fahrbahnrand.

»P. T.«, sagte Remy. »Du bist abgehauen, ohne mit Chief Senza zu sprechen.«

»Keine Sorge«, erwiderte ich. »Mit dem werde ich mich bald unterhalten. Weil er diesen Fall abschließen wollte. Aber ich habe Neuigkeiten für alle. Dieses Ding wird nicht kleiner, sondern größer.«

»Du kommst also hierher zurück?«

»Nicht, bevor er tot ist.«

Remy antwortete nichts. Ich krümmte mich und erbrach mich erneut. Würzige Wachteleistückchen vermüllten die Straße.

»P. T., man hat mich nachdrücklich gebeten, dich herzubringen«, verkündete Remy. »Hörst du, was ich sage? Die Sache mit den Meadows-Cousins. Du hast ihren Wagen zertrümmert.«

Plötzlich dämmerte mir, dass Remy versuchte, mir etwas mitzuteilen. Etwas, das ich nicht hörte.

»Sie sagen, du wärst erledigt, P. T.«, fuhr meine Partnerin fort. »Ich weiß nicht, ob vorübergehend oder endgültig. Aber das klären wir gemeinsam. Wo bist du?«

»Es tut mir leid, dass ich dich da mit reingezogen habe, Remy.«

»P. T.«, sagte sie. »Hör zu ...«

Ich fiel ihr ins Wort. »Remy, all diese Morde hängen zusammen. Fultz. Der El Camino. Lena. Cameron.«

Noch während ich dies aussprach, verspürte ich einen Steinklumpen im Magen.

Das Gewicht dieser Erkenntnis.

Wenn derselbe gedungene Killer Fultz und Lena ermordet hatte, war der Tod meiner Frau kein Unfall. Auftragsmörder arbeiten nicht umsonst.

»P. T., die Staatsanwältin sah sich vor einer Stunde zu einer Einigung mit den Meadows-Leuten auf vierhundert Riesen gezwungen. Mir wurde befohlen, Marke und Dienstwaffe bei dir einzukassieren.«

Mir verschlug es die Sprache, und ich fühlte mich wie betäubt. Jemand war bezahlt worden, um Lena umzubringen.

»Ich werde mich nicht stellen.«

»Ich kann diesen Ermittlungsansatz weiterverfolgen«, sagte Remy. »Mir ist zwar nicht klar, was das mit Lena zu tun hat, aber du kennst mich. Ich werde nichts unversucht lassen.«

Ich kletterte wieder in meinen Truck. Bewegte mich wie ein Roboter. Ohne meiner Partnerin zuzuhören.

»Sag mir, wo du bist, P. T.«, bat sie mich. »Sie fahnden nach deinem Pick-up. Ich will nicht, dass dich irgendein übereifriger Blaumann mit nervösem Abzugsfinger aus dem Verkehr zieht.«

Ich gab Remy keine Antwort.

»Bist du auf einem Schrottplatz? Ich weiß, dass Abe dir bei irgendwas geholfen hat, wo es um einen Schrottplatz ging.«

Ich verlor mich in der Vergangenheit. Dachte an Lena, die mit Jonas heimfuhr, in einem Wagen, dessen Batterie so gut wie leer war. *Warum hatten wir diesen alten Jeep nicht verkauft? Warum war ich meiner Frau nicht zu Hilfe gekommen?*

»P. T.«, sagte Remy, »lass mich dir helfen.«

Ich drückte das Gespräch weg und saß reglos in meinem Pick-up, ohne mich weiter um die glühende Sonne zu kümmern.

Ich war kaputt und zermürbt, doch gleichzeitig hatte ich ein Ziel vor Augen. Siebzehn Monate lang Mutmaßungen und Verdachtsmomente, die allesamt auf einen einzigen Punkt hinausliefen. Die Fahrgestellnummer.

Ich rief meine Freundin Shaina an, die auf dem Revier in der Verwaltung beschäftigt war.

»Hey«, sagte ich und versuchte, mich zu konzentrieren. Nicht so zu klingen, als hätte ich nicht mehr alle Schindeln auf dem Dach. »Ich brauche deine Hilfe wegen einer Fahrzeugnummer.«

»Gib sie mir durch«, meinte Shaina nur. Sie hatte noch keine Ahnung, dass man mich suchte, würde es aber sehr bald herausfinden.

Ich sagte ihr die Fahrzeugnummer, und Shaina las mir im Gegenzug den Namen und die Adresse des Besitzers vor.

Kian Tarticoft. 47 Jahre alt.

2673 Forman Road. Burna, Georgia.

Sie überprüfte den Führerschein, und dieselbe Anschrift wurde ausgespuckt.

Ich beendete das Telefonat und starrte auf die Angaben.

»Marvin«, sagte ich laut. »Ich hätte dir glauben sollen.«

Doch das spielte inzwischen keine Rolle mehr. Denn ich hatte das Arschloch endlich aufgestöbert.

Den Mann, der mein Leben ruiniert hatte.

Und der keine Ahnung hatte, dass ich ihm auf den Fersen war.

44

Die Adresse, die Shaina mir gegeben hatte, gehörte zu einer Stadt, die etwa auf halber Strecke zwischen dem Schrottplatz und Mason Falls lag.

Eigentlich wollte ich Vollgas geben, doch die Worte meiner Partnerin hallten in meinem Kopf wider. Über Streifenpolizisten, die mich einzukesseln versuchten.

Ich fuhr zum Schrottplatz zurück und nahm die Einfahrt beim Pfeil in rasanter Geschwindigkeit. Als ich anhielt, hüllte Staub meine Hinterreifen ein.

Ich hatte den halben Weg zum Wohnwagenhänger zurückgelegt, als Trevor Bogota seinen Kopf rausstreckte.

»Tun Sie mir einen Gefallen«, sagte ich. »Diese Klapperkisten, die Sie verticken. Eine davon hätte ich gerne.«

»Wir haben einen Chevy Malibu«, sagte er. »Läuft ziemlich rund.«

Ich zückte meine Geldbörse. »Ich habe hier dreihundert Mäuse. Könnten Sie das als Mietsumme durchwinken? Ich bringe ihn morgen zurück.«

Hinter Trevor erschien sein Vater.

»Nehmen Sie ihn einfach«, sagte der Mann. »Wir werden ihn für die nächsten zweiundsiebzig Stunden nicht als gestohlen melden. Wenn er bis dahin wieder da ist, ist er wieder da. Gib ihm die Schlüssel, Trev.«

»Danke.« Ich griff mir den Koffer mit meiner Ausrüstung von der Rückbank des Trucks. »Könnt ihr Jungs meinen Pick-up irgendwo verstauen, wo man ihn nicht sieht?«

»Na klar«, meinte der Vater.

Ich bekam die Schlüssel und schüttelte beiden die Hand.

»Sie sind ein guter Junge«, sagte ich zu Trevor. »Passen Sie gut auf Ihren Dad auf.«

Ich drückte den Knopf am Schlüsselanhänger, und an einem grünen Malibu in der Nähe der Ausfahrt leuchteten zwei Scheinwerfer auf. Ich warf mein Zeug in den Kofferraum der alten Karre.

Während ich fuhr, starrte ich den Papierfetzen an, auf dem die Informationen standen, die Shaina vom Revier mir zugetragen hatte.

Kian Tarticoft. 47 Jahre alt.

2673 Forman Road. Burna, Georgia.

Ich ließ die Hühnerfarmen hinter mir und kurbelte die Fensterscheiben runter. Der fiese Gestank verflüchtigte sich, und ein Hauch von Flieder und Hyazinthe durchwehte die Landschaft.

Zwanzig Minuten später hatte ich Burna erreicht, fuhr langsam an der angegebenen Adresse vorbei und dann durch die Nebenstraße dahinter einmal drum herum. Es war eine Werkstatt, die Maschinenteile in Spezialanfertigung herstellte, und von der Straße aus war klar und deutlich zu erkennen, dass der Laden aufgegeben worden war.

»Scheiße«, fluchte ich laut.

Ich parkte den Malibu an der gegenüberliegenden Straßenseite. Die Werkstatt hatte ein großes Fassadenfenster, und die Rollläden waren hochgezogen, wahrscheinlich um potenziellen Vandalen zu zeigen, dass es nichts zu holen gab.

Ich ging die Straße runter zu einer Bäckerei namens Sweets&, zwei Häuser weiter. Drinnen stieß ich auf eine Schwarze, die damit beschäftigt war, einer Kokosnuss-Sahnetorte den letzten dekorativen Schliff zu verleihen. Sie war ganz in Weiß gekleidet, abgesehen von einem grellgelben Stirnband.

»Hallo, da haben wir ja bestimmt jemanden, der einen Keks vertragen kann«, sagte sie, als ich eintrat, den Kopf über einen Spritzbeutel gebeugt. »Wie heißen Sie?«

»P. T.«

»Das ist kein Name. Das sind Initialen.«

Unter anderen Umständen hätte mir das ein Lächeln entlockt. Meine Mom hatte mir mal gesagt, dass sie Punkte in meine Geburtsurkunde gesetzt hätte, wenn es ihr Wunsch gewesen wäre, dass die Leute mich P. T. rufen.

»Paul«, sagte ich. Zeigte meine Marke. »Paul Thomas Marsh. Polizei von Mason Falls.«

Sie legte den Spritzbeutel weg.

»Sie haben definitiv einen Keks nötig.« Sie hob die Hand. »Und sagen Sie bloß nicht Nein.«

Ich gehorchte und schwieg.

»Autumn Fligger«, stellte sie sich vor. »Womit kann ich dienen?«

»Der Laden für Maschinenteile zwei Türen weiter, Autumn«, sagte ich. »Wie lange steht der schon leer?«

»Drei Tage.«

Mit einer Zange beförderte sie etwas, das nach einer Mandelmakrone aussah, in ein Beutelchen. Legte die Tüte für mich auf den Tresen.

»Kennen Sie irgendwelche Leute, die dort gearbeitet haben?«

»Keine Leute, Einmannbetrieb«, sagte sie. »Komischer Kauz. War seit Ewigkeiten da. Hat seine Sachen gepackt und sich am Dienstag verabschiedet.«

»Kian Tarticoft?«

Sie nickte. »Was hat er angestellt?«

Ich war es gewohnt, von dieser Frage abzulenken, wenn mein Gegenüber sie stellte. Was buchstäblich jeder Zeuge tat, den man verhörte. Doch was sollte ich jetzt sagen?

Ich spürte, wie meine Kehle sich zusammenschnürte, und zog Marvins Brieftasche hervor.

Zeigte ihr die Bilder.

»Das waren meine Frau und mein Sohn«, sagte ich. »Er hat sie mir genommen.«

Ich unterdrückte die Tränen, und Autumn legte ihre Hand auf meine.

»Sie sind tot«, sagte ich. »Und ich muss alles erfahren, was Sie über ihn wissen.«

Die Frau zögerte, nickte aber schließlich.

»Tja, ab und an wird seine Post bei uns abgegeben«, sagte sie. »Aber er war keiner von der gesprächigen Sorte. Er nahm sie an sich und verschwand. Nicht mal ein Dankeschön.«

Ich bat sie um eine Personenbeschreibung, um sicherzugehen, dass Tarticoft derselbe Mann war, den ich vorige Nacht bei der Schlucht gesehen hatte

»Bart wie ein Wikinger«, sagte sie. »Ziegelrot. Riesenschädel. Größer als Sie.«

»Wissen Sie, welche Automarke er fuhr?«

»Wie das Ding genau heißt, weiß ich nicht«, antwortete sie. »Aber vorne ist das Ding wie ein Pkw und hinten wie ein Pick-up. Er hat den Wagen immer gleich da vorne abgestellt.«

Ich hielt ihr das Foto des El Camino hin. Sie nickte und meinte, es wäre dieselbe Farbe.

»Haben Sie eine Ahnung, warum er sein Geschäft geschlossen hat?«

»An mangelnder Nachfrage kann's nicht gelegen haben.« Sie zuckte mit den Schultern. »Diese Bohrmaschine lief den lieben langen Tag. Es hat uns ziemlich genervt, aber seit ein paar Tagen ist alles ruhig. Man vermisst es fast.«

»Wohnt er hier in Burna?«

»Das kann ich Ihnen nicht sagen.«

»Ich muss diesen Typen finden. Über Fahrzeugschein und Zulassungsstelle landet man bei dieser Adresse. Auch sein Führerschein bringt einen hierher. Was können Sie mir über ihn erzählen?«

»Eins der Mädchen meinte, sie hätte einen Puma dort drin gesehen. Und ein paar Kojoten.«

»Wie bitte?«

»Keine lebendigen, wohlgemerkt. Er hat ihnen diese falschen Augäpfel eingesetzt.«

»Er war ein Tierpräparator?«

»Ist das nicht abgefahren? In einem Werkzeugladen Berglöwen auszustopfen? Vielleicht hat er dafür diesen seltsamen Wagen benutzt.«

Ich überlegte, wie praktisch ein El Camino wohl für den Transport ausgestopfter Tiere wäre.

Wir sprachen noch etwa eine weitere Minute, aber ich hatte alles aus Autumn rausgeholt, was drin war.

»Und die Post?«, wollte ich wissen. »Sie haben nicht vielleicht noch was davon rumliegen?«

Sie starrte mich an. »Ich schau mal nach.«

Während Autumn im hinteren Teil ihres Ladens herumhuschte, startete ich auf meinem Smartphone ein paar Internet-Suchaktionen nach Tarticoft. Null Treffer. Er war ein Geist.

Autumn kehrte mit einem amtlich wirkenden Umschlag zurück. Absender war der Bundesstaat Georgia. »Ich hab's beiseitegelegt, weil's nach was Wichtigem aussah. Und dann hab ich vergessen, es ihm zu geben.«

Ich nahm den Umschlag und bedankte mich bei ihr. Nahm sogar das Gebäckstück, das sie mir angeboten hatte.

»Eine letzte Frage noch.« Ich griff mir mein Handy und schaute nach, wie der Name der Frau lautete, deren Wagen gestohlen worden war. Die Frau, mit der Abe gequatscht hatte. Mir war soeben bewusst geworden, dass sie ebenfalls aus Burna stammte, genau wie Autumn und Tarticoft.

»Grazia Lauroyan. Sagt Ihnen der Name etwas?«

»Natürlich. Der leere Laden zwischen meinem und dem von Mr El Camino – das war Grazias. Sie hat maßgefertigte Polster gemacht. Was auch immer man genäht haben wollte, diese Frau war unübertroffen.«

»Genau nebenan?«, wollte ich bestätigt wissen.

»Ja, richtig.«

»Wie kam sie mit Mr El Camino zurecht?«

»Sie hat ihn aus vollem Herzen gehasst. Die beiden waren jahrelang miteinander in einen Rechtsstreit verwickelt. Plötzlich, im Abstand von einem Monat, sind beide weg, und die Straße sieht verwaist aus.«

»Aha. Vielen Dank.«

Draußen im Wagen riss ich den Umschlag auf, den Autumn mir gegeben hatte, und erkannte, dass es sich um eine Anordnung der Gleichstellungsstelle des Counsa County handelte. In dem Schreiben fand sich der Bezug auf eine Firma namens HTM Inc.

Ist das der Name von Tarticofts Laden?

Ich suchte im Netz nach der Firma, fand aber nicht einen verdammten Hinweis. Frustriert schlug ich mit der Hand auf das Lenkrad des Malibu. Wenn ich nach Mason Falls zurückkehrte, war ich den Fall los. Außerdem meine Marke. Und meinen Revolver. Und die Möglichkeit, auf legalem Weg herauszufinden, was Lena und Jonas zugestoßen war.

Darüber hinaus war es alles andere als ausgeschlossen, dass man mich verhaftete. Zerstörung von Privatbesitz. Tätlichkeit gegenüber den Meadows-Jungs.

Doch auf einmal wusste ich, was zu tun war, und griff mir mein Handy.

Ich wischte meine gespeicherten Kontakte runter und wählte schließlich eine Nummer. Ich musste drei Leerzeichen lang warten, bis eine tiefe Stimme erklang.

»Detective Marsh«, sagte diese Stimme. Sie gehörte Toby Monroe, dem Gouverneur von Georgia.

Der Gouverneur und ich hatten früher Umgang gepflegt

und vor fünf Monaten vereinbart, nie wieder miteinander zu sprechen.

»Ihr Anruf überrascht mich«, sagte er.

»Sie müssen mir einen Gefallen tun.«

»Ich dachte, wir hätten das Geschäft mit den gegenseitigen Gefälligkeiten hinter uns gelassen.«

»Ich habe sonst niemanden, an den ich mich wenden könnte«, sagte ich. »Danach bin ich Ihnen was schuldig. Was immer Sie wollen.«

Es gab eine lange Pause, und dann fragte mich Monroe, ob ich in meiner eigenen Abteilung Ärger hätte.

Ich gestand ihm, dass dies der Fall war.

»Ich weiß, dass Sie dafür Ihre Leute haben«, sagte ich. »Bundessteuerbehörde. Georgia Bureau of Investigation. Privatermittler.«

»Was wollen Sie genau?«

»Ich muss jemanden ausfindig machen. Schnell und leise«, erwiderte ich.

»Haben Sie einen Namen?« Ich ratterte die wenigen Infos runter, die ich über Kian Tarticoft besaß. Einschließlich des Firmennamens.

»Wenn ich Ihnen helfe«, sagte Monroe, »behalte ich diese Karte so lange im Ärmel, bis ich sie irgendwann bei einer Sache ausspielen kann, die Ihnen nicht genehm sein wird.«

»Das habe ich mir schon gedacht.«

Ich kramte ein altes Wegwerf-Handy hervor, das ich letzten Dezember gekauft und kaum benutzt hatte.

Ich gab Monroe die dazugehörige Nummer durch, bat ihn aber außerdem um eine Kontaktmöglichkeit. »Der Kerl, den ich darauf ansetze, Marsh – er ist vom alten Schlag. Mag es nicht, digitale oder elektronische Spuren zu hinterlassen. Er trifft sich irgendwo mit Ihnen, und danach sehen Sie ihn nie wieder.«

Ich dachte an meine Privatadresse. Wenn Remy richtiglag, war womöglich ein Streifenwagen vor meinem Haus postiert.

Ich gab Gouverneur Monroe die Adresse von Ennis Fultz. Das Haus stand leer, das Land drum herum war komplett niedergebrannt und verlassen. Ich wusste, dass ich durch die Hintertür einbrechen konnte, so wie Tarticoft es getan hatte.

Dann schaltete ich mein Handy aus, um jedes GPS-Signal zu deaktivieren, das Remy auf meine Spur hätte führen können.

Während ich die dreißig Kilometer zur Schlucht rausfuhr, waren meine Gedanken bei Tarticoft und dem Austausch des Aries gegen den El Camino.

Ich hatte mir wiederholt die Frage gestellt, wie sich Marvin und sein Privatschnüffler Lucas Royster die Feindschaft Tarticofts verdient hatten.

Die, wie ich vermutete, zu der Gasexplosion geführt hatte.

Hätte der Detektiv dieselbe Spur wie ich verfolgt, vom Aries bis zum Schrottplatz, wäre mir bei meiner Stippvisite bei Trevor Bogota und seinem Vater sicherlich etwas zu Ohren gekommen. War es aber nicht.

Was bedeutete, dass Lucas Royster auf anderem Weg an Tarticoft rangekommen war.

Meiner Vermutung nach war seine erste Station die gleiche wie bei Abe. Er hatte mit der alten Dame geplaudert. Und vielleicht hatte er das an ihrem Arbeitsplatz erledigt, im Gegensatz zu Abe, der mit ihr in Verbindung getreten war, als sie zu Hause und im Ruhestand war. Wenn Lucas Royster sie in Burna getroffen hatte, war eine seiner Fragen garantiert die nach Feinden oder ihr übel gesinnten Leuten gewesen.

Das hätte ohne Weiteres eine Unterredung mit Tarticoft nach sich ziehen können.

An diesem Punkt hätte ein einziges Wort des Privatermittlers über einen gestohlenen Dodge Aries ausgereicht, um ihn auf Tarticofts Radar zu setzen.

Es war lebensgefährlich, von diesem Radar erfasst zu werden.

Es war noch immer später Nachmittag, aber draußen vor der Windschutzscheibe des Malibu wurde der Himmel langsam dunkler. Die Winde pfiffen ein Lied, das ich nicht hören wollte, und die Virginia-Eichen erbebten mit zuckenden Blättern in Furcht vor der kommenden Nacht.

Als ich die Brücke passierte, von der aus meine Frau und mein Sohn ins Wasser gestürzt waren, schwoll der Zorn in mir an.

Und dann war da noch diese große offene Frage.

Auftragskiller töten für Geld. Wer hat Kian Tarticoft für den Mord an meiner Lena und meinem Jonas bezahlt?

In meinem Kopf herrschte Chaos, und ich brauchte einen Drink. Bevor ich das Haus von Fultz ansteuerte, änderte ich meinen Kurs und machte einen kleinen Umweg durch das südlich gelegene Farmland der Gegend.

Ich bog in die Zufahrt einer Raststätte und ließ den Chevy Malibu vor dem Restaurant ausrollen.

Im Diner suchte ich mir eine Sitznische, um in Ruhe nachdenken zu können.

Der Laden sah aus wie das uneheliche Kind eines Denny's-Restaurants und eines Plumpsklos. Astiges Kiefernholz an den Wänden. Billiges Linoleum auf dem Boden. Pressspantische.

Ich schob mich in eine Ecke in der Nähe der Tür und bestellte bei der Kellnerin ein Gläschen Bulleit-Bourbon.

»Wir führen nichts Hochprozentiges, Schätzchen«, sagte sie. »Es gibt SweetWater 420 und Bud vom Fass. Weißwein im glasweisen Ausschank.«

Ein alter Mann mit Cowboyhut glotzte mich an, und ich schaute wieder die Servicekraft an. Auf ihrem Namensschild stand *Darby*.

Eines der Dinge, die man bei den Anonymen Alkoholikern lernt, ist die Tatsache, dass Alkoholkranke im Gegensatz zu anderen die rote Linie nicht sehen können. Sie erkennen die Grenze zwischen sozialverträglichem Trinken und Exzess nicht mehr.

Mir war, als könnte ich ein Pferd fressen, einschließlich der Hufe, mit allem Drum und Dran.

»Dann eben kein Getränk«, sagte ich. »Was ist Ihre Spezialität?«

»Paradise-Grove-Magen mit Zwiebeln«, sagte sie.

»Ich nehme eine Portion.«

Die Bedienung eilte davon. Als ich mich umsah, kreuzte mein Blick den des Cowboy-Opas. Ich war sonnenverbrannt und verschwitzt. Wirkte ich verzweifelt? Geisteskrank?

Mein Verstand ging ein halbes Dutzend Möglichkeiten durch.

War Tarticoft angeheuert worden, um vor anderthalb Jahren Marvin am Straßenrand aus dem Weg zu räumen, und hatte stattdessen Lena umgebracht? Und falls ja, weshalb?

Waren Marvin und der Privatdetektiv diesem Tarticoft zu dicht auf die Pelle gerückt? Hatte Tarticoft das Gasleck verursacht, das den Ermittler getötet und Marvin ins Koma geschickt hatte?

Ich sprang in der Zeit zurück zu Lena.

War ich vor Jahren an irgendeinem Fall dran gewesen, und Tarticoft hatte mich vom Kurs abbringen wollen, indem er meine Frau umbrachte?

Ich wollte Kian Tarticoft dringend erwürgen, musste ihn aber vorher dazu bewegen, mir diese Fragen zu beantworten.

Die Hühnermägen kamen, und ich aß die Portion auf, während ich darauf wartete, dass Gouverneur Monroes Mann sich bei mir meldete.

Falls sich Tarticoft irgendwo versteckte, hatte ich vor, ihn nachts aufzusuchen. Die Arschgeige zu überraschen.

Ich zog ein Päckchen Fluppen aus dem Zigarettenautomaten vor den Toiletten und trat für ein Weilchen vor die Tür in die allmählich sinkende Sonne Georgias.

Das Wegwerf-Handy summte, und ich nahm den Anruf entgegen.

»Spreche ich mit Marsh?« Der Akzent klang nach Louisiana.

»Genau.«

»Ich habe ein Päckchen für Sie. Halbe Stunde. Angegebene Adresse.«

Ich ging wieder rein und ließ den Blick schweifen. Es hatte einen Schichtwechsel gegeben, und das Lokal war leer. Keine Kellnerin. Nur wenige Gäste. Ich legte einen Fünfziger auf den Tisch und lief raus zu meinem Chevy Malibu.

Doch als ich ins Freie trat, sah ich den alten Cowboy auf dem Parkplatz. Er hatte die Haube eines F-150 hochgeklappt und winkte mich zu sich.

Die Kehrseite seines Trucks wurde vom Restaurant verdeckt. Ich ging näher ran.

»Probleme mit dem Motor?«

Als ich um die Ecke bog, standen dort zwei Männer neben dem Truck. Einer war dünn, langgliedrig und trug einen Mechaniker-Overall, der andere ein Bulldogs-T-Shirt und verdreckte weiße Dickies.

»Wie geht's, Jungs?« Ich sah von einem Gesicht zum anderen. Keins davon vertraut.

Hinter mir ertönte ein Geräusch, und ich bekam den Schlag voll ab, bevor ich mich umdrehen konnte. Ein amtlicher Schwinger, der mir in den oberen Rücken und Nacken krachte.

Ich öffnete die Augen.

Ich befand mich auf allen vieren, und über mir ragte ein weiterer Typ mit einem Baseballschläger in der linken Hand auf.

Der Hieb hatte mir den Wind aus den Segeln genommen.

Ich langte nach meiner Glock, aber sie war verschwunden. Vielleicht war ich eine halbe Minute lang weg gewesen. Eine volle Minute. Oder auch länger.

»Ich will keinen Streit mit euch, Jungs.«

»Was, wenn wir Streit mit dir wollen?«, sagte der alte Mann mit Hut.

Ich betrachtete den Kerl mit dem Baseballschläger. Irgendwas an seinen Zügen kam mir bekannt vor.

»Ich bin ein Bulle.«

»Ja, ist uns klar«, sagte der Mann in den Dickies.

»Ihr habt einen Bullen angegriffen …« Ich schaute in die Runde. »Eine Welt des Schmerzes wartet auf euch.«

Der Kerl mit dem Schläger brach in Gelächter aus, und ich schaltete endlich, warum er mir so bekannt vorkam. Es war Nesbit Sorrell. Greers Bruder.

Ich erinnerte mich, wie ich Merle befohlen hatte, den Typen bei sich zu Hause hochzunehmen, obgleich von seinem Anwalt ein Termin zur Überstellung vereinbart worden war. Jetzt war er auf Kaution raus. Und angepisst.

»Wir haben Polizeifunk in der Scheune«, sagte der Alte mit Hut. »Die haben einen Fahndungsaufruf für dich rausgeschickt, mein Sohn. Aller Wahrscheinlichkeit nach *glaubst* du nur, immer noch ein Bulle zu sein.«

Ich sah den alten Mann an. Er war ebenfalls Teil der Sorrell-Sippe, ein Papa oder Onkel, und hielt ein Messer mit scharfer, ungefähr fünfundzwanzig Zentimeter langer Klinge an seiner Seite in der Hand. Mein Daddy pflegte so etwas einen Arkansas-Zahnstocher zu nennen. Als ich vor Ennis Fultz' Grundstück nach Süden abgebogen war, musste ich mitten in Paradise Grove gelandet sein, dem Revier der Sorrells.

Ich stand auf und kreiselte langsam um die eigene Achse, damit ich alle im Auge behielt. »Nesbit, stimmt's?«

»Jetzt fängt der kleine Hamster in deinem Kopf in seinem Laufrad zu rennen an«, meinte Nesbit. »Vertreibt ein paar Wollmäuse.«

»Was wollen Sie?«

»Wer hat mich verpfiffen? Wegen der Sache mit dem Alten?«

Ich blinzelte, da ich ihm nicht ganz folgen konnte.

Der große Kerl in den Dickies stieß mich von hinten an, und Nesbit stieß mich mit der Spitze seines Baseballschlägers in die entgegengesetzte Richtung zurück – direkt gegen die Brust.

»Ennis Fultz«, sagte Nesbit.

Ich legte die Hände auf die Knie und starrte auf den Asphalt. Der Mann des Gouverneurs war zu Ennis Fultz unterwegs, um mich dort zu treffen und mir Informationen zu Lenas Mörder zu übermitteln.

Ich musste es dorthin schaffen.

»Wenn ich dir noch einen mit dem Schläger verpasse, stehst du nicht wieder auf, Marsh«, sagte Nesbit. »Also frage ich dich ein letztes Mal. Wer hat gesehen, wie ich den Wagen des Alten geschrottet habe? Sobald wir das hier hinter uns haben, stelle ich deiner hübschen schwarzen Partnerin dieselbe Frage. Und zwar weniger liebenswürdig.«

Fast hätte ich gelächelt.

Das Arschloch glaubte das Märchen, das wir bei den Gefängnisinsassen und Informanten durchgestochen hatten. Dass es einen Zeugen gab, der gesehen hatte, wie er Fultz' BMW zu Klump schlug.

Ich musste dringend von hier abhauen, um Tarticoft zu

finden. Und diese Kerle wollten bloß einen Namen und mir den Hintern versohlen.

Irgendeinen Namen.

»Na schön, ich werde es euch verraten«, sagte ich. »Aber dann lasst ihr mich gehen.«

»Klar.« Nesbit grinste. Log wahrscheinlich.

»Der Typ, der dich beobachtet hat.« Ich biss mir auf die Lippe. »Er ist ein großer Kerl.«

»Findest du uns nicht groß?«, fragte der Mann in den Dickies und schubste mich abermals von hinten. »Warte erst mal, wenn wir unterwegs Vernal aufgabeln.«

»Name«, verlangte Nesbit zu wissen. Seinen Prügel hoch erhoben.

»Es sind zwei. Riesiger Samoaner und sein Bruder. Bewohnen ein Apartment an der Grant und 23rd.«

»Name«, sagte er, bereit, ihn auf seinen Unterarm zu schreiben.

»Meadows«, sagte ich. »Daoto Meadows. Und sein Bruder. An dessen Namen kann ich mich aber nicht mehr erinnern.«

Nesbit warf seinem Kumpel den Stift zu, und der alte Zausel schlug die Motorhaube des F-150 zu. Den Baseballschläger übergab Nesbit dem Dicken in den weißen Dickies.

»Prügelt ihm die Scheiße aus dem Leib.« Nesbit zeigte auf mich. »Und dann ladet ihr ihn vor dem Polizeirevier ab. Die sperren ihn zu all den Wichsern, die er verhaftet hat. So bekommt er seine eigene Medizin zu schmecken.«

Nesbit sprang in den Pick-up und dampfte ab.

Ich wollte mich auf den dicken Typen stürzen, aber der

Overall-Penner sprang mich von hinten an und versetzte mir einen Fausthieb auf die Niere, der mir den Atem raubte.

Innerhalb weniger Sekunden lag ich wieder am Boden, und der Dünne trat mir in den Magen. Dennoch gelang es mir, Dickies den Baseballschläger aus der Hand zu reißen.

Mein Gesicht blutete aus einer bösen Schnittwunde, doch ich kam auf die Beine, schwang den Schläger und forderte die Männer zum Angriff auf.

»Ich wickele euch dieses Ding um den Hals«, sagte ich. »Na los. Wer möchte?«

Eine ältere Dame in Kellnerin-Tracht eilte aus dem Restaurant. »Ich habe bereits die Polizei gerufen, also solltet ihr Jungs besser abhauen, wenn ihr noch wisst, was gut für euch ist.«

Als sie sich wieder ins Lokal verzog, flüchteten die zwei Bauernjungen quer über den Parkplatz.

Ich ließ den Baseballschläger fallen. Stabilisierte meinen Körper mithilfe einer Ziegelsteinmauer. Ich war ein wenig zerzaust, und meine Dienstwaffe hatte sich verflüchtigt, aber irgendwas Ungezähmtes in mir lachte, und ich fühlte mich verrückter als eine Scheißhausratte.

Sollen sie mir doch ihre Henkersknechte auf den Hals hetzen.

Heute Nacht stoße ich zur Wahrheit vor.

Heute Nacht zwinge ich diesen Hurensohn Tarticoft auf die Knie.

Und es kümmert mich nicht die Bohne, ob ich dabei draufgehe.

Ich war bei dem Malibu, bevor die Polizei eintraf, startete den Motor und donnerte davon.

45

Ich fühlte mich sehr erschöpft, als ich endlich bei Ennis Fultz' Haus ankam. Die Luft am frühen Abend war kühl und noch immer vom Gestank verbrannter Thujen durchzogen.

Auf dem geschotterten Wendehammer neben dem Haus parkte ein Maserati-SUV, und durch das dunkel getönte Glas sah ich eine Zigarette aufglimmen.

Ich ging hin, und die Fensterscheibe glitt auf. Im Fahrzeug saß ein Typ in schwarzem Anzughemd und grauer Hose. Dunkles Haar, mit Gel nach hinten geglättet.

»Entschuldigen Sie die Verspätung. Ich wurde aufgehalten.«

Er inspizierte die Schnitte in meinem Gesicht. Händigte mir einen braunen Umschlag aus.

»Viel Glück, Marsh«, sagte er. Startete seinen Wagen und rauschte, eine Staubwolke im Kielwasser, die Schotterauffahrt runter.

Ich ging mit dem Umschlag zu Fultz' Garage, wo ich einen Schraubenzieher fand. Dann stieg ich die Hintertreppe hoch und öffnete mit dem Werkzeug sowie einer Kreditkarte das kaputte Schloss, ohne mir großartig Gedanken über die Sauerei zu machen, die ich dabei veranstaltete.

Den Umschlag legte ich ab, trat ins Badezimmer und wusch mir Dreck und Blut vom Gesicht.

Zurück an Fultz' Schreibtisch machte ich den Umschlag auf.

Darin befanden sich eine Reihe von Unterlagen. Kopien von Körperschaftsdokumenten, die HTM Inc. auf eine andere Firma zurückführten. Und noch eines.

Die Kopie einer Steuererklärung. Auf einer Seite davon war ganz oben ein Unternehmen namens HT Taxco gelistet, das im vorigen Jahr einen Gewinn von $ 33.400 erwirtschaftet hatte. Unter den Geschäftskosten fand sich der Eintrag »Taxidermie-Zubehör«.

Die nächste Seite bestand aus einem Formular, auf dem Ausgaben für die »Geschäftliche Nutzung von Privaträumen« angegeben waren. Eine Adresse in einer ländlichen, dreißig Minuten entfernt liegenden Gegend war mit schwarzem Filzstift eingekreist worden.

20977 West SR-905, Three Barrels, GA

Die folgenden zwei Seiten waren Kian Tarticofts Militärakten, denen zu entnehmen war, dass er als Artillerie-Spezialist bei der 201. zwei Runden im Irak gedreht hatte.

Ich würde ihn umbringen.

Aber deine Knarre, seufzte Purvis.

In letzter Zeit war Purvis andauernd in meinem Kopf.

Ich wusste, was meine Bulldogge meinte – dass ich Nesbit Sorrell mit meiner Glock zur Meadows-Wohnung geschickt hatte. Und die Geschichte hatte auch noch eine Fortsetzung. *Was sollte ich gegen Tarticoft zum Einsatz bringen, eine Leihwaffe? Ein Messer aus Fultz' Küchenschublade?*

Ich ging hinaus zum Malibu und schaute hinein.

Nichts. Ich kaute hastig den Keks, den Autumn mir geschenkt hatte, da ich eine kleine Zuckerzufuhr nötig hatte, um klarer denken zu können.

Mir fiel ein, dass Remy ihr Betäubungsgewehr in Marvins Wagen zurückgelassen hatte – an dem Tag, als ich mit dem Charger zum Krankenhaus gefahren war, um mich mit Bodie Dunne zu treffen, dem Pfleger, der Thom Sile mit Narcan versorgt hatte.

Das konnte mir nützlich sein, wenn ich Tarticoft überwältigen wollte.

Und vielleicht war es auch besser, wenn ich ohne scharfe Munition schoss.

Ich begab mich auf den Rückweg nach Mason Falls, immer aufmerksam nach der Polizei Ausschau haltend.

Als ich mich der Kreuzung bei Marvins Haus näherte, erblickte ich einen drei Häuser weiter geparkten Streifenwagen. Statt weiter geradeaus zu fahren, bog ich links ab, vollzog eine Kehrtwendung und stellte den Malibu in einer Parallelstraße ab.

Bei dem Viertel handelte es sich um eine Neubausiedlung, die nie aufgemöbelt worden war. Fast alle Häuser waren 130-Quadratmeter-Bungalows mit langen Einfahrten und Garagen im hinteren Teil der Grundstücke.

Bleib ruhig, schnaubte Purvis in meinem Kopf. *Kurz und schmerzlos. Leise rein. Leise raus.*

Das Haus hinter dem von Marvin stand seit über einem Jahr zum Verkauf, und ich parkte davor, marschierte zügig über den Rasen und schwang mich über den Zaun in den hinteren Garten. Von dort kletterte ich über die nachbarliche Kalkgipsmauer auf Marvins Seite.

Mein Schwiegervater pflegte den Rasen seines Gartens sehr sorgfältig, aber dank des Krankenhausaufenthalts war der Rasen länger und dichter als üblich geworden. Ich bahnte mir meinen Weg bis zur Garage und schloss sie mit dem Schlüssel, den ich hatte, auf.

Ich zog die Garagentür hinter mir zu, öffnete den Kofferraum und griff mir die Ausrüstung, die Remy sich wegen ihrer K-9-Team- und Tierschutzaktivitäten zugelegt hatte.

Mit dem Gewehrkoffer in der Hand erklomm ich die Mauer zum Nachbargrundstück und eilte wieder zu meinem Malibu zurück.

Dort saß ich schließlich schwer atmend im Dunkeln.

Erster Schritt: *Besorg dir irgendwas zu deinem Schutz, damit Tarticoft dich nicht kalt erwischt.*

Zweiter Schritt: *Schnapp dir den Drecksack, bevor er sich aus dem Staub macht. Oder Enfatigo jemanden schickt, um ihn kaltzumachen.*

Ich schaute auf den prallen Umschlag mit der Adresse in Three Barrels und machte mich auf den Weg.

Die zwanzigminütige Fahrt verschaffte mir Zeit zum Nachdenken, doch was mir hauptsächlich im Schädel herumspukte, war ein Bild meiner Frau, wie sie im Wasser versank. Und der Explosion, die meinen Schwiegervater fast getötet hätte. Meines Sohnes. Tarticoft hatte im Alleingang meine Familie in Stücke gerissen.

Als ich weiter nach Süden fuhr, wechselten die Kiefern, die den Highway säumten, den Farbton, von Grün zu Braun. Der Wald war nicht mehr so dicht und belaubt, bis es mir so vorkam, als würden tausend dürre Zweige von allen Seiten nach mir greifen.

Ich lehnte mich rüber zum Beifahrersitz und klappte Remys Koffer auf.

Es gab zwei Druckluftschusswaffen. Die eine war ein schmales Gewehr mit 25-Zoll-Lauf, die andere eine kleine Handfeuerwaffe. Beide verschossen 5-Millimeter-Pfeile, und zur Ausstattung gehörten drei Pfeile, jeder mit einer Kombination von Betäubungsmitteln für Tiere geladen. Auf jedem stand an der Seite mit Filzstift *BAM*, ein Akronym für die Mischung aus den drei verschiedenen Narkotika, die sich in den Fläschchen befand.

Letztes Jahr hatte man in unserem County einen durchgeknallten Psychiatriepatienten mit einem Druckluftpfeil niedergestreckt. Das Zeug wirkte intramuskulär und innerhalb von drei oder vier Minuten, wie ich gehört hatte.

Es war nicht perfekt, aber ich hatte keine andere Wahl.

Und vielleicht war es besser so. Schließlich wollte ich ihn doch nur unschädlich machen und nicht umbringen. Oder?

Wenigstens redete ich mir das ein.

46

Die Nacht wurde schwärzer, und die Bäume am Rand der Interstate wuchsen so dicht, dass die Straße zu verschwinden schien. Mondlicht fiel auf den Rotahorn und ließ dessen Blätter geradezu pink leuchten. Ich streckte die Hand aus dem Fenster, um zu prüfen, wie ruhig und stabil ich war.

Meine Finger zitterten in der nächtlichen Luft.

Könnte ich Tarticoft wirklich totschlagen? Rauskriegen, warum er es auf meine Familie abgesehen hatte – und ihn dann bei lebendigem Leib im Wald begraben?

Einen halben Kilometer weiter schaltete ich die Scheinwerfer aus und steuerte den Malibu durch komplette Finsternis.

Das letzte Haus, an dem ich vorbeigekommen war, lag ein paar Hundert Meter hinter mir. Als ich erkannte, dass die Straße vor mir bald endete, zog ich den Zündschlüssel ab, und die alte Klapperkiste rollte aus.

Auf einem halb verfaulten Kiefernstumpf thronte ein anthrazitfarbener Briefkasten. Die klassische rote Plastikfahne, die Ausgangspost signalisierte, hing schlaff herab, halb abgebrochen. Die Ziffern und Buchstaben aus silbernem, das Licht reflektierendem Klebeband lauteten:

20977 West SR-905

Kian Tarticofts Geheimadresse.

Der Boden war ringsum mit angespitzten Ästen gespickt. Auf jeden war der Schädel eines Backenhörnchens gespießt.

Ich nahm meine Taschenlampe und ließ den Lichtstrahl über den Straßenrand gleiten, bis ich ein *Zutritt-verboten*-Schild sah, das in einem durchhängenden Stacheldrahtzaun steckte.

Ich lud einen Pfeil in das Gewehr und verstaute die Handfeuerwaffe zusammen mit den anderen zwei Pfeilen in meiner Hosentasche. Dann zog ich meine Kevlarweste aus der Box, die ich in den Kofferraum des Malibu geschmissen hatte. Ich nahm mir beim Anlegen Zeit, streifte sie mir über die Schultern und zog sie um Bauch und Brust ordentlich fest.

Ich ging am Briefkasten vorbei und stieß nach vierzig Metern auf einen Trampelpfad, der sich quer durch das Grundstück zog. Ich folgte ihm eine Minute lang, doch in östlicher Richtung nahm ich den Geruch von brennendem Kiefernholz wahr. Es müffelte wie in Brand gesetzter Dünger.

Ich schaltete die Taschenlampe aus, verließ den Kiesweg und setzte meinen Weg durch einen Wald aus Hainbuchen und Schwarzer Walnuss fort. In der Nähe schien sich irgendetwas Dunkles und Verdächtiges zu bewegen, und ich verlangsamte meinen Schritt, zog meinen Feldstecher hervor und suchte den Horizont hinter den Bäumen ab.

Das Haus in der Ferne sah aus, als wäre es aus wiederverwertetem Holz erbaut worden, wobei man jedes einzelne Stück leicht versetzt angebracht hatte, sodass ein Teil des jeweils unteren das obere überdeckte.

Die Holzverkleidung aus Kiefer war nicht gestrichen worden. Und mit all dem Moos und Schmutz auf den Bohlen verschwand das Gebäude beinahe in dem Wald, der es umgab.

Bing.

Ein Kiefernzapfen fiel auf das Blechdach und rollte scheppernd herab.

Ich nutzte den Lärm aus und hastete in geduckter Stellung nach rechts, bis ich auf knappe fünfzig Meter herangekommen war.

Als ich zehn Jahre alt war, fuhren mein Vater und ich rauf nach Nordost-Georgia zu einer Ranch, wo Kinder lernten, wie man Rotwild jagte oder Eichhörnchen und Truthähne schoss. Es war einer jener Orte, an denen Väter ihre Söhne für drei Tage absetzten und irgendein Fremder in dieser Zeit Männer aus ihnen machte. Für meinen Dad hingegen war der Ausflug eher eine Möglichkeit, von Mom wegzukommen und eine Weile in friedlichem Einklang mit der Natur zu leben. Dort lernte ich erstmals die Namen von Bäumen und das naturgerechte Wandern in den Wäldern. Und auch, wie man ein Lebewesen mit einer Schusswaffe tötete.

Dreißig Meter vor dem Haus hielt ich hinter einer großen Zeder inne und hörte etwas ticken. Ich schaute mich um und sah rechts von mir ein Licht aufleuchten. Ein Feuerchen, das rasch entflammte und nach ungefähr vier Sekunden erlosch.

»Scheiße«, flüsterte ich.

Ein batteriebetriebener Stolperdraht. Als Kind hatte ich so was in dem Wäldchen hinter unserem Haus installiert. Alles, was man brauchte, waren eine Wäscheklammer, eine AA-Batterie und dreißig Meter Elektrodraht.

Ich hielt das Betäubungsgewehr in Vorhalteposition angewinkelt vor den Körper. Die Sonne war vom Himmel verschwunden, und ich spürte meine Knochen in der Kälte geradezu klappern.

Konzentrier dich, P. T.

Jedes Eichhörnchen konnte so einen Alarm auslösen, also verhielt ich mich still und kauerte mich hinter die breite Rotzeder, die linke Hand am Lauf des Gewehrs, die rechte nah am Abzug.

Sorgfältig richtete ich das Zielfernrohr aufs Haus.

Eine Gestalt trat auf die Veranda. Mindestens einen Meter achtzig groß. Kräftig gebaut. Dunkle Hose und Parka mit Tarnmuster.

Tarticoft.

Er starrte ins abendliche Dunkel hinaus, sein Blick suchte das Gelände in meiner Richtung ab.

Ich schaute erneut durch das Zielfernrohr. Sein Gesicht konnte ich nicht genau erkennen, da die Kapuze des Parkas straff zugezogen war, aber ich spürte, dass er gewissermaßen direkt durch mich hindurchsah.

Ich scannte seinen Körper nach Waffen ab und überlegte, auf welche Stelle ich zielen sollte.

Das Herz wurde von Rippen und Brustbein geschützt. Selbst wenn ich im Kampf Mann gegen Mann eine Betäubungsspritze zum Einsatz brachte, wäre es also eine ziemliche Herausforderung, eine Herzkammer zu treffen.

Hinzu kam der dicke Stoff des Anoraks.

Ich richtete mein Augenmerk auf den frei liegenden Hals, direkt unter dem Kiefer, und zielte.

Plop.

Eine Hand im Fäustling griff nach der Stelle, an der ich einen Treffer gelandet hatte. Ein Keuchen.

Ich lud die zweite Patrone. *Plop.* Wieder in den Hals. Diesmal auf der anderen Seite.

Tarticoft brach mit einem dumpfen Schlag auf der Veranda zusammen.

Es wurde still im Wald. Ich wartete und zählte die drei Minuten herunter, die es brauchte, bis der Drogencocktail tief ins Muskelgewebe eingedrungen war. Ich ging in die

Hocke und legte das Gewehr ab. Ich hatte immer noch die mit einem Schuss geladene Betäubungspistole, zog sie aus der Tasche und pirschte mich an die Hütte ran.

Ich dachte an Jonas und Lena.

War das schon alles? Dieser Mistkerl hatte mir meine Familie geraubt, und ich hatte ihn mit einer für tollwütige Tiere entwickelten Injektion erledigt?

Als ich näher kam, schaute ich durch das Fenster der Holzhütte. Es war eine vom Versorgungsnetz abgekoppelte Zweizimmerbude mit großem Kamin, der auf beiden Seiten von an die Wand gedübelten Hirschköpfen flankiert wurde. Niemand sonst befand sich im Inneren. Ich beugte mich herunter, um den Körper umzudrehen, und zog den Parkastoff zurück.

Etwas traf mich, und ich spürte heißes Metall am Nacken. Vogelschrot. Sechs oder acht Kugeln.

Ich fuhr herum und sah, dass eine alte Frau in dem Anorak steckte. Siebzig, vielleicht sogar achtzig Jahre alt, bewusstlos.

Ich hörte eine Schrotflinte feuern und zog den Kopf ein.

Rumms. Weitere sechs bis acht Kugeln trafen meine Schulter. Ich floh in die entgegengesetzte Richtung, weg von der Flinte, und hetzte zwischen den Zedern hindurch. Ich hatte nur eine Patrone in der Handfeuerwaffe.

Überall um mich herum schlug Vogelschrot ein, Baumrindenstücke regneten auf mich herab. Ich hörte eine Schrotflinte zu Boden fallen.

Tarticoft. Er wechselte die Waffe.

Ich schlug mich ins dichte Gebüsch und blieb hinter einer

großen Hainbuche stehen. Blitzschnell drehte ich mich um, den Finger am Abzug der Betäubungspistole. Er stand mit einem AR-15-Sturmgewehr zweieinhalb Meter vor mir. Ich konnte nicht wissen, ob er eine schusssichere Weste trug und ob der Betäubungspfeil ihn schnell genug ausschalten würde. Deshalb zielte ich in genau dem Moment, als er eine Salve abfeuerte, die mich von den Beinen holte, auf sein Gesicht und drückte ab.

47

Als ich wieder zu Bewusstsein kam, fand ich mich in Tarticofts Hütte wieder.

Mein rechtes Auge fühlte sich geschwollen an, und ich leckte mir mit der Zunge über die Lippen. Schmeckte Blut.

Winzige Vogelschrotsplitter brannten in meinem Hals und Haaransatz, und unter meinem Ohr klebte eine Kruste getrockneten Bluts.

Ich wollte die Stelle abtasten, aber meine Hände waren mit einer Art Kabel oder Draht auf den Rücken gebunden worden. Die Fesseln schnitten mir in die Handgelenke.

Die Frau, der ich die Pfeile verpasst hatte, saß mir gegenüber.

»Er ist wach«, sagte sie mit belegter Stimme. Sie hatte ihre Jacke ausgezogen und verarztete eine Schulterwunde, die von meinem zweiten Schuss stammte. Ich hatte die Frau unterhalb des Halses erwischt, nah des Schlüsselbeins.

Tarticoft riss mich an den Armen in Sitzposition. Als ich ihm nun unmittelbar gegenübersaß, erkannte ich, dass er größer war, als ich bei der Schlucht geschätzt hatte. Knappe zwei Meter und wahrscheinlich um die hundertzwanzig Kilogramm schwer. Nichts als Muskeln.

»Wie hast du mich gefunden, verdammte Scheiße noch mal?« Er sprach einen Akzent, der nach Mittlerem Westen klang. Ohio vielleicht. Wachsam glänzende, braune Augen unter einer bleichen kahlen Schädelplatte.

Meine Kevlar hatte offenbar die Kugel des AR-15-Gewehrs abgefangen, doch irgendetwas verursachte mir schneidende Schmerzen. Als ich einatmete, strömten sie mir über die gesamte Brust.

Tarticoft hatte einen geschwollenen roten Kratzer quer am Kopf, wo der Betäubungspfeil ihn gestreift haben musste.

Ich hätte ihn am liebsten totgeprügelt.

»Hörst du mich?«, sagte er und trat mich in die Seite. Warum war ich ohne angemessene Bewaffnung hergekommen? Warum hatte ich an die Jagdausflüge mit meinem Vater gedacht, der Mom und mich verlassen hatte, als ich in der Mittelstufe war, statt lieber im Wald auf Stolperdraht zu achten?

Piep, piep, piep.

Ein kleines Alarmgerät schickte Tarticoft ein Signal. Die Frau erhob sich und betrachtete den Monitor in der winzig kleinen Küche. Tarticoft hatte oben an der Straße irgendeinen Sensor installiert, der ihm meine Ankunft verraten hatte.

»Hast du Verstärkung gerufen?«

»Fahr zur Hölle«, entgegnete ich.

Tarticoft packte den Draht, mit dem meine Hände auf

den Rücken gefesselt waren, und riss mich auf die Füße. Ich rammte ihn, so fest ich konnte, und er verpasste mir einen Schlag direkt an den Hals. Ich konnte spüren, wie Blut aus meinem Ohr floss.

»Geh bitte zur Tür, Ma«, befahl er der alten Frau. »Mach sie hinter uns zu und dann das Licht an.«

In einem Wandspiegel sah ich, dass mein rechtes Auge blau war. Nach meinem Knock-out musste Tarticoft mir mit seinen Fäusten zugesetzt haben.

Wir traten ins Freie, und Tarticoft hielt mich genau vor seinen Körper.

»Wer zum Teufel auch immer da draußen ist ...« Er zog eine .45er aus der Hosentasche. »Der Weg zu mir führt direkt durch ihn hindurch«, brüllte er.

Zwanzig Meter entfernt leuchtete eine Taschenlampe auf.

Dort stand Remy in schwarzen Laufklamotten. In der anderen Hand hielt sie eine Glock 42.

»Mason Falls PD«, sagte sie. »Lassen Sie die Waffe fallen.«

»Verdammter Mist«, sagte ich, aufgebracht und verzweifelt darüber, dass Remy hergekommen war und sich derart in Gefahr brachte.

Im Stehen konnte ich sprechen. Ein Stück der kaputten Weste hatte sich in meinen Rippen festgefressen, als ich am Boden gewesen war.

»Wie haben Sie hergefunden?«, rief Tarticoft laut.

»Ich habe nach *ihm* gesucht«, schrie Remy zurück. »Wenn Sie nicht sofort die Kanone weglegen, lege ich Sie um.«

Ich ließ den Kopf hängen. Anscheinend hatte Remy einen

dieser GPS-Peilsender, mit denen sie immer nach ihren Schlüsseln suchte, in den Koffer mit den Betäubungswaffen gesteckt.

Tarticoft zog mich an sich heran, den Rücken gegen die Tür gedrückt. »Wie wär's, wenn du aufgibst?«, schrie Tarticoft in die Nacht hinaus. »*Ihn* habe ich bereits schießen sehen. Glaubst du, ich habe Angst vor dir?«

Remy war in der Dunkelheit näher herangekommen und befand sich jetzt gute zehn Meter von mir entfernt innerhalb des Lichtkegels der Außenlampe, die Tarticoft eingeschaltet hatte.

Meine Partnerin hatte ihren rechten Fuß zurückgesetzt und stützte ihren rechten Arm mit gebeugtem Ellbogen. Die Weaver-Stellung.

»Dieser Mann ist Polizeibeamter«, erklärte sie. »Und Sie stehen kurz davor, zu sterben.«

Tarticoft presste mir die Mündung der Knarre an die Wange.

In all der Scheiße, die in den letzten siebzehn Monaten in meinem Leben gelaufen war, hatte Remy sich als einzige Konstante bewährt. Sie war der Ruhepol. Meine beste Freundin.

»In diesem Staat gilt die Todesstrafe«, sagte Remy. »Wenn Sie das tun, erwartet Sie die Giftspritze. Ich werde durch ihn hindurchschießen, falls ich mich dazu gezwungen sehe. Euch beide von den Beinen holen.«

Tarticoft schnaubte. »Er trägt eine kugelsichere Weste, junges Fräulein.«

»Vielleicht gibt's ja auch einen anderen Weg«, schrie ich

dazwischen. »Einen Plan B.« Ich schluckte. »Etwas ... auf gleicher Wellenlänge.«

»Gleicher Wellenlänge?«

Unsere Blicke kreuzten sich, und ich hätte nicht sagen können, ob Remy sich an unser Gespräch draußen bei der Farm der Sorrells erinnern konnte, als sie wütend auf mich gewesen war. Als sie geäußert hatte, sie wünsche sich einen Partner, der ihr keine Vermutungen vorenthielt. Der nichts verschwieg und verheimlichte. Auf gleicher Wellenlänge funkte. Sie schießt nach rechts, ich ducke mich in die andere Richtung weg.

»Scheiß auf euer Gequatsche.« Tarticoft drückte mir die Wumme an die rechte Schläfe. »Du verrätst mir jetzt, wie du mich aufgespürt hast ... sonst ist er tot. Drei – zwei – eins ...«

»Moment mal«, sagte Remy und ließ die Waffe sinken.

Und vor meinem geistigen Auge sah ich die Zukunft, die nur wenige Minuten vor uns lag. Wir beide tot, von Tarticofts Hand.

Doch bevor sie zu Boden gehen konnte, riss Remy die Glock hoch, und ich bewegte mich in die vorgesehene Richtung.

Ein Schuss ertönte, und Tarticoft sackte in sich zusammen, eine Kugel mitten in der Stirn.

Sein Körper landete auf meinem, und ich erkannte die Schwärze des Todes in seinen Augen. Remy hatte auf dem Schießstand genau ins Zentrum getroffen. In die Mitte der Mitte. Voll ins Schwarze.

Sie hatte mich gerettet.

Es gab nur ein Problem.

Nun würde Tarticoft mir nie erzählen können, was mit meiner Frau und meinem Sohn geschehen war.

48

Es dauerte eine Stunde, bis wir Tarticofts Mutter eingefangen, Chief Senza an die Strippe bekommen und ein örtliches Polizeiteam zur Hütte beordert hatten, da sie außerhalb unseres Zuständigkeitsbereichs lag.

In der Zwischenzeit durchsuchten Remy und ich das Haus und entdeckten einen Haufen Waffen sowie über zweihunderttausend Dollar in bar. Darüber hinaus stießen wir auf Erkenntnisse, die Tarticoft in einem Zeitraum von zwei Wochen im April über Ennis Fultz' Lebensumstände und Alltagsgewohnheiten gesammelt hatte. Das Gleiche galt für mehr als ein Dutzend anderer Menschen. Fotos und Personalausweise. Weitere Opfer, in Kartons abgelegt. Verbrechen, die sauber geplant wirkten. Möglicherweise so aussehen sollten, als hätten andere sie begangen.

»Du hast dich wie ein Verrückter angehört, als du mit mir geredet hast«, sagte Remy. »Du hast dauernd Lena gesagt.«

Ich sah meine Partnerin an. Es lag immer noch durchaus im Bereich des Möglichen, dass ich am nächsten Morgen meine Dienstmarke los war. Und längst nicht auf alle meine Fragen hatte ich eine Antwort bekommen.

»Es tut mir leid«, entgegnete ich. »Ich weiß nicht, warum ich ihren Namen ausgesprochen habe. Ich stand völlig neben mir.«

Ich erklärte Remy, dass ich wegen einer Ahnung bezüglich des El Camino, der beim Tatham Arms Apartment Complex rein- und wieder rausgefahren war, den Schrottplatz aufgesucht hatte. Der Ahnung, dass unser Killer den Wagen gesteuert haben könnte. Dass ich das Fahrzeug dann bis zu einem Laden für Maschinenteile in Burna und von dort aus zu dieser Hütte weiterverfolgt hätte.

Genau das war auch mehr oder weniger passiert, von ein paar Zwischeneinlagen abgesehen. Zum Beispiel, dass ich mich an Gouverneur Monroe verkauft hatte. Oder dass ich herausfand, wie Tarticoft meine Frau ermordet hatte. Und mir anschließend ein Haufen Rednecks die Scheiße aus dem Leib prügelte und mir dazu noch meine Pistole klaute.

»Ein Teil des Gelds gehört mir«, kreischte Tarticofts in Handschellen gelegte Mutter.

»Sie wandern wegen Beihilfe ins Gefängnis«, sagte ich. »Machen Sie sich also um das Geld keine Sorgen.«

»Die Armee hat ihn so werden lassen«, heulte sie. »Als er zurückkam, war er anders.«

»Vorschlag«, meinte ich und schnappte mir zwei fette Bündel Bares. Ungefähr dreißigtausend Dollar. »Ich verstecke das hier unter der Spüle. Sie können es sich irgendwann holen. Wenn Sie uns erzählen, warum Ihr Sohn das getan hat. Warum er Ennis Fultz ermordet hat.«

Ich stopfte das Geld zwischen Abflussrohr und Wand unter das Spülbecken. Die Frau schien zu zögern.

»Ihre Entscheidung«, sagte ich. »Das Angebot verliert seine Gültigkeit, sobald die anderen Cops hier eintreffen.«

Wenige Minuten später erzählte sie uns, wie ihr Sohn an seinen ersten Auftrag gelangt war. Über einen Typen, mit dem er zusammen in einer Fabrik gearbeitet hatte. Zehn Riesen dafür, die Frau des Typen aus dem Weg zu räumen. Und als er einem Kumpel vom Militär davon erzählte, ging es mit den Jobs weiter. Seit inzwischen zehn Jahren.

»Sie alle hatten was Falsches getan«, sagte die alte Dame. »Wenn Kian Jagd auf dich macht, hast du's nicht besser verdient.«

Ich dachte an meine Frau und meinen Sohn und war einen Augenblick lang sprachlos.

»Und Ennis Fultz?«, forderte Remy sie auf und hielt ein Foto in die Höhe, das bei dem Geld gelegen hatte.

Die Alte fuhr mit ihrer Geschichte fort. Berichtete, wie Tarticoft hier draußen, wo es ruhig war, seine Morde plante. Und dass Cameron Fultz ihrem Sohn zwanzigtausend Dollar bezahlt hatte, damit er seinen Vater Ennis umbrachte.

Die Hütte wurde hell angestrahlt, als sich Streifenwagen ihren Weg durch den Wald bahnten und hinter dem Haus zusammenfanden.

Polizisten sperrten Kian Tarticofts Leiche in einem Radius von zwei Metern ab, und die Spurensicherung begann, die Hütte unter die Lupe zu nehmen.

Sie trennten Remy und mich und nahmen meiner Partnerin die Waffe so lange ab, bis ein vollständiger Bericht verfasst werden konnte.

»Werfen Sie einen Blick unter die Spüle«, sagte ich, als ich rausging, um mit dem Chief zu reden. »Hinter dem Abflussrohr.«

»Sie Dreckskerl«, fuhr die alte Frau mich an. Ein Blaumann hielt sie zurück.

Ich übergab Chief Senza meine Dienstmarke und entschuldigte mich für den Schlamassel bei der Mini-Mall in Centa. Und für den mit den Meadows-Jungs letzten Abend.

Er stutzte und starrte mich an. Für einen, der neu im Geschäft war – und mochte er auch noch so aufgeschlossen und vorurteilsfrei sein –, stellte ich im Zweifel ein Buch mit sieben Siegeln dar.

»Sie sind ab sofort vom Dienst freigestellt, Marsh. Ohne Bezüge«, sagte er.

Sarah Raines lief auf ihrem Weg zur Hütte an mir vorbei. Als unsere Blicke sich trafen, verzog sich ihr Mund zu so etwas wie einem Lächeln. Sie schaute weg, aber die Gefühlslage war eindeutig. *Sie wird es überleben.*

»Fahren Sie nach Hause«, sagte Senza. »Rufen Sie Ihren Anwalt an. Nächste Woche findet eine Anhörung statt.«

Ich sah umher. Tarticoft war tot, und obwohl ich nicht alle Hintergründe kannte, spürte ich, wie mir eine gewaltige Last von den Schultern fiel.

Ein Sanitäter reinigte meine Wunden, doch ich weigerte mich wie immer, ins Krankenhaus zu gehen. Mir war klar, dass meine Rippen nicht gebrochen, sondern bloß geprellt waren.

Als alles erledigt war, ging ich mit Remy zusammen auf dem Waldweg zu unseren Autos.

»Guter Schuss«, sagte ich. »Wahrscheinlich hältst du dich jetzt für eine knallharte Braut.«

»Auf knallhart pfeife ich«, meinte sie. »Ich will nur, dass du zugibst, der zweitbeste Schütze in der Abteilung zu sein.«

»Ist doch völlig in Ordnung, die Nummer zwei zu sein«, brummte ich.

»Du sprichst von dir, oder?« Remy lächelte.

Ich blieb stehen und sah ihr in die Augen. »Heute, wie ich hier stehe, lebe und atme, spreche ich von mir definitiv als Nummer zwei. Nenn mir den Tag, und ich esse ab dann nur noch Tofu-Truthahn.«

»Gerne doch, Boss.«

Sie senkte den Blick und sagte eine Weile gar nichts.

»Ich werde eine Auszeit nehmen, P.T. Vom Morddezernat.«

Von mir, meinte sie wohl.

»Dachte ich mir schon.«

Remy erläuterte, dass sie die Stelle für Tierschutz angenommen hatte, die man nach dem Hundekampf-Skandal in einer zunächst provisorischen Abteilung ausgeschrieben hatte.

»Es ist erst mal befristet auf drei Monate. Ende des Sommers fällt das Ganze wieder in die Verantwortung des County. Aber bevor sie alles entsprechend strukturiert haben und es übergeben können, wollen sie einen Bullen in den eigenen Reihen, der dafür zuständig ist.«

Wir standen auf der Lichtung, wo ich ihr Betäubungsgewehr fallen gelassen hatte, und ich hob es für sie auf. Gab es zurück. »Also gibt es das M-Team nicht mehr?«, sagte ich unter Verwendung des Ausdrucks, den der Immobilienexperte benutzt hatte. »Ich bitte um Verzeihung, Remy. Für all den Ärger, den ich verursacht habe.«

»Immerhin, ein weiterer großer Fall ist gelöst.« Sie deutete auf die Hütte. »Und wer weiß? Wenn ich wieder da bin – vielleicht bist du dann auch wieder da.«

»Schon möglich«, erwiderte ich.

Wir standen da, und es fühlte sich an wie das Ende einer Ära.

»Hey, ich weiß schon, dass viele Einzelheiten noch zu klären sind, was dieses Arschloch angeht. Aber es bringt mich irgendwie durcheinander. Die ganzen Verbindungen, vom Schrottplatz bis zu Tarticoft. Wie bist du doch gleich auf diesen Ort gestoßen? Direkt vom Schrottplatz aus? Hatten die seine Adresse?«

Ich starrte Remy an.

Tarticoft war zwar tot, ich mir hingegen nicht sicher, ob meine Suche nach Antworten damit ihr Ende gefunden hatte. Und wenn Remy nicht der gewiefteste Bulle war, den ich je ausgebildet hatte, würde ich einen Besen fressen.

»Mein Kopf ist Matsch, Partner«, sagte ich. »Würde es dir was ausmachen, das alles später zu besprechen? Ich nehme mal an, dass Abe und du hier noch ein bisschen hinterherputzen und mich mit einem Haufen Fragen löchern werdet.«

»Stimmt«, erwiderte sie. »Eher Abe, nicht ich. Die Jungs vom County wollen, dass ich am Montag anfange. Um neun Uhr.«

»Weiß der Chief Bescheid?«

»Hat er gestern abgesegnet.«

Remy hatte also die Nachricht über die Versetzung die letzten vierundzwanzig Stunden zurückgehalten.

»Viel Glück im neuen Job.«

Sie umarmte mich. »Pass auf dich auf, P.T. Ich glaube, das

ist jetzt gut so. Dass du dich mal eine Weile von der Arbeit fernhältst. Alles aus der Distanz betrachtest und auf den Prüfstand stellst.«

»Schon richtig«, sagte ich und zog die Tür des Malibu auf. »Und hey: guter Schuss, Tex.«

49

Den folgenden Morgen verbrachte ich mit Aufräumen und Saubermachen.

Ich hatte mich noch daran erinnern können, dass ich am Samstagmorgen, nachdem Sarah gegangen war, zu einem Spirituosenladen gefahren war und mir ein Fläschchen Gin gekauft hatte. Vieles sprach allerdings dafür, dass ich es nicht beim Gin belassen hatte, sondern mir auf wundersame Weise noch mehr Hochprozentiges in die Finger geraten war. Eine halb leere Flasche Dewar's-Scotch lag hinten im Gras.

Während ich den Müll einsammelte, redete ich mir ein, mit dem giftigen Zeug abgeschlossen zu haben, obwohl dies nicht der inneren Einstellung entsprach, die einem die Anonymen Alkoholiker beibrachten. Trunksucht ist eine lebenslange Krankheit. »Es handelt sich um ein Leiden, das nur von einer spirituellen Erfahrung gebändigt werden kann«, hatte mein erster Betreuer mir gesagt. Doch ich war nun mal kein besonders religiöser Mensch.

Nachdem ich den ganzen Abfall rausgebracht hatte, verfrachtete ich Purvis in meine Müllhalde von Chevy Malibu. Wir fuhren rauf nach Counsa County zum Schrottplatz, um die alte Klapperkiste zurückzugeben.

»Haben Sie gefunden, wonach Sie suchten?«, erkundigte sich Tommy Bogota.

»Zum Teil.« Ich zögerte. »Kommt mir so vor, als würde ich noch immer nach dem Rest der Geschichte Ausschau halten müssen.«

Ich holte mir meinen Truck von dem Platz, wo Trevor und sein Dad ihn untergestellt hatten, und wünschte den beiden alles Gute. Wuchtete Purvis in die Fahrerkabine.

Ich fuhr in die nächstgelegene Stadt und parkte meinen F-150 direkt vor einer Shoney's-Filiale. Ich ließ die Klimaanlage für Purvis laufen, setzte mich in eine Ecke, von der aus ich meine Bulldogge sehen konnte, und bestellte ein Stück Nusskuchen mit Karamellguss, während Purvis im Pick-up ein Nickerchen machte.

Ich verschlang den Kuchen, nahm mein Handy und surfte im Netz. Ein alter Fall hatte mich mal mit einem Privatermittler namens Danny Cusumano zusammengebracht. In jungen Jahren war er Cop in New Jersey gewesen, hatte sich dann aber in Georgia zur Ruhe gesetzt.

Im Laufe der Ermittlungen zu Ennis Fultz waren Erinnerungen an meinen Vater in mir hochgekommen. Und gerade genoss ich eine Auszeit und hatte die Möglichkeit, in Ruhe Nachforschungen anzustellen. Wenn ich den Tonfall des neuen Chief richtig gedeutet hatte, war es allerdings vielleicht nicht gerade die beste Idee, zum gegenwärtigen Zeitpunkt auf eigene Faust private Ermittlungen zu starten.

Die Websuche verriet mir, dass sich Cusumanos Büro an einem Ort namens Broken Branch befand, ungefähr fünfzehn Kilometer vom Schaeffer Lake entfernt.

Ich verputzte meinen Kuchen, beglich die Rechnung und ging raus zum Truck.

Dann gondelten Purvis und ich durch Kleinstädte, von denen noch nie jemand irgendwas gehört hatte.

Ich sah das Ortsschild von Broken Branch und drosselte mein Tempo, um nicht an meinem Ziel vorbeizufahren. Die Stadt war nicht mehr als sechs Häuserblocks lang.

In Georgia sind in den Kleinstädten die Poststellen und Banken oft in historischen Gebäuden untergebracht, deren Fassaden mit kunstvollen Reliefs von Menschen, die Saatgut streuen oder Flaggen schwenken, geschmückt sind.

Ich parkte unter einer Reihe von Eichen in der Nähe eines Ladens, der ausgefallene Seifen an Touristen verhökerte. Daneben befand sich ein Chocolatier. Und am Ende ebenjener Geschäftsstraße eine Privatdetektei.

Cusumano war ein kleiner Kerl, eins sechzig groß und höchstens sechzig Kilo schwer. Er saß hinter einem riesigen Stahlschreibtisch und hatte eine verblichene blaue Baseballkappe auf.

»Schön, Sie zu sehen, Detective Marsh«, sagte er nach kurzem Begrüßungsgeplauder. Sein New-Jersey-Akzent schlug besonders beim Wort »Marsh« durch.

»Diese Woche muss es *Mr* Marsh heißen«, sagte ich. »Ob die Bezeichnung Detective zurückkommt, steht noch in den Sternen.«

Ich erzählte Cusumano, weshalb ich da war. Ich hatte vor Jahren die Spur meines Vaters verloren und wollte ihn finden.

»Er hieß Jack Marsh. Jack Andrew Marsh.«

»Und was wissen Sie so über Ihren alten Herrn?«

»Er war Zimmermann. Erfahren genug, um einfach in der Gegend herumzureisen. Er hatte keinerlei Probleme, Arbeit zu finden. Wuchs hier in der Gegend auf, zwanzig Minuten westlich von Dahlonega. Seine Eltern waren Lee und Betty. Beide starben, als ich noch klein war.«

Cusumano machte sich Notizen. »Wann haben Sie Ihren Dad das letzte Mal gesehen?«

»Ich war in der Mittelstufe. Mit ihm und Mom lief es schief. Ich hatte sowieso den Eindruck, dass er fremdvögelte. Aber in jüngster Zeit habe ich Wind von einer anderen Theorie bekommen. Dass es eventuell umgekehrt war. Meine Mutter ...«

Ich machte eine Pause und dachte an das Gespräch mit Harmon. Wie er erzählt hatte, dass er Lehrassistent bei meiner Mom gewesen war, als meine Eltern sich noch nicht getrennt hatten.

»Und Sie haben nie Ihre Quellen im Job angezapft, um Ihren alten Herrn zu suchen?«

»Vor ein paar Jahren hat's mich gejuckt, also habe ich hier und da ein bisschen gegraben. Aber nichts gefunden.«

Cusumano lächelte. »Na ja, ich kenne einige Stellen zum Graben, von denen andere Leute nichts wissen. Haben Sie zufällig Papas Sozialversicherungsnummer? Geburtsdatum? Ein altes Scheckheft oder eine Geburtsurkunde?«

Ich zog einen Packen Papiere hervor, die ich über meinen Vater zusammengetragen hatte. Es war eine zufällige Mischung von Dokumenten, die ich bei den Sachen meiner Mutter entdeckt hatte, nachdem sie gestorben war. Darunter war eine Heiratsurkunde. Ein Beförderungsschreiben. Und eine Nachricht von ihr an ihn, in der sie sich entschuldigte, ohne genau zu sagen, wofür.

»Lassen Sie mir all das doch bitte hier«, sagte Cusumano. Er legte einen Vertrag mit seinem Stundenlohn und Infos über weitere anfallende Kosten auf den Tisch. Ich unterschrieb und hinterließ eine Anzahlung.

»Ich schicke Ihnen die Originale dann zurück. Geben Sie mir eine Woche Zeit, dann melde ich mich.«

»Klingt gut.«

Ich stieg in den Wagen und fuhr mit benebeltem Kopf durch die ländliche Gegend.

Gigantische Heuballen auf grasbewachsenen Feldern entlang der Straße, eine seltsam gedrückte Atmosphäre, das Schild eines Immobilienmaklers auf jedem Kilometer, verblichene Georgia-Bulldogs-Fahnen, verlassene Häuser, mit Pappe zugenagelte Fenster.

Nachdem ich Purvis zu Hause abgesetzt hatte, hielt ich beim Einkaufszentrum und erwarb einen Großbildfernseher. Es war zehn Monate her, seit ich meine Stiefelspitze in das alte 50-Zoll-Ding gerammt hatte, und nichts verschaffte einem in Amerika ein solches Gefühl totaler Durchschnittlichkeit wie ein TV-Gerät.

Hinzu kam, dass man mir gesagt hatte, der Vergleich mit Tusila Meadows sei viel umfangreicher, als ich gedacht hätte. Er betraf mich und die Stadt in sämtlichen zivilrechtlichen Angelegenheiten, die mit dem Fall zu tun hatten, was bedeutete, dass ich mir keine Sorgen über den etwaigen Verlust meines Hauses machen musste.

Ich nahm den Fernseher in Betrieb, richtete meinen Netflix-Account ein und schaute zwei Stunden lang die Serie, die Sarah ohne mich bis zum Ende verfolgt hatte.

50

Die Nachmittagssonne sank, und ich hatte mich seit Exies morgendlicher SMS nicht mehr um Marvin gekümmert. Sie schrieb, sie müsse für einen Tag nach Hause fahren. Ich griff mir meine Schlüssel und machte mich auf den Weg zum Mercury Hospital.

Als ich dort eintraf, berichtete Garva mir, dass mein Schwiegervater vor ein paar Stunden angefangen hatte, mit den Fingern zu zucken. Sie hatte versucht, mich an meinem Arbeitsplatz zu erreichen, aber es war nur die Mailbox angesprungen.

»Hat er die Augen aufgemacht?«

»Nein. Und wir können es nie genau sagen. Aber wir haben ihn von dem Beruhigungsmittel entwöhnt. Wenn das passiert, weist es mitunter darauf hin, dass bald die Zehen folgen und er einen Tag später aufwacht.« Sie hielt inne. »Ich möchte keine falschen Hoffnungen bei Ihnen wecken, aber …«

Fast hätte ich gelacht. »Tun Sie das ruhig. Jede Art von Hoffnung tut jetzt gut.«

Ich setzte mich auf einen Stuhl neben dem Bett und las Marvin aus einem Roman von John Hart mit dem Titel *Das Schweigen* vor. Exie hatte das Buch dagelassen. Ich blieb bei der Stange, bis das Pflegepersonal wechselte und die Schwestern von der Nachtschicht anrückten.

»Gute Nacht.« Ich tätschelte Marvin den Fuß. Sein großer Zeh zuckte daraufhin für den Bruchteil einer Sekunde.

Ich wartete, aber sonst rührte sich nichts. Dennoch konnte ich mir ein Lächeln nicht verkneifen.

Ich fuhr nach Hause, haute mich hin und träumte von der Zeit, als Lena und ich uns für eine Woche ein Haus in der Stadt gemietet hatten. Großzügig geschnitten, mit Pool und Wasserrutsche. Jonas musste um die sechs Jahre alt gewesen sein und wollte dauernd mit uns zusammen rutschen.

Er saß auf meinem Schoß. Dann auf Lenas. Und dann waren wir alle drei in einem wilden Haufen verknäuelt. Ich weiß noch, wie ich ins kalte Wasser eintauchte und meine Augen sich weiteten, als ich versuchte, meinen Sohn zu lokalisieren, während wir alle in die Tiefe sanken.

Als ich aufgewacht und angezogen war, stand Abe vor der Tür. Ich ließ ihn rein und machte ihm einen Kaffee.

»Der Tag gestern war ein Glücksfall«, sagte er, nachdem er am runden Esstisch in der Küche Platz genommen hatte. »Wir haben mit Cops aus drei Nachbar-Countys im Konferenzraum zusammengesessen.«

»Und die Unterlagen aus der Hütte gesichtet?«

»Tarticoft hat dreizehn Menschen ermordet, P.T.«, erläuterte Abe. »Wir konnten Fälle abschließen, die zehn Jahre zurückliegen. Und außerdem neue Fälle erschließen. Dieser Kerl war gerissen, da andere Leute für diese Morde verurteilt wurden. Es werden Familienangehörige aus Alabama und aus Tennessee kommen.«

»Ich wünschte, ich könnte dabei sein«, sagte ich. Es gab nichts Schöneres, als alte Narben verheilen zu sehen.

»Keine Sorge«, meinte Abe. »Dein Name steht praktisch überall drauf. Leitender Beamter: P. T. Marsh. Auf dem Parkplatz bauen sie ein Übertragungszelt auf.«

»Na ja, diesen Teil des Ganzen vermisse ich eigentlich nicht.«

»Ich weiß«, erwiderte Abe. »Aber wenn deine Anhörung ansteht, dürfte es ihnen schwerfallen, einen Helden aus unserer Heimatstadt kleinzumachen.«

Ich machte uns Frühstück. »Magst du Eier?«

»Na sicher.«

Während ich die Eier in die Pfanne schlug, dachte ich an das, was Tarticoft mit meiner Frau verbinden mochte.

»Irgendwelche Namen, die man kennt?« Ich warf Abe einen Blick zu. »Ist irgendeiner von *unseren* alten Fällen ins Spiel gebracht worden?«

»Nirgendwo in Tarticofts Papieren steht Lenas Name«, erklärte Abe. »Ich habe die anderen nicht eingeweiht. Wie du auf diesen Schrottplatz gestoßen bist. Aber ich hab alles persönlich durchgearbeitet und konnte nichts finden, P. T. Auch keinen Jonas Marsh. Nichts über Marvin, nach dem ich auch gesucht habe, falls er das eigentliche Ziel und Lena lediglich ein Kollateralschaden war. Fehlanzeige.«

Ich schob Brot in den Toaster. Wendete Abes Omelett.

Mir kam Ennis Fultz in den Sinn. Wie sein Tod mich auf wundersame Weise zu Tarticoft geführt hatte. Ich erkundigte mich bei Abe, wie es Alita und ihrer Mutter ging.

»Sie sind gestern nach Hause entlassen worden«, sagte er. »Und bei Ennis Fultz eingezogen. Das Haus gehört jetzt ihnen. Die werden auf dem Land dort einen Park oder so was anlegen, schätze ich mal«, berichtete Abe. »Hat jedenfalls die Mutter erzählt.«

»Und was sonst noch?«, wollte ich wissen. »Ich merke doch, dass du mit irgendetwas hinterm Berg hältst. Ich kenne diesen Gesichtsausdruck.«

Abe griff sich an die Hüfte und legte eine Glock auf den Tisch.

Meine Glock.

»Wo hast du die gefunden?«

»Heller von der Streife hat sie entdeckt.« Abe nahm einen Schluck Kaffee. »Die Streife stieß in den durchnummerierten Straßen auf einen Tatort. Ziemlich grausige Schweinerei. Überall Leichen. Wäre die Sache mit Tarticoft nicht so groß, würden diese Morde im Fernsehen derzeit die Hauptrolle spielen.«

Ich nickte. Hörte zu, wie Abe den Tatort beschrieb. »Zwei tote Samoaner. Drei tote Proleten.«

»Die Weißen«, wollte ich wissen. »Waren das ein alter Mann und zwei Typen Anfang dreißig?«

Abe nickte. »Nesbit und Sanford Sorrell. Und ein Kerl namens Vernal Wilkes.«

»Und die Samoaner? Hörten beide auf den Nachnamen Meadows?«

»Daoto und Natche.«

»Natche«, wiederholte ich. »An Daoto konnte ich mich erinnern, den anderen hatte ich vergessen.«

Ich butterte die Toastscheiben und stellte zwei Teller auf den Küchentisch

»Wird das meine Situation verschlechtern?«, fragte ich.

»Mir scheint, du hast Glück, P. T. Beide Parteien waren bis an die Zähne bewaffnet. Zwei .45er. Zwei .38er. Ein paar Messer. Sie alle sind vorbestraft. Und die Samoaner hatten einen ordentlichen Vorrat an Kokain im Schlafzimmer. Über sechshundert Riesen wert. Wie es bislang aussieht, haben sie sich wegen irgendwelcher Drogen gegenseitig umgebracht. Der letzte Typ ist einen ganzen Tag lang ausgeblutet, bevor ein Nachbar aufmerksam wurde. Vier wurden erschossen, einer erstochen. Einer an jeder Front verblutet.«

»Meine Güte«, sagte ich.

»Und mittendrin« – Abe deutete auf meine Pistole – »entdeckt Heller von der Streife ein Polizeiutensil. Verstaut in einem Rucksackbeutel mit Kordelzug. Während der Schlacht kein einziges Mal abgefeuert. Sieht die in den Griff geritzten Buchstaben *P. T.* und ruft mich an, bringt mir die Waffe. Heimlich, still und leise. Elegant an der Asservatenkammer vorbei.«

»Ich mochte Heller schon immer.«

»Tja, jetzt wirst du ihn lieben.« Abe hielt inne. »Ich hab mir gedacht, ich sage dem neuen Boss, dass ich mir gestern dein Teil geschnappt und gut darauf aufgepasst habe.«

Mein alter Partner stürzte sich auf das Essen, und ich legte den Kopf in beide Hände. Hätte ich noch Tränen gehabt, wäre ich in ebendiese ausgebrochen. Aber der Vorrat war erschöpft.

»Diese Typen waren echte Arschgeigen, P. T.«, sagte Abe. »Das beschlagnahmte Kokain kursiert jetzt nicht mehr auf der Straße. Und die anderen Kerle – die wollten dich umbringen.«

»Weiß Remy Bescheid?«

Abe schüttelte den Kopf. »Die spielt bereits in ihrer neuen Band. Ist für zwei Minuten dazugekommen, um mir und Merle mitzuteilen, sie habe keine Zeit, uns mit dem Papierkram zu helfen.«

»Sie hat die Nase voll davon, ständig hinter mir aufzuräumen.«

Abe zuckte die Achseln. Er war keiner von denen, die sich allzu lange mit einer Sache aufhielten. »Das hast du gut gemacht, Partner. Der neue Chief gibt morgen eine Pressekonferenz. Wir werden seine Körpersprache im Blick behalten und genau hinhören, was er wie betont, aber ... Wenn ich raten müsste, würde ich tippen, dass er sagt, du seist wegen Burn-out beurlaubt.«

»Weiß der Chief das mit den Meadows-Cousins?«

»Er weiß, dass sie tot sind«, sagte Abe. »Und tote Männer erstatten selten Strafanzeige gegen die Polizei.«

»Trotzdem«, erwiderte ich. »Ich bin mir sicher, dass er nach wie vor sauer auf die Stadt ist, wegen dieses Vergleichs mit Tusila. Wie hoch war die Summe noch mal – vierhundert Riesen?«

Abe aß auf und stand auf. Er musste zur Arbeit. »Dafür gibt es Versicherungen«, sagte Abe. »Außerdem glaube ich, dass die Überlegungen rückblickend dahin gehen, dass sie mal besser nicht Staatsanwältin Yugel auf den Fall angesetzt hätten, sondern Cat Flannery – die ist nämlich ein echter Hai.«

»Warst du auf dem Revier, als die Sache beigelegt wurde?«

Abe nickte. »Tatsächlich saß ich gerade mit dem Chief

zusammen. Ging die Einzelheiten zu Cameron Fultz' Selbstmord durch. Cat schaute auf eine Ehrenrunde rein.«

Ich stellte das Geschirr in die Spüle. »Ich bin froh, dass ich nicht dabei war. Wenigstens ist es ein kleiner Trost, dass sie ihr Salär aufteilen musste. Diese andere Rechtsanwaltskanzlei von außerhalb ...«

Abe neigte den Kopf zur Seite. »Oh, hast du das noch nicht gehört?« Er hatte eine schräge Miene aufgesetzt. »Diese Leute haben ehrenamtlich gearbeitet, P. T. Cat und Tusila haben das ganze Geld eingestrichen.«

Ich nickte, war jedoch verwirrt. »Johnson und Hartley? Die haben umsonst gearbeitet?«

»So hießen sie, genau. Komisch – ich glaube, Cat hat es nicht mal kapiert. Sie hat zu mir und dem Chief gesagt: ›Was habt ihr Jungs nur getan, dass sich diese Leute derart ans Bein gepinkelt fühlen?‹«

Abe ging Richtung Haustür. »Ich schaue morgen wieder nach dir.«

Bevor er mich verließ, zeigte er ins Wohnzimmer. »Nebenbei, dein neuer Sechzig-Zoller ist mir durchaus aufgefallen. Es gab mal eine Zeit, da haben du und ich sonntags hier die Spiele der Falcons verfolgt.«

»Ich warte nur darauf, dass die Saison startet«, sagte ich. »Natürlich werden wir wahrscheinlich wieder die Hälfte der Spiele versauen.«

»Nimm *bloß nicht* den Begriff ›Superbowl‹ in den Mund«, warnte er mich.

Abe verschwand durch die Tür, und ich sah zu, wie er in seinen Wagen stieg.

Ich setzte mich draußen auf die Treppe, und Purvis gesellte sich zu mir.

Lass es dabei bewenden, hechelte meine Bulldogge.

Und wie immer hatte Purvis recht.

Doch man ist, wie man ist.

Johnson und Hartley arbeiten für lau? Das roch nach gequirlter Scheiße. Und ich war noch nie gut darin gewesen, stinkenden Bockmist einfach so links liegen zu lassen.

51

Meine Disziplinaranhörung fand am folgenden Dienstag statt.

Ich saß in meiner besten Uniform vor einem Ausschuss, zu dem zwei pensionierte Richter, ein Vertreter der Stadt sowie der neue Polizeichef Senza gehörten. Senza war in Zivil, hatte seinen blauen Anzug aber mit einer eleganten Krawatte kombiniert.

Beide Richter kannten mich, die Repräsentantin der Gemeinde hingegen nicht. Sie war eine Blondine in den Sechzigern und fixierte mich unablässig mit empörtem Blick.

Ich wurde nach meinem Angriff auf das Fahrzeug, das auf Daoto Meadows zugelassen war, zehn Tage zuvor gefragt. Und natürlich nach dem Grund dafür.

Felix von der Polizeigewerkschaft, der meine Interessen vertrat, kümmerte sich um den überwiegenden Teil der Antworten und erklärte, ich hätte achtzig von sechsundneunzig aufeinanderfolgenden Stunden an einem Fall gearbeitet und wäre erschöpft gewesen, als ich auf die Meadows-Cousins traf.

»Stimmt das, Mr Marsh?«, fragte mich die Repräsentantin der Stadt. »Sie hatten vier Tage lang keine Pause eingelegt?«

»Wenn ein Mörder frei herumläuft, schlafe ich wenig.«

»Und mit lediglich vier Stunden Ruhe nach dem Unfall«, fuhr Felix fort, »stieß Detective Marsh auf eine Spur, die sonst niemand in der Abteilung bemerkt hatte.«

Felix hatte mich schon einmal vertreten, und er war der Beste.

Er schilderte, wie ich Kian Tarticoft mit dem Tod von Ennis Fultz und Bill Lyman in Verbindung gebracht hatte.

»Die Familie Fultz hat sich in der Stadt stark engagiert«, sagte Felix. »Ohne Detective Marsh hätten wir alle geglaubt, sie wären zufällig verstorben und der Mörder befände sich weiterhin unbehelligt auf freiem Fuß.«

Felix ließ sich darüber aus, was für ein glücklicher Umstand es doch sei, dass nun vier Fehlurteile aufgehoben werden konnten. Und dass neun bisher ungelöste Mordfälle in drei Bundestaaten nun endlich abgeschlossen seien.

Dann legte er Aussagen von Nachbarn vor, sie hätten den von Daoto Meadows gefahrenen blauen Mustang an sechs verschiedenen Abenden und Nächten vor meinem Haus beobachtet. Drei Abende mehr, als mir aufgefallen waren.

Er drehte seinen Laptop herum und ließ ein Video mit schlechter Bildqualität ablaufen, das von der Überwachungskamera am Eingang eines Nachbarhauses aufgenommen worden war und auf dem man sehen konnte, wie Daoto Meadows aus seinem Auto stieg, sich streckte und dann an meinem Grundstück vorbeiging. Man konnte Purvis im Hintergrund bellen hören.

»Wenn Sie der Ansicht sind, dass diese Männer gefährlich aussehen«, sagte Felix, »dann liegen Sie richtig. Vor einer Woche wurden sie bei einer Schießerei getötet, in deren Folge die Stadt achtunddreißig Kilogramm reinstes, unverschnittenes Kokain mit einem Straßenverkaufswert von knapp einer Dreiviertelmillion Dollar entdeckte.«

Am Schluss der Anhörung bat man mich um eine persönliche Erklärung, und ich stand auf und glättete die Falten meiner marineblauen Uniformhose.

»Es gab eine Reihe von Gelegenheiten, bei denen ich die falsche Entscheidung getroffen habe. Dinge, die sich durch ein klares Wort hätten bereinigen lassen.«

Ich richtete meinen Blick auf Chief Senza. Dachte an das Gespräch mit Tiger-Cat und Tusila Meadows am ersten Tag der Untersuchung, als ich eine Entschuldigung verweigert hatte.

»Sagen Sie mir, was ich tun kann, um diese Sache geradezurücken und weiterzumachen. Denn ich brauche diesen Job. Und ich denke, diese Stadt braucht mich.«

Ich wurde entlassen, sollte draußen auf dem Flur warten und mich eine Weile ausruhen. Schließlich kam Felix raus.

»Zweitausenddreihundert Dollar als Entschädigung für den demolierten Wagen«, sagte er. »Der Betrag geht an eine Polizeistiftung. Und dreißig Tage Suspendierung.«

»Das ist alles?«

Er biss sich auf die Unterlippe. »Eine Gehaltskürzung. Dienstgrad zwei«, erklärte er. »Nächsten Herbst können Sie sich wieder um Ihr altes Gehalt bewerben. Aber Sie behalten Ihren Job, P.T.«

»Das haben Sie großartig hingekriegt.«

Felix griff sich seinen Aktenkoffer. »Ich muss los«, sagte er. »Sorgen Sie dafür, dass sich so etwas nicht wiederholt.«

Ich wartete im Flur, als die Ausschussmitglieder nacheinander den Raum verließen. Chief Senza war der Letzte.

»Ich möchte Ihnen persönlich meinen Dank aussprechen. Dafür, dass Sie für mich gekämpft haben.«

Er ging mit mir in Richtung Fahrstuhl. Schwieg zunächst.

Wir betraten die Kabine, und die Tür glitt zu.

»Ich habe mein halbes Leben lang Football gespielt«, sagte Senza. »Die ganze College-Zeit in Auburn über. Danach habe ich acht Jahre lang trainiert. Community College. Fachbereich zwei.«

»Habe davon gehört.«

»An der State«, fuhr er fort, »hatte ich diesen fantastischen Quarterback. Ein junger Kerl. Machte eine Menge Fehler. Und dann gab es noch diesen Veteranen. Und die Assistenztrainer meinten, lass den Jüngeren spielen. Er soll sich so viele Sporen wie möglich verdienen.«

»Er ist die Zukunft«, sagte ich.

»Genauso haben sie's formuliert.« Senza nickte. »Wenn man sich aber wirklich auskennt, weiß man, dass die Rekruten aus einem einzigen Grund kommen: weil man gewinnt. Also spielt's keine Rolle, ob jung oder alt. Du bringst die besten Spieler, die du hast, zum Einsatz. Immer. Keine Vergangenheit, keine Zukunft. Heute zu gewinnen, das zählt.«

Ich wollte etwas erwidern, aber er hob die Hand.

»Hier in der Stadt bin ich direkt in einen Einstellungsstopp hineingeraten. Die eine freie Stelle, die ich schaffen kann, bekomme ich nur, wenn ich Sie feuere. Allerdings höre ich von allen Seiten, dass Sie ein guter Mann sind. Und was ich selbst sehe, ist diese Tarticoft-Geschichte. Sie lässt uns in der Öffentlichkeit ziemlich gut dastehen. Das kann Wunden heilen.«

Die Fahrstuhltür glitt auf, und er trat hinaus. »Was also das rein Praktische angeht, sind Sie mein erster Mann, Marsh. Mein erster Rekrut. Vermasseln Sie's nicht noch einmal.«

»Verstanden«, gab ich zurück.

»Nutzen Sie die kommenden dreißig Tage«, sagte Senza, »und besuchen Sie ein paar Treffen. Kriegen Sie Ihren Scheiß geregelt.« Er sah mich eindringlich an, und ich fragte mich, wie viel er wusste. Über die Wahrheit hinter den Meadows-Jungs. Wie die Rednecks sie gefunden hatten. Oder gar was meine eigenen, nach wie vor offenen Fragen zum Tod meiner Frau anging.

»Sollten Sie noch mit unerledigten Angelegenheiten beschäftigt sein, ist jetzt der richtige Zeitpunkt, um sie abzuschließen. Bevor Sie wieder zu meinem Team stoßen, P. T. Sonst brauchen Sie gar nicht erst wiederkommen.«

»Ja, Sir.«

Er wandte sich um und ließ mich stehen.

52

Am folgenden Montagnachmittag duftete es in der Küche nach Lorbeer und Speck. Morgens hatte ich

Marvin vom Krankenhaus abgeholt, damit er bei mir wohnen konnte, bis er wieder gesund genug war, um allein klarzukommen.

»Du und ich – Zimmergenossen?«, hatte er im Krankenhaus gefragt, als ich ihm den Vorschlag gemacht hatte.

»Hast du ein besseres Angebot?«

»Da gab es so ein paar freiwillige Helferinnen …«

Darüber mussten wir beide lachen. »Die rennen dir die Bude ein, weil sie einem alten Mann nach Hause helfen wollen, was?«

Heute Abend versuchte ich mich an Hoppin' John, einer von Lenas Spezialitäten, ein Reisgericht mit Bohnen und Speck. Meine Frau war damit aufgewachsen, dass es am Neujahrstag auf den Tisch kam, und es war das klassische Wunschgericht gewesen, wann immer uns seinerzeit Marvin zum Essen eingeladen hatte.

Angefangen hatte ich damit, ein bisschen Speck zu schmoren. In dünne Streifen geschnitten, damit er schön knusprig wurde. Als das erledigt war, gab ich Sellerie, grüne Paprika und Thymian dazu. Die Abschlusszutat bildete eine Tasse Schwarzaugenbohnen.

Ich schaltete meinen Sonos-Lautsprecher ein und fand einen alten Country-Sender, der Marvin gefallen würde. *Sea of Heartbreak* von Leroy Van Dyke endete soeben, und Crystal Gayles *I'll Get Over You* begann.

Meine Gedanken wanderten zu Lena. Einen Monat nach unserer ersten Verabredung besuchten wir mit einem anderen Pärchen eine Country-Bar und tanzten zu diesem Song.

Marvins Haus war seit jeher von Musik erfüllt gewesen, und Lena konnte zu so gut wie jedem Stück tanzen. Sie wechselte mit Leichtigkeit von Willie Nelson zu Jay-Z. Sie konnte viele Dinge deutlich besser als ich.

Sobald der Essensduft durchs gesamte Haus wehte und der Carolina-Gold-Reis gar war, kam Marvin aus Jonas' Zimmer, wo ich ihn untergebracht hatte. Er nahm sich ein Glas Wasser und setzte sich.

Ich schnitt ein paar Frühlingszwiebeln klein und warf noch mehr Lorbeerblätter in den Topf, als das Telefon klingelte.

Es war Danny Cusumano, der Privatdetektiv.

»Ich habe noch nicht alles zusammen über Ihren Vater«, sagte er. »Aber ich habe versprochen, Sie auf dem Laufenden zu halten.«

Ich trat durch den Nebeneingang nach draußen, um ungestört mit dem Ermittler sprechen zu können.

»War Ihr alter Herr jemals unter dem Namen ›Andy‹ bekannt?«

»Nicht, dass *ich* wüsste«, sagte ich. »Aber ich habe Ihnen ja erzählt, dass Andrew sein zweiter Vorname war.«

Vor der Nebentür hatte mein Nachbar seine Elliott-Kiefern gestutzt, und ich konnte geradewegs in sein dreißig Meter entferntes Haus hineinschauen. Auf dem Fernseher in der Essecke lief ein Spiel der Braves.

»Ich bin auf einen Kerl oben in Chattanooga gestoßen«, fuhr Cusumano fort. »Andy Mars. Ohne *h* am Ende. Sagt Ihnen das irgendwas?«

Als ich ein Kind war, erfand mein Vater andauernd Geschichten, um mich zum Einschlafen zu bringen. In einer meiner liebsten war ich ein Astronaut auf dem Roten Planeten. Mein Name lautete Paul Mars. Kein *h*.

»Nein«, sagte ich zu Cusumano. »Wer ist Andy Mars?«

»Er arbeitet in einer Karosseriewerkstatt in Tennessee. Ein Spezialladen für ausgefallene Autos.«

»Wie sind Sie auf ihn gekommen?«

»Ich habe einen Freund bei der Bundessteuerbehörde«, erklärte Cusumano. »Ich tue ihm ab und an einen kleinen Gefallen, und dafür kommt er mir hier und da ein bisschen entgegen.«

»Und dieser Mars-Mensch?«

»Irgendein Zahnarzt oben im Norden wurde geprüft und reichte ein zusätzliches Steuererklärungsformular ein. Sie verstehen – er versuchte, eine verspätete Ausgabe geltend zu machen. Aber die Unterlagen wurden zunächst nicht offiziell erfasst. Es ging um dieses handgeschnitzte Schild für seine Praxis. Sie haben gesagt, Ihr Dad wäre Tischler gewesen.«

»Ja«, sagte ich. »Es gibt aber jede Menge Tischler.«

»Nun ja, dieser Tischler nannte sich Andy Mars, aber seine Sozialversicherungsnummer gehörte zu einem Jack Andrew Marsh.«

Ich schluckte. Musste mich konzentrieren, um den Kloß aus dem Hals zu bekommen. »Wann wurde das Steuerformular zu den Akten genommen?«

»Letztes Jahr«, sagte Cusumano. »Ich könnte zur Karosseriewerkstatt rauffahren. Aber ich dachte, ich halte erst mal mit Ihnen Rücksprache. Außerdem habe ich Ihre Anzahlung aufgebraucht.«

Die Wahrheit lautete, dass mein Dad schon immer ein Auto-Narr gewesen war. Als Hobby, nicht beruflich, aber er kannte sich mit ausländischen Wagen aus. Auch mit Exoten. Mit Porsches. Maseratis. Alfas.

Eine volle Minute lang sagte ich gar nichts, und Cusumano blieb geduldig.

Nachdem ich den Fall mit Ennis und Cameron Fultz hinter mir hatte, war ich scharf darauf gewesen, bei meinem Vater anzuklopfen. Doch jetzt war ich nicht mehr besonders überzeugt davon, dass es eine gute Idee war, ihm an diesem Punkt wieder zu begegnen. Ihm alles zu erzählen, was mir in den letzten siebzehn Monaten widerfahren war.

Hinzu kam, dass ich Marvin zurückhatte.

»Verschwenden Sie Ihre Zeit nicht mit diesem Mars«, sagte ich. »Lassen Sie uns die Geschichte fürs Erste als abgeschlossen betrachten.«

»Sie sind der Boss«, meinte Cusumano.

Ich ging zurück ins Haus. Löffelte das Geschmorte und die Bohnen auf den Reis und brachte die Schüssel zum Esstisch.

In drei Wochen würde ich wieder bei der Truppe sein, und wer weiß – vielleicht würde Marvin ja ein bisschen länger bleiben.

»Was ist hier los?«, fragte mein Schwiegervater und klopfte mit der Hand auf ein Stück Tapete, das knapp über seinem Kopf von der Wand hing.

Es handelte sich um ein kleines Testgebiet: Sarah hatte dort die Tapete abgepellt, um zu sehen, was sich dahinter verbarg.

»Feuchtigkeit«, sagte ich. »Morgen schmiere ich ein bisschen Kleister drauf.«

Marvin war glücklich, hier zu sein. Das konnte ich spüren.

Ich wanderte zurück in die Küche, um das Grünzeug zu holen.

Ich machte mir nichts vor, was die Sache mit Kian Tarticoft anging. Es war noch nicht vorbei. Tarticoft war tot. Aber er war ein Auftragskiller gewesen. Und ich musste noch herausfinden, wer ihn warum beauftragt hatte.

»Marvin«, sagte ich. »Wir haben nie über den Privatermittler gesprochen. Was hat er dir erzählt, bevor das mit dem Gasleck passiert ist?«

»Also«, erklärte mein Schwiegervater. »Er hatte den Wagen rückverfolgt. Ich nehme an, das hast du schon rausgekriegt. Das Auto, an das ich mich von dem Unfall erinnert habe.«

»Dodge Aries. Weiß schon, der Wagen, der Chrysler rettete.«

»Zu meiner Zeit damals eine wahre Schönheit«, schwärmte Marvin. »Doch dann entwickelte Lucas diese andere Theorie. Über diesen Typen drüben in Burna und diese Frau, die den Laden neben ihm führte.«

Ich nahm unauffällig Platz. Wollte Marvin keine Antworten soufflieren. Sondern sie allein von ihm hören.

»Welche Theorie?«

»Dass dieser Typ vielleicht ihren Wagen gestohlen hatte. Es war nicht wirklich logisch. Eher eine Art Bauchgefühl.«

Marvin hatte im künstlichen Koma gelegen, als die Nachricht von Tarticoft die Runde machte. Ich erzählte ihm, wie ich auf Tarticoft gestoßen war und ihn mit dem Unfall in Verbindung bringen konnte. Die Sache mit Lena und Jonas. Ein paar Einzelheiten frisierte ich, um Marvin den Überblick zu verschaffen, ohne ihn zu verwirren. In dieser Version der Geschichte war Tarticoft ein gedungener Mörder, aber nicht auf Lena angesetzt worden.

»Also hat er mein Mädchen und meinen Enkel aus Versehen gerammt?«, wollte Marvin wissen.

»Er hat Fahrerflucht begangen«, log ich.

Marvin nickte.

»Wir haben sie, Dad. Remy hat ihn erschossen. Und dein Hinweis machte den entscheidenden Unterschied. So bekam ich den Kerl ins Visier.«

Marvin wurde ganz still, doch er errötete. Unterdrückte Gefühle.

»Weiß Remy Bescheid?«

Ich schüttelte den Kopf, und er verstand, dass es Geheimnisse gab, auch vor meiner Partnerin.

Ich stand auf, füllte Marvins Glas auf und brachte ein kleines Tablett mit Moon-Pie-Konfekt. Als Marvin seinen Hoppin' John aufgegessen hatte, nahm er sich einen der Kekse.

»Es ist also endlich vorbei?«

Ich zögerte, da ich wusste, dass es nicht vorbei war. Dass ich in Erfahrung bringen musste, wer Tarticoft beauftragt hatte.

Gleichzeitig wollte ich Marvin ein Geschenk machen, das mir selbst zu machen ich nicht imstande war.

»Ja, vorbei«, sagte ich.

Marvin senkte den Kopf und wiegte den Körper sachte vor und zurück. Seine Schultern bebten, als er weinte. Ich legte ihm eine Hand auf den Arm, und er hielt sich schließlich an mir fest.

Als er zu weinen aufgehört hatte, räumte ich seinen Teller ab und beendete meine eigene Mahlzeit.

In ein paar Wochen, wenn ich wieder bei der Arbeit war, würde ich mich erneut auf Lenas Fall stürzen.

Ich hatte durchaus einige Anhaltspunkte.

Es gab nur einen Fall, an dem ich vor siebzehn Monaten dran war, zu dem Zeitpunkt, als Lena getötet wurde.

Aus einem Spirituosenladen namens Golden Oaks waren dreiunddreißig Dollar gestohlen worden.

Wenn es also um mehr als nur diesen Betrag ging – wenn ich damals, ohne es zu ahnen, in etwas hineingestolpert war –, dann galten die Attacken auf mich oder meine Familie vielleicht dem Zweck, einen zielstrebigen Bullen aus dem Spiel zu nehmen. Falls der Einsatz hoch genug war.

Im Augenblick brauchte ich jedoch nichts als Ruhe, um mich auf andere Dinge zu konzentrieren. Auf mich. Marvin. Die Abstinenz.

»Das Essen hat toll geschmeckt«, lobte mich Marvin.

Er meinte, er müsse am Wochenende rüber zu seinem Haus. Wenigstens den Rasen mähen und die Rosen schneiden.

»Das werde ich für dich erledigen. Du kannst mich ja beaufsichtigen. Mir sagen, was ich falsch mache.«

Wir lachten eine Minute lang, da wir beide wussten, wie pingelig er mit seinem Garten war.

»Ich hab's dir nie erzählt«, sagte Marvin, »aber die Woche, in der du Lena den Heiratsantrag gemacht hast – sie wusste es.«

»Quatsch. *Ich* wusste nicht mal, ob ich genug Eier in der Hose haben würde, die Sache durchzuziehen. Und ob sie Ja sagen würde.«

»Sie hat zu mir gesagt: ›Daddy, Paul ruft dich diese Woche an. Und du *wirst* nett zu ihm sein.‹«

Ich erinnerte mich an das Gespräch mit Marvin und lächelte. Ich rief ihn nicht an. Sondern kam persönlich vorbei, als ich wusste, dass Lena nicht da sein würde. Holte mir seine Zustimmung ab.

»Die klügste Frau, die ich je getroffen habe«, sagte ich.

Marvin meinte, er wäre müde, und trippelte in Jonas' Zimmer.

Ich setzte mich eine Weile mit Purvis auf die Veranda und lauschte dem Gesang der Zikaden.

Ich schloss die Augen und schaltete eine Minute komplett ab.

In meinem Traum flog ich hoch über Mason Falls hinweg. Stieg über einem dichten Wald aus sechs- bis achtstöckigen Schierlingstannen in die Lüfte, deren Borke die Farbe von Zimt hatte und deren Nadeln an den Spitzen dunkelgrün und weiter unten heller waren.

Ich schwebte nach Osten, wo die Erde so rot wurde, wie Georgias Erde nur werden kann. Und die Büsche wurden aufgrund von Wassermangel braun und spröde. Ein dahinströmender Fluss mündete in ein winziges Rinnsal, und ich stieg über der Condesale-Schlucht in all ihrer Pracht auf.

Alita war dort, ein paar Jahre älter, fünfzehn oder sechzehn, wohnte im Haus ihres Vaters. In meinem Traum waren die Thujen nachgewachsen, und Alita hatte lange, wunderschöne Haare, die ihr bis über die Schultern fielen. Sie trug ein weißes Polohemd, einen hellbraunen Rock und Wanderstiefel.

Sie führte Besucher durch ein Labyrinth aus Buschwerk zu einer Bank, von der aus man über den Canyon hinweg weit nach Osten sehen konnte, während sich die Schlucht vor ihnen erstreckte, ohne einen einzigen Ölbohrturm, obwohl der Boden darunter reich an Schiefer war.

Ich dachte an die Leute, mit denen ich es im vergangenen Monat zu tun bekommen hatte.

Kian Tarticoft war nicht nur ein Meuchelmörder, sondern hatte sogar seine eigene Mutter als Köder benutzt. Nesbit Sorrell kannte mich vorher gar nicht, war aber dennoch bereit, mich mit einem Baseballschläger zu töten. Und die Meadows-Cousins hatten die Frechheit besessen, das Haus eines Polizeibeamten zu belauern, während zu Hause in ihrer Wohnung in Form von Kokain eine Dreiviertelmillion Dollar herumlag.

Die Welt war voller böser Menschen, aber das hatte auch sein Gutes: Gutes, das unabhängig von den jeweiligen Umständen wuchs, gedieh und überlebte. Sogar trotz dieser Umstände.

Dafür stand Alita, und sie war glücklich. Sie hatte zwei Mitglieder ihrer Familie verloren, genau wie ich, aber gelernt zu überleben. Und das war ein Ansporn.

Ich öffnete die Augen und sah, dass Purvis sich neben mir zusammengerollt hatte.

Wir schaffen das, P.T., sagte er. *Wir können nach vorne blicken.*

Ich streichelte meiner Bulldogge den speckigen Nacken.

Außer dem Raubüberfall beim Golden Oaks gab es eine weitere Spur, die ich verfolgen musste.

Der Anwalt, Lauten Hartley.

Hartley hatte kostenlos mit Cat Flannery zusammengearbeitet, um dafür zu sorgen, dass ich gefeuert oder verklagt wurde. Ich hatte ihn außerdem ein Jahr zuvor im Rahmen der Meadows-Ermittlungen kennengelernt, irgendwo draußen auf dem Landsitz eines reichen Typen. Zwei Punkte Abzug für ihn.

Ich zog mir Purvis auf den Schoß. Schaute zu, wie Glühwürmchen im nächtlichen Frühlingshimmel tanzten.

Ich liebte dieses Haus. Ich war froh, es nicht durch einen Prozess gegen Tusila Meadows verloren zu haben. Froh, dass ihre Möbel und sonstigen Sachen noch genau dort standen, wo Lena sie zurückgelassen hatte.

Auch wenn Marvin jetzt in Jonas' Zimmer schlief, hatte ich mich entschlossen, die alte Lieblingsdecke meines Sohns auf das Bett zu legen.

Ich biss ein Stück von meiner Moon Pie ab.

In friedlichen Momenten kommt mir dieser Teil Georgias wie der Himmel auf Erden vor. Ich durfte mich glücklich schätzen, noch immer am Leben zu sein, hier in Mason Falls, und sei es auch nur, um meine Tage mit Marvin und Purvis zu verbringen.

Lena hat dir vergeben, schnaufte Purvis. *Jetzt musst du dir selbst vergeben.*

»Bald«, sagte ich zu meiner Bulldogge. »Bald.«

DANKSAGUNG Zunächst möchte ich mich bei allen bedanken, die *Cold Detective*, mein erstes Buch, gelesen haben. Es ist eine Ehre, wenn der eigene Roman von fremden Leuten Wertschätzung erfährt. Noch mehr, wenn manche von ihnen dann auch noch zu Freunden werden.

Bei meiner Frau Maggie, meinem Sohn Noah und meiner Tochter Zoey möchte ich mich dafür bedanken, dass sie mir die Freiheit und das Selbstvertrauen geschenkt haben, eine weitere Runde mit Paul Thomas Marsh und Remy Morgan zu drehen. Dank auch an Mark Tavani, der eine frühe Fassung des Buchs gelesen und mir den Rat gegeben hat, das Handlungsgerüst der Geschichte neu zu konstruieren.

Ebenso gilt mein Dank den Leuten bei G. P. Putnam's Sons für ihre hervorragende und unermüdliche Arbeit bei der Vermarktung von *Cold Detective*, insbesondere Ashley Hewlett, Bonnie Rice, Emily Mlynek, Mark Tavani, Danielle Dieterich, Ashley McClay, Dan Musselman, Ivan Held und etliche andere, deren Namen ich nicht kenne, die aber hinter den Kulissen wirken, um dafür zu sorgen, dass der Roman den richtigen Leuten in die Hände fällt. Zu guter Letzt ein fettes Dankeschön an das Team vom Lektorat, das extrem hart arbeitet, damit ich am Ende sauber dastehe.

Bei meiner Mutter Betty, dem Raketentreibstoff hinter sämtlichen McMahons, möchte ich mich bedanken. Gleiches gilt für das Samstagmorgen-Abrisskommando bei Jerrilyn Farmers Workshop und diejenigen, die erste Entwürfe des Buchs auf geografische, juristische, medizinische und handlungslogische Stimmigkeit hin durchgelesen haben: insbesondere Kerry Archbold, Suzanne Miller, Allison Stover, Andy McMahon und Bette Carlson. Und vor allem auch für Marly Rusoff, meine Cheerleader-Kapitänin und Super-Agentin.

Außerdem möchte ich den Autoren danken, die öffentlich ein gutes Wort für mein Debüt *Cold Detective* eingelegt haben: John Hart, der ein wirklich herausragendes Werk vorzuweisen hat; Glen Erik Hamilton, ein fantastischer Schriftsteller und enger Freund sowie Reed Farrel Coleman, der seinerseits ein grandioser Erzähler ist. Marilyn Stasio von der *New York Times* bin ich zutiefst dankbar für die freundlichen Worte, die geholfen haben, einem unbekannten Schreiber ein bisschen Aufmerksamkeit zu verschaffen. Dankbar bin ich auch den Menschen im großartigen Bundesstaat Georgia für ihre unverbrüchliche Gastfreundschaft, wenn ich dort zwecks Recherche und Schreiben zu Besuch bin. Schließlich möchte ich all diejenigen in meinen Dank einschließen, die mich fortwährend anspornen, wenn es gilt, das Gleichgewicht zwischen Schreiben, Publicity und Familie zu halten – Freundinnen und Freunde ebenso wie Kolleginnen und Kollegen.

Bedankt seien auch diejenigen, die mich auf meiner Lesereise empfangen haben: Jill von Fiction Addiction; Barbara von Poisoned Pen; John und Mckenna von Murder by the Book; Rob und Kelly von Mysterious Galaxy; Jen und Jackie von Vroman's; und Anne von Book Carnival. Allesamt tolle Örtlichkeiten, um das nächste Buch zu kaufen oder einen

Autor persönlich kennenzulernen. Dank auch an zwei großartige Schriftsteller, William Kent Krueger und Matt Coyle, für ihre Frage-Antwort-Runden während der Tour. Falls Sie von den beiden noch nichts gelesen haben sollten, setzen Sie die Jungs bitte sofort auf Ihre Liste.

Zum Schluss noch eines: Sollte Ihnen der Roman gefallen haben, lassen Sie von sich hören. Schicken Sie mir eine Nachricht an *McMahon@att.net*, und Sie werden zu den Ersten gehören, die über das Erscheinen des nächsten Buchs informiert werden und vorab Auszüge lesen können.

P. T. Marsh wird mit voller Kraft zurückkehren. Das hier ist noch nicht vorbei für ihn.